TEIA DE MENTIRAS

CB125022

Sophie Stava

TEIA DE MENTIRAS

Tradução

Kícila Ferreguetti

JANGADA

Título do original: *Count My Lies.*

Copyright © 2025 Sophie Stava.

Copyright da edição brasileira © 2025 Editora Pensamento-Cultrix Ltda.

1ª edição 2025./1ª reimpressão 2025.

Todos os direitos reservados. Nenhuma parte desta obra pode ser reproduzida ou usada de qualquer forma ou por qualquer meio, eletrônico ou mecânico, inclusive fotocópias, gravações ou sistema de armazenamento em banco de dados, sem permissão por escrito, exceto nos casos de trechos curtos citados em resenhas críticas ou artigos de revistas.

A Editora Jangada não se responsabiliza por eventuais mudanças ocorridas nos endereços convencionais ou eletrônicos citados neste livro.

Esta é uma obra de ficção. Todos os personagens, organizações e acontecimentos retratados neste romance são produtos da imaginação do autor e usados de modo fictício.

Obs.: Este livro não poderá ser exportado para Portugal, Angola e Moçambique.

Editor: Adilson Silva Ramachandra
Gerente editorial: Roseli de S. Ferraz
Preparação de originais: Alessandra Miranda de Sá
Gerente de produção editorial: Indiara Faria Kayo
Editoração eletrônica: Join Bureau
Revisão: Vivian Miwa Matsushita

Dados Internacionais de Catalogação na Publicação (CIP)
(Câmara Brasileira do Livro, SP, Brasil)

Stava, Sophie
A teia de mentiras / Sophie Stava; tradução Kícila Ferreguetti. – 1. ed. – São Paulo: Editora Jangada, 2025.

Título original: Count my lies

ISBN 978-65-5622-113-7

1. Ficção de suspense 2. Ficção norte-americana I. Título.

25-281092 CDD-813

Índices para catálogo sistemático:

1. Ficção: Literatura norte-americana 813
Cibele Maria Dias – Bibliotecária – CRB-8/9427

Jangada é um selo editorial da Pensamento-Cultrix Ltda.
Direitos de tradução para o Brasil adquiridos com exclusividade pela
EDITORA PENSAMENTO-CULTRIX LTDA., que se reserva a
propriedade literária desta tradução.
Rua Dr. Mário Vicente, 368 — 04270-000 — São Paulo, SP — Fone: (11) 2066-9000
http://www.editorajangada.com.br
E-mail: atendimento@editorajangada.com.br
Foi feito o depósito legal.

Para minha mãe e meu pai

"Se você diz a verdade, não precisa se lembrar de nada."

MARK TWAIN

"Sempre achei que seria melhor ser alguém de mentira do que um joão-ninguém de verdade."

TOM RIPLEY, *O TALENTOSO RIPLEY*

1

— Sou enfermeira. — As palavras saem pela minha boca antes que eu possa me impedir de dizê-las, em um tom de voz alto e ressoante como um par de latas amarradas a um para-choque traseiro. Se eu pudesse alcançá-las, pegá-las pela cauda e puxá-las de volta, eu o faria, mas é tarde demais. Elas foram ouvidas; duas cabeças se viram.

Eu deveria dar meia-volta e ir embora. Ou rir e dizer que estava brincando. Mas, quando o pai e a garotinha olham para mim do banco do parque, os olhos dele cheios de esperança, os dela, de lágrimas, sinto uma onda de adrenalina tão forte que não faço nenhuma das duas coisas. Em vez disso, me ajoelho diante da menina e abro um sorriso largo, primeiro para ela, depois para ele.

— Você precisa colocar gelo — digo para o homem, com voz clara e firme, e um leve ar de autoridade, que presumo ser natural para alguém da área da saúde.

A questão é que não sou enfermeira. Nunca fui. O que sou é uma mentirosa.

Ouvi o choro da garotinha do outro lado do parque, soluços longos e espaçados que me levaram até ela. Sempre fui intrometida, aquela que se inclina para ouvir as conversas de estranhos; que dá um passo à frente para ler sobre os ombros de alguém; que olha para a pessoa ao lado no metrô, e se esforça para ler as mensagens no celular dela. É outro péssimo hábito meu. Adicione à lista, combinado?

— Deixa eu ver — o pai estava dizendo para a garotinha quando me aproximei, segurando o pé dela com uma das mãos. — Onde foi a picada? Aqui? Ou aqui?

Eu queria ajudar; ele parecia tão agitado, tão nervoso com a situação, que, quase sem pensar, abri a boca e a mentira escapou. Estatelou-se no chão, assustando os dois. Eu tinha boas intenções, tinha mesmo. Sei que de boas intenções o inferno está cheio, não é mesmo?

Olho na direção de seus pertences. Vejo apenas um saco de papel perto deles, o conteúdo espalhado pelo banco. Um sanduíche pela metade. Fatias de maçã já escurecidas, e palitinhos de cenoura. Duas bebidas: uma lata de água gaseificada sabor uva e uma caixinha de suco.

Pego a lata. Está fria, não gelada, mas pode ajudar.

— Aqui — digo mostrando a lata para o homem. Ele a pega. Nossos dedos se tocam, de leve, os dele surpreendentemente macios.

— O ferrão saiu? — pergunto.

O pai olha na direção do pé da filha. Ela ainda está chorando, mas a intensidade diminuiu. Ela olha para mim com os olhos arregalados. Seu rosto marcado pelas lágrimas, o muco escorrendo pelo nariz. Ela tem cara de boneca, com sua franja e cílios longos; uma verdadeira gracinha. Ele também é, por assim dizer. Ainda sinto seus dedos contra os meus.

— Acho que sim — ele diz. — Você poderia dar uma olhada?

Uma faísca de orgulho. Ele confia em mim. É claro que confia. Sou uma boa mentirosa; e bom, não deixa de ser conveniente o fato de eu estar usando uniforme hospitalar.

— Claro — respondo, sorrindo.

Ainda de joelhos, estendo a mão e levanto a pequena sola de pé rosada e suja de terra. Ela deve ter 4 ou 5 anos, o pé pequenininho em minhas mãos grandes demais. Elas sempre foram grandes para uma mulher, mesmo quando eu era criança. Mãos de jogador de beisebol, minha tia sempre brincava, medindo sua palma da mão com a minha. Elas ainda são motivo de insegurança, por isso sempre opto por apertos de mãos breves, e as coloco nos bolsos ou debaixo das coxas quando me sento.

Examino a sola do pé dela. Há um pequeno inchaço vermelho e, no centro, um ponto preto. O ferrão. Aspiro o ar por entre meus dois dentes da frente, balançando a cabeça:

— O ferrão ainda está aqui.

O pai franze as sobrancelhas e olha para o ferrão.

— Será que eu deveria...?

— Você precisa raspá-lo. Com um cartão de crédito ou algo que tenha a superfície plana. Não esprema, pode piorar.

Fico satisfeita com o fato de parecer competente, cheia de conhecimento, como se realmente soubesse do que estou falando. E eu sei, eu acho; também já pisei numa abelha nesse mesmo parque, no fim do verão passado. Tinha estendido uma manta na grama e tirado meus sapatos antes de me deitar para ler. Quando me levantei e pisei na grama para pegar meu tênis, sentir uma pontada na sola do meu pé. Tornei a me sentar para examinar o machucado, xingando baixinho, e vi a abelha esmagada, o ferrão ainda preso na minha pele. Eu o espremi com cuidado, forçando o ferrão a sair pela superfície. Foi só depois, quando pesquisei no Google em surto de pânico, que percebi meu erro.

Ao final daquele dia, meu pé tinha quase dobrado de tamanho, ficado muito vermelho e inchado como uma pequena salsicha. A coceira levou três dias para parar e foram outros três dias para que o inchaço desaparecesse por completo. Manquei de forma dramática por uma semana inteira, recontando a saga do ferrão para qualquer pessoa que olhasse na minha direção. Embora, verdade seja dita, talvez eu tenha contado que pisei em um enxame e não em uma única abelha. A questão é que realmente tenho *alguma* experiência no assunto.

O pai leva a mão para o bolso traseiro e pega a carteira.

— Obrigado — ele diz, grato. — Se você não estivesse aqui, eu provavelmente teria chamado uma ambulância. — Ele sorri para sinalizar que está brincando. Seus dentes são bem brancos, retos e alinhados. Ele é bonito daquele jeito óbvio de quem já arrasava corações na adolescência, e deve ter pouco mais de 30 anos, a minha idade.

Ele tira um cartão de crédito de uma das divisórias da carteira.

— Deixa eu ver seu pé, querida — diz.

Enquanto passa o cartão pela sola do pé da menina, vejo o nome que está escrito nele. Jay Lockhart. *Jay Lockhart.* Gosto da sonoridade do nome, como se fosse sair com facilidade pela minha boca se eu o pronunciasse em voz alta. Jay como o personagem de *O Grande Gatsby*, o milionário louco de amor, charmoso e de sangue quente. Olho novamente para o homem — Jay — e decido que combina com ele, com seu sorriso de menino e rosto de *playboy*.

— Consegui! — Jay anuncia triunfante, segurando um pontinho preto minúsculo — o ferrão, provavelmente — entre o dedão e o indicador. — Viu só? — ele mostra primeiro para a garotinha e depois para mim.

— Bom trabalho! — digo, sorrindo para ele, que parece orgulhoso como se tivesse conquistado uma medalha em uma competição olímpica. Talvez não de ouro, mas de bronze, ainda assim respeitável.

Quando ele sorri de volta, sinto um leve rubor colorir minhas bochechas. A sensação é de que estamos dividindo a vitória; como se ele fosse se aproximar e me abraçar, a sua colega de time também vitoriosa.

— Melhorou? — ele pergunta para garotinha. Ela assente e para de soluçar. Ele estende a mão e enxuga as lágrimas das bochechas dela com o polegar, então ajeita a franja sedosa da menina. Noto que ele não está usando uma aliança.

— Seria bom colocar gelo quando chegar em casa — digo, ficando em pé —, para não inchar. E talvez seja bom dar um antialérgico, talvez só meia dose. Vai ajudar com qualquer possível coceira.

— Muito obrigado mesmo. Você pode dizer "obrigada", Harper — Jay se vira para a garotinha. — Diga obrigada, senhorita...? — ele se interrompe e olha para mim, para saber meu nome.

— Caitlin — digo.

Outra mentira. Nem ao menos sei de onde vem. Será que já conheci alguma Caitlin? Uma vez, talvez. Quando era criança, acho que fiz balé com uma menina chamada Caitlin. Ou será que era Carly? Estávamos na mesma turma no centro comunitário da cidade, era só isso que tínhamos em comum. Ela tinha um cabelo longo na altura da cintura, preso em uma bela trança que descia pelas suas costas, com presilhas brilhantes nas laterais, e sapatilhas de balé novinhas, o tecido de cetim rosa cintilava. Eu dançava com meias velhas. Ela era a melhor bailarina, qualquer que fosse seu nome, a protagonista do recital. Eu era a fadinha número 6. A garotinha com a picada de abelha, Harper — um nome refinado, mas fofo, exatamente o que seria de se esperar nesta vizinhança — também tem uma única trança sedosa, a franja perfeitamente penteada. Talvez seja por isso que pensei naquele nome: uma me lembrou da outra.

— Obrigada, srta. Caitlin — Harper recita obediente.

— Foi um prazer, Harper — digo. — Espero que seu pé melhore logo.

Ela me dá um sorriso hesitante, enquanto me olha com seus olhos castanhos grandes. Em seguida, olha para o pai.

— Posso terminar de construir o meu castelo?

Jay assente com a cabeça, sorrindo, e ela desce do banco e vai para perto dos brinquedos de areia espalhados pelo chão.

Ele olha para mim.

— A propósito, me chamo Jay — diz, ficando em pé e estendendo a mão para mim. Ele é mais alto do que imaginei, deve ter bem mais do que um metro e noventa de altura.

— Prazer em conhecê-lo, Jay — digo. Quando apertamos as mãos, há uma corrente de eletricidade. Pelo menos é o que sinto. Ele não precisava ter se apresentado, mas o fez. Já é alguma coisa.

Há uma pausa, e então ele diz:

— Todo mundo é mentiroso, não é?

Meu coração para de bater e fica entalado na minha garganta.

— O quê? — consigo perguntar. *Como ele poderia...?*

Jay sorri e aponta para a minha mão, solta na lateral do meu corpo. Ainda estou segurando meu livro, aquele que eu estava lendo quando ouvi Harper chorar pela primeira vez, meus dedos marcam a página onde parei. É uma edição de bolso bem surrada de *Assassinato no Expresso Oriente*, os cantos em cada lado da capa arrebitados pelo manuseio.

— Desculpe. — Ele faz uma careta, como que se desculpando. — Estraguei o final? Parece que você já o tinha lido antes. Acho que presumi...

— Oh — solto uma risadinha e um suspiro de alívio. — Não, deve ser a décima vez que leio. Você já leu também?

Jay assente.

— Eu amava o detetive, Hercule Poirot. Meus pais me deram um *box* da série no meu aniversário de 12 anos. Sempre tentei resolver os casos antes dele. Mas nunca consegui. — Ele balança a cabeça com pesar.

Dou risada.

— O meu favorito da Agatha Christie é *E Não Sobrou Nenhum*. O final é — faço um barulho de explosão. — Nossa, nunca ia adivinhar o que aconteceu.

— Nunca li esse. É tão bom assim?

— Posso lhe emprestar minha cópia — ofereço. — Você vem sempre aqui? Eu costumo vir algumas vezes por semana. — Prendo a respiração e sinto meu coração acelerar. Provavelmente estou passando dos limites. Como sempre.

Mas eis a verdade. Sei que não é a primeira vez deles neste parque. Já os vi aqui antes. Duas vezes, na verdade, no início da semana. Estava torcendo para vê-los novamente, e fiquei feliz quando os vi chegar. O choro de Harper realmente chamou a minha atenção, embora estivesse de olho neles enquanto folheava meu livro, olhando para cima a cada duas ou três páginas, vendo-a brincar no trepa-trepa e no balanço.

Naquele primeiro dia, terça-feira, notei Jay antes de notar Harper. Tenho quase certeza de que todas as mulheres no parque fizeram o mesmo. Não só porque ele era um dos poucos homens lá, mas também porque ele parece ter saído de um estúdio de filmagens de Los Angeles, e não de um parque no coração do Brooklyn.

Como disse a ele, venho aqui quase todos os dias, dando uma escapulida do trabalho para fazer uma pausa durante a tarde, por isso já conheço os frequentadores. Geralmente vejo as mesmas crianças com as mesmas babás. O mesmo grupo de mães, sentadas umas ao lado das outras, conversando nos bancos, enquanto seus filhos correm pelo parque, gritando. Gosto desse parque, de como todo mundo parece feliz, dos reflexos de sol na grama, do cheiro das madressilvas que cercam o perímetro. O parque fica cheio mesmo nos meses mais frios, as crianças todas empacotadas e com as bochechas rosadas.

— Seria ótimo — Jay diz, respondendo à minha oferta. — Mas é a minha esposa quem geralmente traz a Harper aqui. Tive uma semana de folga, então assumi a função do parque. Volta tudo ao normal na segunda-feira.

Quando ele disse "minha esposa", meu coração murchou, fazendo com que me sentisse ainda mais idiota do que já me sentia. O que estava achando que era isso? O começo de uma comédia romântica, na qual sou como a Liv Tyler em *Menina dos Olhos*? Sei que é uma referência datada, mas que mulher não fantasia com um Ben Affleck viúvo, encontrando conforto em seus braços, tomado pelo luto e vulnerável? Uma garotinha sem mãe olhando para você com adoração? Sim, é um pouco mórbido, mas não devo ser a única que fantasia com isso. Ai, meu Deus, será que eu sou?

— Vou falar para ela procurar você na próxima vez que vier — Jay diz. — Aparentemente, esse é o novo parque favorito da Harper.

Forço um sorriso largo, como se conhecer a sua esposa, que sem dúvida deve ser linda, me enchesse de uma alegria incontrolável.

— Ótimo! — digo, na esperança de soar animada. — Costumo estar por aqui neste horário. Talvez possa deixar o livro com ela.

É assim que confirmo que não sou bonita. Nenhum homem casado contaria para sua esposa sobre a mulher solteira maravilhosa com quem fez amizade no parque. Não a menos que seu QI seja abaixo do que é considerado funcional, ou ele queira ser sufocado enquanto dorme naquela mesma noite. E Jay não parece ser idiota, nem querer morrer.

Mas não me surpreende. Sei que não sou o tipo de mulher que é vista como uma ameaça pelas outras. Meu nariz é ligeiramente grande demais, meu maxilar é angular. Nos meus melhores dias, digo a mim mesma que sou bonita, como aquelas atrizes de filmes em preto e branco, de traços bem-marcados. Greta Garbo, talvez, se a luz não estiver direta. E eu também não me ajudo. Sei que poderia passar mais tempo cuidando da minha aparência; não preciso ter uma aparência tão desleixada como tenho.

Também poderia me vestir melhor; mas, em vez disso, uso o que me deixa confortável, roupas que tenho há anos que já deveriam ter sido doadas — ou jogadas fora — séculos atrás: *jeans* de cintura alta com buracos nos joelhos, camisas de flanela, suéteres grandes e surrados. Graças ao vai e vem da moda, talvez parecesse descolado se fosse intencional — ou se não fosse combinado com rabos de cavalo malfeitos, óculos com armação barata de plástico, e tênis surrados. Eu tenho lentes de contato (e escova de cabelo), mas estou quase sempre atrasada de manhã, saindo pela porta parcialmente vestida, com uma torrada queimada na boca; as lentes de contato (e a escova de cabelo) geralmente ficam de escanteio.

Não é como se eu não tivesse roupas melhores — eu tenho — só não tive um bom motivo para usá-las recentemente. Porque, em vez de cardigã e calça, uso uniforme hospitalar para trabalhar. Na cor malva, para ser específica. Minha chefe, Lena, sorria orgulhosa quando me entregou o uniforme. Ela mesma escolheu a cor.

Eu não sou enfermeira, e sim uma manicure em um pequeno spa boutique, que oferece serviços de manicure e pedicure a 75 dólares, depilação feita com cera natural de açúcar e um menu de três páginas de limpezas de pele exclusivas. Enfermeira, manicure, será que são mesmo profissões tão diferentes assim? Tudo bem, admito, são completamente diferentes. A diferença entre cuidar de um braço quebrado e de uma unha de acrílico quebrada é grande e profunda.

No momento, além do uniforme, estou usando os já mencionados óculos com armação de plástico, um par de brincos de ouro e um colar estilo gargantilha que peguei quando estava saindo de casa.

Levo a mão ao colar. Eu o encontrei em uma lojinha pela qual passei no caminho de volta do trabalho há algumas semanas. Parei ali para passar o tempo, sem nenhuma intenção de comprar nada, mas quando passei pelo caixa, notei o colar no balcão de vidro, o dourado cintilando. A vendedora se ofereceu para colocá-lo no meu pescoço para que eu pudesse ver como ficaria. Ficou perfeito. Era delicado, com pequenos elos entrelaçados, bem abaixo da base do meu pescoço, tinha uma pequena pérola pendurada. Paguei por ele e não o tirei mais do pescoço. Quando Natasha, minha colega de trabalho, fez um comentário sobre ele no dia seguinte, disse a ela que era herança de família, herdada da minha avó.

Contudo — prepare-se para o baque —, mesmo com os brincos e o colar, estou longe de ganhar nota 10 no quesito beleza. A esposa de Jay provavelmente se parece mais com a Liv Tyler do que eu nem em sonho me pareceria. Era a Daisy do Gatsby dele. Graciosa, com as maçãs do rosto bem-marcadas. Lábios carnudos, e cabelos cacheados caindo pelas costas. Nenhum sinal de *frizz*.

— Só mais cinco minutos, Harp. — Jay se abaixa para tocar no topo da cabeça da garotinha, que concorda, distraída. Ela parece ter se esquecido da picada de abelha e agora brinca feliz aos nossos pés, despejando areia em um balde e virando-o de cabeça para baixo.

Transfiro o peso de um pé para o outro. Eu deveria ir embora — preciso estar de volta ao trabalho em menos de dez minutos —, mas Jay é muito mais interessante do que o quer que esteja esperando por mim lá. E ele disse que ela tinha mais cinco minutos. Se eu andar depressa, conseguirei voltar a tempo. Por isso, em vez de ir embora, digo:

— Você disse que teve uma semana de folga?

Ele assente.

— A pré-escola de Harper está em recesso, então eu tirei uma semana de folga também para passar mais tempo com ela.

— O que você faz? — outro péssimo hábito meu: falar demais e fazer perguntas demais. Provavelmente é pelo mesmo motivo que eu minto: para preencher o silêncio, impedir as pessoas de ir embora.

Veja, tenho total consciência do quanto isso soa patético. É só que meu trabalho é tão entediante. Minha vida é tão entediante. Sem graça e monótona. Eu daria quase tudo por uma espiadinha na vida de outra pessoa. E a vida dele parece particularmente interessante. Tecnicolor, tão vibrante que é preciso semicerrar os olhos para poder enxergar. Eu apostaria tudo de que estou certa sobre isso.

— Abri minha própria empresa no ano passado, no setor de desenvolvimento de jogos *on-line*. O que, basicamente, significa que sou bem nerd. — Jay brinca, sorrindo, os olhos brilhando. Noto que ele tem uma covinha na bochecha direita.

Ele não é um *nerd*. Longe disso. Nunca foi. Dá para saber só de olhar para ele. Como eu disse, ele é alto, muito alto, entre um metro e noventa e um e noventa e cinco de altura, tem cabelos escuros nos quais fica passando a mão, para tirar dos olhos. Tem um maxilar forte, a barba feita, e a pele bronzeada e lisa.

— Parece interessante — digo. — Abrir a própria empresa.

— Às vezes. — Ele dá de ombros. — Não é uma carreira tão altruísta como a enfermagem, mas paga as contas.

Verdade, sou enfermeira. Dou um sorriso modesto como se merecesse o elogio. Gostaria de merecer.

Jay olha para o telefone.

— Merda, temos que ir embora. Prometi que voltaria para casa com a Harper até as 15 horas.

— Já é tarde assim? — pergunto, fingindo surpresa. — Droga, preciso correr também. — Claro que de volta para o meu trabalho de verdade, sem nenhum paciente à vista. — Foi um prazer conhecê-lo.

— O prazer foi meu, Caitlin. — O sorriso dele passa a impressão de sinceridade, sinto um frio na barriga. — Como eu disse, pedirei à minha esposa para procurá-la.

Sorrio de volta, mostrando os dentes.

— *Adoraria* conhecê-la. — Sou uma mentirosa, lembra-se?

Observo enquanto ele e Harper deixam o parque, de mãos dadas, os braços balançando. Quando chegam ao portão, Jay olha para trás e acena uma última vez. Aceno de volta, mas espero até que tenham desaparecido de vista, antes de me virar e ir embora também.

No trajeto de volta, no entanto, penso que o motivo pelo qual pensei que ele fosse solteiro era porque não estava usando uma aliança. Não consigo deixar de questionar o porquê.

2

— Mãe? — chamo, quando chego em casa do trabalho, fecho a porta com cuidado atrás de mim e coloco minhas chaves na mesinha que fica próxima à entrada. — Cheguei!

— Sloanie? É você? — Sloane, esse é o meu verdadeiro nome. "Sloane, Sloanie, a grande falsiane." E, sim, moro com a minha mãe. Eu sei, eu sei, mais um item na minha lista de realizações. Estou tentando mudar isso. Juro que estou tentando. Juro por tudo que é mais sagrado.

— Sim, sou eu, mãe — respondo alto.

Tiro meus sapatos, deixo minha bolsa ao lado deles e caminho na direção do pequeno corredor que leva à sala de estar. Ela está na poltrona reclinável com a TV ligada, vestindo um conjunto de moletom azul-claro e meias grossas de lã, tal qual uma personagem das séries de comédia dos anos 1970. Atravesso a sala, me inclino para dar um beijo em sua bochecha, e olho para a tela da TV. Está passando *Assassinato por Escrito*, o seriado antigo que é o favorito dela. Ela provavelmente já assistiu a este episódio no mínimo umas três vezes.

— Como foi no trabalho? — ela pergunta, diminuindo o volume da TV do máximo para o muito alto. Ela franze os olhos para me olhar, aparentando ser bem mais velha do que é, com seu cabelo curto e cacheado quase todo branco, as linhas em sua testa e ao redor dos olhos e boca bem-marcadas.

— Tudo bem — respondo, dando de ombros. — Vou começar a fazer o jantar. Está com fome?

Ela assente com a cabeça apontando o controle remoto novamente para TV, e o volume voltando para um nível alarmante. Fico surpresa de os vizinhos não reclamarem.

Tanto a visão quanto a audição de minha mãe estão decaindo. Anos trabalhando em pé como faxineira acabaram com sua coluna, deixando-a curvada e dolorida; suas articulações rígidas. Ela tem artrite reumatoide desde os 30 anos de idade, controlada com medicação. Mas o estrago foi feito; na maioria dos dias, não consegue se mover e muito menos trabalhar.

Minha mãe passa os dias em uma poltrona antiga no canto da sala de estar, com uma bolsa de água quente nas costas, as pernas para cima, olhando através de óculos sujos para a TV enquanto reprises de *Mistérios sem Solução* e *Arquivos Forenses* distorcem a tela. Bebe xícara atrás de xícara de café morno bem doce, seguidas por um copo de uísque às cinco da tarde e, depois, por outra xícara de café antes de dormir, descafeinado dessa vez. Eu não planejava estar morando com a minha mãe aos 30 anos; mas, pelo menos, posso ficar de olho nela. Hoje em dia, cuidar dela é quase automático, algo que faço desde que me entendo por gente.

Vou para a cozinha e abro a geladeira. Temos sobras de frango assado do jantar que fiz ontem à noite, que esquento e desfio em uma tigela junto com uma porção de pepinos picados, cenouras e um pouco de alface-romana. Uma tentativa modesta de contrabalancear a comida chinesa que minha mãe com frequência pede no almoço. Divido a salada entre meu prato e o dela e volto para a sala de estar.

— Obrigada, Sloanie — diz minha mãe, pegando o prato da minha mão. Em seguida, coloca o programa no mudo. Ela gosta de ouvir sobre como foi o meu dia enquanto comemos.

— Fiz as unhas da Dolly hoje — digo, mastigando uma cenoura.

Trabalho no *spa* — Rose & Honey — há quase um ano. Entrei lá durante uma tarde, depois de ver a placa de "Contrata-se" na vitrine. Já tinha passado em frente à fachada do estabelecimento com toldos em preto e branco pelo menos umas cem vezes, mas nunca tinha entrado. Na época, estava sem trabalhar havia meses. Não conseguia emprego em nenhum lugar, pelo menos não para fazer aquilo para o qual era qualificada. Conseguia passar para as próximas etapas de algumas entrevistas, porém nenhuma oferta de emprego se materializava. Eu sabia o motivo, é claro; por isso, não era surpresa, embora também não facilitasse nem um pouco o processo. Ser manicure parecia uma alternativa razoável, algo em que poderia me sair bem se tentasse.

A mulher na recepção pareceu feliz quando pedi pelo formulário de candidatura de emprego. Ela apertou minha mão vigorosamente, apresentando-se como Lena, a dona do *spa*. Era uma mulher corpulenta do Leste Europeu, com maquiagem impecável, olhos delineados de preto e emoldurados por longas extensões de cílios, pele de porcelana e lábios vermelhos carnudos. Tinha aberto o estabelecimento havia alguns anos, segundo me disse, com um sotaque carregado, e estava contratando uma nova manicure para a equipe; alguém confiável, com quem pudesse contar. Por que não, pensei, não deve ser tão difícil, certo?

Quando Lena me perguntou se eu tinha formação técnica em estética e cosmetologia, respondi que sim; que tinha concluído recentemente o curso. Pensei que poderia encontrar um certificado para falsificar, se ela me oferecesse o emprego. Fui convidada para uma entrevista prática na qual, segundo ela, demonstraria minhas habilidades fazendo suas unhas. Passei a semana seguinte no YouTube, pausando os vídeos a cada passo para praticar na minha mãe, uma camada e depois outra, pintando e repintando. Memorizei as etapas, que eram até bem fáceis: limpar, cortar, lixar, polir, cuidar das cutículas, esfoliar, hidratar, camada de base, camada de esmalte, extrabrilho. No dia, levei meu próprio *kit* de manicure, que comprei em uma loja de produtos de beleza com um cupom de 25% de desconto. Quando terminei, Lena examinou as unhas, sorriu e me ofereceu o emprego.

— Você tem mãos boas — disse, com um olhar de aprovação para as minhas mãos. Olhei para baixo. Comparadas às da Lena, minhas mãos pareciam ainda maiores do que de costume. Quem imaginaria que minhas mãos grandes acabariam se tornando um triunfo? Pagava 21 dólares a hora; mais, no mínimo, 1.000 dólares extras por mês em gorjetas, às vezes mais; seus clientes eram generosos, Lena me disse, fazendo referência aos bolsos fartos de Cobble Hill. Era um pouco menos do que eu ganhava no meu último emprego, mesmo com o dinheiro das gorjetas; mas como dizem: a cavalo dado não se olha os dentes.

Aceitei o emprego na hora, entreguei um certificado falsificado de cosmetologia pelo qual paguei 50 dólares a um cara na internet para que o fizesse. Lena olhou de relance para ele, distraída com o telefone tocando e me disse que eu poderia começar no dia seguinte.

É um bom trabalho, sem muito desgaste mental, fácil e a maioria das clientes deixa pelo menos 20%, às vezes 30%, de gorjeta ao final do serviço. Com os cheques de aposentadoria que minha mãe recebe, temos o suficiente para pagar nosso aluguel e nossas contas, mas não chega nem perto de me impedir de desejar algo melhor — algo *mais* — ou de temer o som do meu despertador toda manhã, seu toque estridente me irritando.

— E como ela está? — minha mãe pergunta, referindo-se a Dolly — como a Dolly Parton. Uma homenagem à rainha da música *country* norte-americana. Invento apelidos para minhas clientes regulares; aquelas que vejo toda semana, mulheres que passei a conhecer por meio de suas conversas altas demais ao telefone ou de conversas-fiadas. Dolly Parton é, na verdade, Laura Hoffman, mas elas compartilham o mesmo cabelo loiro armado e os peitos grandes. Laura tem até mesmo um leve sotaque sulista, embora tenha crescido no Texas e não no Tennessee, como Dolly. Ela se mudou de Dallas para Nova York depois que conheceu o marido, quando ele estava em uma expedição petrolífera; ou o que quer que magnatas façam quando viajam a trabalho.

— A enteada quer o Lamborghini — digo.

O marido de Laura — muito velho e muito rico — morreu há dois anos. Desde então, ela briga na justiça com os filhos dele por cada centavo que o velho tinha em seu nome. O que era muito. Laura me atualiza sobre o desenrolar da disputa quando vem fazer as unhas toda semana. Ela mora em uma cobertura em Manhattan — no Upper East Side, onde mais seria? —, mas tem um filho de um casamento anterior morando em Brooklyn Heights, algumas ruas abaixo do Rose & Honey, por isso ela vem nos dias que o encontra para almoçar. As cabeças se viram rapidamente quando ela entra, um contraste enorme com a nossa clientela típica do Brooklyn.

— Mas — continuo —, Laura diz que prefere vender o carro para um desmanche do que ver aquela idiota metida o dirigindo. Palavras dela, não minhas.

— Onde alguém estaciona um Lamborghini em Manhattan? — minha mãe pergunta, genuinamente curiosa.

Dou de ombros.

— Ela disse algo sobre uma garagem particular? Nenhum deles nem ao menos *dirige*. Laura diz que Cassie nem tem carteira de motorista. Em vez de um carro no seu aniversário de 16 anos, ela ganhou um motorista.

Minha mãe solta uma risadinha, revirando os olhos. Sua tolerância para mulheres ricas é ainda menor do que a minha. Gosto de Laura, porém; gosto de como ela abre as portas para sua vida de novela, permitindo que eu tenha um vislumbre de como é. Ela também me trata como um ser humano, em vez de um objeto inanimado que sabe como fazer unhas; o que é mais do que posso dizer sobre a maioria de minhas clientes.

— Mas ela descobriu que o filho está esperando o segundo filho, então, estava de bom humor. Dobrou minha gorjeta. — Laura geralmente me dá uma nota de 50 dólares antes de ir embora — uma das únicas clientes que dá gorjetas em dinheiro —, mas hoje foi uma nota de 100 dólares novinha em folha. Comecei a protestar, e ela me disse para parar, balançando as mãos e exagerando na piscadela.

Essa não é toda a verdade, no entanto. Provavelmente me deu o dinheiro extra porque, quando comecei a fazer suas unhas, mencionei que tinha derrubado café no meu computador, queimando o disco rígido e, consequentemente, apagando as últimas 50 páginas do livro no qual lhe contei que estava trabalhando. Sua mão, com as unhas ainda por secar, taparam imediatamente sua boca.

— *Oh, não, Sloane!*

É claro que não existe computador nem livro. Mas a mentira servia tanto a mim quanto a Laura. Eu gostaria que houvesse um manuscrito pela metade em um computador, no qual passasse as noites debruçada sobre um teclado em vez de encurvada sobre os pés de mulheres. Meu Deus, qualquer um desejaria isso. Nunca passou pela minha cabeça que ela dobraria sua gorjeta. Se tivesse passado, eu não teria mentido. Eu juro.

Só que a verdade é tão desinteressante. Emendá-la, mudar os detalhes, acrescentar cor, é algo que comecei a fazer na infância; um hábito ruim — como roer as unhas ou arrancar as casquinhas dos machucados — que nunca abandonei. Na verdade, passei a fazer cada vez mais, as mentiras saindo pela minha boca de forma cada vez mais natural, quase um reflexo, até que se tornaram instintivas; parte de quem sou. Quase não penso em dizer a verdade mais. Por que diria? Quando se diz a verdade — pelo menos se a verdade for entediante, o que geralmente é — as pessoas começam a ficar inquietas, seus olhos vidrados à medida que a atenção se esvai. No fim, acabam se dando conta, respondendo com um envergonhado, "Nossa, me desculpe, o que você estava dizendo mesmo?", em uma tentativa de fingir interesse.

Odeio esse tipo de olhar. O jeito falso e vazio como sorriem para você. Sempre odiei. Faz com que me sinta insignificante, como uma folha de papel amassada, jogada no chão, em vez de no cesto de lixo. Eu costumava receber esse olhar o tempo todo quando era mais nova. Minha mãe e eu nos mudávamos muito, pulando de cidade em cidade, apartamento em apartamento, escola em escola, sempre que ela mudava de emprego, um atrás do outro. Eu era sempre a novata, em pé diante de uma sala de aula, as mãos suadas, enquanto a professora me pedia para me apresentar. Começava hesitante, olhando para meus sapatos, contando que tinha nascido na Flórida, tinha me mudado recentemente de qualquer cidadezinha que tínhamos acabado de deixar para trás; então, levantava os olhos e percebia que ninguém estava prestando atenção. As meninas estavam trocando bilhetinhos e sussurrando, os meninos se chutando nos corredores. A professora tentava silenciar a turma, mas até ela estava distraída, escrevendo no quadro ou distribuindo tarefas. Eu olhava esperançosa para as meninas, querendo ser aquela com quem sussurravam. Porém, minhas calças eram curtas demais, os tênis surrados demais, e a blusa desbotada demais para chamar a atenção de alguém. Era um sentimento muito ruim, o da invisibilidade. Todas às vezes, desejava não precisar me mudar, embora entendesse o motivo.

Minha mãe era trabalhadora, escrupulosa até demais, mas quando sua artrite inflamou, precisou ficar de repouso, impedida de trabalhar, passando os dias com as mãos e os pés de molho na água tão quente quanto podia suportar. Quando chegava em casa da escola, eu subia na cama dela e massageava suas juntas com óleo de rícino e bálsamo de tigre, além de colocar um de seus filmes favoritos para distraí-la da dor. Por fim, seus empregadores começavam a reclamar das ausências, davam a ela um aviso, depois outro, até que voltava para casa com o último pagamento.

Nós nos mudávamos quando o senhorio começava a bater na porta e a colocar avisos de despejo na caixa de correspondência. Encontrávamos uma nova cidade, a uns trinta quilômetros em qualquer direção, outro apartamento que não exigia fiador, e eu começava em uma nova escola. Apague e recomece. Acabei me acostumando e já esperava pela próxima mudança depois de alguns meses.

Éramos só nós duas, desbravando o mundo. Nunca conheci meu pai, nem mesmo sabia quem ele era, para além de alguém com que minha mãe teve um relacionamento breve quando tinha vinte e poucos anos. Os pais dela — meus avós — morreram alguns anos depois do meu nascimento, e sua irmã mais velha morava longe de nós. Estávamos bem sozinhas. Precisávamos estar.

Na quinta série, quando minha mãe eu nos mudamos para Whispering Pines, na Georgia, um pequeno subúrbio na periferia de Macon, disse a mim mesma que as coisas seriam diferentes daquela vez. No primeiro dia, quando o sinal do recreio soou no meio da manhã, segui a turma até o pátio, onde um grupo de meninas de trancinhas me rodeou:

— De onde você é? — uma delas perguntou. Dava para perceber que ela era descolada pelo número de pulseiras de plástico cor neon que adornavam seus punhos: rosa-choque e verde-lima, balançando enquanto ela andava. Ela tinha franja, e quando cheguei em casa naquela noite, cortei a franja também; em pé, em cima de uma cadeira, de frente para o espelho do banheiro, com as tesouras da cozinha na mão.

— Califórnia — respondi. Não sei de onde saiu o nome. Não tínhamos nos mudado da Califórnia; tínhamos apenas dirigido por uma hora em direção ao norte, nem mesmo cruzamos de um estado para o outro; apenas fomos de uma cidade para a próxima. Graças a Deus, a professora não tinha me chamado para a frente da turma naquela manhã, nem ao menos tinha me mencionado. Eu era um quadro branco, uma tábula rasa.

À medida que via o rosto das meninas se iluminar, algo dentro de mim tomou forma. Sabia que tinha dito a coisa certa. A garota com as pulseiras sorriu para mim.

— Você é famosa? — perguntou, empolgada.

Neguei com a cabeça, mas quando vi sua decepção, rapidamente emendei:

— Mas o meu pai é. Ele faz filmes.

O espanto delas foi sonoro. E, do nada, eu era especial. Foi tão fácil.

Aquele dia, tão diferente dos meus primeiros dias anteriores, todo mundo brigou para se sentar do meu lado na hora do almoço. Contei a eles sobre as praias, as palmeiras, descrevendo em detalhes como era pular ondas grandes, as cores das conchas que encontrava na areia.

— Um verão, ganhei um concurso de castelo na areia — disse. É óbvio que nunca tinha visto o Oceano Pacífico. Tinha ido a Daytona algumas vezes, o que me ajudou em algumas descrições, assim como as cenas de meus filmes favoritos da Disney, *Lilo & Stitch*, e meu segundo filme favorito, *Flipper*. Depois do almoço, jogamos handebol, e a garota com as pulseiras — seu nome era Bianca — me chamou para ser do time dela. Fiquei eufórica.

Quando me pediram para conhecer meu pai, disse a elas que ele estava no estúdio, filmando um novo filme. *Poderia* ser verdade, pensei comigo mesma. É por isso que as mentiras nunca pareciam tão ruins. Eu não tinha ideia de onde ele estava ou o que fazia. Como poderia saber se ele *não era* ator?

Eu sabia que deveria parar, mas não conseguia evitar. Queria tão desesperadamente que as pessoas gostassem de mim, e esse era o único jeito que conseguia pensar. Era até bem simples, na verdade: eu queria ser mais interessante, então fingia ser. Sloanie, Sloanie, a grande falsiane.

Mas a ironia é que quanto mais elaboradas minhas mentiras se tornavam, mais precisava me distanciar das pessoas. Nunca podia convidar ninguém para ir até a minha casa. Elas iriam querer saber onde meu cachorrinho estava; aquele que eu disse ter adotado durante o verão. O nome dele era Pickles, contei para as minhas colegas de classe; ele era o menor filhote da ninhada, preto com manchas brancas. Iriam querer ver a cama de princesa que eu tinha descrito; aquela com a cabeceira brilhante e os lençóis de unicórnio. Iriam querer conhecer meu pai, a estrela de cinema, e nadar na nossa piscina com escorregador que ficava no quintal. É óbvio que iriam querer. Era por isso que éramos amigas. E também era por isso que nunca poderíamos ser amigas. Pelo menos não amigas de verdade.

Foi aí que outra mentira me ocorreu; uma que resolveria todos os meus problemas. Cheguei na aula uma segunda-feira com a expressão triste e sussurrei no ouvido da Bianca que tinha acontecido um incêndio em nossa casa durante o fim de semana. Tudo tinha sido engolido pelas chamas: nossa casa com piscina no quintal virou cinzas. Minha cama com cabeceira brilhante foi destruída. Nosso cachorro tinha morrido.

Disse a ela que tivemos que nos mudar para um apartamento do outro lado da cidade, algo temporário, até que reconstruíssem nossa casa. Perguntei a ela se não queria ir lá um dia depois da escola. Contei que o apartamento não era tão legal quanto a nossa casa, mas que tinha um parque do outro lado da rua ao qual poderíamos ir, e que eu tinha salvado uma das minhas Barbies antes de sair correndo. Bianca assentiu com os olhos arregalados.

Até a hora do recreio, todo mundo já tinha ficado sabendo. Minha professora, srta. Newberry, me procurou na hora do almoço e perguntou o que tinha acontecido. Repeti a história que tinha contado a Bianca, sobre como minha mãe tinha esquecido o fogão ligado, o alarme de incêndio soando no meio da noite. Ela tocou meu braço, seus olhos suaves e cheios de simpatia, e me disse que qualquer coisa que eu precisasse poderia pedir para ela. E que não precisava entregar nenhum dever de casa naquela semana. Fiquei superfeliz.

No dia seguinte, a srta. Newberry, disse para toda a turma que a escola estava organizando uma arrecadação de fundos para mim e minha família, para nos ajudar durante aquele momento difícil. Seria um festival de bolos e ela enviaria um formulário de inscrição para os pais de todos os alunos. Sorri envergonhada, transbordando de alegria pela atenção especial que estava recebendo. Porém, não deve ser surpresa que a arrecadação nunca aconteceu. Uma das mães de uma colega de classe ligou para a minha naquela noite pedindo o nosso novo endereço, para organizar uma entrega de refeições para nós. Eu estava colorindo no chão da sala de estar, quando escutei minha mãe perguntar, "Que incêndio?", no telefone e sabia que estava frita.

Naquela quinta-feira, sentei-me junto com minha mãe diante do diretor, minhas pernas balançando na cadeira enquanto ele falava e falava, chamando minha atenção sobre as consequências daquela mentira. Minha mãe ficou morta de vergonha, para dizer o mínimo.

Fiquei envergonhada também. Em grande parte, por ter sido descoberta. Se tivesse a chance de voltar atrás faria tudo de novo; valeu a pena pelo modo como todos olharam para mim durante aqueles dois dias.

Eu era nova demais para suspensão, então o diretor me fez escrever uma carta pedindo desculpa aos meus colegas de classe e à srta. Newberry. Minha mãe me deixou de castigo sem ver televisão por um mês. Mas nenhuma das punições me ensinou a não mentir, pelo contrário, aprendi como mentir melhor. Não cometi o mesmo erro na minha escola seguinte.

Nos mudamos novamente no final do ano. Na sexta série, disse a uma das minhas colegas de turma que montava cavalos nos fins de semana depois que li *Beleza Negra*. Ela também montava, foi o que me respondeu feliz e me convidou para ir ao clube de montaria no fim de semana seguinte. Inventei desculpa atrás de desculpa sobre por que nunca podia ir. Viagens para a casa dos meus tios fictícios nas montanhas, aulas de dança, festas do pijama com as amigas da escola anterior. Tudo isso fez com que precisasse ficar sozinha, no apartamento, enquanto minha mãe trabalhava, em vez de com os amigos que tinha feito por causa das histórias que contava. Eu ia à biblioteca nas tardes de sexta-feira para pegar vários livros que passaria o fim de semana lendo. Livros que afastavam a solidão, cujos detalhes eram incluídos na rede de mentiras que criava.

Menti durante os Ensinos Fundamental e Médio, durante a universidade pública e depois dela. Pequenas mentiras, no geral, mas que não deixavam de ser mentiras. Eu já deveria ter parado — sou adulta agora, pelo amor de Deus —, mas não parei. Não consigo. Quero tanto dizer a coisa certa, ser o tipo certo de pessoa que, quando abro minha boca, sai o que acho que a outra pessoa quer ouvir, seja verdade ou não.

Não é como se não existissem consequências, para além das várias visitas à sala do diretor. Perdi amigos aqui e ali, oportunidades de emprego quando alguém se empenhava na checagem das minhas referências. Eu minto bem, mas tropeço de vez em quando, ou alguém desmente a história que contei e sou desmascarada.

Às vezes, passo um tempo mentindo menos. Geralmente, acontece depois de ser pega mentindo. Tento mudar, ser honesta, mas, após algumas semanas, me escuto falando algo que não é verdade, sobre o qual não tinha planejado mentir; e, na mesma hora, retomo meu antigo hábito, como se estivesse vestindo minha blusa favorita. Combina demais comigo, é quentinha, confortável, surrada. Outras vezes, quando as coisas vão bem, como no meu trabalho anterior a este, não sinto tanta necessidade. Ainda minto, porque sou incapaz de me conter, mas o ímpeto não é tão forte.

Porém, esta é a parte de mim que me torna ainda mais esquisita. Às vezes acredito nas minhas próprias mentiras. Elas parecem reais. Deixo-me levar pela fantasia, pela história, pela nova versão. Deitada na cama à noite, incremento a história, adormeço e sonho com ela. Acho que é porque sempre senti como se a vida tivesse que ser mais do que era. Não era possível que eu fosse apenas essa criança pobre sem pai. Ele tinha que existir, que ser *especial*, o que significava que eu tinha que ser especial também. Todo mundo quer se sentir especial, não quer?

— Então, foi um bom dia — diz minha mãe. Soa tanto como uma pergunta quanto como uma afirmação. Ah, é mesmo, teve a gorjeta de 100 dólares.

— Hum, hum — respondo. Foi um bom dia. Um ótimo dia. Considero contar a ela sobre Jay e Harper, mas não conto. Não sei bem o porquê. Ela é a única pessoa para quem não minto, a que me acha interessante do jeito que sou.

Ainda assim, quero mantê-los só para mim, por enquanto. E deixar de contar uma coisa não é o mesmo que mentir, não exatamente. É o que digo para mim mesma de qualquer maneira.

Minha mãe me entrega o controle remoto.

— Você escolhe o filme — ela diz. — Escolhi o último.

Devolvo o controle.

— Não, você escolhe. Vou pegar a sobremesa. Ainda temos um pouco de sorvete.

— Vou querer duas bolas. — Minha mãe se recosta na cadeira, enquanto começa a navegar pela lista de títulos populares na Netflix. Assistimos a um suspense noite passada, sobre uma mulher cujo marido não era tão perfeito quanto parecia. Poucos maridos são, pelo menos em Hollywood, aparentemente.

Na cozinha, coloco nossos pratos na lava-louça e divido o que resta do sorvete em duas tigelas, jogando o pote vazio na lixeira de reciclagem já praticamente cheia. Faço uma nota mental para tirar o lixo antes que os coletores venham na segunda-feira. Apago as luzes da casa enquanto volto para o sofá, entregando a tigela à minha mãe antes de me sentar. O filme, uma continuação — outro suspense —, começa, uma música brega tocando alto; dou uma colherada no meu sorvete e giro a colher gelada dentro da boca.

Distraio-me quase imediatamente, a tela desfocando, os sons diminuindo. Só consigo pensar em Jay e Harper. Principalmente em Jay. Seu sorriso. Penso se o verei novamente.

Antes de ir para a cama, pego minha cópia de *E Não Sobrou Nenhum* da estante e a coloco na bolsa. Só por garantia.

3

Chego atrasada ao trabalho na segunda-feira de manhã. Coloquei o despertador na função soneca vezes demais e depois tive que sair correndo pela porta, enquanto lutava com o zíper do casaco. Por sorte, ninguém liga para o horário em que chego ao *spa*, contanto que eu esteja lá na hora do meu primeiro atendimento, que hoje é às 10h30.

Segundas-feiras costumam ser nossos dias mais tranquilos e esta segunda não é diferente. O *spa* está praticamente vazio. Chloe, uma de nossas três recepcionistas, está atrás do balcão da recepção. Das três, é a minha preferida. Aos 19 anos, está no segundo ano da faculdade no Brooklyn College e é de longe muito mais descolada do que eu. Seu cabelo, antes bem preto, agora está platinado — foi quase deserdada pelos pais coreanos quando a viram, ela me contou, radiante —, com um corte no estilo *bob* e franjinha. Está usando óculos com armação que imita o casco de uma tartaruga, calça *jeans* com boca larga e um *cropped*. Se o salão continuar vazio, farei as unhas dela, geralmente com uma cor neon, amarelo ou laranja, igual a um marcador de texto.

Atrás de Chloe, há apenas uma mulher fazendo as unhas do pé em uma das quatro cadeiras de *spa* alinhadas à parede esquerda. Uma das cinco salas de tratamento está ocupada, a porta fechada, com um aviso indicando *Em atendimento*. O número de clientes vai aumentar um pouco à tarde, mas não muito. Lena tira as manhãs de segunda-feira de folga; então, muitas funcionárias chegam mais perto das 10 horas do que das 9 horas da manhã, quando o expediente começa de fato, com exceção de quem vai abrir o *spa*, que chega às 8 horas para o caso de alguém aparecer sem hora marcada.

Um aroma intenso de eucalipto e capim-limão paira sobre mim enquanto atravesso o *spa*. Para além dele, há o cheiro ácido de esmalte e acetona. Esse cheiro forte costumava me incomodar quando comecei, fazendo meus olhos lacrimejarem, mas já me acostumei. Quase não noto mais, com exceção dos dias em que faço dois turnos seguidos, e o cheiro impregna minhas roupas, gruda em meu uniforme, meu cabelo, minha pele; os produtos químicos me seguem até em casa, minha cama e meus sonhos.

Deixo minha bolsa e casaco na sala de descanso nos fundos e faço uma xícara de café, antes que minha primeira cliente chegue. Ano passado, Lena comprou uma cafeteira Keurig para as funcionárias como presente de Natal. Ela mantém o armário cheio de cápsulas de café expresso e de creme para café sabor baunilha. Sempre sorri quando vê alguém usando-a, ainda impressionada com a originalidade do próprio presente.

Tomo um gole de café e coloco a cabeça para fora da sala de descanso para dar uma espiada no espaço reservado às manicures. Está vazio, a mulher que fazia as unhas do pé agora está na recepção, entregando seu cartão de crédito à Chloe. Mesmo com gorjetas menores em dias tranquilos como segundas-feiras, prefiro esse ritmo à correria dos dias que antecedem o fim de semana: as mulheres frenéticas à base de cafeína, que ficam encarando impacientes o relógio enquanto atendemos uma cliente atrás da outra. A calmaria me dá a oportunidade de conversar com as outras manicures e de fofocar entre os atendimentos.

Coincidentemente, Natasha, uma colega manicure, entra na sala de descanso. Ela sorri quando me vê.

Natasha é alguns anos mais nova do que eu, natural de Nova Jersey e de ascendência vietnamita — a mãe veio da cidade de Ho Chi Minh ao sul do Vietnã e o pai é filho de sicilianos e nascido em East Hanover, Nova Jersey —, tem o cabelo preto com mechas rosa que ela prende em um rabo de cavalo no alto da cabeça. Ela usa a blusa do uniforme bem justa por cima daqueles sutiãs que levantam os seios, e está sempre com um par de argolas douradas do tamanho de uma pulseira. O deslocamento de Nova Jersey para cá é infernal, mas ela fatura três vezes mais aqui do que ganharia do outro lado do rio; as donas de casa de Hoboken são um pouco menos generosas nas gorjetas.

— Bom dia, Slo — ela diz, colocando uma cápsula de café na cafeteira. Suas unhas de acrílico fazem barulho sobre os botões de plástico. — Teve um bom fim de semana?

Aceno positivamente com a cabeça.

— Foi ótimo. — Ofereço a ela o pote de creme para café. — Conheci uma pessoa — digo sorrindo, pensado em Jay. — No parque, na sexta-feira. E ele me levou para jantar ontem à noite.

Na realidade, passei a tarde fazendo a receita de Alton Brown de *panzanella* de legumes para minha mãe, e acabamos dormindo em frente à TV assistindo a *Seinfeld*. Jay com certeza estava com a esposa e Harper; os três deitados juntos na cama de Harper, ela no meio, lendo histórias antes de dormir. Mais tarde, quando saí do sofá e fui para a cama, busquei o nome dele no Google, no escuro, debaixo das cobertas, seu perfil no LinkedIn foi o primeiro resultado que apareceu. Analisei sua lista de empregos e depois pesquisei seu perfil nas redes sociais, ficando decepcionada quando descobri que eram todos privados.

— Sério? — Natasha pergunta. Suas sobrancelhas micropigmentadas se arqueiam demonstrando interesse. E, então: — Quero saber *tudo*.

Sorrio.

— Bom, para começar, ele é muito bonito. E bom de cama. Tipo, muito, muito bom — acrescento para dar ênfase.

Natasha está atenta a tudo o que eu digo, sua curiosidade aguçada por minha transa inventada. Ela quer saber mais, é evidente. Assim como eu, está solteira, navegando pelos aplicativos de namoro entre uma cliente e outra, concordando em sair com homens que não demonstram um pingo de interesse por ela. Passamos a maioria dos expedientes às segundas-feiras reclamando sobre a nossa falta de sorte, comparando as piores mensagens que recebemos durante o fim de semana, as cantadas obscenas e as fotos desfocadas que ficam gravadas na mente mesmo depois de serem deletadas.

— Aonde ele a levou para jantar? — pergunta ela.

— La Vara — respondo sem pestanejar. É onde Laura mencionou que seu filho a levou semana passada, dizendo que serviram a melhor sangria que ela tinha tomado em anos. — Os coquetéis estavam incríveis.

— E você foi para casa com ele? Que menina má!

Digo que sim com a cabeça.

— Você também teria ido, se visse quão bonito ele é. Mas ele foi um perfeito cavalheiro. Fez café da manhã para mim hoje antes que eu fosse embora. — Sorrio modesta. Natasha parece verde de inveja. — Panqueca amanteigada — esclareço. Não consigo evitar.

— Você vai vê-lo novamente? — pergunta ela.

Antes que eu possa responder, o sino da porta da frente toca e ouço Chloe dar as boas-vindas, animada. Espio e vejo duas mulheres na entrada do *spa*. Rapidamente, Natasha e eu terminamos de tomar o resto de nossos cafés e empurramos os carrinhos até nossas estações de trabalho, onde nos sentamos nos banquinhos e abrimos as torneiras.

Na minha frente, senta-se uma garota com idade para estar na universidade, usando um moletom da Aviator Nation e óculos de sol da marca Celine, colocados em cima da cabeça como uma tiara; as pernas da calça puxadas até o meio da panturrilha; os pés já na cuba, que se enche de água. A cor que escolheu está no braço da cadeira, próximo a ela — um azul vibrante. Está com fone nos ouvidos, suspirando de vez quando, como se a pessoa do outro lado da linha estivesse lhe causando uma dor de cabeça. Não parece notar minha existência, ou se nota, não demonstra.

Sua postura é comum. A maioria das mulheres cujas unhas fazemos raramente nos olha enquanto trabalhamos; nossos corpos curvados sobre seus pés e mãos. Existem algumas clientes regulares que se lembram de nossos nomes, interagem conosco de verdade; mas a maioria delas só se dirige a nós quando está gritando instruções — "não quero curta demais", "agora" ou "não, assim não, mais arredondado" e "ai!", bem como um olhar fulminante de vez em quando se puxamos uma cutícula com mais força — mas no geral somos invisíveis para elas.

Ao meu lado, na cadeira de Natasha, senta-se uma mulher de meia-idade comum. Está folheando uma revista distraída, suas pulseiras Hermès tilintando a cada página virada.

— Está muito quente? — pergunto à minha cliente, sinalizando para a água na cuba. Ela me olha sem entender, então faz sinal para seu ouvido e fala sem emitir som, "Estou no telefone". O que ela quer dizer é "Não fale comigo, plebeia". Assinto indicando que entendi. Por mim, tudo bem. Se ela não se importa de queimar o pé na água, eu também não me importo. Giro a torneira levemente para a esquerda, para esquentar um pouco mais.

— A minha está quente demais — anuncia alto a mulher em frente à Natasha, que escutou minha pergunta. — Quente demais — ela repete devagar e de forma incisiva, olhando intensamente para Natasha. Em seguida olha para mim: — Você pode dizer para ela que está quente demais, por favor?

Sorrio sem graça enquanto Natasha ajusta a torneira. É vergonhoso o número de mulheres que presumem que uma asiática trabalhando em um *spa* de unhas tem pouco ou nenhum conhecimento de inglês, não importa que Natasha tenha nascido a menos de trinta quilômetros daqui e que seus pais sejam professores universitários. Paramos de perder nosso tempo corrigindo-as, mas isso ainda me incomoda; faz com que eu queira deixar a água o mais quente possível, para que suas peles brancas fiquem vermelhas e assistir enquanto criam bolhas.

— Então — diz Natasha, assim que as pedicures estão encaminhadas, virando-se levemente na minha direção. Ela mantém a voz baixa e neutra —, estou morrendo de curiosidade aqui: você vai sair com esse cara de novo ou não?

Aceno com a cabeça, sorrindo.

— Com certeza. Ele vai viajar a trabalho no fim desta semana, mas disse que quer me ver assim que voltar. Disse que me levaria para ver o musical *Funny Girl*, com a Lea Michelle, se eu quisesse. — Ouvi várias das minhas clientes falando sobre esse musical e do quanto era difícil conseguir ingressos.

Penso se Jay leva a esposa ao teatro e decido que é bem provável que deve levar. Provavelmente a levou ao La Vara, também. Imagino-os sentados em uma mesa para dois, taças de champanhe borbulhando, rostos iluminados à luz de velas, as bochechas rosadas, sorrisos largos, dedos entrelaçados sobre a mesa. Sinto uma onda surpreendente de inveja.

O sorriso que abro no rosto está duro como plástico.

— Este aqui? — pergunto à minha cliente, pegando o esmalte azul na bandeja ao lado dela. Ela me encara por um momento, os olhos piscando devagar, antes de apertar os lábios e sinalizar que sim com a cabeça. "Você está me incomodando de novo", ela está me dizendo. "E nem vale a pena gastar saliva para dizer isso em voz alta."

Por um momento me imagino tirando a tampa do esmalte e estragando seu moletom de 200 dólares. Se não tivesse contas para pagar, se não precisasse desesperadamente deste trabalho talvez fizesse isso. Abro um sorriso ainda maior, afastando os lábios para mostrar meus dentes para ela; em seguida, me curvo na direção de seus pés. Imagino que o inferno não seja muito diferente disso.

Natasha se inclina na minha direção.

— Pergunte ao seu novo namorado se ele tem um amigo. O último restaurante ao qual um cara se ofereceu para me levar foi o Subway. O que em tese não teria sido tão terrível, se ele não tivesse me perguntado logo em seguida se eu queria ver seu pão de trinta centímetros. — Ela parece enojada.

Concordo.

— Vou perguntar a ele — digo a Natasha. — Talvez que possamos combinar uma saída entre casais.

Viramos de volta para nossas clientes, ambas sorrindo. Desta vez, meu sorriso é verdadeiro. *Seu namorado*, ela disse. Gostei de ouvir essas palavras. "Este é o Jay", me imagino dizendo, "meu namorado." Se Natasha perguntar sobre a saída entre casais de novo, direi a ela que a maioria dos amigos dele é casada. Tenho certeza de que pelo menos essa parte é verdade.

4

Às 13h30, faço o meu intervalo da tarde e vou andando até o Quailwood Park. São só dois quarteirões, uma caminhada de um pouco mais de cinco minutos. Sinto a expectativa aumentar à medida que me aproximo do parque, apesar de Jay ter dito que voltaria a trabalhar esta semana. Não consigo deixar de nutrir esperanças de que ele tenha tirado um dia a mais de férias ou saído mais cedo do trabalho, buscado Harper na escola no caminho de casa porque ele gostou da nossa conversa tanto quanto eu. O mais provável, no entanto, é que ele tenha passado o fim de semana com a bela esposa e a filha querida, sem nem se lembrar de mim. Mas posso sonhar, não é mesmo?

Está um dia claro e quente, o clima perfeito de final de primavera. O pequeno parque está lotado, cheio de crianças com suas mães e babás, gritando e rindo, os braços e as pernas à mostra. Dou duas voltas devagar pela estrutura de brinquedos. Não vejo Jay nem Harper. Solto um suspiro. Paro e escaneio o parque de novo. Ainda nenhum sinal deles. Não me surpreende, mas mesmo assim não consigo conter o sentimento de decepção, o que é idiota, eu sei.

Quando tenho absoluta certeza de que eles não estão aqui, coloco minha camisa de flanela no gramado sob uma árvore grande, me sento com as pernas cruzadas e tiro um livro da bolsa. É uma cópia de *Rebecca* com os cantos das páginas dobrados, que já li inúmeras vezes. Abro em uma das páginas marcadas, mas não consigo me concentrar. Encaro o mesmo parágrafo por vários minutos antes de desistir. Só consigo pensar em Jay. Na covinha em sua bochecha esquerda. Na eletricidade que senti quando seus dedos roçaram os meus. Imagino o que ele está fazendo agora. Está em uma reunião? Sentado em frente ao computador, o queixo apoiado na mão? Resmungo e fecho o livro, guardando-o de novo na bolsa; então, coloco meus fones de ouvido e clico no ícone do Spotify no telefone.

Passo o dedo sobre a tela, procurando uma música; aquela que escutei sem parar nos últimos dias. O barulho de crianças rindo diminui. Mexo os lábios acompanhando a música, enquanto Taylor Swift canta sobre como todo mundo concorda que o problema é ela. Eu também sou, amiga, eu também sou. Suspirando, fecho os olhos. De vez em quando, os abro e dou uma olhada pelo parque. Só para garantir. Dez minutos depois, quando estou prestes a guardar as coisas e voltar para o *spa*, vejo de relance um rosto familiar. Congelo. É Harper. E ela está olhando na minha direção. Meu coração palpita como um pequeno soluço em meu peito. Poderia achar que meus olhos estão me enganando, mas tenho certeza de que não porque ela está usando a mesma saia roxa que usava na semana passada; uma com lantejoulas brancas em forma de unicórnio na parte da frente.

Ela está com o braço esticado e percebo que está apontando — para mim. Pelo menos, acho que está. Ansiosa, procuro por Jay, mas em vez dele vejo uma mulher ao lado dela.

Parece ter entre vinte e oito e trinta e poucos anos, cabelos escuros, óculos de sol, um chapéu de aba grande encaixado na parte de trás da cabeça, e também está olhando na minha direção. Ela se vira para Harper, tira os óculos e volta a olhar para mim, apertando os olhos. Diz algo que não consigo entender e Harper confirma com a cabeça.

Em seguida, um sorriso se abre no rosto da mulher. Ela começa a acenar. *Ai, merda*. Olho atrás de mim, para me certificar, mas não há ninguém lá. Tenho certeza agora de que ela está acenando para mim. Hesitante, levanto a mão e aceno de volta.

A mulher pega Harper pela mão e as duas começam a vir na minha direção, passando pelos tapetes de borracha sobre a grama do parque. Devagar, descruzo as pernas e fico de pé, meio sem jeito, enquanto elas se aproximam; então, tiro meus fones de ouvido, primeiro um e depois o outro, guardando-os no bolso. A mão que segura o telefone fica rente à lateral do meu corpo.

— Olá — diz a mulher ao se aproximar. Sua voz é alta e clara, como um sino. Ela está sorrindo, os dentes incrivelmente brancos. — Sou Violet. — Ela para na minha frente, estendendo a mão direita. — Jay e Harper me contaram tudo sobre como você os ajudou com a picada de abelha. Você é a Caitlin, certo? A enfermeira? — pergunta, olhando para o meu uniforme hospitalar.

Assinto devagar com a cabeça. Certo, Caitlin, a enfermeira. Coloco a mão sobre a dela. Sua palma é macia, fria, os dedos longos, embora seu aperto de mão seja firme. Reparo que suas unhas estão bem feitas, recentemente pintadas. Penso onde será que ela faz as unhas, se ela já esteve no Rose & Honey. Decido que não; eu me lembraria dela.

— Você é a mãe da Harper — digo. — A esposa do Jay. É claro que é. Ela é linda, como eu sabia que seria, mas de um jeito mais interessante do que eu imaginava. Seu nariz é marcante, as sobrancelhas grossas sob franjas sedosas. Ela me lembra uma escultura de mármore, com feições angulares e pele lisa, polida à mão. A *Vênus de Milo* no Louvre, uma multidão amontoada em frente a ela, admirando-a. Como imagino que eu faça, quando estou sonhando acordada, com pouca luz.

Violet confirma, ainda sorrindo.

— Estava torcendo para encontrá-la aqui — ela diz de forma calorosa —, para poder agradecer pelo outro dia.

Encolho os ombros de um jeito modesto, olhando para baixo sem graça. — Não foi nada —, meus ombros dizem. De verdade mesmo, não foi nada.

— Poderia dizer "obrigada" para Caitlin, Harper?

— Obrigada — Harper repete. Ela está abraçada às pernas de Violet, olhando para mim por trás da cintura da mãe.

— De nada — respondo. — Fiquei feliz em poder ajudar.

Ficamos em silêncio e, então, Violet pergunta:

— O que você está ouvindo?

— Ah — olho para o meu telefone, pega de surpresa. — Taylor Swift — respondo, um pouco hesitante. Pensei em inventar alguma coisa; um *podcast* teria me feito parecer mais interessante; mas a capa do álbum preenche a tela do telefone. Ela provavelmente já viu. — *Midnights*.

Faço uma prece silenciosa para que ela não seja uma daquelas pessoas que acham música *pop* clichê; e, ao contrário disso, prefiram bandas *indies* desconhecidas ou artistas *folk* de um nome só, que gravam músicas em estúdios ao pé das montanhas chuvosas da Irlanda. Por sorte, os olhos dela brilham.

— Ele é muito bom — ela diz satisfeita. — É um dos meus álbuns favoritos.

Sorrio e concordo com a cabeça.

— É um dos meus favoritos também.

Ficamos ali, em pé, sorrindo uma para outra, meio tímidas, um silêncio confortável entre nós. Faço uma avaliação rápida, olhando-a de cima a baixo. Tem a mesma altura que eu, mas é mais magra, as pernas longas. Seus olhos, como os de Harper e os meus, são castanho-escuros, grandes, os cílios compridos.

Ela está vestindo uma camisa branca de botão, bermuda de linho bege, acinturada com um cinto de linho, e um par de sandálias na cor nude. O primeiro botão de sua camisa está desabotoado e quando se inclina para falar com Harper, vejo seu sutiã rendado, os seios fartos.

O chapéu que usa é um Fedora de lã cor caramelo, a aba virada para cima, fazendo-a parecer descolada, como uma daquelas garotas de quem sempre sonhei em me sentar ao lado na hora do recreio no Ensino Médio.

Sob o chapéu, seu cabelo é castanho-mogno, quase avermelhado, e me pergunto se é natural. Chega na altura dos ombros em ondas soltas e sedosas. Naquele momento, ela tira o chapéu e passa a mão pelo cabelo e ajeita a franja, tirando-a dos olhos. Está um pouco comprida demais, encostando nos cílios. Combina com ela, no entanto, o jeito como emoldura seu rosto, e me pego imaginando como eu ficaria com o mesmo corte. Não uso franja desde a quinta série, quando a cortei sozinha com uma tesoura de cozinha.

Como se tivesse lido minha mente, ela leva a mão à testa. A mão esquerda. Há um diamante do tamanho de uma pedra, perfeitamente arredondado, em seu dedo anelar. Ele brilha no sol, assim como o par de brincos em suas orelhas.

— Eu sei, está longa demais — ela diz. — Preciso cortá-la. Está no topo da minha lista de tarefas; mas, bem, você sabe. — Ela aponta para a filha, depois abre os braços, como se dissesse *e todo o resto*, rindo. — É meio deprimente dizer que cortar a franja está no topo da minha lista de tarefas, não é?

— Se você acha que *isso* é deprimente, deveria ver a minha lista de tarefas — respondo. — "Deprimente" não chega nem perto de descrevê-la. Está mais para trágica. Um tipo de trágico no estilo de *A Escolha de Sofia*; de Bambi perdendo a mãe; de "Não vou soltar, Jack", em *Titanic*.

Violet ri, uma risada rouca, abrindo a boca.

— Você é engraçada — diz ela quando para de rir, o sorriso ainda nos lábios. — O que está na sua lista de tarefas que a torna tão trágica? Agora fiquei curiosa.

— Bem, nada, na verdade. Nem mesmo tenho uma lista de tarefas. É isso que é trágico. — Não é bem verdade; há uma pilha de boletos para pagar na nossa mesa da cozinha, um saco de lixo reciclável em nossa varanda dos fundos que preciso levar para fora e um horário no dentista que preciso marcar; mas não quero entediá-la. Ninguém quer ouvir falar da higiene bucal de outra pessoa.

Ela ri de novo.

— Não ter uma lista de tarefas me parece o oposto de trágico. Parece glorioso. Como a Kate Winslet subindo as escadas no final de *Titanic*, para continuar no tema.

Isso me faz sorrir. Ela também é engraçada.

Ela coloca a mão no ombro da Harper e pressiona de leve.

— Bem, não queremos atrapalhar. Eu só queria dizer quanto sou grata.

— Você me empurra? — Harper interrompe, olhando para mim com seus olhos cor de chocolate. O cabelo castanho trançado do mesmo jeito hoje e preso com um laço rosa.

— Empurrar você? — pergunto com a expressão confusa.

— No balanço. — Ela aponta para o brinquedo com o dedinho.

Olho para Violet, que sorri para mim como quem pede desculpas.

— Só se você quiser — ela diz, dando de ombros. — Entendo perfeitamente se você tiver coisas melhores para fazer.

— Não, tudo bem — respondo rápido. — Seria um prazer. Não tenho nenhuma lista de tarefas, lembra? Vamos lá! — Vou me atrasar para retornar ao *spa*, mas decido que valerá a pena. Meu próximo atendimento é só às 15 horas; contanto que saia quinze minutos antes, não será um problema.

Harper pega a minha mão e me puxa em direção ao balanço. Cambaleio um pouco, surpreendida pela força dela, mas recupero o equilíbrio e caminho ao seu lado.

Desviamos de alguns pequenos corpos correndo pelo parque, as três andando em fila. Quando chegamos ao brinquedo, Harper sobe feliz no balanço, sacudindo as pernas empolgada. Coloco as mãos em sua lombar e empurro. Ela é leve como uma pluma. Assim que ganha impulso, dou um passo para trás na direção de Violet.

— Ela é fofa — digo a ela. — E foi muito corajosa quando foi picada.

Violet sorri para mim.

— É uma boa menina. Gosta de agradar. Mas vou logo avisando que ela pode ficar aqui balançando por horas. Não sei se você sabe onde se meteu.

Sorrio de volta. Já gosto de Violet. E gosto ainda mais do fato de que ela parece gostar de mim. Volto a empurrar Harper.

— Você mora aqui perto? — pergunta Violet.

— Não muito longe — respondo. — Perto de onde a rua Second se encontra com a Bond.

— Pertinho de nós! — ela exclama com alegria, como se eu tivesse compartilhado uma notícia incrível. Sorrio, feliz de ter dito a coisa certa. — Bem, moramos a alguns quarteirões de distância, em Cobble Hill, perto do cruzamento das ruas Clinton e Kane. Você mora aqui há muito tempo?

Assinto.

— Desde o Ensino Médio.

Moramos em Carroll Gardens — o bairro ao sul de Cobble Hill —; um pequeno bolsão no Brooklyn repleto de famílias jovens, butiques de luxo, perto o suficiente da água para sentir um leve cheiro de sal no ar quando o vento sopra. Minha mãe e eu nos mudamos para cá antes de estar na moda, quando os aluguéis ainda eram razoáveis; antes que os restaurantes e bares ganhassem estrelas Michelin; antes que um apartamento com dois quartos e um banheiro custasse mais de um milhão e meio.

Nós nos mudamos para cuidar da minha tia, a única irmã da minha mãe, a primogênita. Sua saúde, segundo ela mesma, estava uma merda: os rins falhando, o fígado não muito melhor. Ela precisava de alguém para levá-la às sessões semanais de diálise. Era só uma questão de tempo até que batesse as botas, costumava dizer, suspirando.

Ficamos no quarto de hóspedes, dividindo uma cama tamanho *queen* e um *closet* minúsculo. Minha tia tinha razão: ela faleceu menos de dezoito meses depois. Esvaziamos seu quarto uma semana depois do funeral, encaixotamos suas roupas e desmontamos a cama de hospital. Minha mãe esperou mais uma semana antes de comprar um jogo de cama na Macy's e se mudar para o quarto da minha tia, me deixando no quarto de hóspedes.

Antes de morrer, minha tia nos adicionou ao contrato de aluguel como coinquilinas, para que pudéssemos pagar o mesmo valor de aluguel que ela pagava quando se mudou para lá no fim dos anos 1990 — menos de 1.000 dólares. Os vizinhos do apartamento em cima do nosso pagam mais de quatro vezes esse valor. Se estivéssemos procurando por um lugar para morar hoje, teríamos sorte se conseguíssemos alugar um quarto e sala no Queens.

Cobble Hill, onde Violet mora, é um bairro ainda melhor que o nosso, repleto de novos ricos, casais com fundos de investimento, salários de sete dígitos. As famosas construções com a fachada marrom foram todas renovadas, reformadas e restauradas à sua glória histórica. Se ela e Jay moravam lá, eram ainda mais ricos do que eu imaginava.

Naquele momento, Harper desce do balanço, se juntando a Violet e a mim. Ela segura na mão de Violet.

— Estou com fome, mamãe. Posso comer meus M&Ms agora?

Violet concorda, olhando para o Apple Watch em seu pulso. A pulseira é dourada — deve ser de ouro, sem dúvida.

— Claro, querida. Não me dei conta da hora. Vamos embora. — Ela coloca a mão no bolso e retira três M&Ms. — Que tal falar tchau para a Caitlin?

— Foi um prazer conhecer você — digo. Tento não soar decepcionada. Gostaria que não estivessem indo embora. Sinto que deveria odiar Violet; estar morrendo de inveja do seu lindo rosto, mas não. Pelo contrário. Ela é tão interessante quanto Jay. A Dayse do Gatsby dele, como eu tinha imaginado. Não deveria me surpreender. Ele não é o tipo de homem que se casaria com uma mulher sem graça.

— O prazer foi meu. — Violet sorri. — Fico feliz de termos nos encontrado hoje.

Ela está prestes a se virar para ir embora.

— Na verdade — digo rapidamente, esperançosa —, estava querendo tomar um *frozen yogurt*, vocês gostariam de me acompanhar? — Talvez a Lena me mate, mas não posso deixá-las ir embora.

Violet franze o nariz.

— Nós adoraríamos, mas preciso passar no mercado; a nossa geladeira está praticamente vazia.

Concordo com a cabeça como se não fosse nada de mais, mantenho o sorriso no rosto, fingindo estar indiferente à resposta. Então, Violet inclina a cabeça, como se estivesse considerando alguma coisa.

— Mas... — ela hesita brevemente antes de continuar —, você gostaria de jantar conosco hoje à noite? Como agradecimento por nos ajudar semana passada.

Minha decepção se transforma em empolgação, como flores desabrochando. Ela me convidou para o jantar. Não sei o que dizer, de repente fico sem palavras.

Ela sorri.

— Será algo completamente casual — diz. — Prepararei algo fácil. Quer dizer, se você estiver livre?

Assinto, encantada.

— Eu adoraria — digo, encontrando minha voz. — Posso levar alguma coisa?

Violet balança a cabeça.

— Não precisa, só a si mesma, por favor. — Ela olha novamente para o pulso. — São 14h30 agora, que tal às 18 horas? O Jay sai do trabalho por volta desse horário, e assim tenho tempo suficiente para passar no mercado.

Ao ouvir o nome de Jay, o friozinho que sinto na barriga se intensifica. Lembro-me da cópia de *E Não Sobrou Nenhum* na bolsa; eu poderia entregar o livro para ele pessoalmente.

— Às 18 horas está ótimo — respondo com um sorriso largo. Não costumo sair do *spa* antes de 18h30, mas inventarei uma desculpa para sair mais cedo. Minha preocupação é que ela retire o convite, se eu pedir para chegar mais tarde. Crianças comem cedo. "Talvez outra hora", ela poderia dizer, e não posso arriscar.

— Perfeito. — Violet retribui o sorriso. — Qual é o seu telefone? Enviarei nosso endereço por mensagem.

Deixo o parque tão feliz quanto no dia que conheci Jay.

5

Corro de volta para o *spa*, eufórica, e chego ofegante. Estou atrasada; fiquei fora por uma hora, bem mais do que os trinta minutos de intervalo permitidos. Lena não vai gostar. Ela odeia atrasos.

Paro em frente à porta, enxugando o suor das sobrancelhas. Pelo vidro, vejo Chloe no balcão da recepção, bebendo um café para viagem. Quando me nota, faz sinal para que eu entre. Respiro fundo, tentando recuperar o folego, e entro.

Estou distraída, procurando Lena pelo *spa*, quando Chloe me para.

— Você tem uma pedicure de luxo aguardando — ela diz. — Ela marcou com a Natasha, mas ela teve que encaixar uma cliente que chegou sem hora marcada e ainda não terminou. — Percebo uma irritação em sua voz. Eu deveria estar aqui para atender a cliente sem hora marcada, é o que ela quer dizer. Eu avacalhei os horários de atendimento.

— Claro, sem problemas. — Um olhar de relance para a minha estação de trabalho me diz que a cliente já está sentada, os pés de molho. — Vou só pegar o carrinho.

Abaixo a cabeça e vou em direção aos fundos do *spa*, tentando não chamar atenção. Se não estivesse com tanta pressa, talvez pudesse ter olhado com calma para a mulher na minha cadeira de atendimento. Eu deveria ter olhado.

Relaxo quando chego à sala de descanso e vejo que a porta do escritório de Lena está fechada. Ela não está aqui. Ela não fecha a porta quando está, deixando-a aberta, mesmo se estiver fazendo um telefonema pessoal, sua voz de barítono ressoando por todo o *spa*. Coloco minha bolsa no armário e tiro um minuto para me recompor.

Refaço meu coque, ajeitando os cabelos soltos; em seguida, pego meu carrinho e o empurro até a estação de trabalho. A mulher aguardando está lendo, a cabeça escondida atrás de um livro de capa dura aberto. Uma pulseira fina envolve seu pulso direito, com uma delicada pedra verde pendurada. Registro, mas não a reconheço.

— Você já escolheu a cor? — pergunto sorrindo para ela. O que acontece a seguir parece se desenrolar em câmera lenta.

À medida que a mulher abaixa o livro, a primeira coisa que noto é seu cabelo. Um lampejo surpreendente de vermelho, seu rabo de cavalo sobre um dos ombros, um castanho-avermelhado vibrante. Sinto um arrepio na nuca. Conheço aquela cor; aquele tom. É nessa hora, com meu estômago se contraindo, que finalmente olho para o rosto dela. As maçãs do rosto bem-marcadas; a boca em formato de coração; o nariz fino arrebitado. É ela. Não mudou nada, mesmo depois de mais de um ano. Minhas bochechas ficam sem cor. Sinto como se fosse desmaiar. Se já não estivesse sentada, meus joelhos teriam ficado bambos. *O que Allison está fazendo aqui?*

Ela me reconhece na mesma hora que a reconheço. Minha surpresa refletida em seu rosto, sua boca se abrindo, seus olhos azuis arregalados, quase saltando para fora.

Ela tem o mesmo pensamento que eu. E não precisa verbalizar para que eu saiba; consigo ver claramente. *O que ela está fazendo aqui?*

Abro a boca — para dizer alguma coisa, qualquer coisa —, mas ela toma uma atitude antes que eu tenha a chance de falar. Tira o pé descalço de dentro da cuba, a água transbordando pelas laterais. A surpresa em seu rosto se transforma em outra coisa, um misto de raiva e medo; uma combinação perfeita.

— Eu disse para ficar longe de mim! — ela exclama, sua voz aguda e estridente. Ela se apressa para pegar a bolsa e passa a alça com dificuldade pelo braço.

Olho ao redor, desesperada. Natasha está olhando para mim, as outras clientes esticando o pescoço. O *spa* está barulhento: Chloe está ao telefone, a outra linha está chamando, as mulheres conversando. Mas a voz de Allison se sobrepõe ao barulho, beirando à histeria.

Viro na direção dela.

— Por favor — murmuro, levantando as mãos para cima em um gesto de defesa, na esperança de amenizar a situação, aplacar a raiva. — Por favor, eu não sabia que você vinha, eu juro, não é o que você...

Mas ela não está ouvindo.

— Era para você me deixar em paz! — ela grita. Conseguiu calçar os sapatos, um par de sandálias de tiras, salto bloco, e passa por mim, na direção da entrada, os fios de cabelo soltos ao redor do rosto, como uma fênix renascendo ao sol.

Allison chega à entrada, levanta o dedo e o aponta para mim. Está tremendo de leve. A pedra em sua pulseira — da marca Bulgari que registrei, mas não reconheci — dançando. Um tom rosado mancha suas bochechas brancas. Seus lábios estão cerrados com força. Ela quer gritar, mas a boca não abre. Fica em pé ali, dedo em riste, tremendo, me encarando, e posso sentir meu coração pulsar na garganta.

Então, ela vai embora. A porta batendo assim que sai, os sininhos na maçaneta tilintando alegremente. O salão está silencioso. Pelo menos é a impressão que tenho, as conversas e os barulho inaudíveis, como se alguém tivesse apertado o botão de mudo.

— Mas o que...? — Natasha começa a dizer, mas já estou em pé, indo para os fundos, para a sala de descanso. Meu rosto está queimando.

Há um zumbido constante de ruído branco em meus ouvidos, alto, ensurdecedor. Sem enxergar direito, as lágrimas ardendo em meus olhos, pego minha bolsa, me viro, e saio correndo do *spa*.

— Preciso tomar um ar — murmuro para Chloe ao sair. Acho que ouço Natasha me chamar, mas não me viro. Preciso sair daqui. Questiono se voltarei. Talvez, se tiver sorte, um buraco negro me engolirá inteira e desaparecerei, *puf*, simples assim. Serei vaporizada em um milhão de átomos minúsculos.

Eu me atrapalho com a maçaneta, minhas palmas escorregadias de suor, mas empurro a porta e saio na calçada lotada, respirando como se tivesse voltado a respirar, os pulmões cheios de água do mar.

Não paro de andar até estar a três quarteirões de distância, na entrada de um beco estreito, ladeado por dois prédios residenciais. É lá que meus pés param de se mover, se recusando a dar mais um passo. Encosto na parede de tijolos, depois deslizo até o chão, olhando fixamente para a calçada diante de mim: o asfalto sujo, mas marcas pretas de chiclete. Depois de um tempo, minha respiração volta ao normal, meu coração desacelera.

De todos os bares de gin de todas as cidades do mundo todo, ela entra no meu. Realmente se parece um pouco com Ingrid Bergman em *Casablanca*, os olhos azuis e as maçãs do rosto salientes. É claro, porém, que não é tanta coincidência assim. Ela mora em um bairro perto daqui, naqueles prédios novos, com 57 andares, seu apartamento alto o suficiente para enxergar Manhattan do outro lado. Eu amava aquela vista; amava me debruçar nas janelas de vidro que iam do chão ao teto na sala de estar, para ver o sol se pôr e as luzes se acendendo por toda a cidade, até que tudo brilhasse como um mar infinito de estrelas. Se as janelas fossem do outro lado do cômodo, seria possível ver o telhado do nosso apartamento. Era uma caminhada de apenas dezesseis minutos da entrada do meu prédio até o dela. Vinte minutos, às vezes, se contar os passos necessários para cruzar o saguão de mármore, o tempo gasto no elevador para chegar ao trigésimo sexto andar.

Por isso, não seria estranho se nossos caminhos tivessem se cruzado antes, se hoje não tivesse sido a primeira vez que a vi desde o fim do outono passado. Quase dezoito meses tinham se passado. Será que faz tanto tempo assim? Às vezes parece que faz muito mais; outras vezes, é como se tivesse sido ontem.

Eu costumava procurar por ela. Escaneava os rostos das pessoas na calçada, buscando o dela, me perguntando se ela apareceria, se a veria de relance. Mas nunca a vi. Era como se tivesse desaparecido. Por fim, parei de procurar. Parei de me perguntar. Em vez disso, eu a tirei da cabeça. Eu a guardei bem guardado em uma caixa de papelão e a enfiei no canto de um sótão repleto de teias de aranha.

Até hoje. Até que ela estivesse bem na minha frente. Eu quase a toquei, quase tive seu pé entre as minhas mãos.

Sinto um aperto no peito. Gostaria de ter tido a chance de explicar. Se ela ao menos estivesse disposta a ouvir, talvez as coisas tivessem sido diferentes. Penso que se tivesse ido atrás dela, corrido pela calçada na sua direção; provavelmente, só teria piorado a situação. Se é que isso é possível.

Meu celular toca e me assusta, o som estridente no beco silencioso. Fecho os olhos e me preparo, certa de que é Lena ligando para me demitir. Quem será que contou para ela? Chloe? Natasha? Uma das outras manicures com quem tenho uma boa relação, mas de quem não sou amiga? Tiro o telefone da bolsa, sentindo o estômago pesado. Mas não é uma ligação de Lena. É uma mensagem de Violet. Imediatamente me sinto mais leve. Sorrio. Um raio de sol aparece por entre as nuvens.

Limpo o rosto com a manga da blusa, fungando o nariz. A mensagem ilumina a tela. *Este é o nosso endereço! Vejo você às 18 horas!*

Clico no *link*. O Google Map cria uma sinalização no coração de Cobble Hill, e eu toco na miniatura da imagem com a visão da rua. É uma bela construção de tijolos marrons, de dois andares em vez das tradicionais com três andares; porém mais larga que a maioria, com uma escada íngreme que leva até a porta de entrada preta.

Copio o endereço e colo no *site* de uma imobiliária. A mesma imagem aparece com uma pequena placa no canto superior esquerdo onde se lê VENDIDA. Rolo a página e vejo que foi vendida em abril do ano passado por três milhões e meio. Três *milhões* e meio. Meu sorriso aumenta. Hoje à noite, irei a uma casa avaliada em 3.500.000 de dólares para jantar. *Eu*!

Saio do *site* da imobiliária e olho para cima. O beco está imundo, repleto de caixas de papelão amassadas, uma lixeira ao lado do prédio à minha frente. Há um cheiro forte de umidade, de folhas molhadas apodrecidas. Fico em pé, endireito os ombros. Preciso sair dali.

Quando piso novamente na calçada, saindo das sombras e voltando para a luz, viro à esquerda, na direção oposta ao *spa*, indo para casa. Não vou voltar ao trabalho. É um risco: se Lena não tiver ficado chateada com a comoção, ficará por eu ter ido embora. Mas não consigo encarar minhas colegas de trabalho, seu desconforto, a maneira como vão me olhar de soslaio; seus olhares apreensivos se movendo de um lado para o outro até se encontrarem com os das demais. Não, não posso voltar. E me dou conta, olhando as horas, que preciso ir me arrumar, tirar esse uniforme e vestir algo melhor.

Não permitirei que Allison arruíne a minha noite. Ela já tirou muita coisa de mim.

Pego o que aconteceu e guardo de novo em sua caixa. Abro a porta do sótão, levanto a caixa e a deslizo de volta para a escuridão sombria, fora de vista, fora de alcance. Está tudo bem. Está tudo *bem*, repito para mim mesma, de novo e de novo até que se torne verdade. Quando chego ao meu apartamento, não estou mais pensando em Allison. Estou pensando em Violet. E em Jay.

Em casa, faço um prato vegetariano rápido para a minha mãe e levo até ela, acompanhado de um copo grande de chá gelado com um toque de hortelã, os cubos de gelo tilintando na borda.

— Você não vai comer? — ela pergunta, olhando para mim.

— Vou sair para jantar.

Ela arqueia uma das sobrancelhas.

— É?

Confirmo com a cabeça.

— Conheci uma pessoa. Uma amiga, talvez. No parque. Ela me convidou para jantar na casa dela, hoje à noite.

— Que gentil — diz minha mãe.

Parece prestes a dizer mais, seus lábios levemente entreabertos como se estivesse esperando as palavras certas aparecerem. Então, simplesmente sorri e volta a prestar atenção na televisão. Está passando um episódio antigo de *Dateline* sobre uma invasão de domicílio que deu errado. Assisto por alguns minutos, enquanto uma das vítimas faz um relato daquela noite, e depois saio da sala para me arrumar.

No banheiro, troco os óculos por lentes de contato, piscando rápido quando as coloco no lugar. Raramente uso lentes e quando o faço, elas ressecam meus olhos, fazendo com que fiquem vermelhos e coçando no final do dia. Acho que me acostumaria se as usasse com mais frequência, mas estou sempre atrasada ou sem a solução para lentes de contato. Fico melhor sem óculos, porém; algumas pessoas ficam ótimas de óculos, mas as lentes fazem meus olhos parecerem menores e redondos; então, vou sorrir e aguentar os olhos ressecados, pelo menos esta noite. Com cuidado, passo um pouco de rímel, depois uma escova pelo cabelo, prendendo-o em um rabo de cavalo alto, molho com as mãos para abaixar um pouco dos fios arrepiados.

Experimento três blusas diferentes, escolhendo por fim uma regata preta de gola alta; em seguida, amarro uma camisa de flanela na cintura.

Mesmo que os dias estejam mais quentes, as noites ainda estão frias. Tiro o uniforme e visto uma calça *jeans*, sem buracos, e depois coloco botas pretas.

— Não precisa me esperar acordada — digo para minha mãe ao sair, dando um beijo em sua testa. Ela solta uma risadinha que se transforma em um sorriso irônico. Nós duas sabemos que ela estará dormindo na cadeira antes de 20h30. Voltarei para casa e a sala de estar estará no escuro, a TV ligada, o volume ainda no máximo.

— Divirta-se — ela diz.

Sorrio. Vou me divertir. Sei que vou. Nunca tive tanta certeza disso.

6

A casa dos Lockhart fica a apenas quinze minutos da nossa. Ando rápido, com passadas pequenas e vigorosas. Meu coração está batendo duas vezes mais rápido, meus nervos à flor da pele, mas de um jeito bom, como no final de um encontro que você não quer que termine, os dois sorrindo nervosos um para outro, o ar carregado, a noite transbordando de possibilidades; ou como na manhã de Natal, quando você está prestes a entrar na sala de estar. A todo momento coloco a mão dentro da bolsa para confirmar que o livro que vou emprestar para Jay ainda está lá dentro. Ele está, é claro, mas não consigo evitar.

Chego ao endereço dois minutos depois das 18 horas. Da calçada, olho para a casa, a mesma com os tijolos marrons que vi no Google Maps. É ainda mais impressionante pessoalmente, maior, as grades de ferro ainda mais brilhantes, a fachada restaurada recentemente e impecável. Vale cada centavo dos três milhões e meio pagos por ela. Eu assobiaria se soubesse como.

Subo a escada e paro no último degrau, transferindo meu peso de um pé para o outro, desconfortável. Por um instante, vejo o rosto de Allison, seu rabo de cabalo vermelho. De repente, cogito dar meia-volta. Parece que estou aqui por um motivo falso. E estou, eu acho. Se for embora agora, ninguém saberá. Mas, então, vejo Violet pela janela da frente. Ela está inclinada sobre os ombros de Harper, que está colorindo em uma mesinha na sala de estar. Violet aponta para o desenho e assente, sorrindo, as bochechas levemente coradas. Pisco para espantar a imagem de Allison. Sei que não vou dar meia-volta.

Endireito minha postura, aperto o nó da camisa de flanela ao redor da cintura. Meu nome é Caitlin. Sou enfermeira. Uma, duas. Listo as mentiras que contei e as repito até que pareçam ser verdade. Então bato na porta.

Um momento depois, a porta é aberta. Violet está em pé na entrada, um pouco sem ar, os olhos brilhando. Está vestindo a mesma roupa de mais cedo — a bermuda de linho e a camisa branca — coberta por um avental com estampa de caxemira e babados. Também vestiu um cardigã, as mangas puxadas para cima.

— Caitlin, oi! Entra!

Cruzo a soleira e entro. À minha frente há uma escada de madeira que leva ao segundo andar, e à direita, uma grande sala de estar com a janela que vi da rua. Do outro lado da sala de estar, fica a cozinha. Há uma música tocando baixinho, ouço a voz de uma mulher, uma guitarra. A casa está quente e cheira a pão que acabou de assar.

— Vem comigo — Violet diz, sinalizando com a mão. — Estou finalizando o jantar. Jay deve chegar a qualquer momento. Harper, diga "oi".

Eu a sigo pela sala de estar até a cozinha. Harper olha de sua mesa em miniatura enquanto passamos, sorri e acena, e então continua desenhando, cantando baixinho. "Livre estou", de *Frozen*, eu acho.

A cozinha é maior do que maioria das cozinhas no Brooklyn — certamente é maior que a nossa caixa de sapato com fogão —, com armários brancos reluzentes, puxadores dourados brilhantes, um fogão de seis bocas e uma geladeira modelo francês com duas portas e uma gaveta. À direita, há uma mesa de jantar posta para quatro pessoas, mas grande o bastante para acomodar pelo menos seis, um lustre grande de vime suspenso sobre ela.

— Sente-se, sente-se. — Violet aponta para a banqueta em um dos lados da ilha com o tampo de mármore. Há um vaso de gardênias no centro do balcão que cheira a jardim depois da chuva. — Está quase tudo pronto. O macarrão está cozinhando; o molho pronto em fogo baixo. Só preciso tirar o pão do forno.

Penduro minha bolsa no encosto da banqueta e me sento. Olho ao redor e quero me beliscar. Se você tivesse me dito esta manhã que eu estaria aqui para jantar, eu riria e diria que você mente tanto quanto eu.

— Aceita um pouco de vinho? — Violet pergunta, retirando uma garrafa de vinho branco, que está pela metade, da geladeira, o vidro embaçado pela condensação.

Balanço a cabeça em sinal negativo.

— Não, obrigada. Eu não bebo. — Surpreendo a mim mesma ao dizer isso. É verdade, mas é algo que raramente admito. Espero para vê-la arquear a sobrancelha e inclinar a cabeça, olhando para mim surpresa, como se eu tivesse revelado que tenho um terceiro mamilo. "*Você não bebe?*", a maioria das pessoas age como se eu tivesse dito que esfolo filhotes por diversão. Meu Deus, que terror!

Em vez disso, Violet abre um sorriso grande e caloroso.

— Eu também não bebo! — ela devolve a garrafa para o lugar, depois estende a mão para o fundo da geladeira. — Vou servir outra coisa para a gente. Você gosta de refrigerante de gengibre?

Assinto, feliz. Outra aberração com três mamilos, assim como eu. Amo que já temos algo em comum.

— Claro — respondo.

— Perfeito. — Ela tira uma lata, fecha a geladeira e pega duas taças de champanhe do armário atrás dela. O lacre da lata estala alto quando ela o levanta, um barulho agudo e estridente. Com cuidado, ela enche as taças, uma espuma se formando.

— É meu refrigerante favorito — ela diz. — Ninguém diria que não é champanhe.

Ela sorri e me entrega a taça.

— Saúde.

Brindamos, depois levo a taça até os lábios. É doce, um pouco apimentado.

— Uma delícia — digo.

— Não é? — Violet diz. — É uma das minhas marcas registradas, na verdade: pedir refrigerante de gengibre no bar, servido em uma taça de champanhe. — Ela franze o nariz. — *Odeio* dizer às pessoas que não bebo. Dizer "não" nunca é suficiente, não é mesmo? Elas sempre querem saber *por que* você não está bebendo, como se recusar uma bebida fosse uma espécie de admissão de que há algo de muito errado com você.

Concordo com a cabeça de um jeito enfático.

— Com certeza. — Raramente saio com amigos, mas ela tem razão; sempre que saio, invento alguma desculpa: estou tomando antibióticos ou exagerei na bebida na noite anterior. A verdade — que me dá alergia; grandes manchas salientes da cor de uma cereja madura — é menos interessante.

— O pior é quando me respondem com um sorrisinho travesso de entendimento, olhando para minha barriga, como se soubessem de algum segredo idiota. Como se o único motivo no planeta para uma mulher não beber é porque está grávida. — Violet revira os olhos.

— Será que você me odiaria se eu perguntasse por que não bebe? — pergunto me inclinando na bancada. Não consigo evitar. Lembre-se, eu lhe disse que sou intrometida. — Posso começar com o meu motivo; sou *muito* alérgica. Até poderia tomar um copo ou dois se eu não ficasse parecendo um paciente com varíola. Parece que as pessoas não costumam *querer* ficar perto da Mary Tifoide. — Isso infelizmente também é verdade. Percebi isso no meu primeiro fim de semana na faculdade, quando tomei um gole de cerveja quente em uma festa e logo em seguida virei um tomate; a velocidade em que as pessoas se afastaram de mim foi alarmante.

Violet ri.

— Babacas, todas elas. — Em seguida: — Ai, merda! — grita. Ela corre para o fogão. A água está espumando, borbulhando e derramando pela lateral da panela. — Sou péssima na cozinha — ela diz sorrindo por cima do ombro conformada. — Mas vai estar comestível, eu juro.

Eu a estudo enquanto bebo meu refrigerante de gengibre, observo enquanto anda pela cozinha, seu cabelo sedoso castanho-escuro brilhando, as ondas suaves saltitando. Ela parece descolada sem se esforçar, mesmo quando se atrapalha.

Ela se vira na minha direção e abre a boca para dizer alguma coisa, mas, antes que o faça, ouvimos o som de uma porta abrindo e fechando. Nós duas olhamos para a sala de estar.

De onde estou sentada, posso ver Jay na entrada, a mão ainda na maçaneta. Ele, então, se vira na direção da sala de estar. Posso vê-lo, mas ele ainda não me vê. Sinto aquela palpitação no peito de novo. Ele é ainda mais bonito do que me lembrava, vestindo uma camisa social, a gravata afrouxada, calça cáqui azul-marinho; mas sua expressão está fechada, rosto sério e não tranquilo e relaxado como estava no parque.

— Cheguei — exclama.

Ele tira uma bolsa de couro marrom do ombro, pendura-a no corrimão da escada e entra na sala de estar. Para na mesinha de Harper e se inclina para lhe dar um beijo, ajeita sua franja e então entra na cozinha.

Violet sorrir para ele animada.

— Jay, você se lembra da Caitlin, não lembra?

Ao ouvir isso, sua expressão muda, suavizando-se ao redor da boca e dos olhos. Ele olha para mim e sorri, aquele mesmo sorriso do parque: largo, com covinhas e cheio de dentes. Por um momento, esqueço de respirar.

— É claro — responde. — Como poderia me esquecer da nossa salvadora? Anjo da guarda. Santa protetora dos parques. É bom vê-la novamente, Caitlin.

Fico corada.

— Foi só uma picada de abelha — digo.

— Bem, sua *expertise* foi de grande valia — diz Violet. — Você foi o assunto do jantar naquela noite. Os dois não paravam de falar sobre você.

O sorriso de Jay parece congelar. Ele hesita e então diz:

— Ela está certa. Se você não tivesse aparecido naquela hora, Harper não seria a única chorando.

Solto uma risadinha.

— De nada, então. Fico feliz em ter ajudado.

Ele inspeciona a cozinha, os olhos parando nas taças de champanhe em nossas mãos.

— Vejo que vocês já começaram — ele diz sério.

Violet revira os olhos para ele de brincadeira. É uma brincadeira boba; uma que ele claramente já fez antes. Isso me lembra de quando era criança e pedi um Shirley Temple no jantar, o garçom piscou para mim de um jeito conspiratório — *chutando o balde, já entendi tudo!* A brincadeira fica mais charmosa vindo de Jay.

— Quer uma cerveja? — Violet pergunta a ele.

— Pode deixar que eu pego. — Ele responde, atravessando a cozinha. Gosto de como ele não cai naquele estereótipo de homem de 1950, que chega do trabalho, se joga do sofá e aceita — espera — uma bebida gelada preparada com carinho pela esposa toda arrumada vestindo um avental, embora Violet seja as duas coisas.

Quando ele se aproxima da geladeira, seus corpos se tocam. As costas dele contra as dela. Os dois se viram, se olham e ficam assim por um momento. Desvio o olhar, me sentindo ao mesmo tempo sem graça e com inveja da intimidade entre eles, como uma pontada aguda no estômago.

Jay abre a cerveja e toma um gole, encostando no balcão ao lado do fogão. Em seguida, levanta a garrafa e a aponta na minha direção. Sorrio e faço o mesmo. Nós dois tomamos um gole.

— Precisa de ajuda? — ele pergunta a Violet, e ela assente agradecida.

— Com o queijo parmesão. Você pode ralá-lo? Ah, e pega também a tigela de servir no armário superior, por favor? O macarrão está pronto.

Ele obedece, coloca a cerveja no balcão e pega uma tigela grande em um dos armários suspensos no canto da cozinha. Deposita a tigela ao lado dela, pega o queijo e começa a ralá-lo. Enquanto ele trabalha, Violet escorre o macarrão, em um escorredor dentro da pia, depois o transfere para a tigela e despeja o molho.

— Pronto — Violet diz, inspecionando a cozinha, as mãos no quadril. — Acho que podemos comer! Harper, venha lavar as mãos!

Alguns minutos depois, estamos todos sentados, Jay e Violet na ponta, eu de frente para Harper. Violet serve o macarrão enquanto Jay passa uma cesta com um pão quentinho e crocante. Pego uma fatia e ofereço a cesta para Harper que pega duas.

Quando todo mundo terminou de se servir, Violet levanta sua taça:

— Saúde. Obrigada por se juntar a nós esta noite, Caitlin.

— Saúde! — Harper grita, levantando um copo de plástico com leite. Sorrio para ela e brindo com ela, depois com Violet e, por último, com Jay. Nossos olhares se encontram e sorrimos.

— Obrigada por me receberem — digo, depois de tomar um gole do meu refrigerante de gengibre. Olho de novo para Jay e depois para Violet.

— Então, onde vocês se conheceram?

Espero ver sorrisos afetuosos, olhares vidrados enquanto se lembram daquele dia, mas nenhum dos dois olha para mim. Em vez disso, se entreolham, os olhares fixos um no outro. Não consigo ler a expressão em seus rostos. Violet desvia o olhar primeiro, olha para mim e faz um gesto de indiferença com a mão.

— Na faculdade — ela responde. Queria que fosse uma história mais interessante, mas provavelmente você morreria de tédio ouvindo.

Não morreria mesmo, gostaria de tranquilizá-la, mas há algo no tom de voz dela que me impede: um pouco seco, mas, ao mesmo tempo, quase animado demais. Olho para Jay, na esperança de que ele elabore, mas ele não diz nada. Está encarando o prato, com um estranho e forçado sorriso com lábios fechados estampado no rosto.

Eu me remexo na cadeira, quebrando a cabeça para encontrar algo para dizer, mas antes que eu tenha a chance, Harper grita:

— Olha isso! Uma minhoca!

Ela está segurando um macarrão, balançando-o de um jeito teatral. Todos rimos. Rapidamente, Harper se torna o centro das atenções, conversando alto sobre como foi o seu dia, ficando feliz da vida quando pergunto qual é o seu livro favorito e ao anunciar que é o *Ursinho Pooh*. Ela sorri quando digo que é um dos meus livros favoritos também.

— A Nina leu para mim o *Ursinho Pooh Constrói uma Casa* inteiro. O livro tinha *mais palavras* que desenhos — ela conta orgulhosa.

— Quem é Nina? — pergunto.

— Nossa babá — Violet responde de pronto. — Quer dizer, antiga babá. Ela deixou de trabalhar conosco alguns meses atrás. Uma pena, de verdade. Harper a adorava. Todos nós a adorávamos. Não é, querido? — Ela se vira para Jay: — Ela era a melhor, não era?

Jay para de mastigar, pisca e então concorda com a cabeça uma vez.

Violet suspira, voltando-se para mim.

— Estou tendo muita dificuldade para encontrar uma substituta. — Ela começa a contar sobre a série de entrevistas que fez nas últimas duas semanas; sobre como uma das candidatas apareceu duas horas atrasada, com a maquiagem de seu personagem, pedindo desculpas porque seu teste atrasou, para depois dizer que não tinha experiência prática com crianças, mas tinha interpretado uma mãe em um comercial uma vez. — Aparentemente — Violet diz —, se você quer encontrar uma boa babá em Nova York, precisa procurá-la quando seu filho ainda está no útero.

Sorrio; ela tem razão.

— Na verdade, eu costumava ser babá — digo. — Antes de me tornar enfermeira. — Isso, acredite se quiser, é verdade. Comecei na faculdade quando uma das minhas professoras disse que estava procurando alguém para buscar a filha na escola. Ela me recomendou para outra colega e, quando me dei conta, estava trabalhando quase todo final de semana. Gostei tanto que mudei de curso — de inglês para pedagogia infantil — e me tornei babá em tempo integral quando me formei. Depois, comecei a trabalhar na pré-escola local, uma não muito longe daqui. Foi o emprego que perdi antes de começar a trabalhar para Lena. Mas eu não compartilho essa história, é claro.

Violet retribui o sorriso:

— Bom, está explicado por que você é tão boa com a Harper!

Sinto uma pontada de tristeza inesperada. Eu era boa no meu trabalho. Chega a ser engraçado: todas as minhas mentiras, que na melhor das hipóteses podem ser consideradas uma gafe social e na pior delas um desvio grave de caráter, eram parte do que fazia com que os alunos gostassem tanto de mim. Eu era uma ótima contadora de histórias, mestre das narrativas, a rainha do faz de conta. As crianças amavam minhas histórias malucas, ficavam envolvidas pelos meus relatos exagerados sobre o meu fim de semana, uma audiência devotada. Nenhuma vez me perguntaram se era verdade. Elas não se importavam.

Fiquei arrasada quando precisei sair do emprego. Se eu fechar os olhos, consigo me lembrar do último dia como se fosse ontem. Não tive nenhum aviso prévio, o tapete puxado de baixo de mim tão rápido que perdi o equilíbrio. Queria questionar, gritar que era uma injustiça; que era tudo um mal-entendido, mas sabia que seria perda de tempo. Ninguém acreditaria em mim e não nela.

As lágrimas faziam meus olhos arder quando contei para as crianças que estava indo embora. Indo embora para não voltar mais. Elas perguntaram o motivo, mas é claro que eu não poderia dizer. Minha garganta ficou apertada e nenhuma palavra saiu; então, eu apenas fiquei de joelhos e abri os braços. Elas me abraçaram uma por uma, pressionando seus corpinhos contra o meu. A diretora estava em pé na porta, encostada no batente com os braços cruzados, esperando para me acompanhar até a saída. Ainda sinto falta delas: de seus dedinhos melados, dos gritos, da risada alegre.

Eu me forço a sorrir para Violet.

— Eu gostava muito — digo. — Amava, na verdade.

Antes que eu possa dizer outra coisa, Harper derrama o copo de leite, quando vai pegar outro pedaço de pão. Tanto ela quanto Violet gritam assustadas. Instintivamente, me levanto, pego o rolo de papel-toalha perto da pia e volto correndo para enxugar a poça, antes que ela comece a pingar no chão.

— Obrigada — diz Violet, sorrindo agradecida para mim.

— Uma vez babá, sempre babá — respondo bem-humorada. A família deles é exatamente o tipo de família para quem eu teria adorado trabalhar logo quando comecei. Na verdade, ainda é. Eu me imagino na cozinha deles, fazendo um lanche para Harper, cortando sanduíches de geleia e pasta de amendoim em formato de coração; na sala de estar, dobrando as blusinhas de unicórnio de Harper enquanto ela colore feliz ao meu lado. Preciso usar toda a minha força de vontade para não me oferecer para o cargo; para não dizer a Violet que ela não precisa entrevistar mais nenhuma candidata, que seria um prazer aceitar o cargo. Só Deus sabe quanto precisarei de um novo emprego depois de hoje; precisarei muito. Engulo a memória amarga desta tarde, mordendo o interior das bochechas.

O jantar continua com um bate-papo, com Harper interrompendo para contar anedotas sobre seu dia. Violet ouve com atenção, encorajando a filha a elaborar suas histórias. Por duas vezes arrisco olhar de relance para Jay, apenas para vê-lo olhando para Violet, observando-a. Consigo entender o porquê. Ela está radiante, mechas de cabelo emoldurando o seu rosto, as bochechas rosadas enquanto ri. Se ela nota o olhar de Jay, não demonstra, sua atenção focada em Harper, em mim, garantindo que meu prato esteja cheio, que gostei da comida. Uma vez, ela me pega olhando para ela e sorri. Sorrio de volta, encantada. Eu me pergunto como seria ser tão bonita quanto ela, ter aquela atração magnética. Como mágica, imagino.

Um pouco antes das 19 horas, quando já raspamos os pratos e nossos copos estão vazios, Violet limpa a garganta e olha para Jay, depois, inclina a cabeça na direção de Harper. Ele assente.

— Pronta para tomar banho? — Jay pergunta a Harper.

Imediatamente ela começa a fazer bico, prestes a protestar, mas Violet interrompe:

— Você ganha dois M&Ms se subir as escadas em trinta segundos ou menos!

Harper se anima.

— Vermelhos?

Violet concorda com a cabeça. Harper grita e salta da cadeira. Ela sai correndo da cozinha, pela sala de estar, seus pezinhos fazendo barulho no piso de madeira, depois nas escadas, subindo os degraus de quatro.

— Consegui! — A vozinha baixa, vinda de algum lugar acima de nós, todos rimos.

Ainda sorrindo, Jay pergunta:

— Quantos ela comeu hoje?

— Uma mão cheia? — Violet dá de ombros. Então se vira para mim: — Não sou contra suborno. — Ela pisca. — Na verdade, é a única maneira de educar, na minha opinião.

Jay parece prestes a dizer alguma coisa; mas, em vez disso, arrasta a cadeira para trás e se levanta.

— Aviso quando for para você subir — ele diz para Violet. Depois para mim: — Se eu não voltar antes de você ir embora, foi ótimo vê-la novamente, Santa Cait.

Nós duas sorrimos para ele. A gravata sumiu, a camisa está aberta no colarinho, as mangas levantadas. Gosto de como ele pronuncia meu nome. Meu nome falso. Ele criou até um apelido para mim. Faz com que me sinta acolhida, feliz.

— Foi bom vê-lo também — digo. Violet e eu observamos enquanto ele deixa a cozinha e desaparece escada acima.

— Ele é muito carinhoso com a Harper — comento. É fofo que se preocupe com o tanto de açúcar que ela consome; que é ele quem enche a banheira dela; que a enrola na toalha quando sai do banho.

— Ela o adora. Todo mundo o adora — Violet diz, soltando uma risadinha. — Ele é assim; faz as pessoas se sentirem realmente... — Ela procura pela palavra certa. — Especiais.

Sei o que ela quer dizer. Eu me senti assim no parque naquele dia. Ele tem esse jeito, um carisma que nos puxa para sua órbita. Mesmo que não fosse casado, eu nunca teria chance com ele — é muita areia para o meu caminhãozinho —, mas algo no modo como ele sorriu para mim fez com que eu sentisse que talvez, em uma realidade alternativa, fôssemos destinados um ao outro.

Insisto em ajudar Violet com a limpeza, uma desculpa para ficar mais tempo do que qualquer outra coisa, recolhendo a louça da mesa, fazendo a pré-lavagem, colocando os pratos e talheres sujos na lava-louças. Trabalhamos em um silêncio confortável, rindo quando uma esbarra na outra, vasilhas e panelas tilintando ao fundo.

Quando a cozinha está limpa, os balcões também, Violet tira o avental e o pendura no gancho próximo à geladeira.

Deveria ser minha deixa para ir embora, mas me detenho. Não estou pronta para ir embora. Meu medo é que se eu for embora agora, nunca verei o interior desta casa de novo. Violet e Jay e Harper desaparecerão até que eu me questione se os inventei.

Violet me olha e sorri. Eu me preparo, esperando ouvi-la dizer que está ficando tarde, que precisa subir para ajudar a colocar Harper na cama. Talvez, antes que ela faça isso, eu possa oferecer para sair e pegar alguns doces na padaria mais próxima de sobremesa. Repreendo a mim mesma por não ter comprado nenhuma sobremesa no caminho. Mas, assim que abro a boca, ela pergunta:

— Aceita um chá? Um café? — ela parece tão esperançosa, como se tivesse receio que eu dissesse não.

Assinto, mordendo o lábio para não sorrir como uma palhaça, comemorando em silêncio na minha cabeça.

— Adoraria um chá. — Ela também não está pronta para que eu vá embora.

— Ótimo, vou colocar um pouco de água para ferver. — Vá se sentar — ela aponta para a sala de estar. — Não vou demorar.

Deixo a cozinha e caminho em direção ao sofá grande encostado na parede. Com cuidado, me sento. Encosto nas almofadas cor de creme, macias contra as minhas costas.

Do sofá, olho ao redor. À minha frente, há uma janela grande, as cortinas brancas translúcidas abertas. Está escuro lá fora e a luz do poste na esquina cria um reflexo nos vidros que me impede de ver o lado de fora. Embaixo da janela, há duas poltronas viradas uma para a outra, com uma pequena mesa entre elas e uma pilha de livros no centro. Não consigo ler os títulos, mas parecem romances, grandes e gastos. No canto, à esquerda das poltronas, está a mesinha de Harper, aquela na qual ela estava colorindo mais cedo, repleta de gizes de cera e lápis de cor. Próximo a ela, há uma estante e alguns cestos de palha cheios de brinquedos, animais de pelúcia e bonecas.

É uma daquelas casas que parecem aconchegantes e acolhedoras, mas meticulosamente organizadas. Tudo está em seu lugar; nenhuma pilha de correspondência ou sapatos jogados, nenhuma jaqueta largada, nenhum bibelô fora de lugar. Então, noto algo estranho.

Com a exceção de um porta-retratos de Harper na estante, sorrindo do alto de um escorregador, o cabelo em tranças laterais, não há outras fotografias. Tudo na parede é arte; aquarelas e pinturas a óleo de paisagens marítimas, nenúfares, uma pintura de uma sombrinha branca e vermelha desbotada em uma praia deserta. Estranhamente, nenhuma foto de Violet, nem de Jay. Nenhuma foto do casamento, nenhuma imagem dela, com os cabelos presos em um vestido branco elegante, indo em direção ao altar; ou dele de *smoking*, olhando para ela com adoração. Nenhuma foto de férias ou retratos de família. Apenas aquela única foto de Harper. O que parece estranho. Se eu tivesse a aparência de Violet, se meu marido tivesse a aparência de Jay, nossos rostos estariam em todas as paredes.

Eu me levanto e vou até o saguão de entrada. Allison tinha fotos em todos os lugares. Fotos grandes e emolduradas de seus filhos, fotos suas, do marido. Foi como fiquei sabendo que faziam uma viagem anual de verão para Catskills, que ela usou uma coroa de calêndulas na cabeça em seu chá de bebê. No seu aniversário de 40 anos, eu a surpreendi com um buquê amarelo vibrante. "São as minhas flores preferidas", ela disse afundando o nariz nas pétalas, "Como você sabia?".

Havia outras fotos na casa de Allison também, não nas paredes; fotos que ela não queria que eu visse. Uma imagem delas, dezenas espalhadas pelo tapete, brota na minha cabeça. Eu a expulso. Talvez Violet pendure as fotos de família no andar de cima, ou...

— Aqui está.

Eu me viro, surpresa. Violet está em pé próximo à mesinha de centro, segurando duas xícaras nas mãos. Eu não a ouvir se aproximar.

Caminho em direção a ela e pego o chá, sorrindo em agradecimento. A xícara está fumegante, a porcelana quente ao toque. Eu volto a me sentar e inspiro profundamente. Tem cheiro de casca de laranja, cravo-da-índia e noz-moscada. Os sachês são do tipo caro, uma mistura delicada em vez dos de papel fino cheios de folhas secas e moídas.

— Então — Violet diz, sentando-se perto de mim no sofá, com um sorriso caloroso. Ela cruza as pernas —, me conte um pouco sobre você. Já foi babá e agora é enfermeira?

Mantenho o sorriso no rosto. Sabia que esse assunto surgiria; no caminho para cá, pensei no que diria quando surgisse. Porém, agora, tenho outra ideia. Uma ideia melhor; tanto para mim quanto para Violet.

— Eu *era*. — Eu me esquivo editando a mentira a cada volta da colher na xícara. Tomo um gole do chá. — Quero dizer, sou estudante de enfermagem. Estou no segundo ano. Mas acabei de trancar minha matrícula, hoje na verdade, para cuidar da minha mãe.

Isso foi outra coisa que aprendi. Quando lhe pressionarem sobre a mentira, você recua. Responda sem se comprometer, acrescente alguns detalhes novos, para que depois, quando pensarem nela, não tenham tanta certeza daquilo que ouviram. Em seguida, mude de assunto, mas suavemente, um redirecionamento natural. Neste caso, introduzindo a minha mãe na conversa.

Violet morde a isca.

— Nossa, sinto muito, ela está doente?

Assinto.

— Ela tem lúpus — é a mentira número três. Eu me chamo Caitlin, sou enfermeira e a minha mãe tem lúpus. Uma, duas, três. — Tem sido difícil, mas o médico sugeriu que ela tentasse uma nova medicação que parece estar funcionando. Quero estar lá para ajudá-la enquanto se acostuma com a nova medicação.

— Que boa notícia! — Violet exclama. Ela sorri como se realmente se importasse.

É a mãe da Natasha que tem lúpus. Ela descreveu o caso para mim em detalhes, desde os sintomas iniciais. Ninguém tinha ideia do que havia de errado com ela por quase um ano. Acharam que era doença de Lyme inicialmente, ou fibromialgia. A história toda me deixou fascinada. Foi só recentemente que ela encontrou um tratamento que lhe proporcionou algum alívio. Em comparação, artrite, não tem o mesmo peso.

— Saí do meu apartamento e fui morar com ela, para ficar de olho — continuo. — É mais barato do que contratar uma enfermeira em tempo integral. É temporário, é claro, até pensarmos em uma alternativa ou ela melhorar.

Violet balança a cabeça demonstrando compreensão. Uma mulher de 30 anos morando com a mãe é considerada patética; a não ser que seja uma cuidadora e a mãe esteja doente; nesse caso, ela é altruísta, é um gesto nobre da parte dela, na verdade.

Então, antes que Violet possa investigar mais a fundo, planto a semente que acabou de me ocorrer:

— Sabe, já que terei algum tempo livre, posso cuidar da Harper se você precisar de uma ajuda extra. Quero dizer, se você achar que será útil. — Prendo a respiração.

Preciso que ela diga "sim" só uma vez, para ter a oportunidade de lhe mostrar quão boa sou nisso. Porque uma vez pode virar duas, principalmente se a Harper pedir para que eu volte, e depois uma terceira vez, até se tornar algo semanal, com cronograma definido. A maioria das famílias deste bairro tem ajudantes em tempo integral, e tenho certeza de que os Lockhart têm um quarto extra nesta casa grande; talvez, só talvez, um dia Violet perceba quão bom é me ter por perto. Não importará se a Lena me demitir. Se ela não o fizer, eu posso pedir demissão. Finalmente poderia dizer para minha mãe que estou me mudando. A possibilidade é animadora.

Violet sorri para mim e sinto uma onda de prazer.

— Muito obrigada! Eu agradeço de verdade. Como disse, tem sido tão difícil encontrar uma babá boa. Assim que volto para casa, depois de deixar a Harper na escola, sinto que já está na hora de dar meia-volta e ir buscá-la. Não consigo me lembrar da última vez que passei o aspirador de pó na casa. — Ela olha ao redor da sala de estar, parecendo envergonhada.

— Eu ficaria feliz em poder ajudar — digo, satisfeita comigo mesma, com o meu plano.

— E não parece que sua casa precisa ser aspirada. Ela é linda. Vocês moram aqui há muito tempo?

— Não muito. Nós nos mudamos há cerca de um ano, por causa do trabalho do Jay. Violet balança a cabeça. — Nem acredito que já faz tanto tempo assim. Ainda não tive a chance de conhecer outras pessoas. Por isso fiquei tão feliz quando você concordou em vir jantar conosco esta noite. — Ela sorri para mim e eu retribuo o sorriso.

— De onde vocês vieram? — pergunto. Eu já sei a resposta porque li no perfil do LinkedIn de Jay, mas quero ouvir da boca dela.

— De São Francisco. Nós nos mudamos para lá depois da graduação, para que eu pudesse fazer faculdade de Direito. Minha família mora no litoral e meu pai me ofereceu um emprego em sua firma quando passei no exame da ordem dos advogados. Moramos lá por quase dez anos. Foi difícil ir embora. Tínhamos uma boa rede de apoio lá. Se não fosse uma oportunidade tão promissora para o Jay, não acho que teríamos nos mudado. Não que aqui não seja bom — ela complementa. — Só é diferente. Você já esteve em São Francisco?

— Uma vez — respondo, confirmando com a cabeça. Nunca estive lá, mas pesquisei a cidade enquanto me arrumava esta noite, fazendo um *tour* pela cidade via Google Maps, depois pesquisando os principais pontos turísticos, as atrações mais famosas e os melhores restaurantes. — Fiquei hospedada em Nob Hill perto da Polk Street.

Violet se anima.

— Adoro aquela região! Moramos perto de lá, logo que nos mudamos para a cidade. — Ela sorri nostálgica, se lembrando. — E você? Mora nesta região há muito tempo?

— Desde sempre. Minha mãe e eu nos mudamos para cá quando eu estava no Ensino Médio. Para cuidar da irmã dela. Ela faleceu pouco tempo depois, mas acabamos ficando. E estamos aqui até hoje. — Dou de ombros.

— E seu pai?

Hesito, surpreendida pela pergunta. Faz muito tempo que ninguém me pergunta sobre ele. Geralmente, se não o menciono, as pessoas entendem como um sinal para não perguntar; mas não me importo que Violet não tenha entendido o sinal. Considero inventar alguma coisa sobre ele, mas desisto. Há algo na forma como ela está se inclinando, seu corpo voltado na minha direção, que me faz querer contar a verdade, como se ela estivesse interessada em mim.

— Eu nunca o conheci — respondo honestamente. — Ele se mandou logo depois que minha mãe lhe contou que estava grávida. Foi um romance de verão. Minha mãe era garçonete em Daytona Beach, e ele estava lá de passagem, visitando um amigo da faculdade.

As sobrancelhas de Violet se arqueiam.

— E eles nunca conversaram de novo?

— Até onde eu sei, não. Ela me disse que foi melhor assim. Tinha decidido me ter e não queria que ele tentasse convencê-la do contrário. Disse que depois que eu nasci, ela ligou para o número que ele tinha lhe dado, mas não estava mais ativo. — Conto a história para Violet do jeito que minha mãe me contou, como se não fizesse nenhuma diferença ele ter atendido ou não. "Não importava", foi o que ela sempre me disse, apertando a minha mão, "sabia que conseguiria sozinha." Mas nunca parei de imaginar o que teria acontecido se ele tivesse atendido.

— Uau — Violet diz, se recostando nas almofadas.

— A única coisa que sei sobre ele é que era da Filadélfia. Bom, de um subúrbio ao redor da Filadélfia. Ela me disse que não se lembra nem do sobrenome dele.

— Da Filadélfia? — ela repete. Há uma expressão estranha em seu rosto.

— É — sorrio. — Ela ainda tem uma blusa dele da Filadélfia. Ele deu para ela na primeira noite que se conheceram, na praia, depois que o sol se pôs. Você já esteve lá? — pergunto.

Ela começa a assentir, mas...

— Vi? — A voz de Jay ressoa vinda do andar de cima. — Harper está pronta para o beijo de boa-noite — ele grita.

A expressão estranha desaparece tão rápido que me pergunto se a imaginei.

— Já vou! — ela grita de volta. — Desculpa — diz para mim. — O combinado é esse. Se o Jay dá o banho e conta a história, eu dou o beijo de boa-noite e a cubro.

Olho para o meu telefone. São quase 20h30.

— Não tem problema. Está na minha hora também — digo. Não quero ir embora, ainda não, mas também não quero ficar além do necessário. Preciso fazer tudo certo esta noite.

— Você não precisa ir embora — Violet diz. — Vai ser rapidinho.

— Não tem problema — balanço a cabeça, colocando minha xícara de chá na mesinha de centro. — De verdade, é melhor eu ir ver como está minha mãe.

— OK, tudo *bem*. — Ela sorri e nós duas nos levantamos. — Muito obrigada por ter vindo hoje à noite — diz. — E por se oferecer para ficar com a Harper. Eu agradeço de verdade.

— Disponha — digo, seguindo-a até a entrada. *Só uma vez*, penso, *é tudo que preciso.*

Ela me acompanha até a escada. Depois, me dá um breve aceno e gentilmente fecha a porta, desaparecendo de vista. Pelo vidro, posso vê-la subindo as escadas. Acompanho-a até não conseguir mais vê-la.

Eu me viro, desnorteada, como se estivesse flutuando. Paro quando chego na calçada, olhando de novo para a casa. As janelas estão iluminadas, a casa reluzindo suavemente por trás das cortinas fechadas. É difícil acreditar que estive lá dentro; que participei da noite deles e que, talvez, logo faça parte de suas vidas.

Quando chego em casa, minha mãe está dormindo em sua poltrona, como eu sabia que estaria, roncando baixo. Tiro o controle remoto do seu colo e diminuo o volume da TV; em seguida, puxo até o peito o cobertor de tricô que estava sobre suas pernas e desligo a luz na mesinha perto da poltrona.

Em silêncio, vou em direção ao banheiro que minha mãe e eu dividimos, fechando a porta atrás de mim. Depois de tirar as lentes de contato, escovar os dentes e vestir um moletom velho, deito-me na cama e fecho os olhos. Mas não consigo dormir. Fico ali deitada, revivendo a noite, pensando em Violet e em Jay e em Harper. Na casa linda deles, no aconchego, no cheiro. Em como me senti ali na mesa da cozinha, como se pertencesse àquele lugar. No modo como Violet riu das minhas piadas, como ela se inclinava na minha direção quando me fazia uma pergunta. Havia algo nela; neles, em todos eles — uma espécie de eletricidade, algo especial. Fez com que me sentisse especial também.

Eu me viro debaixo do emaranhado de cobertas, com calor, a escuridão como um cobertor pesado. A minha cômoda faz uma sombra na parede oposta. Imagino o que eles estão fazendo agora, no quarto, debaixo das cobertas. O que será que Jay usa para dormir? E a Violet? Será que dormem com os corpos entrelaçados, colados um no outro, ou esparramados, dedos e pés roçando a noite toda? Será que ele a puxou para perto quando ela se deitou, a boca na dela, faminta, com urgência?

Então imagino que sou eu naquela cama e não Violet. Adormecendo ao lado de Jay, seu corpo quente e pesado, sua respiração profunda, o braço atravessado sobre meu peito. Só de pensar nisso, nele, na sua pele contra a minha, faz com que sinta calor por todo o corpo, febril. Tiro as cobertas de cima de mim, viro o travesseiro para o lado fresco. *Não, Sloane.*

Volto a pensar em Violet.

— Vamos combinar outro jantar. — Será que ela falou sério? Ou foi apenas algo que disse para ser educada; uma oferta impulsiva, lançada sem pensar duas vezes?

Não, ela gostou de mim. Não teria pedido para que eu ficasse depois do jantar se não tivesse gostado. Não teria feito todas aquelas perguntas pessoais. Na escuridão, sorrio. Ela quer ser minha amiga tanto quanto quero ser amiga dela. Não estou errada. Não desta vez.

7

Eu me preparo mentalmente para quando chegar para trabalhar no dia seguinte, ensaiando em silêncio o que direi sobre o que aconteceu ontem. Sobre Allison. Não sei *quem* ela era, foi o que decidi alegar, com olhar perplexo, a expressão confusa. Foi estranho *mesmo*, concordarei, foi por isso que fui embora. É um risco, mas clientes descontentes não são novidade; vira e mexe ocorre uma confusão, uma discordância sobre valores, uma insatisfação com um serviço, um olhar de desprezo, o tom de voz se eleva, tornando-se hostil e acusatório. Então, a cena acaba e o *spa* se reacomoda, voltando ao normal. Esta vez não precisa ser diferente de nenhuma outra. Quem disse que é diferente?

Chloe olha por cima do computador quando entro no *spa*, um sorriso alegre no rosto perfeito para receber clientes. Quando vê que sou eu, há uma mudança. O sorriso titubeia. Ela parece nervosa, me olhando com cautela, como um animal no meio da rodovia, olhando para um par de faróis altos.

— Lena...? — começo a perguntar e Chloe balança a cabeça em sinal negativo.

— Ela não está aqui. Acho que não vem hoje. Ela disse algo sobre a irmã estar na cidade esta semana.

Aceno positivamente com a cabeça, aliviada. Tinha me esquecido da visita da irmã dela. Lena só falava disso há semanas. Seria a primeira vez que se veriam em quase dois anos. Por causa de algum problema com o visto da irmã.

Ofereço a Chloe um sorriso de desculpas.

— Peço desculpas — digo —, sobre ontem. Acho que aquela mulher pensou que eu era outra pessoa. Fiquei realmente assustada.

— Aquilo foi muito *estranho* — Chloe diz. Ela parece relaxar, seu nervosismo se dissipando.

— Foi *mesmo*. — Abaixo a voz e me aproximo da recepção. — Assim é Nova York. Repleta de lunáticos.

Chloe concorda com a cabeça.

— Ela reservou um horário de última hora. Disse que alguém tinha lhe indicado o *spa*. Se eu soubesse.

— Não tinha como você saber — digo, interrompendo-a. — Vamos esquecer o que aconteceu. — Aponto o polegar para minha estação de trabalho. — Vou arrumar as coisas.

Sorrio para Chloe, feliz por ela ter acreditado na minha versão dos acontecimentos; em seguida, vou pegar meu *kit*.

O espaço já está barulhento e movimentado. Todos os horários da manhã estão preenchidos, mulheres querendo que suas unhas das mãos e dos pés estejam no tom de rosa pastel certo, ou vermelho vibrante. Eu deveria estar focada. Mas não estou. Estou distraída, toda hora tirando o celular na bolsa para checar, esperando uma mensagem aparecer, colocando-o no bolso e tornando a tirá-lo. Encaro a tela como se pudesse manifestar o nome dela, sem me concentrar o suficiente. Pareço um disco arranhado, minha mente presa no jantar de ontem, revivendo a noite, de novo e de novo.

Por volta das 11 horas, parece que estou com um nó no estômago. Precisei refazer as unhas da mulher à minha frente, depois que manchei seu esmalte enquanto me remexia, balançando as pernas à medida que trabalhava. *Por que ela ainda não me enviou uma mensagem?*

Então, sinto uma vibração, meu telefone trepidando contra a minha coxa no bolso da frente do meu uniforme. Eu o retiro do bolso e sorrio quando vejo a notificação. É uma mensagem dela. Da Violet. Uma onda de alegria me invade. Desbloqueio rapidamente o telefone e abro a mensagem, lendo rápido.

Oi!, está escrito. *Ontem à noite foi muito divertido, obrigada por vir! Acho que você esqueceu sua blusa aqui — uma de flanela vermelha. Quer que eu a deixe na sua casa?*

Sorrio, sentindo frio na barriga. Não sabia quanto tempo Violet levaria para encontrar a blusa. Estava começando a me questionar se ela saberia que era minha. Antes de ir embora ontem, desamarrei a blusa da cintura, assim que ela se virou para me acompanhar até a saída e ficou de costas para mim, e a deixei embolada no canto do sofá, meio enfiada debaixo de uma almofada de tricô, não estava evidente, um lampejo vermelho — a manga — quase imperceptível.

Está bem, eu sei o que parece, sei mesmo; mas precisava de um motivo para ela me enviar uma mensagem. É claro que ela disse que adoraria que eu fosse babá da Harper, mas não sou a única pessoa que mente. E as pessoas ficam ocupadas: trabalho, filhos, tarefas que surgem inesperadamente — e antes que você se dê conta, passou uma semana, depois duas, um mês, e então seis meses. Ela planejava ligar; mas, em vez disso, vou desaparecendo da memória dela, ficando turva, desfocada; até que mesmo se esforçando, ela não vai se lembrar de mim. *Quem?*, ela vai perguntar quando Jay me mencionar, e só então: *Ah, sim, a enfermeira. Qual era mesmo o nome dela?*

Não podia permitir que isso acontecesse. Ela era interessante demais, legal demais. Não queria deixá-la escapar por entre os meus dedos. Sendo assim, encontrei uma maneira de impedir que isso acontecesse.

— Com licença — digo para a mulher sentada na minha frente, em seguida desligo a lâmpada para secagem das unhas e corro para os fundos. Preciso de espaço para decidir como responder.

Na sala de descanso, estudo meu telefone, roendo uma unha enquanto formulo minha resposta. Digito e apago, digito e apago. Quero encontrar a resposta perfeita.

Finalmente aperto o botão para enviar. A mensagem diz:

Nossa, me desculpe por isso! Posso passar para pegá-la amanhã de manhã? Talvez possamos tomar um café?

Só preciso chegar ao trabalho às 11 horas, logo, teríamos algumas horas para continuar de onde paramos. Prendo a respiração, esperando pela resposta dela. Meus pulmões começam a queimar. E, então, uma mensagem. Solto o ar, um sorriso se abrindo no meu rosto.

Quando leio a mensagem, o sorriso desaparece.

Na verdade, amanhã de manhã a Harper tem uma consulta médica.

Então, recebo outra notificação.

Podemos combinar à tarde? Você poderia por volta das 13 horas? Mesmo parque?

Faço uma comemoração silenciosa.

Sim! Respondo. Eu adoraria. Até amanhã!

Às 13 horas é bem no meio do meu turno, mas não posso recusar. Não agora, no começo da amizade, quando ainda é algo tão frágil que poderia desaparecer com um leve sopro, como um dente-de-leão, nu ao vento. Não. Recusar não era uma opção. Vou pensar em uma desculpa. Implorarei à Natasha para me cobrir ou vou fingir receber uma chamada no final da manhã. “É a minha mãe”, posso dizer, com o rosto pálido, “ela precisa de mim”.

Coloco o telefone no bolso da frente do uniforme e volto correndo até a mulher que deixei esperando. Ela solta um suspiro irritado quando me sento, seu olhar na direção do relógio na parede, mas eu não me importo. Abro um sorriso largo para ela, peço desculpas pelo atraso. Na verdade, não consigo parar de sorrir. Nem mesmo quando recebo uma gorjeta de dez por cento em vez dos costumeiros vinte por cento. Valeu a pena.

— Você está de bom humor — Natasha observa, quando fazemos um intervalo, em um raro momento em que nossas duas cadeiras estão vazias.

Concordo, sorrindo.

— Aquele cara acabou de mandar uma mensagem, aquele com quem saí semana passada. Disse que quer me levar para sair de novo amanhã à noite.

Ela arqueia a sobrancelha.

— Achei que você tinha dito que ele estava viajando a trabalho.

— Ele está — me apresso para dizer. É verdade, eu disse isso mesmo. — Mas vai voltar antes do previsto. Uma de suas reuniões foi cancelada, por isso a viagem foi encurtada.

Ela me olha por um longo momento antes de me dar um sorriso melancólico.

— Aonde ele vai levá-la desta vez?

Dou de ombros.

— Ainda não sei. Ele disse que me pegaria às 19 horas.

— Você tem muita sorte. A última vez que me buscaram em casa para um encontro foi... — ela bate uma unha acrílica no dente da frente — isso mesmo, nunca.

Ela tem razão. Tenho sorte. Sorte de ter conhecido alguém tão legal quanto a Violet.

— Eu sei — respondo concordando com a cabeça. — Vira e mexe fico querendo me beliscar para ver se é verdade.

Na volta para casa, passo pelo pequeno *shopping* onde comprei o colar; aquele que disse à Natasha ser uma herança de família. Paro quando algo chama minha atenção. Há um manequim na vitrine, vestido com um vestido floral estilo *boho*, com mangas bufantes e gola alta, com uma bolsa de couro pendurada na curva de seu braço rígido. Mas não estou interessada no vestido, nem na bolsa. Estou olhando para o chapéu de feltro com abas largas na cabeça dele. Quase igual ao que Violet estava usando no parque ontem. Tem até a mesma fita de couro ao redor do formato da cabeça, amarrada em um pequeno laço atrás.

Depois de um minuto, entro na loja. Um sino mecânico toca quando a porta se abre. *Ding-dong!* A mulher atrás do balcão olha para cima, sorrindo para mim me cumprimentando.

Retribuo o sorriso. Começo a andar pela loja, então me viro para vendedora.

— Aquele chapéu na vitrine — digo.

— O Fedora? É uma graça, não é? — ela diz. — Temos dele em outras cores também. Por aqui, me acompanhe. — Ela desce da banqueta e aponta para os fundos da loja, para uma mesa com uma variedade de chapéus em diferentes tons: marrom, bege, cinza e preto.

— Vou viajar de férias semana que vem — digo, andando atrás dela. — Para a Europa. Estava procurando um chapéu para levar.

— Que legal! — ela exclama. — Eu nunca estive na Europa — ela se lamenta, em seguida, pega um chapéu cor caramelo, o mesmo da vitrine, o mesmo da Violet, e me entrega.

Eu pego o chapéu e ofereço um sorriso simpático, como se entendesse o que ela estava sentindo; o que claramente eu entendo. Também nunca estive na Europa.

— Experimenta — ela diz, me encorajando. — É perfeito para sua viagem.

Solto o cabelo do coque bagunçado no alto da cabeça e o arrumo. Ele está longo, quase na metade das minhas costas; não vou a um cabeleireiro há séculos. Então, cuidadosamente, coloco o chapéu na cabeça, virando a aba para cima como a Violet usou o dela. A vendedora aponta atrás de mim para um espelho na parede.

— Veja como ficou. — E, em seguida: — Estarei lá na entrada, se puder ajudar com mais alguma coisa — ela diz, voltando para o balcão. — E, então, sorri: — Ficou ótimo em você, por sinal.

— Eu me viro em direção ao espelho. Para minha surpresa, ficou bom mesmo. O chapéu esconde os cabelos arrepiados e emoldura meu rosto de forma agradável. Pareço mais centrada, mais chique. Sorrio para o meu reflexo. É bom me ver assim.

Nem sempre fui tão sem graça. Não que já tenha sido tão linda quanto a Violet, mas houve uma época em que eu me esforçava mais. Antes de perder o emprego, meu cabelo estava quase sempre com o corte em dia (e penteado), minhas roupas passadas, usava camisas em vez de camisetas, calças no lugar de *jeans* largos. Eu não era uma Vênus de Milo, mas tinha uma aparência melhor do que a que tenho hoje. Talvez eu possa voltar a ser assim. Talvez eu possa ficar ainda melhor. Mais como a Violet. Esse chapéu pode ajudar.

Retiro o chapéu e o viro, examinando-o. A etiqueta diz 85 dólares. Meu Deus.

Eu deveria colocá-lo de volta na mesa. Não deveria gastar meu dinheiro em coisas assim. Ontem à noite, eu disse a verdade para Violet sobre uma coisa: tenho planos de morar sozinha. É um plano que tenho há muito tempo. Na verdade, quase assinei um contrato de aluguel. Cerca de dezoito meses atrás. Era um estúdio recém-renovado em Brooklyn Heights, no terceiro andar de um prédio de sete andares, bem iluminado. Eu tinha o dinheiro para os dois primeiros meses de aluguel, para a taxa do corretor, mas minha oferta não foi aceita. A imobiliária queria ligar para meu empregador. Se fosse um mês antes, não teria sido um problema, mas tive a má sorte de perder meu emprego na sexta-feira que antecedeu a ligação do corretor para me dizer que eles tinham começado a verificar os meus antecedentes. Perguntei se poderia apenas mostrar meus dois últimos extratos, na esperança que fosse suficiente, mas a resposta foi "não". E mesmo que tivesse sido suficiente, sem o emprego, eu não teria como arcar com aluguel. Então, como em um passe de mágica, *puf*, a oportunidade passou.

Achei que ser contratada pelo *spa* de Lena me colocaria de volta nos trilhos, mas como muito da minha renda depende das gorjetas — uma fonte pouco confiável de rendimentos, de acordo com o meu corretor —, eu não era uma candidata tão ideal quanto antes. Sendo assim, sigo esperando, esperando e sonhando, o valor do depósito ainda guardado. É por isso que a possibilidade de ser babá em tempo integral é tão interessante: não há verificação de antecedentes, nenhuma comprovação de renda, apenas um convite e uma porta aberta.

Passo o dedo sobre o tecido macio do chapéu. Sei que não deveria. Mas, logo em seguida, caminho em direção ao caixa, com o chapéu na mão. Saio da loja com ele na cabeça.

8

Quando faltam quinze minutos para as 13 horas na tarde seguinte, digo para Natasha que preciso resolver uma coisa e peço para ela ficar de olho na minha estação de trabalho. Por sorte, terminei meu atendimento de meio-dia mais cedo. A contragosto, Natasha concorda em começar meu atendimento das 14 horas se eu não voltar a tempo, e eu prometo recompensá-la. Vou trazer café e o doce dinamarquês preferido dela amanhã, um *strudel* de damasco da padaria da esquina. Ela vai me perdoar, sei que vai.

Antes de sair, visto um suéter solto por cima da blusa do uniforme, troco a calça por uma *legging*. Caminho em direção ao parque com uma passada alegre. Estou usando o chapéu que comprei ontem também. Hoje me sinto um pouco insegura com relação a ele, como se fosse uma impostora, brincando de me fantasiar. Não tenho certeza se combina comigo, mas decido deixá-lo na cabeça, virando a aba para cima como Violet usou.

Harper já está no balanço quando chego ao parque, Violet atrás dela, empurrando. Ambas sorriem quando me veem. Violet diz algo que não consigo ouvir, e Harper desce do balanço e corre na minha direção. Violet vem atrás dela, acenando para mim. Ela está de vestido hoje, de gola alta com pequenos poás brancos, na altura da panturrilha e as mesmas sandálias que usava no dia que nos conhecemos.

Harper para de correr quando me alcança, sorrindo envergonhada para mim. Violet nos alcança um minuto depois, colocando a mão no ombro de Harper.

— Oi — diz Violet —, belo chapéu.

— Obrigada — respondo de um jeito casual; mas meu peito se enche de orgulho, feliz por ter decidido usá-lo. Em seguida, agacho para ficar na altura de Harper.

— Oi, Harper — digo —, adorei a sua blusa. Vermelha, igual à que o Ursinho Pooh usa! — O rosto de Harper se ilumina. — Você gosta de mel tanto quanto ele? — pergunto.

Ela assente.

— Minha mãe coloca mel nos meus morangos. Às vezes — ela diz, se inclinando na minha direção —, dou uma lambida na colher. Se me comportar direitinho, a mamãe compra um saquinho de mel para mim no supermercado. Mas é um segredo nosso.

Eu dou risada.

— Hum! Parece delicioso.

— É sim — ela concorda. — Você sabe quantos anos eu tenho?

Digo que não com a cabeça.

— Posso tentar adivinhar?

— Pode — Harper concorda. Parece contente com meu pedido.

— Você tem 25 anos? — pergunto. Quando ela balança a cabeça negando e rindo, finjo estar chocada. — Não? Tem mais? Vinte e oito anos? Trinta anos?

Ela ri.

— Não! Tenho quase 5 anos. Meu aniversário é em agosto. Dia 28 de agosto. Vou ganhar *cupcakes* de chocolate cobertos com granulado rosa. E pedi um gatinho, mas a mamãe disse "não". Então, ela pergunta a Violet:

— Posso brincar ali? — ela aponta para o tanque de areia no canto do parque. Violet assente, e Harper sai correndo, os braços soltos como um filhotinho. Ela vai direto para um balde de plástico abandonado, desbotado pelo sol, e começa a enchê-lo de areia.

— Quer se sentar? — Violet aponta para um banco de parque a alguns metros de distância. Eu me sento ao lado dela. O perfume de Violet tem um cheiro parecido com o do buquê de gardênias sobre a bancada de sua cozinha.

— Ah! — ela exclama se lembrando — Aqui está. — Coloca a mão dentro da bolsa e tira uma camisa de flanela vermelha. — Antes que eu me esqueça.

— Obrigada — agradeço com naturalidade. Pego a camisa de sua mão e a guardo na minha bolsa. Estou satisfeita comigo mesma, pelo plano ter funcionado tão bem. — Desculpe o incômodo.

— Sem problemas — ela responde. Em seguida se inclina na minha direção. — Adorei seu colar — ela comenta, franzindo os olhos para enxergar melhor. Coloco a mão no pescoço. O pingente de pérola é frio e liso. — Onde você comprou?

— Era da minha avó — respondo, repetindo a mesma mentira que contei para Natasha.

Ela parece decepcionada.

— Droga. Tinha esperança de que você me dissesse onde posso comprar um. Estou procurado por um colar assim.

Fico irritada comigo mesma. Queria ter dito a verdade. Gosto da ideia de nós duas usando o mesmo colar.

— Bom, ela comprou um pouco antes de falecer, na verdade. Posso descobrir onde foi, se você quiser — ofereço. — Acho que provavelmente foi aqui perto. Minha mãe deve saber.

Violet se anima.

— Seria ótimo, obrigada. — Ela sorri e volta a olhar para Harper. Agora ela está fazendo bolinhos de areia com outra garotinha, moldando-os cuidadosamente com suas mãozinhas e depois fingindo comê-los de uma só vez.

— Você fica em casa com ela em tempo integral? — pergunto.

Violet assente.

— Saí do meu emprego quando nos mudamos de São Francisco. Contratei uma babá, a Nina, depois que viemos para cá, para que pudesse começar a estudar para o Exame da Ordem de Nova York, mas não deu certo, então... — ela para de falar, dando de ombros. — Veremos. É engraçado, porém: este trabalho, de mãe e dona de casa em tempo integral, é cem vezes mais difícil do que meu trabalho como advogada. Mas é mais divertido. — Sorri. — Nunca passei as tardes de quarta-feira no parque antes de ser mãe.

— Você quer ter mais filhos? — pergunto. Na mesma hora, me arrependo. É uma pergunta muito pessoal, muito prematura, considerando que acabamos de nos conhecer. Espero que ela não se ofenda.

O sorriso no rosto de Violet não titubeia, mas muda. Ela olha para baixo e depois para mim.

— Eu queria. Achava que seríamos uma família grande. Com pelo menos três filhos. Mas — ela para de falar abruptamente, limpa a garganta. — Harper tem alguns problemas de saúde. Tem sido difícil para nós. Todas as idas ao médico, consultas com especialistas.

Um nó se forma em minha garganta.

— O que... o que ela tem? — pergunto.

— É o coração dela. — Violet olha para as mãos de novo. Brinca com o diamante do anel. — É fraco. Ela teve uma infecção ainda bebê, que afetou o tecido. O sangue nem sempre circula direito. Ela tem episódios de desmaio. Não são frequentes — o último foi há mais de um ano — e geralmente só duram alguns segundos, mas uma vez tiveram que usar um desfibrilador.

Nós duas olhamos para Harper, que continua brincando feliz na areia. Sinto muito por ela. E por Violet. E Jay.

— Provavelmente foi por isso que Jay ficou tão preocupado com a picada de abelha naquele dia. Estamos sempre prendendo a respiração, torcendo para ela estar bem. Jay se recusa a falar sobre isso. Finge que está tudo bem. Acho que ele não quer admitir que podemos perdê-la, sabe? — Violet, então, sorri. — Mas ela é forte. Não vamos tratá-la diferente por isso; não queremos que ela sinta que não pode fazer algo que outra criança faz. Mas é um dos motivos pelos quais estou tendo tanta dificuldade para encontrar outra babá. Eu realmente queria alguém com conhecimento médico, sabe, só por garantia.

Violet morde o lábio, e olha para mim sem graça.

— O que me leva ao verdadeiro motivo para esse encontro de hoje. Para além de devolver sua camisa, é claro.

Olho para ela, esperando que explique, torcendo, torcendo.

— Sei que você se ofereceu para ficar com ela de vez enquanto, mas fiquei pensando se, não sei, se você não estaria interessada em fazer mais que isso. Talvez ficar com ela alguns dias da semana? Até voltar para a faculdade de enfermagem?

— Você gostaria que eu trabalhasse como babá para vocês?

Violet assente.

— Seria só por algumas horas durante a semana. Pensei nas terças e quintas-feiras depois da escola e uma sexta-feira aqui e ali? Assim, eu poderia dedicar algumas horas por semana aos estudos. Talvez prestar o Exame da Ordem em fevereiro do ano que vem. Por favor, pode me falar se estiver pedindo demais, mas eu precisava perguntar. Como mencionei, tenho dificuldade de confiar em alguém para ficar com a Harper, e com a sua formação, parece tudo tão... *perfeito.*

Sinto que meu coração está batendo três vezes mais rápido. É exatamente o que eu queria; o que estava torcendo para acontecer quando fiz a oferta, mas — e é um grande "mas" — isso foi antes de saber que Harper estava doente. Ela precisa de uma enfermeira de verdade, não de uma estudante de enfermagem de mentira. Eu deveria recusar. Deveria contar a verdade para Violet. Sei que deveria. Quero fazer a coisa certa, mas também quero que ela goste de mim. Quero tanto que ela goste de mim. E quando você quer que uma pessoa goste de você, você lhe diz o que ela quer ouvir.

— Eu... — começo a falar, sem saber como continuar. — Eu...

— Eu pagaria você, é claro — Violet diz. — Trinta e cinco dólares a hora? O que acha?

Trinta e cinco dólares a hora é mais do que eu ganho no *spa*. Mais do que ganhava como professora. Dois turnos trabalhando como babá na semana seriam mais 1.000 dólares por mês, no mínimo. E se — quando — eu mostrar que trabalho bem, talvez esses turnos virem algo mais. Talvez um emprego em tempo integral, como eu queria. Isso me possibilitaria sair da casa da minha mãe. Não me importo de cuidar dela, nunca me importei; mas, nos últimos anos, a sensação é de que as paredes estão se fechando, o apartamento ficando menor, fazendo minha vida ficar menor, fazendo com que eu fique menor. Quero começar a viver por conta própria, pela primeira vez, finalmente ter independência. Essa oportunidade poderia possibilitar isso.

Violet olha para mim esperançosa, as sobrancelhas arqueadas na expectativa. Ela quer que eu diga "sim". Eu quero dizer "sim".

Um sorriso se abre no meu rosto.

— Eu adoraria — digo. Não consigo dizer "não". Parece destino. Desde o momento em que Harper foi picada pela abelha até agora, tudo se encaixando perfeitamente. Os últimos dezoito meses foram tão difíceis, mas isso — uma oportunidade de começar de novo — é o que eu estava esperando. E não foi tudo mentira, não mesmo. Eu tenho experiência com crianças, dentro e fora da sala de aula, e algum conhecimento médico.

Não, não sou enfermeira, mas sei tudo sobre primeiros socorros, uma exigência da pré-escola. Já lidei com várias crianças machucadas, com torções de punhos e tornozelos, com joelhos ensanguentados depois de uma queda, com febre, dor de barriga, dor de ouvido, dor de cabeça, alergia a amendoim, metade da sala possui canetas de adrenalina nas mochilas. Vários dos meus alunos tinham alguma condição de saúde também. Riley, de 4 anos, no meu primeiro ano como a professora, tinha epilepsia; Cleo, no meu terceiro ano, tinha diabetes. Eu me reunia com os pais, mantinha relatórios médicos na primeira gaveta da minha mesa e sabia o que fazer se Riley tivesse uma convulsão, ou o dispositivo que monitorava os níveis de glicose de Cleo parasse de funcionar. Isso não era muito diferente, na verdade. Vou ler sobre a condição de Harper também. Estarei preparada. E Violet mesmo disse: Harper não tem um episódio há muito tempo.

— É mesmo? — Violet pergunta, a voz ficando aguda. Ela bate palmas feliz. — É sério, você estaria salvando nossas vidas.

— Sim — confirmo sorrindo. — Ficaria feliz de ser babá dela.

Ela sorri.

— Ótimo! Sexta-feira é muito cedo para começar? Talvez você possa passar lá em casa de manhã, enquanto a Harper ainda está na escola, para podermos conversar sobre a logística.

Sinto frio na barriga. Isso não é uma hipótese; está realmente acontecendo.

— Claro. Pode ser às 10 horas?

— Perfeito — Violet responde entusiasmada.

Retribuo o sorriso até notar a hora em seu Apple Watch. *Merda*. São quase 14h30. Preciso voltar ao trabalho. Senão, Natasha vai me matar. E depois me entregar para seus primos de Nova Jersey.

— Preciso ir — digo relutante. — Preciso passar na farmácia para comprar um remédio.

Violet assente.

— Precisamos ir também — diz. — Se eu conseguir convencer a Harper a ir embora deste parque. E, de novo, muito obrigada.

— Fico feliz em ajudar — digo tentando parecer indiferente. Mas, por dentro, estou eufórica. Vou trabalhar para os Lockhart. Mordo o interior da bochecha para não sorrir. Fico em pé. — Até sexta-feira?

— Até sexta, às 10 — ela responde.

Vou embora extremamente feliz.

Natasha me lançou um olhar fulminante quando retornei ao *spa* e para a cadeira ao lado dela, mas não me importei. Ela vai superar; sempre supera. Vou comprar duas sobremesas dinamarquesas em vez de apenas uma como tinha planejado. Se fosse outro dia, a atitude dela teria me incomodado, mas não hoje. Nada me abalaria.

Estou flutuando quando chego em casa. Minha mãe percebe. Como não perceberia? A felicidade está jorrando de mim como uma banheira transbordando, a torneira esquecida completamente aberta. A água borbulha e desce pela borda de porcelana, espirrando no chão.

— Você está cantarolando — ela observa da poltrona. Finjo que não ouvi. Ela está certa, contudo: estou cantarolando. Estou na nossa pequena cozinha, perto da sala de estar, preparando o nosso jantar. Estou tentando recriar o *pappardelle* à bolonhesa que Violet preparou na outra noite.

Despejo o macarrão cozido no escorredor dentro da pia, o vapor subindo da vasilha. Misturo o molho devagar, pensando no que vou dizer para minha mãe.

Entro na sala de estar com dois pratos e uma vasilha com queijo parmesão debaixo do braço. Entrego o prato para minha mãe e depois a vasilha com o queijo. Ela salpica mais do que deveria, mas não falo nada.

— O que foi que você disse? — pergunto.

— Você estava cantarolando — ela repete. — Teve um bom dia no trabalho?

Eu me sento no sofá, no assento mais próximo a ela, e coloco meu prato na mesa de centro.

— Eu me encontrei com a Violet de novo hoje. E com a Harper. No parque. — Admito. Não olho para ela. Mantenho os olhos fixos na televisão sem som. Está passando uma reprise de *Seinfield*, o episódio do *babka*, eu acho. — Ela me pediu para ser babá da Harper. Alguns dias da semana.

Não planejava contar para ela — ela vai se preocupar; sempre se preocupa. Mas não consigo me conter. Estou tão empolgada com a possibilidade de passar tanto tempo com Violet e Harper — e Jay — que quero gritar para todo mundo ouvir.

— Ser babá da Harper? — minha mãe repete.

Confirmo com a cabeça.

— Isso, contei para ela que costumava ser babá. É só por algumas horas na semana. — Tento soar despreocupada, mas é inútil. Pareço atordoada. Olho para minha mãe. Seus lábios estão cerrados formando uma linha fina.

— Ela sabe?

Fixo o olhar nela e digo que não com a cabeça.

— Não — respondo baixo. — Não contei para ela. — Nem vou contar. Violet não pode nunca descobrir por que não trabalho mais na Mockingbird Montessori.

Minha mãe me olha. Pisca algumas vezes e depois assente.

— Vai ficar tudo bem — digo. — Vai ser bom para mim. Sinto falta de estar entre crianças. Além disso, o salário é ótimo. O que significa que ficarei mais perto de ter o meu próprio apartamento — acrescento. Ela sabe quanto eu quero isso.

Sua boca relaxa. Ela estica a mão e aperta minha perna.

— Estou feliz por você — diz. Depois volta a olhar para a TV e pega o controle remoto. Aponta para a tela, mas hesita antes de apertar o botão para tirar do mudo. — Mas tenha cuidado. Ouviu? — ela não olha para mim enquanto diz isso.

Assinto. Ela está certa. Nós duas sabemos como eu sou. Ela, então, tira a TV do mudo. Kramer invade o apartamento de Jerry e rimos junto com a audiência do estúdio.

Aquela noite, quando vou para a cama, percebo que ainda estou cantarolando minha música favorita da Taylor Swift: aquela sobre cafajestes e antagonistas, destruidores de corações e dissimulados; aquela na qual ela nos diz que vai ficar tudo bem.

9

Na manhã seguinte, estou enchendo minha cuba quando Laura entra no *spa*. Olho para cima quando escuto o barulho do sino e aceno. Ela acena de volta, o cabelo armado balançando, e rebola em direção à minha estação de trabalho.

Não preciso perguntar a ela o que faremos hoje; ela vem toda semana e alterna entre manicure e pedicure. Ela usa unhas acrílicas nas mãos e de gel nos pés, o mesmo tom de vermelho-escuro em todas as unhas. Quando termino, ela vai fazer a sobrancelhas com a Kristen, nossa esteticista-chefe.

— Parece que você viu o passarinho azul — Laura diz, se acomodando na cadeira de couro, mergulhando os pés na água.

— Eu? — pergunto. Abaixo a cabeça e mordo o lábio inferior; estou sorrindo como uma idiota desde que Violet me ofereceu o emprego.

— Ela conheceu alguém — Natasha diz para Laura, se inclinando na direção da minha estação de trabalho. A cliente dela está ao telefone, com os fones no ouvido. — Um empresário importante. — ela estoura a bola do chiclete e pisca para mim.

— Um empresário? — Laura pergunta — seu sotaque se intensifica, e ela soa mais parecida com a Dolly a cada sílaba. — Que chique!

— Ele é empreendedor — respondo, corando. — É uma função nova. — Por um momento, considero mostrar a elas a foto de Jay, do seu perfil no LinkedIn, mas sei que estaria passando dos limites.

Conto para Laura que ele é pai solteiro, detalhando a tarde que nos conhecemos: a picada de abelha, o choro de Harper, como ajudei a remover o ferrão. A única coisa que deixo de fora são as minhas mentiras. Ela fica feliz por mim, concordando com a cabeça enquanto ouve minha história, sorrindo.

Quando termino de fazer suas unhas, Laura me entrega uma nota de 100 dólares, com um sorriso conspiratório.

— Para o caso de você precisar de algo para o próximo encontro.

— Obrigada, Laura. — Retribuo o sorriso e guardo a nota no bolso do meu uniforme. Adorei o cardigã que a Violet vestia no outro dia; talvez compre um igual também.

Quando minha cadeira fica vazia, decido dar uma volta, ir até a padaria da esquina comprar um doce para Natasha. Assim que pego minha bolsa na sala de descanso, Lena aparece. Sorrio educadamente e tento passar por ela, que se mantém na porta, sem se mover.

— Podemos conversar? Vai ser rápido — diz ela. Ela pronuncia "ser" como "cê". — No meu escritório — ela aponta para a porta à minha esquerda. É uma salinha pequena, quadrada, com uma mesa encostada na parede, um computador e duas cadeiras. A mesa está sempre coberta com pilhas de papel, boletos espalhados, notas fiscais.

Merda.

— Claro — suspiro e entro no escritório. *Lá vem.*

Lena passa por mim e se senta na cadeira mais próxima da mesa. Seu escritório tem um cheiro característico, uma mistura forte e enjoativa de acetona e incenso. Ela cruza as pernas e me olha nos olhos. Uma das coisas que gosto em Lena é que ela não enrola. O que ela tem para dizer, ela diz na lata. Eu me preparo mentalmente.

— Você tem se atrasado ultimamente — ela diz. — Feito longos intervalos. — Perdeu metade do expediente na segunda-feira.

— Sinto muito — digo. — Não vai acontecer de novo. — Vou melhorar.

Ela balança a cabeça, com pesar.

— Não posso arriscar. Sinto muito. Eu disse a você, quando a contratei, que precisava de alguém em quem pudesse confiar.

Olho para ela enquanto as palavras começam a fazer sentido. O cheiro de incenso está me deixando zonza.

— Você está me demitindo?

Lena confirma com a cabeça.

— Desejo boa sorte para você — ela diz, se levantando. As pernas da cadeira rangem quando ela se levanta. A conversa acabou.

Fico em pé também. Sem jeito, olhamos uma para a outra. Então, Lena se aproxima e me dá um rápido abraço.

— Cuide-se, Sloane.

Deixo o escritório apertado, um pouco atordoada. Embora não tenha sido uma surpresa, dói, a rapidez com a qual Lena me descarta, por causa de alguns intervalos mais longos e um turno perdido, depois de um ano de trabalho duro. Parece que levei um tapa na cara, minha bochecha quente onde ela me bateu.

Eu me esgueiro pelo *spa*, pegando meu *kit* de manicure e alguns pequenos itens pessoais e caminho em direção à entrada. As outras manicures me observam enquanto saio. Ninguém fala comigo. Natasha parece que vai se levantar quando passo por sua estação de trabalho, mas não se levanta, voltando a se concentrar em sua cliente. Provavelmente foi ela que me delatou; que contou para Lena sobre Allison. Fiz um milhão de favores para ela durante todo esse tempo que trabalhamos juntas; ela é tão ingrata quanto Lena.

Piso na calçada, saindo do ar-condicionado e encarando o calor da tarde. A porta do *spa* bate atrás de mim. Por um minuto, fico ali parada. Então abro um sorriso.

Chega de passar os dias curvada sobre pés de mulheres cheios de calos, meu rosto esticado em um sorriso falso tão grande que fico com medo de meus lábios racharem. Chega de ter bolhas nas mãos por causa de acetona, os nós dos dedos ressecados e rachados por causa da água muito quente. Chega de levantar a cabeça para olhar para as mulheres, enquanto elas olham de cima para mim, literal e figurativamente, me rebaixando para ganhar gorjetas. Estou livre, finalmente livre, minha servidão acabou. No final do quarteirão, jogo meu *kit* de manicure na lixeira, ouço o som dele batendo no fundo da lata de metal.

Foda-se Lena. Foda-se Natasha. E foda-se aquele emprego. Não preciso dele. Não preciso delas. Sou babá da Harper agora.

10

Na manhã seguinte, sexta-feira, acordo me sentindo mais leve do que há muito tempo não me sentia. Nunca mais preciso voltar ao *spa*. Nunca mais. E o melhor de tudo é que vou encontrar Violet para uma caminhada. Ela me enviou uma mensagem ontem à noite, perguntando se eu poderia encontrá-la no parque em vez de na sua casa, para que pudesse caminhar um pouco antes de buscar a Harper na escola.

Claro!, respondi.

Eu teria concordado de encontrá-la em qualquer lugar. Levanto-me praticamente flutuando da cama, passarinhos de desenho animado cantam alegremente enquanto me visto.

A maioria das minhas roupas de ginástica estão velhas e com cheiro de mofo, mas encontro uma calça de corrida preta, pouco usada, no fundo do armário, que combino com uma camiseta larga, amarrada na lateral. Calço meus tênis New Balance desejando que estivessem um pouco menos surrados, menos desgastados. Em seguida, coloco o cabelo dentro de um boné de beisebol, e amarro um moletom na cintura. Considero colocar lentes de contato; mas, quando checo o telefone, percebo — *merda* — que não tenho tempo para isso, então, pego minha bolsa e vou em direção à porta.

Quinze minutos depois, vejo Violet na entrada do parque. Ela acena quando me vê. Também aceno e acelero o passo.

Seu cabelo escuro está preso em um rabo de cavalo alto saltitante, alguns fios soltos na nuca, a franja de lado. Assim como eu, ela está usando tênis de corrida — embora os dela sejam mais novos —, mas está mais bem-vestida, usando uma *legging* de cintura alta canelada e um *top* de ginástica que deixa a barriga à mostra combinando, o logo de uma ferradura evidente.

— Oi! — ela exclama quando me aproximo. — Obrigada de novo por me encontrar aqui. Sinto como se não me exercitasse mais, então, tenho tentado encaixar o exercício em qualquer intervalo que tenho. Jay comprou uma bicicleta Peloton para mim no Natal passado, mas eu a uso mais como um cabide de roupa.

— O que é e-xer-ci-tar? — brinco, prolongando as sílabas, como se estivesse dizendo a palavra pela primeira vez. Violet ri e sinto uma pequena onda de alegria.

A verdade é que um pouco de exercício me faria bem também. Não estou acima do peso — nem sou magra —, tenho um porte físico comum, umas gordurinhas na cintura, um certo balanço nas coxas; diferente de Violet, que é esguia e longilínea. Eu provavelmente deveria perder alguns quilos, mas odeio academia. Odeio o cheiro de suor mascarado por produtos de limpeza, o ar abafado, as mulheres bronzeadas com seus tênis Nike impecáveis, as barrigas chapadas. Não preciso me sentir mais desleixada do que já me sinto; não, muito obrigada. Na verdade, também cogitei comprar uma bicicleta Peloton, mas quando vi o valor exorbitante, caí na real. A ideia de usar um presente de 3 mil dólares como um cabideiro de luxo é tão ridícula que quase dou risada.

— Faz um tempo que eu quero voltar a me exercitar também — digo. Eu costumava correr na pista de atletismo da faculdade. — É um ótimo acréscimo à minha lista de mentiras: um, meu nome é Caitlin;

dois, sou enfermeira; três, minha mãe tem lúpus; quatro, gosto de correr. Gosto de como soa.

— Eu corria no Ensino Médio também! — Violet exclama. — *Cross--country*.

Sorrio para ela, fingindo estar encantada com a coincidência. *Merda*.

— Eu amava, mas rompi um ligamento do joelho um pouco antes da graduação. Não consegui voltar a correr desde então. Só caminhar já está ótimo para mim, na verdade. — A última coisa que eu quero é que ela sugira que corramos em vez de andar. Só de pensar nisso fico horrorizada.

— Ótimo! — ela exclama. — Pensei que pudéssemos caminhar em direção ao rio, depois subir na direção do Parque da Ponte do Brooklyn. O que acha?

Dou de ombros.

— Por mim, tudo bem.

Começamos a caminhar, mais rápido do que antecipei. Para acompanhá-la, preciso dar uma corridinha de vez em quando. Logo começo a sentir gotas de suor se formarem na minha testa, a minha respiração ficando mais pesada.

— Estou mais fora de forma do que imaginava — digo envergonhada, me esforçando para não ficar ofegante. Violet sorri me encorajando, mas não diminui o ritmo.

Depois de alguns minutos, estabelecemos um ritmo confortável, conversando enquanto caminhamos, basicamente falando sobre Harper: sobre seus horários, do que gosta e do que não gosta, dos hábitos alimentares que Violet acha que eu deveria saber; como o fato de que o único tipo de fruta que ela come é morango e como ela adora iogurte, mas só os de sabor baunilha.

Consigo encaixar uma pergunta casual sobre Jay aqui e ali. Descubro que ele tem uma irmã mais velha, três sobrinhas e que sempre quis morar em Nova York.

— Eu tinha minhas dúvidas sobre criar a Harper aqui — diz Violet —, mas ele me convenceu. Jay consegue convencer qualquer um a fazer qualquer coisa. — Ela sorri, revirando os olhos de um jeito afetuoso.

Quando chegamos ao parque, o sol está alto no céu, uma bola de fogo brilhante. A temperatura já está acima dos 25ºC, o dia mais úmido e quente do que o normal até mesmo para abril. Estou suada, minha camiseta molhada debaixo dos braços e nas costas.

Violet parece tão fresca como quando começamos a caminhar. Seu rosto está levemente corado, mas no geral ela parece intocada pelo calor.

Diminuímos o passo, caminhando em direção a um banco na beirada do rio. Não nos sentamos; em vez disso ficarmos em pé atrás do banco usando o encosto como apoio enquanto fazemos alguns alongamentos leves, levando o calcanhar até o glúteo, depois nos inclinando para a frente. Não estou mais tão ofegante, mas ainda respiro rápido.

— Como você faz isso parecer tão fácil? — pergunto. — Parece que corri uma maratona. Estou toda suada! — Afasto minha camiseta molhada do corpo, sacudindo-a para que entre um pouco de ar, na esperança de me refrescar.

— É uma ilusão — Violet responde rindo. — Mal consigo disfarçar. Por dentro estou acabada.

— Você? Sei. — Franzo a testa demonstrando descrença.

Ela balança a cabeça.

— Isso — ela diz apontando para si — exige muito trabalho.

— Você está brincando. — Arqueio uma sobrancelha uma habilidade que desenvolvi com orgulho nas longas horas que passei sozinha na infância, entediada na frente do espelho do banheiro.

— Não estou não. Levei uma hora hoje de manhã para fazer isso usando a prancha. — Ela aponta para seu rabo de cavalo sedoso. — Sem contar que está parecendo um ninho de ratos. Daqueles do tamanho de um gato que moram no esgoto.

— Eu duvido muito — respondo revirando os olhos.

— Só para arrumar minha franja gasto quinze minutos. E sem corretivo, você poderia colocar um guarda-roupa inteiro nas bolsas debaixo dos meus olhos, que mais parecem malas do que bolsas. E não do tipo mala de mão. É verdade, é ruim mesmo. Ela solta um grunhido. — E não dá para esquecer das sobrancelhas.

— Sobrancelhas? — pergunto realmente curiosa. — O que você faz nas suas *sobrancelhas*?

Eu as avalio. São grossas e bem definidas, mas parecem naturais. Sempre pensei pouco nas minhas, a não ser para retirar alguns fios às vezes, quando noto um fio longo demais. Elas são bem esparsas, não muito perceptíveis, mas nunca pensei em *fazer* alguma coisa a respeito.

— Aparo, preencho, penteio — ela responde. Quando vê a expressão no meu rosto, ela ri. — Posso mostrar para você. Vou fazer as suas. Realmente faz uma grande diferença.

Reviro os olhos de novo, sorrindo. Isso é algo que mulheres bonitas dizem para agradar as pessoas com uma aparência comum. Ela está exagerando, tenho certeza. Provavelmente parece estar pronta para o tapete vermelho quando acorda — a pele hidratada, os olhos escuros brilhando, com ou sem sobrancelhas. A Vênus de Milo não precisa de maquiagem, e Violet também não.

— É verdade! — ela exclama. — Pareço um *gremlin* sem sobrancelhas. E é por isso que programo meu despertador para 5h30 todas as manhãs.

Estremeço. Qualquer hora antes das 7h parece desumano.

— Ai, meu Deus, para que fazer isso? — Então emendo rapidamente: — Porque é óbvio que *eu* não faço. Solto uma risadinha depreciativa, apontando para meus óculos e boné de beisebol. — Quer dizer, eu *gostaria*, mas aquele botão de soneca... ele me chama. Mas se você não quer fazer, então por que faz?

Violet ri.

— Não sei — ela responde afinal, depois de pensar um pouco. — Jay... — Ela começa a dizer, então, faz uma pausa, para e recomeça.

— Não só o Jay, mas todo mundo... Bem, tem as outras mães na escola da Harper. Elas fazem com que eu me sinta... Ah, não sei, elas são tão.... *demais* — ela conclui, tentando fazer sentido.

Ela vê a minha expressão e ri.

— Não estou me fazendo entender. Você provavelmente não tem ideia do que estou falando.

Mas minha expressão não é porque eu não sei do que ela está falando, e sim porque eu sei. Sei muito bem. Mockingbird, a escola onde eu lecionava, era assim também; uma escola particular que segue a abordagem Montessori, cuja mensalidade chegava perto de 50 mil dólares por ano. É por isso que reconheço todos os nomes de marca, bolsas e joias de *designers*. Os pais — as mães especificamente — pareciam ter saído das passarelas, impecáveis e na moda, com bolsas da Chanel e sapatos de salto alto Louboutin, pulseiras da Cartier e anéis de diamantes de três quilates, sempre escovadas, roupas sem nenhum amassado, testas com botox, lábios preenchidos, entrando e saindo da sala de aula a caminho do escritório.

Davam beijos no ar em seus filhos, também vestidos com Balenciaga, Dolce & Gabbana, umas nas outras, mal encostando as bochechas enquanto davam *tchau* por cima dos ombros, os telefones já pressionados nas orelhas. Nem todas trabalhavam, é claro. Havia aquelas, como Violet, cujos maridos ganhavam mais do que o suficiente; ou que eram herdeiras, uma riqueza geracional lotando seus bolsos, e não trabalhavam, pelo menos não fora de casa. Em vez disso, organizavam eventos de caridade e almoços no Clover Hill, administravam calendários e os funcionários da casa, vestindo as babás em casacos da Burberry da temporada passada, em tênis intencionalmente surrados da Golden Goose, que pareciam ter custado 60 dólares em vez de 600, doados após pouco tempo de uso.

— É bobagem, eu sei — Violet diz —, mas elas fazem com que eu me sinta completamente inadequada. Esta, ela aponta para si mesma de novo, é minha tentativa de me encaixar.

Eu a estudo, examinando seu perfil pelo canto do olho. É engraçado como alguém com a aparência de Violet: maçãs do rosto marcadas, lábios carnudos, se sinta como eu quando me olho no espelho. Isso me faz pensar em *como será que as pessoas me veem?*

— Eu acho que você está ótima — digo, porque ela está. Mais do que ótima.

— Obrigada. Acho que pareço velha. Vou fazer 32 anos em breve. Em junho — Violet diz, estudando as unhas. Seu rosto está tranquilo. Não sei o que pensar sobre como ela se sente em relação ao que acabou de dizer: empolgada ou decepcionada, ou um misto disso.

— Junho? Faço aniversário em junho também! — exclamo.

Ela se vira para mim, empolgada de novo.

— É mesmo? Que dia?

— Dezesseis de junho.

— Outra geminiana! — ela exclama. O meu é no dia 18. Gêmeas.

Um sorriso ilumina meu rosto. Não sei se ela está se referindo ao símbolo do zodíaco, ou a nós duas, por causa da proximidade de nossos aniversários, mas não me importo. É outra coisa que nos liga. Nascidas com dois dias de diferença. E nem é mentira.

Talvez ela queira que celebremos juntas. *Seria só nós três*, eu a imagino dizendo, *só uma comemoração pequena, mas agora, agora que sei que é seu aniversário também, deveríamos fazer algo especial.* Uma festa na casa deles, um piquenique no parque, ou um jantar em um restaurante chique, no qual, quando estivermos quase terminando de jantar, eles trarão duas sobremesas, uma para cada uma de nós, as duas com velas no topo, as chamas dançando. Jay e Harper vão cantar parabéns, ignorando nosso pedido para que não cantassem, enquanto sorrimos uma para a outra.

Irei até a lojinha onde comprei meu colar e comprarei outro. Direi que mandei fazer um igual, já que ela gostou tanto do meu. "Não precisava", ela dirá, enquanto abre a embalagem empolgada, as bochechas coradas, mas vou saber que ela ficou feliz com o presente. Então, seu rosto se iluminará quando vir o que é. Ela sorrirá e o colocará na hora, pendurando-o com orgulho ao redor do pescoço. "Que tal?", ela perguntará, mostrando para Jay e Harper. Eles dirão que ficou lindo, porque é claro que ficou lindo nela.

Acordo do meu devaneio com ela me olhando com expectativa. Será que ela me fez uma pergunta?

— Desculpe, o quê? — pergunto.

— Só perguntei quantos anos você vai fazer.

— Vou fazer 32 anos também! — Não é verdade. Mentira número cinco.

— É mesmo? — ela inclina a cabeça, os olhos se arregalando. — Deveríamos fazer alguma coisa juntas!

Concordo com a cabeça, empolgada.

— Eu adoraria!

Ela abre um sorriso radiante. Então diz:

— Pronta para voltar?

Assinto e retomamos a caminhada, voltando pelo mesmo caminho que viemos. Ela me conta que, quando era criança, odiava fazer aniversário no verão, porque nunca podia comemorar na escola. Ela invejava todas as outras crianças cujos pais levavam *cupcakes* ou lembrancinhas para escola, que se sentavam no meio da sala de aula enquanto os outros alunos cantavam "Parabéns pra você".

— De qualquer maneira — Violet diz, gesticulando —, já falei demais sobre mim. Me conta mais sobre você. Onde fez faculdade?

É isso que ela não entende. Não fico entediada ouvindo-a falar sobre si mesma. Acho que nunca ficarei. Mas faço o que pede, omitindo os dois anos que passei na faculdade comunitária antes de me transferir para a Brooklyn College, uma faculdade estadual, misturando a verdade com algumas mentiras. Conto como minha mãe me criou sozinha, como nos mudamos de cidade em cidade pelo sul do país, antes de nos estabelecermos em Nova York quando minha tia adoeceu.

— E você falou que seu pai era da Filadélfia, não foi? — ela pergunta quando termino de falar.

Concordo com a cabeça.

— Foi isso que ele disse para minha mãe.

— Eu nasci lá — Violet diz. — É onde os meus pais nasceram e cresceram. Eles se mudaram para Piedmont, nos arredores de São Francisco, quando eu tinha 6 anos de idade.

Sinto uma descarga de adrenalina. Uma corrente de eletricidade iluminando cada célula do meu corpo.

— Que coincidência — consigo dizer.

— Mundo pequeno. — Ela sorri. — Como eu disse, gêmeas geminianas.

Talvez não gêmeas, mas irmãs. Sempre desejei ter uma irmã mais do que tudo na vida. O que torna tudo ainda mais difícil é saber que existe a possibilidade de eu ter uma irmã, em algum lugar. Penso sobre isso o tempo todo. Meu pai provavelmente se casou e teve mais filhos. E esses filhos seriam meus irmãos. Se o pai da Violet é da Filadélfia, então, talvez... Não. Corto esse raciocínio.

Retribuo o sorriso.

— Fui lá uma vez em uma excursão da escola.

— Então você provavelmente conhece mais a cidade do que eu. Me lembro de bem pouca coisa. — Ela me conta como foi crescer perto de São Francisco; como ela e as amigas pegavam os trens BART para cruzar a baía; como um dia ela espera poder voltar a morar na Califórnia.

Antes que eu perceba, estamos de volta ao bairro, na esquina da rua Fifth com a Smith. É quase 11h30. Caminhamos por um pouco mais de uma hora, por quatro quilômetros, de acordo com o Apple Watch de Violet. Estou com calor e suada. Nem preciso me ver para saber que minhas bochechas estão manchadas de vermelho, meu cabelo arrepiado debaixo do boné.

— Quer tomar um café? — Violet pergunta.

Mordo o lábio. Eu quero, quero mesmo, mas não quero parecer ávida demais. Sei quanto posso passar dos limites. Preciso dar tempo ao tempo, ir devagar. Sem fazer movimentos bruscos, nem nada que possa assustá-la.

— Eu adoraria, mas preciso levar minha mãe a uma consulta — respondo com pesar.

— Sem problemas! Vejo você terça-feira à tarde, OK? Harper chega às 13 horas, então, que tal chegar um pouquinho antes?

— Claro! — exclamo. — Por mim, tudo bem.

— OK, ótimo. Bom fim de semana! — Ela começa a se virar; mas, então, para. — Ah! — diz. — Quero mostrar o que eu quis dizer, antes de ir embora. — Ela começa a vasculhar a bolsa.

— O que quis dizer sobre o quê?

Triunfante, Violet segura o que parece ser um lápis.

— A diferença que uma sobrancelha pode fazer! Vem cá.

— Agora?

Ela assente.

— Agora.

Hesitante, dou um passo na direção dela. Ela tira a tampa do lápis e se inclina, depois abaixa gentilmente meus óculos. Temos quase a mesma altura. O hálito dela faz cosquinha no meu rosto, quente e mentolado, e eu fecho os olhos, sentindo o leve toque da ponta do lápis na minha pele.

— Comece na parte mais grossa — ela murmura. Depois vá para a ponta. Para baixo, e então espalhe com o dedo.

Violet passa para a outra sobrancelha, e repete o processo. Depois, diz, dando um passo para trás:

— OK, terminei. — Ela tira um espelho compacto da bolsa e o abre apontando-o na minha direção.

— E, então, gostou?

Eu me estudo no pequeno espelho. Minhas novas sobrancelhas se arqueiam em sinal de surpresa. Elas parecem mais cheias, como as da Violet, mais escuras, mais arqueadas. Mesmo por trás dos óculos, meus olhos parecem mais vibrantes, de alguma maneira; minhas maçãs do rosto mais marcadas. Ela tem razão. Pareço diferente.

— Como você *fez* isso? — pergunto com o olhar ainda fixo no meu reflexo, virando a cabeça para a esquerda, depois para a direita.

— Eu falei para você. — Ela sorri, satisfeita. — Com isso. Aqui, pegue. — Violet diz me entregando o lápis. — Tenho outros três em casa.

— Mesmo?

— Mesmo.

Pego o lápis, segurando-o como se fosse um tesouro.

— Obrigada.

Ela sorri.

— Vejo você na terça-feira! — Ela se vira e começa a descer o quarteirão.

Meu sorriso se abre. Mal posso esperar. Viro na direção da minha casa. Quando faço isso, vejo meu reflexo na vitrine de uma loja. Pela primeira vez em muito, muito tempo, gosto do que vejo.

11

Minhas costas e pés estão doendo quando retorno ao meu apartamento. Passei o resto do dia comprando ingredientes para fazer um jantar de comemoração para mim e minha mãe; entrando e saindo de estabelecimentos especializados: o açougue em Prospect Heights, uma loja de queijos artesanais em Park Slope, uma padaria francesa que Allison mencionou uma vez. Meus braços estão cheios de sacolas com ingredientes quando entro no prédio e atravesso o pequeno saguão de entrada até a porta do nosso apartamento, passando pelas caixas de correspondência de alumínio. A luz acima da nossa porta está com defeito; ela liga e desliga intermitentemente, como um objeto em um filme de terror barato.

Coloco as sacolas de compras no chão para abrir a porta da frente. Minhas chaves estão na fechadura quando escuto meu nome atrás de mim. Ele ecoa no saguão de linóleo.

— Sloane Caraway? — É uma voz polida, que não conheço. Congelo.

Devagar, tiro minha chave da fechadura e me viro.

Vejo uma mulher em um uniforme de polícia, completo com um quepe de aba brilhante, um distintivo de latão e botas de cadarço preto.

No crachá de metal no bolso da camisa está escrito *Martinez, C.* Meu estômago revira. Sei por que ela está aqui. Sinto que vou passar mal.

Ela deve ter entrado junto comigo, segurando a porta antes que ela fechasse, silenciosa como um rato.

— Srta. Caraway? — Ela pergunta de novo.

Começo a balançar a cabeça em sinal negativo, mas mudo de ideia. Não quero piorar as coisas ainda mais.

— Sim — respondo com cautela. — Em que posso ajudar?

Ela assente. Retira o quepe e se aproxima colocando-o debaixo do braço. Seu cabelo escuro está partido ao meio e puxado para trás em um rabo de cavalo baixo, na altura da nuca. Ela não usa maquiagem, mas não porque não precisa. Seu nariz e testa estão oleosos, a pele morena cheia de marcas de espinhas, algumas profundas. Apesar disso, ela não é feia. Seus olhos são castanho-escuros, fundos e amendoados, os cílios longos, os lábios grossos. É mais nova que eu, deve ter uns 28 anos, curvilínea nos lugares certos.

Ela limpa a garganta.

— Gostaria de fazer algumas perguntas sobre o outro dia.

O outro dia. *O outro dia*. Eu sabia do que se tratava, mas ouvi-la dizer em voz alta me deixa tonta, sinto um gosto metálico no fundo da garganta. Começo a suar.

— No Rose & Honey — ela continua. — Você encontrou com a sra. McIntyre? — Ela formula como se fosse uma pergunta, mas nós duas sabemos que não é.

Imagino a Allison saindo do *spa*, indo direto para a delegacia, ainda tremendo. Ela deve ter pedido para falar com um supervisor, os braços cruzados sobre o peito, o pé batendo no chão.

O saguão está silencioso. Acho que consigo ouvir o som da TV em nosso apartamento através da porta fechada, mas posso estar imaginando. A policial me encara, esperando. Eu me pergunto se foi ela quem falou com Allison quando ela foi à delegacia. Por fim, respondo:

— Eu não fiz nada de errado.

— Ninguém está dizendo que você fez — ela responde tranquila. — Como disse, só estou aqui para fazer algumas perguntas. Você estava ciente de que a sra. McIntyre tinha marcado um horário?

Balanço a cabeça.

— Não. Eu não sabia que ela viria. Só soube quando a vi.

— E o que você fez quando percebeu que era ela.

— Nada! Ela saiu correndo. Não tive a chance de fazer, ou dizer, *nada*.

A policial me estuda com atenção, depois assente.

— Você sabe que os termos da medida determinam que não deve haver contato com a sra. McIntyre, certo? Nenhum tipo de comunicação.

Pressiono meus lábios um no outro. A medida. A medida protetiva. Sinto uma pontada aguda e latejante no peito.

— Eu sei — respondo baixo. — Não planejei isso.

— E é por isso que não será tratado como uma violação. — Não consigo dizer se ela acha que deveria ser tratado como tal. Será que leu a queixa? Sei o que parece. Eu, desleixada, vestindo um moletom grande demais, os óculos sujos; e Alisson, impecável, traços marcantes, o cabelo como pôr do sol. Não sou a personagem simpática nessa história.

Mordo meu lábio inferior com força.

— Então, por que está aqui? — pergunto.

Mas sei a resposta. Porque Alisson fez uma cena; porque alguém prometeu: "Vamos falar com ela".

— Só para lembrá-la. A medida protetiva determina uma distância de cem metros. É importante que você cumpra as determinações.

— Eu *estou* cumprindo — minha voz fica aguda. Sei o que a medida protetiva diz. Tenho uma cópia, enfiada no fundo de uma gaveta no meu quarto. — *Ela* foi até o *spa*! Foi *ela* que violou a restrição. Não eu.

— Eu entendo — ela diz. Olha para mim, os olhos cheios de pena e eu quero gritar.

— Não é o que você está pensando — posso sentir minhas cordas vocais se esticando. Sei que pareço estar na defensiva, até mesmo patética, mas não consigo evitar. Quero que ela saiba que está errada, que não é o que parece. — Foi só um grande mal-entendido.

Ela concorda com a cabeça devagar.

— Sempre é. Tenha uma boa noite, senhora. — Ela coloca o quepe de volta na cabeça e caminha em direção à porta. Ela é dura, sem nenhum gingado no andar, como se estivesse em uma corda bamba. Um passo em falso e ela cai. Eu me pergunto se ela pratica andar assim, cuidadosamente colocando um pé na frente do outro, a coluna rígida.

Permaneço ali em pé, observando-a ir embora. Quando ela sai, me viro e coloco a chave de volta na fechadura. Minha mão está tremendo. Limpo uma lágrima dos olhos com a manga do meu moletom. Não quero que minha mãe me veja chorando.

Depois de um momento, respiro fundo, e entro na sala de estar. Minha mãe está em sua poltrona reclinável, as pernas esticadas e cruzadas nos tornozelos. Há um copo de chá gelado na mesa ao seu lado, a parte externa repleta de gotas de condensação.

— Quem era? Ouvi vozes — ela diz, voltando sua atenção para a televisão. Ela se mexe na cadeira e depois se acomoda.

— A Gabby do andar de cima — respondo. — Estava me contando que terminou com o namorado de novo. Ela o pegou com outra.

Minha mãe revira os olhos e volta a olhar para TV. Ela não suporta a Gabby.

Sei que disse que não minto para minha mãe. Não era exatamente uma verdade também.

Na segunda-feira de manhã, um dia antes de começar a trabalhar para os Lockhart, envio uma mensagem para Violet dizendo que estou ansiosa pelo dia seguinte. Quando ela não responde na hora, envio outra mensagem, só com um *emoji* sorridente, mas ainda assim não obtenho resposta. Nem cinco minutos depois, nem dez, nem uma hora depois.

Sem meu trabalho no *spa*, não tenho nada para me manter ocupada. Nenhuma distração além do som da televisão na sala de estar. Até a metade da tarde já peguei meu telefone centenas de vezes para ver se perdi alguma mensagem, mas a tela está vazia. Não consigo parar de me mexer. Será que deveria enviar outra mensagem, para o caso de ela não ter visto as duas primeiras? Apago todas as mensagens que escrevo. A cada hora que passa, fico mais ansiosa. Desligo meu telefone e guardo-o na mesinha de cabeceira, saio do quarto, mas volto minutos depois para ligá-lo novamente. Nenhuma mensagem nova.

Será que foi algo que eu disse? Repasso a nossa conversa de novo e de novo. Ela parecia bem quando nos despedimos depois da caminhada, sorrindo e acenando enquanto descia a rua. Talvez ela não tenha gostado do tempo que passamos juntas. Talvez tenha ficado chateada por eu não ter aceitado o convite para o café. Talvez não achasse que eu seria uma boa babá para Harper.

Mas meu medo verdadeiro — mesmo sabendo que era impossível — era que ela tivesse descoberto o que aconteceu no Rose & Honey naquele dia. Ou pior, sobre o que aconteceu antes de eu começar a trabalhar lá, sobre a medida protetiva.

Às 16h30, não consigo mais suportar. Parece que vou enlouquecer. Digo para minha mãe que vou dar uma volta, enfio os pés nos sapatos e pego minha bolsa. Quando piso na calçada, preciso proteger meus olhos. O sol ainda está alto no céu, os dias já mais longos e quentes à medida que o verão se aproxima. Não sei bem para onde estou indo, mas me sinto bem do lado de fora. Provavelmente, Violet só está ocupada, digo para mim mesma. Quase acredito.

Decido caminhar até o parque, dar algumas voltas e regressar para casa, mas não paro quando avisto o parque. Continuo caminhando. Já sei para onde estou indo antes mesmo de chegar lá.

As casas de tijolos marrons ficam maiores quando viro na rua dos Lockhart, as árvores de olmo mais altas, as folhas maiores, as calçadas mais largas. Caminho do lado oposto à casa deles. Quando a avisto, diminuo o passo, abaixando a cabeça; então, paro, meio escondida atrás de um carro estacionado e um tronco de árvore. Eu não deveria estar aqui, é claro; mas preciso ver se Violet está em casa. Não vou me demorar, só vou dar uma olhada rápida.

As cortinas da janela da frente estão totalmente abertas. Assim, tenho uma visão clara da sala de estar deles. O sol ainda está brilhando, o interior da casa bem iluminado.

A princípio, não vejo ninguém. Posso ver a estante, o sofá, o quadro acima dele, a mesa de centro. Será que tem alguém em casa?

Então, como se para responder minha pergunta, Violet entra no cômodo. Inspiro bruscamente, me escondendo atrás da árvore. Quando me inclino para a frente, só um pouco, olhando por trás da árvore, ela ainda está lá, em pé em frente à janela. Está com o telefone no ouvido, conversando e gesticulando. Parece chateada. Mesmo de longe, consigo ver suas sobrancelhas juntas, a testa franzida. Ela começa a andar, a mão que está livre massageando as têmporas.

Então, Harper aparece na janela, correndo e lançando os braços ao redor da cintura de Violet, que olha para baixo e faz carinho na cabeça dela distraída. Harper olha para cima, sorrindo, e Violet levanta um dedo. *Só um minuto*. Harper concorda e sai na direção das escadas.

Agora Violet está ouvindo, o telefone no ouvido, os lábios cerrados com força. Será que estão tremendo? É difícil dizer daqui. Então, ela limpa as bochechas com a palma da mão. *Está chorando*, penso, *enxugando as lágrimas do rosto*. Ela permanece assim, petrificada igual mármore até que, enfim, concorda com a cabeça, os olhos se abrindo.

Ela tira o telefone do ouvido, fecha-o, os dois lados batendo ao fechar. Por um momento, ela simplesmente encara o telefone, os ombros caídos, o rosto impassível.

De repente, sem aviso, ela leva o braço para trás e arremessa o telefone no sofá como um arremessador de beisebol, mirando na luva do receptor. Sua boca está aberta em um grito sem som. O telefone atinge uma almofada, e quica, saindo de vista. Atrás da árvore, me retraio.

Os ombros de Violet sobem e descem como se ela estivesse respirando com dificuldade. Sei que deveria ir embora, mas estou presa ao chão. Com quem será que ela estava falando. Sobre o quê? Uma discussão com uma amiga? Um familiar?

Então, ela vira a cabeça em direção às escadas, como se alguém tivesse falado com ela. Ela reajusta a expressão do rosto, a raiva desaparecendo. Vai até o telefone e o coloca no bolso. Caminha até a escada e desaparece de vista.

Espero para ver se alguém reaparece, sem sucesso. A sala de estar continua vazia. Sem Harper, sem Violet, sem Jay. Digo para mim mesma que deveria ir embora, mas um minuto, vira cinco, cinco viram dez, até que já se passou quase uma hora. O tempo todo fico com o telefone na mão, torcendo para que Violet ligue, mas ele nunca toca.

Já está escurecendo quando vou embora, o céu mudando de cinza para um azul profundo enquanto caminho os doze quarteirões de volta para casa, abalada com o que vi.

Minha mãe e eu não conversamos muito durante o jantar. Sei que notou a mudança de humor, mas ela não pergunta. Em vez disso, estica a mão enquanto assistimos à TV, e aperta meu braço de vez em quando, sem tirar os olhos da tela. Ela está ali se eu precisar, é o que está dizendo.

Depois que comemos, troco a camisa de flanela e a calça *jeans* pelo pijama e me deito na cama sem lavar o rosto ou escovar os dentes. Sei que deveria fazer ambas as coisas, mas não consigo encontrar forças.

Estico o braço e desligo o abajur de cabeceira e me deito olhando para o teto. O que será que deixou Violet tão chateada? Por que ela não me ligou? Será que as duas coisas estão relacionadas? Desanimada, me viro de lado. Talvez meu pior medo tenha se tornado realidade. Ela sabe o que fiz. Está brava e não sabe como me confrontar.

A escuridão no meu quarto é pesada e sufocante, projetando grandes sombras na parede. Escuto o barulho de trânsito na rua, o som distante de buzinas, o zumbido baixo de sirenes, vozes fracas. Por fim, minhas pálpebras ficam pesadas e começo a adormecer, agradecida por sucumbir ao sono.

Então, meu telefone vibra. Meus olhos imediatamente se abrem. Eu me sento e pego o telefone na mesa de cabeceira, o coração acelerado. Aperto os olhos para enxergar a tela, iluminada na escuridão do quarto. É Violet. Prendo a respiração enquanto abro a mensagem.

Oi, me desculpe por enviar mensagem tão tarde! O dia foi corrido por aqui. Amanhã ainda está de pé?

A ansiedade que senti o dia inteiro desaparece instantaneamente. Estou mais leve, mais animada. Toda aquela preocupação por nada. Com os dedos voando na tela, digito uma resposta.

Sem problemas! Sim! Amanhã estarei aí! Às 13 horas?

Imediatamente, vejo que ela está digitando e, em seguida:

Pode ser às 12h30?

Sorrio para a tela.

Até lá!

Faço menção de colocar o telefone de volta na mesinha e hesito. Uma imagem aparece na minha mente. O jeito que ela estava do outro lado da janela hoje, o rosto fechado, com raiva, enxugando lágrimas das bochechas. Quero perguntar para ela se está tudo bem, mas como, a menos que lhe diga o que vi? E não posso admitir ter ido à casa dela esta tarde. Sei o que pareceria. Enfim, coloco o telefone na mesa de cabeceira. Vou perguntar para ela amanhã, decido, se ela ainda parecer chateada.

Puxo as cobertas até o queixo e fecho os olhos. Dessa vez não tenho nenhuma dificuldade para pegar no sono.

12

Às 12h25 do dia seguinte, subo as escadas até a porta da frente dos Lockhart. Meu coração acelerado. A partir de hoje, sou a babá dos Lockhart. Não sou mais manicure, sou babá. A sensação é boa. Como se estivesse exatamente onde deveria estar.

A porta da frente da casa está aberta, encostada no batente. Ouço o som abafado de música vindo de dentro. Bato de leve na porta; mas, quando ninguém responde, abro-a e entro.

A música está vindo da cozinha, tocando bem alto, o som viajando pela casa inteira. Reconheço a música. Caminho na direção dela.

— Violet? — chamo.

Entro na cozinha e vejo Violet do outro lado da bancada, dançando livremente. Ela está segurando um moedor de pimenta como se fosse um microfone, cantando com os olhos fechados. Se fosse qualquer outra pessoa — se fosse eu — ela (eu) pareceria ridícula. Os braços balançando como um daqueles bonecos infláveis, que se dobram e caem, como a Elaine em *Seinfeld*. Mas Violet não é qualquer pessoa. Ela é magnética. Poderia ficar assistindo-a dançar o dia todo.

Um momento depois ela abre os olhos. Ela me vê parada no batente e sorri, a *performance* pausada brevemente. Ela abre os braços e canta "Welcome to New York!". Então o refrão começa e ela volta a cantar, os olhos nos meus, sobre como a cidade estava à minha espera. Neste exato momento, na cozinha deles, parece ser verdade. Esta Nova York, que tem Violet, é diferente daquela na qual vivi pelos últimos quinze anos. É nova e especial, e finalmente sinto como se pertencesse a ela.

Enquanto canta, Violet pega um saleiro e dança na minha direção, estendendo o saleiro para mim. Tinha planejado perguntar a ela se estava tudo bem, preocupada depois do que tinha visto na tarde de ontem. Mas aqui, agora, ela está radiante. Parece ótima.

Solto minha bolsa no chão e pego o saleiro da mão dela. Hesito por apenas um segundo e então começo a cantar também. Nós duas sabemos a letra inteira. Dançamos pela cozinha, balançando e remexendo no ritmo da música, cantando em nossos microfones, a música tão alta que você não conseguiria ouvir nenhuma de nós.

Quando a música acaba, Violet grita para que a Alexa diminua o volume, depois se joga na cadeira da cozinha e levanta o cabelo da nuca, se abanando com a outra mão.

— Sente-se — ela diz e eu me sento, o coração acelerado de tanto dançar, em uma cadeira de frente para a dela. Nós duas respiramos com dificuldade, sorrindo uma para a outra, satisfeitas.

— Alguns dias pedem uma *performance* dançante na cozinha — ela diz.

— Concordo plenamente. — Na verdade, era algo que eu fazia quando trabalhava na pré-escola. De vez em quando o humor ficava estranho, e eu aumentava o som da música e todas as crianças dançavam loucamente pela sala, até caírem no tapete, rindo. Era como se o dia começasse de novo. Queria contar para Violet sobre isso, mas não conto. Não posso.

— Harper deve chegar a qualquer momento. Uma das outras mães se ofereceu para trazê-la para casa hoje. Café? — ela pergunta e eu concordo com a cabeça.

Ela se levanta, voltando com duas xícaras, depositando-as diante de nós na mesa.

— Eu colocava essa música para tocar todos os dias quando nos mudamos para cá — diz. — Vergonhoso, não é?

— Eu não acho — respondo. — Mas sou uma grande fã de Taylor Swift.

— Verdade. — Ela sorri. — Você disse no dia que nos conhecemos no parque. Foi quando soube que seríamos amigas.

Abro um sorriso radiante, feliz por ela se lembrar da nossa primeira conversa.

Ela me olha nos olhos.

— Sei que já disse isso antes, mas realmente ainda não fiz muitas amigas desde que nos mudamos. É bom finalmente ter uma. Sou muito grata por termos nos conhecido.

Sinto um calor florescer no meu peito. Ela disse que sou sua amiga. Não sua babá. Sua amiga.

— Eu também — respondo. Ela não faz ideia do quanto sou grata. Eu a observo, colocando o cabelo atrás da orelha como ela fez, me sentando um pouco mais ereta.

— Você mora aqui há muito tempo; deve conhecer muitas pessoas. — Violet assopra o café e então toma um gole.

Pressiono meus lábios um contra o outro, concordando devagar.

— Acho que sim. — Costumava conhecer mais pessoas. Tinha amizade com outras professoras da pré-escola. Saíamos para tomar *brunch* nos finais de semana ou alguém recebia as demais para jantar aos domingos, mas, depois que fui demitida, isso não acontece mais. — Mas desde que minha mãe ficou doente, eu meio que me isolei.

Violet assente.

— E o coração? Você está solteira? Saindo com alguém?

Considero inventar um namorado, mas decido que é muito arriscado. Se nos tornarmos próximas como eu espero, ela vai querer conhecê-lo, sair para jantar entre casais. Teria que inventar desculpas sobre o motivo de ele nunca sair conosco ou de estar viajando de novo a trabalho.

— Estou solteira — respondo.

— Solteira em Nova York, o sonho de consumo — ela diz nostálgica. — Pelo menos era para mim. — Bom, para a minha versão do Ensino Médio, graças a *Sex and the City*.

— Ai, nossa — solto um grunhido. — Você não faz ideia de como as coisas são agora. Faço uma expressão de dor. — O Tinder destruiu tudo. É o meu pesadelo ambulante.

É um exagero. Na verdade, ele deixa as coisas interessantes. Tenho um perfil no aplicativo — alguns perfis na verdade, todos com várias fotos de outras mulheres que encontrei *on-line*; mulheres que tenho certeza de que chamarão a atenção do tipo de homem pelo qual eu me interessaria — em vários aplicativos, incluindo o Tinder. É um dos meus passatempos preferidos nas sextas-feiras à noite, vestindo moletom no sofá com um pote de sorvete, avaliando os homens disponíveis, lendo suas (ocasionalmente bem-sucedidas) tentativas de ser engraçados. Envio um "gostei" ou um coração para aqueles que considero particularmente inteligentes e espero pelo som de um novo alerta de mensagem. É divertido ter homens me dizendo quanto sou bonita, trocando mensagens picantes até tarde da madrugada.

De vez em quando, uso um perfil com a minha foto de verdade, encontro alguém para jantar ou tomar um café, mas esses encontros são geralmente estranhos, repletos de conversas forçadas. De vez em quando terminam com uma sessão de pegação na calçada ou um sexo medíocre no *futon* dele, mas quase nunca leva a um segundo encontro. Eles não pedem, e mesmo que pedissem, eu provavelmente recusaria.

Digo para mim mesma que tudo vai melhorar quando eu tiver um trabalho melhor ou finalmente tiver o meu próprio apartamento. Talvez tenha a chance de conhecer o tipo de homem que queira namorar comigo quando estou fingindo ser outra pessoa.

— É estranho se eu disser que tenho um pouco de inveja? — Violet pergunta, rindo. — Jay e eu começamos a namorar um pouco antes de o Tinder ser lançado. Sempre quis poder ter usado, pelo menos uma vez.

— Sim — respondo, concordando enfaticamente com a cabeça. — É muito, muito estranho. Principalmente considerando o marido que tem. Você já viu seu marido, não viu? Precisa de um exame de vista?

Violet esconde o rosto nas mãos, fingindo estar envergonhada, seu cabelo escuro balançando.

— Tem razão — diz com a voz abafada. Ela se endireita e suspira. — Sabe, nós nos casamos tão jovens, que às vezes parece que eu perdi toda a diversão. — Distraída, ela ajeita a franja enrolando uma mecha no dedo. — E agora sou uma mãe, com marcas de estrias.

Sorrio. Duvido muito que ela tenha marcas de estrias.

— Você não perdeu nada — digo. — Juro. A não ser que goste de cantadas pervertidas e fotos indesejadas da genitália masculina invadindo o seu telefone.

— Isso não é um mito?

— O quê, fotos de pintos? — Balanço a cabeça. — Não. Não tem nada de mito. Posso mostrar para você, se quiser. — Faço menção de pegar minha bolsa.

— Não! — Violet grita, rindo. — Não, eu acredito em você. Por favor, não me mostre!

Dou risada.

— Está bem, não vou mostrar. Mas e antes do Jay? Você deve ter tido milhares de namorados no Ensino Médio.

Violet foi rainha do baile de formatura. Capitã das líderes de torcida. Consigo visualizá-la agora. Vestindo calça *jeans* de cintura baixa, um *cropped*, cercada de outros adolescentes populares, os meninos se acotovelando para chegar perto dela, para ser quem carregaria sua mochila até em casa. Eu, ao contrário — como a Taylor Swift descreve —, estava nas arquibancadas, assistindo a garotas como Violet, desejando que alguém olhasse para mim como olhavam para elas.

O sorriso dela diminui, mas não desaparece, não por completo.

— Até que não — ela dá de ombros. — Basicamente, passei a minha vida inteira, quer dizer, antes do Jay, apaixonada por um único garoto. Saí com outros garotos, achando que o esqueceria, mas nunca funcionou. — Ela solta uma risadinha, como se dissesse que tinha sido tola por acreditar que isso poderia acontecer.

— Qual era o nome dele? — Tomo um gole de café e me recosto na cadeira. Não há nada que eu não queira saber sobre Violet, mas eu particularmente adoro ouvi-la falar sobre sua infância, como ela era na adolescência.

Ela hesita, mas depois diz:

— Danny. Éramos melhores amigos na infância. Inseparáveis, fazíamos tudo juntos. Todo mundo achava que iríamos nos casar. Eu também. — Ela sorri, divertindo-se com sua versão mais nova. — Ele tinha um grande coração. E era lindo. Um menino lindo que cresceu e se tornou um homem lindo. O cabelo loiro cacheado, bagunçado. Incríveis olhos castanhos. O olhar dela se perde, como se estivesse se lembrando. — Ele tinha essa pequena cicatriz na pontinha da sobrancelha. — Violet toca o lugar no próprio rosto.

— Tínhamos 16 anos quando ele me beijou pela primeira vez. E quando aconteceu... — Violet para de falar, eu me inclino na direção dela, a respiração acelerando. Ela nota a minha expressão e ri. Depois suspira, o olhar se suavizando novamente. — Foi como se tivesse esperado a vida inteira por aquele momento.

Consigo visualizar, sentir, como se fosse o meu coração acelerado enquanto os lábios dele tocavam os meus. O mundo todo se partindo ao meio.

— O que aconteceu? — pergunto, quando ela não continua. Eu estava prestes a cair da cadeira.

— Perdemos o contato depois que fui para a faculdade. E, então, conheci o Jay. — Ela dá de ombros como se aquele fosse o final de sua história de amor. Ou o início. Não sei bem ao certo. — De qualquer maneira — ela diz sorrindo —, isso tudo foi para dizer que não tive milhares de namorados no Ensino Médio.

Então, ela olha para o relógio na parede e franze a testa.

— Harper já deveria ter chegado. Por que será que está demorando tanto? — ela diz. — A escola fica a uns dez quarteirões de distância, mas geralmente não leva mais do que vinte minutos. É a Mockingbird Montessori, talvez você conheça.

O sorriso desaparece do meu rosto. De repente, as paredes da cozinha parecem estar se fechando, o cômodo todo encolhendo. Sinto a cor deixar o meu rosto enquanto uma onda de náusea me atravessa, os meus membros perdendo a sensibilidade. *Ela disse...*

— Mockingbird? — repito, com a voz fraca. Minha voz soa aguada, distorcida, como se houvesse algo dentro da minha boca.

— Você conhece?

Engulo o ácido que voltou na garganta. Eu me pergunto se vou vomitar. Como não imaginei que a Harper frequentasse a Mockingbird? É óbvio que ela frequenta; é a melhor pré-escola do Brooklyn, onde todo mundo que é importante matricula seus filhos.

Assinto, a cabeça balançando de um jeito bobo.

— Costumava ser babá para uma família cujo filho estudava lá. — É a verdade, mas não toda a verdade. Mesmo assim, me arrependo de ter dito isso no momento em que as palavras saem da minha boca. É mais do que eu quero que ela saiba.

— Olha, que coincidência. Qual família? — Ela inclina a cabeça.

Forço meus lábios a sorrir, tentando parecer indiferente.

— Eles se mudaram. Para Connecticut, eu acho. — Não respondo à pergunta deliberadamente. — Foi séculos atrás.

Isso, é claro, é uma mentira. Tinha sido babá deles recentemente, tipo, dezoito meses atrás. Antes de me tornar babá dela, Ellie McIntyre estava na minha turma da manhã na Mockingbird. Não era incomum que as professoras trabalhassem como babá das crianças nos finais de semana para ganhar um dinheiro extra. Todas nós fazíamos isso. As famílias eram ricas, pagavam relativamente bem, pelo menos 25 dólares a hora, 30 ou mais quando eram duas crianças; o que era quase o tanto que ganhávamos como professoras.

A mãe de Ellie é a Allison, Allison McIntyre. Ela é o motivo pelo qual não sou mais babá, não sou mais professora de pré-escola, o porquê precisei trabalhar em um lugar no qual ninguém se importava em checar minhas referências. Foi ela quem pediu a medida protetiva. A que entrou no *spa* e agiu como se temesse pela sua vida. Embora tenha sido a minha vida a desmoronar.

Ela tinha dois filhos, ambos ruivos como ela. Ellie tinha 4 anos quando nos conhecemos e Benji, 7 anos. Seu marido trabalhava durante a semana e ela precisava de ajuda à tarde, quando os filhos saíam da escola e ela ainda não tinha saído do trabalho. No início, era só de vez em quando, nos dias que ela tinha reuniões fora do trabalho, uma sexta-feira ou sábado à noite aqui e ali, mas logo se tornou algo mais regular: segundas-feiras à tarde, quando Allison precisava ir até Manhattan e não conseguia voltar para casa antes das 19 horas, depois nas quartas e quintas-feiras. Depois nos finais de semana também, até que eu começasse a passar mais tempo lá do que em qualquer outro lugar, até parecer que eu era da família. Até deixar de ser.

Ellie provavelmente ainda frequenta a Mockingbird. Ela é mais velha do que Harper, por isso não seriam da mesma turma, mas podem brincar juntas na quadra ou no parquinho. Violet e Allison provavelmente já se viram enquanto deixavam ou buscavam seus filhos; talvez já tenham se cumprimentado ou conversado enquanto esperavam pela saída das crianças. Só de pensar nisso meu estômago revira.

Não posso dizer o nome dela para Violet porque se ela contar para Allison sobre mim, isso tudo iria por água abaixo. O olhar de Allison endureceria; a expressão ficaria rígida. Ela contaria a Violet coisas sobre mim que não são verdades; pelo menos não completamente. Não pense que não enxergo a ironia por trás disso.

Então me lembro que Violet acha que meu nome é Caitlin e, pela primeira vez, agradeço por ser uma mentirosa, sem ficar envergonhada como costuma acontecer.

— Você está bem? — Violet pergunta.

Eu me forço a dizer que sim com a cabeça; não consigo falar.

Naquele momento a campainha toca.

— Ah! Deve ser a Harp — Violet diz.

Assim que Violet deixa a cozinha, cubro o rosto com as mãos. Tenho certeza de que falaram de mim depois que saí; os professores, os alunos, os pais. É uma comunidade unida, uma das razões pelas quais eu gostava tanto de trabalhar lá: se uma criança ou professora ficava doente, mesmo que fosse só um resfriado, todo mundo assinava um cartão de melhoras feito à mão; se houvesse alguma emergência familiar, um grupo de mães enviava suas *au pairs* até a casa da família com refeições pré-prontas. Recebíamos flores no Dia dos Professores e *cupcake*s com decorações delicadas em nossos aniversários. Mas havia burburinho também: quando os pais de algum aluno estavam se divorciando ou quando um dos pais era denunciado por vender informações privilegiadas; por isso sei que devem ter falado de mim. Quanto eu não sei. Não sei se a fofoca ficou pairando no ar, nos cantos das salas de aula, nas bocas dos pais enquanto levavam e buscavam seus filhos na escola.

Se eu tivesse mantido contato com alguém, poderia ter perguntado, mas não mantive. Não conversei com nenhuma das outras professoras desde que saí. Era uma equipe pequena, doze de nós, mas apenas uma delas me procurou depois que fui demitida. Seu nome era Rachel, uma das professoras da turma de 5 anos com quem geralmente almoçava. Ela me ligou, mas eu não atendi. Estava muito envergonhada. Algumas semanas depois, quando a solidão tomou conta, tentei retornar a ligação, mas dessa vez foi ela quem não atendeu. Deixei uma mensagem de voz perguntando se ela gostaria de sair para almoçar, depois enviei uma mensagem, mas nunca obtive resposta. Tentei entrar em contato com outras professoras nos meses seguintes, mas ninguém retornou as minhas ligações. Nenhum pai me procurou também, nem mesmo aqueles que enviavam cestas de presente no fim do ano letivo, os que me abraçavam com lágrimas nos olhos quando seus filhos se formavam nas minhas turmas. Era como se eu tivesse uma doença infecciosa que ninguém queria pegar.

No cômodo ao lado, ouço vozes. Sou tomada pelo pânico, que envolve minha garganta como uma jiboia ao redor de uma presa. E se a Violet convidar para entrar quem quer que tenha trazido a Harper para casa? E se eu for reconhecida? Olho ao redor procurando um lugar para me esconder, uma despensa talvez, ou atrás da bancada.

Quando estou prestes a sair às pressas da cadeira, ouço Violet se despedir e a porta da frente se fechar, Harper conversando empolgada. Solto o ar todo de uma vez, balanço a cabeça. *Recomponha-se, Sloane.* Foi há mais de um ano. Tenho certeza de que meu nome saiu da boca das pessoas quando Harper começou a frequentar a Mockingbird. E se não tiver saído, não importa. Para Violet, sou Caitlin, não Sloane. Mas, mesmo assim, de agora em diante, vou ter o cuidado de chegar depois que a Harper voltar da escola, nunca antes.

Um momento depois, quando Harper entra na cozinha, Violet atrás dela, estou com um sorriso no rosto.

— Caitlin! — Harper grita. — Olha o que eu fiz na escola hoje! — Ela balança uma peça redonda de papel acima da cabeça, as pontas marcadas com cortes de tesoura. — É Júpiter!

— Uau — digo, pegando a peça da mão dela. — Você deve ter se esforçado muito para fazer isso! — Elogie o esforço, não a criança. Um lema muito repetido pela diretora da Mockingbird. Velhos hábitos, eu acho.

Harper e Violet ambas sorriem para mim.

— Vamos ao parque hoje? — pergunto. — Conheço um muito bom perto da rua Hoyt.

— Sim! — Harper responde. — Podemos ir, mamãe?

Violet concorda.

— Com certeza. Quer comer um lanche primeiro?

— Um *muffin*! — Harper responde, fazendo alguma dancinha de empolgação.

— Claro, vá lavar as mãos que eu pego um pra você.

Harper faz bico.

— Mas eu quero agora!

— Está bem — Violet responde com paciência. — Assim que você lavar as mãos.

O rosto dela se contorce.

— Odeio lavar as mãos! — Harper grita. Ela se joga no chão e começa a bater os pés no sofá.

— Harper — Violet chama. Sua voz é séria, mas posso ver a preocupação em seu rosto.

Sinto minhas mãos suarem, meu coração se acelerar. Já vi milhões de birras na pré-escola, mas essa era diferente. E se o coração dela parasse?

Meio apavorada, me ajoelho próximo a Violet.

— Ei, Harper — digo. — Você pode me mostrar como se lava as mãos? Eu esqueci! Será que jogo água nos pés? Ou na cabeça?

Harper para de chorar, soluça, e olha para mim.

— Não — responde balançando a cabeça.

— Jogo água no nariz?

Ela limpa o muco do nariz com a manga, rindo um pouco.

— Não.

— Você me mostra?

Ela concorda e se levanta. Violet sorri para mim, agradecida. Retribuo o sorriso, mas estou abalada. E se não tivesse conseguido fazê-la parar de chorar? E se ela tivesse desmaiado? Violet esperaria que eu soubesse o que fazer. Ela confia em mim.

A culpa me consome, seus pequenos dentes afiados. É claro que ela confia em mim. Porque lhe disse que era enfermeira. Isso me torna uma pessoa ruim? Não quero saber a resposta para essa pergunta.

Harper está esperando ansiosa por mim, então me levanto e a sigo até a cozinha. Poderia ter acontecido alguma coisa, mas não aconteceu. Não aconteceu.

— Vamos — digo para Harper, segurando sua mão. — É para colocar sabão nas orelhas?

Ela ri e me puxa em direção à pia.

13

Nas próximas semanas, os dias ficam mais longos e quentes, calças são trocadas por *shorts*, suéteres por camisetas, Violet, Harper e eu entramos em uma rotina. Assim como esperava, meus três turnos semanais rapidamente se tornam quatro, depois cinco. De segunda a sexta-feira.

Todos os dias chego na casa dos Lockhart um pouco depois de Harper chegar da escola. Por volta das 13 horas, nós três vamos ao parque. No caminho até lá, ela segura nossas mãos, implorando para que a balancemos, até ficarmos preocupadas com a possibilidade de seus ombros saírem do lugar. Violet e eu nos revezamos para empurrá-la no balanço ou correndo atrás dela pelo parque. Quando terminamos, levo Harper para o balé ou a aula de ginástica, enquanto Violet volta para casa a fim de estudar.

Quando Violet e eu estamos juntas, nossas conversas são fáceis. Conversamos sobre nossos dias e nossa vida e sobre as fofocas recentes das celebridades; sobre quem foi enviado para casa no último episódio de *The Bachelor*. Ela mencionou que assistia o programa há algumas semanas, então comecei a assistir também, no computador, depois que minha mãe adormecia no sofá. Também passei a comprar a revista *Vogue* depois que ela me contou de um artigo que tinha lido, para que pudesse ficar à par das mesmas coisas que ela.

Ela fala muito sobre Harper, coisas engraçadas que ela disse ou fez, os truques mais recentes para burlar a hora de dormir. Ultimamente, tem sido pedir para que cocem suas costas por pelo menos dez minutos. Dou risada quando Violet me diz como Harper a coagiu a professar amor por cada um dos seus bichinhos de pelúcia, beijando suas bochechas e colocando-os para dormir antes de sair do quarto. Às vezes, Harper exige que ela coce as costas dos animais também. Dá para perceber quanto Violet ama ser mãe, quanto a maternidade combina com ela.

Ela também fala sobre Jay. Sobre o que ele gosta e o que o incomoda, sobre os lugares para os quais já foram juntos. Eles costumavam viajar muito antes de Harper nascer, para lugares interessantes como Shangai e Bali, Patagônia, o interior da Austrália. Digo para ela que viajei também; conto como mochilei pela Itália depois de me formar na faculdade. Não fiz isso, mas parece que fiz quando descrevo a viagem a partir dos filmes a que assisti, compartilhando os detalhes com base nos livros que li. *Comer, Rezar e Amar* é um deles.

A verdade é que nunca saí da Costa Leste. Na infância, minha mãe costumava me levar para passar os fins de semana em Daytona Beach, onde trabalhou como garçonete, onde conheceu meu pai. Abastecíamos o carro com toalhas de praia e brinquedos de areia e isopores cheios de carne para o almoço, potes de pasta de amendoim e nos hospedávamos em um motel à beira-mar, passávamos os dias tomando sol, eu me esbaldando nas ondas, ela lendo um livro na cadeira de praia. Era sempre especial. Mas não era a Europa.

A viagem favorita de Violet foi quando ela e Jay foram para a Escócia, logo antes de ela engravidar da Harper. Violet conta sobre a viagem com uma pitada de nostalgia, e eu me pergunto se ela sente falta de como as coisas eram antes de eles se tornarem pais. Ela ri enquanto reconta uma história sobre quando entraram em um bar nos arredores de Edimburgo e como acharam que todo mundo estava falando uma língua diferente porque os sotaques eram carregados demais. Jay abriu o aplicativo do Google Tradutor apenas para se dar conta de seu erro quando o garçom digitou: "Eu *estou* falando inglês, bundão!".

Guardo esses detalhes sobre Jay como pedras preciosas, embalando-as com cuidando e armazenando-as na memória. Tenho a sensação de que o conheço, de verdade. Onde ele nasceu, cresceu, o que estudou na faculdade. Sei como ele pediu Violet em casamento e quais são suas comidas favoritas. Eu me pergunto se ela conta a Jay sobre mim, se ele sente que me conhece também.

Danny surgiu outras duas vezes durante nossas conversas. Brevemente, de passagem, mas nas duas vezes Violet parecia uma adolescente, as bochechas rosadas, os lábios lutando para não sorrir. É impossível não imaginar como teria sido se eles não tivessem terminado.

Quando Violet sai para fazer compras, fico em casa com Harper, leio para ela no sofá ou brincamos de cozinhar, fazendo panquecas, sanduíches e cachorros-quentes de massinha. Ela adora ouvir Taylor Swift também, chama-a de Twaylor, cantando junto nos refrões das suas músicas favoritas. Três das amigas de Harper já foram ao show, ela me conta melancólica; então, no próximo dia que vou trabalhar, levo fios coloridos e miçangas para fazermos pulseirinhas da amizade como as que as Swifties fazem, colocamos as pulseiras nos braços e fingimos que temos lugares na primeira fila do *show* da The Eras Tour. No início, me senti apavorada de ficar sozinha com Harper, preocupada com o que poderia acontecer se eu fosse a única por perto, mas fiquei mais tranquila. Eu me lembro que posso ligar para a emergência e que sei fazer massagem cardíaca; se algo acontecer, saberei como mantê-la a salvo.

Mas meus momentos favoritos são quando Violet me manda mensagem sugerindo que nos encontremos para tomar café e caminhar até a marina ou até a ponte do Brooklyn, enquanto Harper ainda está na escola.

Contamos nossos passos no relógio de pulseira dourada dela, brindamos com nossos *cappuccinos* quando conseguimos andar cinco mil passos. Algumas manhãs fazemos aula de yoga, ou, se estiver muito quente, estendemos toalhas no parque, puxando nossas camisetas para cima a fim de bronzear as costas e a barriga, enquanto seguramos latas de LaCroix geladas contra os nossos pescoços para nos refrescar. Nesses dias, não sou apenas a babá de Harper, mas amiga de Violet também. E talvez não só amiga, mas a melhor amiga. Pelo menos, sinto como se ela fosse a minha.

Quando Violet e eu estamos juntas, quero me beliscar para confirmar que fui convidada a fazer parte da vida dela, que alguém como ela quer ser amiga de alguém como eu. Às vezes, me pergunto o que ela ganha em troca, se talvez a faça se sentir melhor com relação a si mesma, ou se ela está apenas grata por ter encontrado uma babá; mas, então, ela ri de uma das minhas piadas, aperta o meu braço e eu sei que nossa amizade é real. Mesmo depois de todas essas semanas, ainda fico empolgada quando vejo seu nome aparecer na tela do meu celular quando ela manda mensagem, uma onda de antecipação antes de bater na porta da frente deles. Algumas pessoas, quando as conhecemos, perdem o brilho. A novidade desaparece; o mistério evapora. Começamos a enxergar as rachaduras na superfície, suas pequenas imperfeiçoes. Mas isso não acontece com Violet. Ela continua tão interessante, tão brilhante quanto antes.

Sei que preciso ter cuidado. Mesmo que esteja sendo eu mesma perto dela, minha lista de mentiras continua crescendo. Eu me chamo Caitlin, sou uma estudante de enfermagem de 32 anos com uma mãe doente, que costumava correr e é viajada. Não tenho ficha criminal. Agora que somos amigas, queria poder abrir o jogo, de verdade. Mas não posso. Jamais. Se ela descobrir que menti sobre ter conhecimento médico, que comprometi a segurança de Harper, mesmo que não tenha deixado nada acontecer a ela, seria o fim, de tudo. E não posso deixar isso acontecer.

Porque esta é a verdade de fato: às vezes, finjo que não somos só amigas, mas irmãs, desde que ela me contou que seu pai nasceu e cresceu na Filadélfia. Assim como o meu. Temos a mesma covinha no queixo, reparei; um rosto em formato de coração parecido, arredondado nas bochechas; o queixo levemente pontudo. Nossos narizes não são tão diferentes também: ambos marcantes e um pouco pontudos. Ela é mais bonita que eu, é claro, seus olhos mais brilhantes, a pele mais lisa, o cabelo mais sedoso, mas as semelhanças existem.

Poderíamos ser. Irmãs, quero dizer. Era um jogo que eu costumava jogar quando mais nova. Imaginando meu pai e sua família, irmãos e irmãs de faz de conta. Eles seriam alguns anos mais novos do que eu; meu pai tinha vinte e poucos anos quando conheceu minha mãe, então teria levado alguns anos para se casar e começar uma família. Eu inventava nomes para meus irmãos, fazia desenhos de como imaginava que eles seriam. Violet tem apenas 31 anos; dois anos mais nova do que eu. Tempo suficiente para que meu pai conhecesse alguém e tivesse um bebê.

Nunca pressionei minha mãe de verdade sobre ele. Só sei o que ela me contou a respeito da noite em que se conheceram: que ele era da Filadelfia, que seu primeiro nome era Joe. Mesmo que existisse internet quando eu era pequena, não tinha muito o que pesquisar.

Eu achava que já tinha superado isso. Achava que tinha aceitado que nunca saberia se tinha irmãos ou irmãs, mas está claro que não é esse o caso. E por que deveria ser? Todo mundo quer saber de onde veio, não quer? Quem mais pertence a eles? De vez em quando, cogito fazer um teste de DNA, cuspir em um daquele tubinhos e deixar o envelope nos correios, mas não estou pronta para encarar a possibilidade de que a resposta seja ninguém; que não há ninguém por aí, que não pertenço a mais ninguém.

Uma noite, após o jantar, depois de ter passado o dia na casa dos Lockhart, comparando o rosto de Violet ao meu, não consigo me segurar. Limpo a garganta, umedeço os lábios.

— Qual é o sobrenome do meu pai? — pergunto, um pouco alto demais. Não tiro os olhos da TV. De canto de olho, vejo minha mãe se virar para olhar para mim, se mexendo na cadeira.

Ela não diz nada, só me encara. Então, volta a olhar para a TV.

— Não sei. Foi há tanto tempo que não me lembro de muita coisa.

Não respondo. Isso não é verdade; percebo que seu corpo ficou rígido. Ela não quer falar sobre o meu pai. E por que deveria querer?

— Por quê? — ela pergunta.

— Por nada — respondo rápido. — Só estava curiosa.

— É melhor não ficar — ela diz. — Nós nos viramos bem sozinhas, não foi?

— Sim — respondo. Sinto uma pontada de culpa. — É claro. — Admitir qualquer outra coisa seria como esbofeteá-la. Ela desistiu de tudo por mim. Ainda assim, quero mais do que "bem". Eu quero uma irmã.

14

É uma manhã de sexta-feira nublada e Violet me convidou para tomar café depois que ela deixasse Harper na escola. A garota vai passar a tarde na casa de uma amiguinha, então meu dia está livre. Quando saio do meu apartamento, o céu está cinza-escuro. Está frio, mais frio do que nas últimas semanas, os vestígios finais de primavera antes que o verão chegue com tudo, o calor e a umidade se infiltrando em cada canto e esquina da cidade. Coloco o capuz do moletom na cabeça e puxo os cordões até ele se fechar embaixo do meu queixo. Acelero o passo, na esperança de me aquecer.

No caminho, decido fazer um desvio e passar por uma cafeteria que sei que Violet ama. Peço dois *lattes* de açúcar mascavo com leite de aveia para nós; a bebida favorita dela. Agora é a minha também.

Percebo que fico ansiosa à medida que subo os degraus da escada da casa deles, segurando os cafés, pensando se hoje Jay vai estar aqui. Penso sobre isso todas as vezes que estou na casa deles: se ele virá almoçar ou vai tirar a tarde de folga e voltará para casa mais cedo. Mas ele nunca faz isso. Está sempre trabalhando, sempre no escritório.

De vez em quando, Violet me conta que ele disse um "oi" ou mandou lembrança e sinto uma onda de empolgação. Uma corrente elétrica me atravessando. *Será que eles falam sobre mim?*, penso. *Será que ela conta sobre as nossas conversas?*

Não sei por que me importo. Quer dizer, isso não é verdade. Não é nem meia-verdade. Eu me importo porque gosto dele. Mesmo que não o tenha visto desde aquele primeiro jantar, não parei de pensar nele. Mas é só uma paixãozinha. Uma paixonite boba e idiota. Ele é o marido da minha melhor amiga. Não é como se fosse acontecer alguma coisa.

Revirando os olhos para mim mesma, aperto a campainha com o cotovelo. Pulo de um pé para o outro a fim de me manter aquecida. Aperto a campainha de novo, duas vezes. *Depressa, Violet.*

Mas quando a porta se abre, não é Violet que aparece. Desta vez é Jay. Ele parece surpreso ao me ver tanto quanto estou surpresa ao vê-lo. Ele está seminu, vestindo uma calça cáqui, sem camisa. Está segurando uma toalha na mão, o cabelo molhado, recém-lavado. Posso sentir o cheiro de seu xampu.

— Caitlin? — ele questiona, franzindo as sobrancelhas, inclinando a cabeça para o lado.

Eu também o encaro, momentaneamente paralisada. Mesmo que estivesse torcendo para me encontrar com ele, não imaginei que fosse realmente acontecer. Pisco algumas vezes, pensando se estou alucinando. Quando ele não desaparece, decido que não estou.

— Oi — respondo afinal. — Bom dia.

— Bom dia — ele responde. Sorri me olhando de cima a baixo, a surpresa se transformando em divertimento.

Olho para a minha roupa. O *jeans* rasgado no joelho, o moletom grande fechado com força ao redor do meu rosto como o menininho do filme *E.T. O Extraterrestre*. A última moda. Alta-costura. Gostaria de ter afrouxado o capuz, mas você sabe, estava segurando o maldito café. Sinto meu rosto corar. Pelo menos fiz as sobrancelhas, graças a Deus.

— Como posso ajudá-la? — Jay pergunta.

— Em nada — respondo. — Quer dizer, vim encontrar a Violet. Ela está? Combinamos de tomar café. — Levanto os dois copos que estou segurando como evidência. — Ela não comentou que eu viria?

Ele nega com a cabeça.

— Ela foi levar Harper na escola e ainda não voltou. Estava tomando banho quando ela saiu. Deve voltar a qualquer momento. — Ele olha no relógio. — Geralmente não demora tanto assim.

Troco o peso de um pé para o outro novamente.

— Não tem problema. Posso esperar aqui fora...

— Não, não — ele diz. — Entre. Estava terminando de tomar café da manhã — Jay complementa, sorrindo para mim. Ele termina de abrir a porta e faz sinal para que eu entre.

Passo pela soleira, pelo *hall* de entrada e o sigo até a cozinha.

— Você aceita alguma coisa? — ele oferece por cima do ombro. — Torradas? Ovos?

— Não, obrigada. — Balanço a cabeça. — Não costumo tomar café da manhã. — Embora pudesse tomar, se me levantasse cedo o suficiente para preparar alguma coisa. — Só o café é suficiente.

Sobre a bancada, há um prato com uma torrada de pão de centeio pela metade e uma xícara de café, ainda fumegante. Eu me sento em uma banqueta, colocando os dois copos de café em cima da bancada à minha frente.

O aquecedor está ligado na casa, por isso tiro o moletom, embora a camiseta quadrada que visto por baixo não seja melhor em termos de me favorecer. Desejo desesperadamente ter gastado cinco minutos a mais me arrumando esta manhã.

Coloco minha bolsa na banqueta ao lado e, quando ouço o barulho das coisas se batendo dentro dela, me lembro do que está em seu interior.

— Ah! — exclamo, abrindo a bolsa e retirando o exemplar de *E Não Sobrou Nenhum*. — Aqui. — Entrego o livro para Jay, que o recebe parecendo surpreso. — Você mencionou que talvez gostaria de ler — complemento. — Quando nos conhecemos no parque.

Estou carregando esse livro para cima e para baixo há quase dois meses. Tinha planejado entregá-lo a ele na noite em que Violet me convidou para jantar, mas Jay subiu para colocar Harper na cama antes que eu tivesse a oportunidade. Fico dizendo para mim mesma que deveria entregá-lo a Violet e pedir a ela que entregasse a Jay, mas não o fiz. Queria fazer isso pessoalmente. Parece algo especial entre nós, só para nós dois.

Jay examina a capa, concordando devagar com a cabeça. Por um momento, penso que talvez ele não se lembre da nossa conversa e começo a me sentir mal, as mãos suando. Mas, então, ele olha para mim, um sorriso se abrindo em seu rosto, os olhos com pintinhas douradas brilhando.

— Obrigado — diz. — De verdade, obrigado. Mal posso esperar para ler.

Retribuo o sorriso. O nó em meu estômago se desfaz, meus membros relaxando de satisfação.

Ainda estamos sorrindo um para o outro quando meu telefone vibra. Eu o pego na bancada. É uma mensagem de Violet.

Desculpe, fiquei presa na escola, voltando para casa agora!

Sinto uma onda de decepção. Não quero que ela volte ainda. Esperei muito tempo para que esse momento se materializasse, para ver Jay de novo. Assim que Violet chegar, tudo mudará. A eletricidade que sinto se dissipará. Ele sairá para trabalhar e seremos apenas Violet e eu novamente. Então, sou invadida por uma onda de vergonha. O que há de errado comigo? Violet é minha amiga. E Jay é dela, não meu. Ele nunca foi e nunca será meu. Tiro os pensamentos desleais da cabeça. *Seja uma pessoa melhor, Sloane*, penso.

Rapidamente, digito uma resposta.

Sem problemas! Jay abriu a porta para mim. Até logo!

— É a Violet. Disse que já está voltando — aviso, voltando a olhar para Jay.

Ele assente e joga a toalha que usou para secar o cabelo na bancada, em seguida pega seu café.

— Então, como vai minha Santa Padroeira? — pergunta, sorrindo para mim. — Não a vi novamente desde aquele jantar. Não sei como me mantive a salvo sem você.

Fico vermelha.

— Estou bem — respondo. — Ocupada.

— Então está salvando vidas, uma picada de abelha por vez? Sem tempo para pais necessitados.

Solto uma risadinha.

— Isso mesmo. Vou correndo de parque em parque, compressas de gelo e pinças nas mãos. A prima de segundo grau da Batgirl: A Mulher Abelha.

Ele ri.

— Nossa própria super-heroína.

Em seguida, com o sorriso desaparecendo, diz:

— Você e Violet têm passado muito tempo juntas. — Não sei se ele está fazendo uma pergunta ou afirmando o óbvio, visto que estou na folha de pagamento deles. Violet me paga por semana em dinheiro, notas novinhas dentro de envelopes brancos fechados. Eu me pergunto se é ele quem saca o dinheiro ou ela. — E Harper diz que você faz os melhores lanches.

Abro um sorriso.

— Ela é um doce.

— Ela gosta muito de você — Jay diz. — A Violet também.

Fico entusiasmada ao ouvi-lo dizer isso.

— Eu gosto delas também. Violet tem sido uma boa amiga para mim. — A minha melhor amiga. Não digo isso para Jay, mas é verdade.

Ficamos em silêncio, enquanto ele considera o que eu disse, e então:

— Ela comentou alguma coisa sobre nós? — ele pergunta.

A mudança no tom de voz é abrupta. Ele não olha para mim. Em vez disso, abre a lava-louças e começa e colocar os talheres. Penso que talvez não tenha entendido direito o que ele disse.

— Você diz sobre você e ela? — pergunto, franzindo a testa.

Jay se endireita, fecha a lava-louça e confirma.

— Isso. Ela comentou alguma coisa? — repete.

Ainda não sei aonde ele quer chegar.

— Como o quê?

Ele me estuda, seus olhos procurando os meus. Então, dá de ombros, sacode a cabeça, com um sorriso envergonhado.

— Nada. Deixa pra lá.

— Está tudo bem? — pergunto.

Ele assente, mas há algo na rigidez de seus lábios que me faz não ter tanta certeza. Por um momento, a cozinha fica silenciosa. Eu me sinto desconfortável, um pouco desorientada. Sobre o que ele está falando? Será que Violet está escondendo alguma coisa de mim?

Mordo o lábio, olhando para ele. Jay não olha para mim. Em vez disso, olha para o relógio no micro-ondas, os números em azul-neon brilhando. Estou prestes a perguntar se ele tem certeza de que está tudo bem, mas ele fala primeiro.

— É melhor eu terminar de me arrumar para ir ao trabalho — diz.

Mas não quero que ele vá, ainda não. Gosto de conversar com ele. Queria não gostar, mas gosto.

— Como vão as coisas — pergunto rápido. Foi a única coisa na qual consegui pensar. — No trabalho, quero dizer.

— Bem. — Jay dá de ombros. — Mas esperam que eu esteja vestido. — Ele sorri para mim. — Não sei se é apropriado que o fundador apareça para trabalhar seminu.

— Isso parece tão antiquado — brinco também. — Em que ano estamos? 1950?

— Então você não acha que iriam se importar se eu fosse trabalhar assim? — ele pergunta olhando para baixo e depois para mim.

— Eu não me importaria — respondo, então fico corada. Meu Deus, eu falei isso mesmo em voz alta? — Estou brincando. Quer dizer, sim, vestir uma camisa provavelmente é uma boa ideia. — Não consigo desembuchar as palavras rápido o bastante. Ele vai pensar que sou maluca. Honestamente, *eu* acho que sou maluca.

O sorriso de Jay aumenta, claramente se divertindo.

Então, graças a Deus, sou salva pelo gongo imaginário. A porta da frente abre e fecha com força. Violet chegou.

— Sinto muito mesmo, Cait! — ela fala alto. — Uma das mães me encurralou. Ela não parava...

Violet entra na cozinha e para, no meio do que estava dizendo, ao ver Jay.

— Oh — diz —, não achei que ainda estaria aqui.

Sinto uma vergonha repentina por estar sentada aqui com o marido dela sem camisa, minha paixonite escrita em minha testa, em letras garrafais. Posso sentir o calor subindo pelo meu rosto.

— Já estou indo — Jay diz. Ainda segurando sua xícara de café.

— Assim? — Violet pergunta. Ela arqueia uma sobrancelha e depois pisca para mim. Jay faz uma careta para ela, algo entre um sorriso convencido e uma cara feia, antes de caminhar na direção da sala de estar.

— Espera, antes de ir, Jay... — Violet o chama. Ele se vira, parando sob o arco do batente. — Queria convidar a Caitlin para o passeio de barco no domingo. Você colocou na agenda, não colocou?

Sem esperar pela resposta dele, ela se vira para mim:

— Sempre passeamos de barco no meu aniversário — diz. — Queria perguntar se você gostaria de ir também. — Depois se vira para Jay: — O aniversário da Caitlin é dois dias antes do meu. Achei que seria divertido se comemorássemos juntas. — Ela olha de Jay para mim, sorrindo. — Queria ter convidado antes, mas nem me dei conta que o dia estava chegando. Quer ir conosco?

Sinto uma onda de empolgação. Lembro do calendário na parede do meu quarto, nossos aniversários, ambos circulados de caneta. Estava esperando por esse convite desde o momento em que a data foi se aproximando; esperando, desejando, torcendo.

— Sim! — respondo. — Adoraria. Parece ser muito divertido. Só nós quatro?

Violet confirma com a cabeça.

— Tudo bem?

— Claro — respondo. Abro um sorriso radiante. Está tudo mais do que bem; exatamente como imaginei.

— Você fez a reserva? — Jay pergunta. Sua voz parece estranhamente tensa.

Ela assente.

— Semana passada. Por quê? Você vai precisar trabalhar? Eu já falei para a Harper que...

— Não, tudo bem — ele a interrompe. — Por mim, tudo bem.

— Ótimo — Violet diz, sorrindo para mim. — A reserva é às 10 horas.

Jay concorda com a cabeça.

— Tudo bem. — Em seguida, diz: — Realmente preciso correr. Tenho uma reunião às 9h30. — Ele pega o exemplar de *E Não Sobrou Nenhum* da bancada e me mostra. — Obrigado de novo, Caitlin, realmente agradeço.

— De nada — digo, sentindo minhas bochechas esquentarem de novo. Não olho para Violet. Espero que ela não se importe de eu ter trazido o livro para ele.

— Tchau — ela grita quando ele sai da cozinha. Então, se vira para mim, sorrindo. — Fico tão feliz que você possa ir ao passeio.

Sinto um calor interior, feliz por ela ter se lembrado do meu aniversário, ainda mais feliz por ela querer comemorar o dela comigo.

— Eu também — retribuo o sorriso. — Muito obrigada mesmo pelo convite.

— Bom, obrigada pelo café! — Violet diz, apontando para os dois *lattes* sobre a bancada. — O meu preferido.

Levamos nossos cafés para o sofá. Enquanto nos acomodamos, Jay desce as escadas — completamente vestido agora — a bolsa de couro atravessada no corpo, um guarda-chuva na mão. Ele sorri, acena, e eu fico vermelha pela milésima vez. Alguns minutos depois, começa a chover, e Violet e eu ficamos assistindo a chuva cair da janela da sala. Quando terminamos nossos cafés, Violet pega alguns álbuns de fotos da estante e me mostra fotos do casamento deles. Adoro olhar as fotos dela e Jay vestidos como realeza, radiantes.

Examino o perfil dela enquanto olha as páginas brilhosas do álbum, apontando para diversas fotos, me contando sobre os convidados do casamento, sobre quando o padrinho propôs um brinde que fez a mãe de Jay enrubescer. Algo a respeito dos preparativos que Jay fazia antes de encontros. Tento focar, mas minha mente continua vagando.

O que será que Jay quis dizer quando me perguntou se Violet comentou alguma coisa sobre os dois? Será que o casamento deles está em crise? Será que tem alguma coisa a ver com a ligação que vi pela janela algumas semanas atrás? Será que ela estava falando com ele? Eu tinha conseguido esquecer isso — a raiva no rosto de Violet, sua expressão quando arremessou o telefone no sofá —, decidindo que não deveria ser nada; ela parecia bem. Se algo estivesse acontecendo entre ela e Jay, ela teria me dito, não teria?

Violet me confidenciou inúmeras coisas nessas últimas semanas; sobre como receava que ninguém a contratasse em Nova York, principalmente pelo fato de precisar fazer o exame da ordem de novo e não saber se passaria; sobre como se sente deslocada no meio das outras mães da escola; sobre como acha que pode estar mimando a Harper. Não consigo acreditar que ela não mencionaria algo tão importante quanto problemas conjugais. Ela confia enfim. Sei que confia.

Por fim, quando Violet fecha o álbum, eu limpo a garganta, respiro fundo:

— Está tudo bem? — pergunto, hesitante.

Violet franze a testa.

— Como assim?

Balanço a cabeça.

— Quer dizer, com você. Só estou checando, sabe? — Não quero contar para ela o que Jay perguntou. Não quero que ela pense que estávamos falando dela pelas costas. E não quero que ele pense que não pode confiar em mim.

Ela sorri. O rosto iluminado, o olhar brilhando.

— Sim, estou ótima, obrigada. Quer mais café? Posso fazer mais.

Assinto com a cabeça. Talvez eles tenham discutido recentemente e feito as pazes desde então. Talvez ele quisesse saber quanto éramos próximas, se ela tinha comentado comigo sobre a vida sexual deles. Olhando para ela agora, a expressão aberta em seu rosto, tenho certeza: se houvesse algo errado, ela me diria.

— Adoraria outra xícara.

Quando chega minha hora de ir embora, Violet me acompanha até a porta.

— Até domingo? Vou enviar o endereço por mensagem — diz. Ela está em pé na porta, encostada no batente. Domingo, para o nosso passeio de aniversário.

Assinto, sentindo aquela onda de empolgação de novo, e sorrio.

— Até domingo — respondo. Feliz aniversário para mim.

15

Sábado à noite, programo o despertador para as 7h30 da manhã. Mas acaba que nem preciso; mesmo indo dormir depois da meia-noite, acordo quando o sol nasce, um pouco antes das 6 horas.

Tentei ir para a cama cedo a fim de garantir que estaria descansada, mas estava agitada demais para dormir. Por mais que tentasse, não conseguia parar de pensar que passaria o dia com Jay. Sei que prometi melhorar em nome da amizade, mas não posso negar como me sinto quando estou perto dele, como meu coração bate em descompasso, o rubor em minhas bochechas. É inofensivo, fico repetindo para mim mesma, como a maioria das paixonites é. E quem não teria uma queda por Jay? Até onde sei, não sou de ferro.

Agora me arrumo com calma. Encontro calças *jeans* escuras no fundo do armário e uma blusa *boho* soltinha da época em que dava aulas. Depois lavo o rosto e coloco minhas lentes de contato, vasculho as gavetas do banheiro até encontrar o frasco de uma base quase seca e um pouco de *blush* em pó. Passo a base sobre algumas espinhas espalhadas pelo queixo — algo com que tinha certeza de que não precisaria lidar depois dos 30 anos, mas infelizmente aqui estamos — e passo um pouco do *blush* nas bochechas. É sutil, mas ajuda.

Antes de sair do quarto, coloco o chapéu que comprei e o colar que Violet elogiou. Na bolsa, tenho uma caixinha com um colar parecido. Encontrei na mesma loja. Não é idêntico, já que o que estou usando é supostamente uma herança de família, mas chega perto. A vendedora embrulhou a caixinha em um papel dourado brilhante, com um laço em cima. Mal posso esperar para entregar à Violet.

Na cozinha, faço torrada e sirvo uma xícara de café. Quase não sinto o gosto de ambos. Meu corpo inteiro está carregado de energia. Um dia inteiro com a família Lockhart. Eu me sinto tão sortuda que seria capaz de gritar. Quando termino de comer, deixo meu apartamento e encontro uma manhã de céu aberto, um azul brilhante e sem nuvens. A Marina fica a pouco mais de um quilômetro do meu apartamento. Então, em vez de pegar o metrô, decido ir andando.

Chego rápido, em quinze minutos e não nos vinte previstos pelo aplicativo de celular, e caminho em direção ao píer. O ar é diferente aqui do que nos bairros: mais fresco, mais limpo, úmido pela maresia. Os iates e veleiros alinhados pelo caminho são grandes, imponentes, a luz do sol refletindo em seus exteriores reluzentes.

O clima está quente, mas não quente demais, uma leve brisa vinda da água, uma perfeita manhã de verão, do tipo pelo qual esperamos o ano inteiro. O sorriso em meu rosto parece permanente.

Quando me aproximo do final do píer, escuto Violet me chamar. Coloco a mão sobre as sobrancelhas, apertando os olhos na direção do sol.

— Caitlin, oi! — Violet está em pé na proa de um grande veleiro, acenando. Harper está ao lado dela, o braço também sobre sua cabeça, balançando de um lado para o outro. Ambas estão usando chapéus de sol feitos de palha e óculos vermelhos com armação de plástico combinando.

Aceno de volta, sorrindo. Quero correr pela doca, lançar os braços ao redor delas, abraçando-as bem apertado.

Quando chego ao veleiro, Jay está em pé na lateral, Violet e Harper atrás dele. Ele me oferece a mão, eu aceito, e então tiro um pé do píer. O veleiro balança com a alteração no peso, e eu quase caio para trás. Jay me segura pela cintura, puxando meu corpo contra o seu para me estabilizar. De repente, estamos cara a cara, tão perto que posso sentir seu peito contra o meu, a cosquinha de sua respiração em meus lábios. Ele tem cheiro de chiclete de hortelã.

— Cuidado aí — ele diz, e todo mundo ri. Ele não me solta imediatamente, me segurando por mais alguns segundos. Quando o faz, solto o ar, meu coração disparado.

— Bem-vinda a bordo — Violet diz, abrindo os braços e apontando para o veleiro. — E feliz aniversário!

— Obrigada! Feliz aniversário para você também! É lindo aqui — digo, olhando ao redor. — Nunca andei de veleiro. Vocês vêm sempre aqui?

— Começamos essa tradição em São Francisco — Violet diz. — Jay me surpreendeu com um passeio ao pôr do sol ao redor da marina no primeiro ano depois que nos mudamos para lá, e passeamos de barco desde então. Nós evoluímos de embarcação ao longo dos anos, não é, amor? — Ela ri, um pouco sem graça.

Jay sorri de um jeito estranho para ela. Não sei se é porque não gosta que ela fique chamando atenção para o fato de terem dinheiro, ou outra coisa. Talvez eu estivesse errada antes; talvez esteja acontecendo algo entre eles que eu não sei. Olho para Violet, mas ela parece despreocupada, ainda está sorrindo.

— Bom, é melhor zarparmos — diz Jay, se encaminhando para o fundo do veleiro, ele esbarra em mim quando passa e posso sentir o cheiro de hortelã de novo. Meu coração palpita.

— Você aceita um copo? — Violet me pergunta, segurando um copo de plástico transparente. Há um *cooler* aos seus pés com uma garrafa de champanhe no gelo, além de uma garrafa de sidra de maçã espumante. Ambas estão abertas, pela metade.

— Claro — respondo e ela pega a sidra. Violet vira a garrafa rápido demais e o copo transborda, a espuma escorrendo pelos lados. Ela grita e todos riem.

— Ooops! — diz, segurando o copo na frente do corpo para não se molhar. — Eu seria uma péssima garçonete! — Quando a espuma diminui, ela me entrega o copo. — Para a aniversariante. — Pego o copo sorrindo.

— Saúde! — Violet levanta o copo. Harper e eu fazemos o mesmo.

— Saúde! — repetimos, batendo nossos copos de plástico uns nos outros. A sidra está refrescante e doce, o gás efervescendo em minha boca. Tudo está tão perfeito quanto imaginei que estaria.

— Prontas? — Jay grita, e todas concordamos.

Nós três vamos para a frente do veleiro, Harper se senta no colo de Violet, nossos rostos virados em direção ao vento. Atrás de nós, a vela se abre, balançando ao vento. O veleiro começa a se mover, devagar no início, depois mais rápido, até que saímos da marina e entramos no porto em águas abertas.

— Eu adoro isso aqui — Violet diz, respirando fundo. — Um colega de Jay tem um barco e nós passeamos com ele às vezes. É uma das minhas coisas favoritas para se fazer no verão. — Ela vira a cabeça na direção de Jay. — Se você nunca velejou, deveria pedir para ele lhe mostrar como é.

— Velejar? — Olho de novo na direção de Jay. Ele está em pé no fundo do veleiro, segurando uma corda com a mão protegida por uma luva. Usa óculos no modelo Wayfarer e armação estilo tartaruga, seu cabelo bagunçado pelo vento. Está mais bonito do que nunca.

Ela confirma.

— É divertido. É mais fácil do que parece.

Hesito.

— Vai lá! — Ela sorri me encorajando.

Com cuidado, me levanto, o veleiro balançando sobre pequenas ondas e, cambaleando, vou em direção a Jay. Olho de novo para Violet, que já se virou para a frente. Ela está apontando para mostrar algo a Harper — outro valeiro, talvez —, que concorda enfaticamente.

Jay sorri para mim quando me aproximo.

— Está tudo bem? Não ficou enjoada, espero.

Balanço a cabeça em sinal negativo.

— Violet disse que você me ensinaria a velejar. Olho para baixo e vejo as cordas em sua mão. — Literalmente, eu acho. Nunca velejei antes.

— Sim, claro, seria um prazer — ele abre um sorriso, dentes brancos aparecendo. Parece genuinamente empolgado com o meu interesse.

Sorrio.

— OK. Então. — Olho para as velas, as cordas e as roldanas. — Isso parece complicado.

Ele ri.

— Na verdade, é bem simples. Vamos começar com o básico — diz. Esta é a cana do leme. Ele aponta para um pedaço de madeira que parece um bastão atrás de nós. É usado para direção.

Assinto.

— Entendi.

— Vamos lá, então — ele diz, como se estivesse me desafiando.

Hesitante, estico o braço, envolvendo os dedos ao redor da cana do leme, e olho para Jay.

— Boa pegada — ele diz em tom de brincadeira. Meu corpo inteiro fica vermelho, o calor irradiando de mim.

Ele sorri de novo, morde os lábios. Meu Deus, como é bonito. Pressiono as costas da mão em meu pescoço chamejante. Será que ele está flertando comigo?

— E estas — Jay aponta para as cordas, ainda sorrindo — são chamadas de escotas. Cada escota se refere à vela que controla. Esta vela — ele aponta para a que está diretamente em frente a nós — é a vela mestra. A vela da frente, na direção da proa, é a genoa. Assim, quando você quer mover a vela mestra, você usa a escota da mestra, se quiser mover a genoa, então, puxa a escota da genoa. Faz sentido?

Engulo com dificuldade, querendo que meu rubor desapareça.

— Sim, parece bem simples — consigo dizer.

Ele me mostra a retranca, à qual aparentemente devo ficar atenta, para não ser derrubada, e os estais e óvens, que parecem cabos, bem como as adriças, que parecem ser mais cabos.

— Está acompanhando? — Jay pergunta.

— Aham. Concordo com a cabeça, me esforçando para soar convincente. Eu não estou, de fato, acompanhando. Estou tendo dificuldade para focar em qualquer coisa além de como seu braço fica encostando no meu.

— Ótimo. A parte de velejar, na verdade, é bem simples. Existem algumas regras antes de começar. Primeiro, você não pode sair velejando contra o vento. Então, se quisermos chegar lá — ele aponta para o que está diretamente à nossa frente —, precisaremos velejar a 45 ou a 50 graus à esquerda ou à direita do vento, e depois voltar na direção contrária. E isso se chama cambar. Fazemos isso movendo as velas sobre as quais acabamos de falar.

— Isso não parece simples. Parece uma aula de matemática.

Jay ri.

— Juro para você, é fácil quando se pega o jeito. Lembra de quão bem você lidou com a cana do leme? — ele pisca.

Fico vermelha de novo, os joelhos parecendo gelatina.

— É sério — ele diz —, você vai ver. Está pronta para tentar?

Ele dá um passo para trás e sinaliza para que eu assuma o seu lugar.

— O quê? Sem chance — respondo, negando com a cabeça e levando as mãos para cima, as palmas viradas para ele. — Eu vou fazer o veleiro virar! Vai ser como o *Titanic*, parte dois!

Jay sorri, achando graça.

— Vou mostrar para você o que fazer — diz. — A única forma de realmente aprender é fazendo. E para a nossa sorte não há *icebergs* no East

River. Vamos, pegue a corda — ele diz entregando-a para mim. — A mão direita sobre a esquerda.

Relutante, faço o que ele diz. Embora, honestamente, se ele tivesse me pedido para pular do barco com um tijolo amarrado ao tornozelo, eu provavelmente teria feito isso também. Sim, meu capitão!

A corda é grossa e trançada, esticada, sob as minhas mãos.

— Assim? — olho sobre o ombro para ele.

— Um pouco mais alto. — Jay se aproxima e passa os braços ao redor de mim. Coloca as mãos sobre as minhas na corda e as desliza para cima. Minha frequência cardíaca acelera com o toque, com a proximidade de nossos corpos. — OK, agora nós puxamos. Incline-se para trás, só um pouco.

Eu me inclino, contra o peito dele. Quente e forte. Estou imaginando ou ele chega ainda mais perto?

— Muito bem — diz. — Sinto sua respiração no meu cabelo, na minha orelha, no meu pescoço. Quero fechar os olhos, mas não fecho. Mantenho-os fixos à frente, o corpo rígido.

A proa do barco começa a virar.

— Oh! — exclamo, olhando para Jay, surpresa com o movimento.

Ele ri.

— Muito legal, não é?

Concordo com a cabeça. Começamos a acelerar. Seguro mais forte a corda. Os braços dele continuam à minha volta.

— OK, agora solte e puxe aqui. — Ele guia minhas mãos para outro conjunto de cordas. — Cuidado com a retranca! E, ah, afrouxe sua pegada, agora puxe novamente. Isso, assim mesmo.

O barco começa a virar em outra direção. Ele dá um passo para trás.

— Viu só, você está velejando! — exclama, orgulhoso.

Abro um sorriso para ele.

— Estou?

— Está! É só isso. Bom — ele ri —, não exatamente só isso; mas é um começo. Vamos ajustar a vela mestra quando o vento mudar; mas, até lá, você pode relaxar e aproveitar.

— Onde você aprendeu a fazer tudo isso? — pergunto a ele.

— No acampamento de verão. Quando eu tinha 10 anos.

Claro. Os únicos barcos no acampamento de verão que eu frequentava eram canoas velhas e enferrujadas, que flutuavam no lago pantanoso da Carolina do Sul. Mas ninguém se importava. Nós pulávamos na água escura, os pés afundando na lama, tentando não virar as canoas enquanto subíamos nelas. Era apenas um acampamento diurno chinfrim da Associação Cristã; minha mãe não podia pagar para me mandar para aqueles nos quais se passa a noite, com cabanas, beliches e fogueiras. Então, velejar? Não, nem pensar.

Jay nota a expressão em meu rosto e ri.

— O que foi?

— Estava só me lembrando dos barcos que tínhamos no acampamento que frequentei. Nos diziam que eram canoas, mas estavam mais para velhas latas de sardinha. Nós usávamos os galhos que encontrávamos nas margens como remo.

— Eu era bolsista, se isso faz com que se sinta melhor — ele diz. — Minha família não tinha muito dinheiro quando eu era pequeno.

— Sério? — pergunto. Eu me viro para ele, surpresa. — Você não parece ter sido... — paro de falar.

— O quê? Uma criança pobre? — Ele sorri de um jeito irônico. — Obrigado, eu acho. Mas eu fui. Nenhum dos meus pais se formou no Ensino Médio; por isso, sempre tiveram empregos ruins. Eles ganhavam o suficiente para nos sustentar, mas nunca tivemos muita coisa.

Ficamos os dois em silêncio. Ele não está mais olhando para mim, em vez disso olha para a frente. Limpo a garganta e digo:

— Cresci sem dinheiro também. Minha mãe trabalhava como faxineira, mas tinha problemas de saúde. Ela faltava por estar doente o tempo todo e sempre acabava sendo demitida por perder muitos dias de trabalho. Nós nos mudávamos muito porque não conseguíamos pagar o aluguel.

Sou mais honesta do que há muito tempo não era. Nem mesmo com Violet. Talvez porque ele seja como eu, uma criança pobre que só queria se encaixar.

Desta vez, quando Jay olha para mim, é como se estivesse me vendo pela primeira vez. Devagar, ele concorda com a cabeça.

— É difícil crescer assim. Eu odiava.

— Eu também. Por isso, nunca contava para ninguém. Eu inventava desculpas sobre o porquê não podia convidar ninguém para ir ao nosso apartamento. E como ninguém me visitava, podia dizer que morávamos em uma mansão. E que meu pai era uma estrela de cinema em Hollywood. Eu achava que isso faria com que as pessoas gostassem de mim. — Dou de ombros.

Jay assente.

— É difícil explicar para as pessoas. Como é crescer assim. Acho que Violet nunca entendeu realmente. Mas eu não deveria ficar surpreso, considerando...

— Considerando o quê? — pergunto.

Ele dá de ombros.

— A família dela sempre teve dinheiro. Seu pai é um advogado importante. Violet trabalhou para a firma dele em São Francisco. Mas eles têm uma riqueza geracional. A avó dela deixou um fundo para ela quando morreu.

Franzo a testa, confusa. Ela nunca falou em dinheiro. Ou sobre um fundo. Mas faz sentido: a casa grande de tijolos marrons, as roupas caras, a tranquilidade com que ela se move. Ainda assim fico surpresa de o assunto nunca ter surgido.

Ele percebe a surpresa em meu rosto.

— Ela não costuma falar sobre isso. Acha que as pessoas vão olhar para ela de um jeito diferente se souberem que a família dela tem dinheiro. Mesmo no Brooklyn, onde todo mundo vem de famílias endinheiradas.

Acho que ela gosta que as pessoas pensem que enriquecemos por conta própria, mas não tenho certeza do porquê. Ninguém aqui fica impressionado com novos ricos. — Noto um pingo de ressentimento em sua voz. — É engraçado: eu cresci desejando ter o tipo de dinheiro que ela tem, e tudo o que ela quer fazer é esconder.

— A não ser que você seja membro do Clube das Crianças Pobres, você simplesmente não entende, não é mesmo? — Solto uma risadinha. — A entrada é gratuita, graças a Deus.

Jay também ri.

— Fico feliz que tenha vindo hoje. Gosto de você.

Abro um sorriso para ele.

— Gosto de você também. — E estou sendo sincera; ele não faz ideia do quanto.

Então:

— Oh! — exclamo, surpresa — Aquilo se mexeu. O negócio da direção.

— Bem observado! OK, pegue a vela mestra ali. Isso, muito bem. E empurre um pouco. Assim mesmo! Você aprende rápido — ele diz com apreço.

Levanto os ombros modesta, embora por dentro esteja eufórica. *Ele gosta de mim.*

Jay se senta no banco ao meu lado e coloca as mãos atrás da cabeça se inclinando para trás, os olhos fechados, o rosto na direção do vento, que bagunça seu cabelo fazendo com que se levante nas pontas. Ele é tão bonito que chega a doer. Desvio o olhar na direção da água, antes que ele abra os olhos e me pegue olhando para ele.

Passo a hora seguinte com ele me mostrando como aumentar e diminuir a velocidade, mudar de direção e manobrar as velas. Ouço com atenção, querendo agradá-lo. Ele move minhas mãos, meu corpo para as posições corretas, demonstrando as técnicas certas. Toda vez que ele me toca sinto como se estivesse pegando fogo. O ar está quente e úmido, a água do mar respingando em nossos rostos, molhando a nossa pele. Uma vez, só uma vez, me permito imaginá-lo colocando a boca sobre a minha, o gosto de sal em seus lábios, sua língua.

Enfim, Jay olha para o relógio.

— Está com fome? — pergunta. — Podemos fazer uma pausa.

Eu não quero parar, não mesmo; é muito fácil fingir que somos só eu e Jay nesse veleiro. Mas concordo.

— Claro, seria ótimo.

Ele coloca as mãos ao redor da boca e grita, alto, para que sua voz viaje.

— Aqui é um bom lugar para almoçar?

Da proa do barco, Violet levanta o polegar.

Ele se vira para mim.

— Posso assumir agora. Vou só ancorar o barco. Encontro vocês daqui alguns minutos.

Começo a me afastar, então me viro para ele:

— Muito obrigada — digo.

— Pelo quê? — Jay inclina a cabeça para o lado.

— Por me ensinar. Por me deixar velejar com você.

— De nada. — Um sorriso malicioso aparece em seus lábios. — Talvez da próxima vez você possa me ensinar algumas coisas. — Ele está tentando me fazer ficar vermelha de novo. E funciona.

— Para! — exclamo, dando um empurrão de leve em seu ombro. Existe uma familiaridade entre nós agora, uma proximidade que não havia antes.

— Parar o quê? — Ele ri, e um calor se espalha pelos meus membros.

Balanço a cabeça, rindo também.

— Você é terrível.

— Estou brincando — ele diz. — Sério, fico feliz que tenha gostado.

Ficamos ali, sorrindo um para o outro até que, enfim, aponto o polegar para Violet e Harper.

— Bom, acho que vou voltar para lá agora. Vejo você daqui a pouco.

Mandou bem, Sloane. Très bien.

Eu me viro e volto com cuidado em direção à proa, o barco balançando sobre as ondas. Seguro no corrimão para me equilibrar.

— Como foi? — Violet pergunta quando me sento de frente para ela.

— Muito divertido — respondo. — Como você falou que seria.

Violet abre um sorriso radiante para mim.

— Sabia que ia gostar. — Ela termina de beber, como se estivesse fazendo um brinde a ela mesma por um trabalho bem-feito. Parece mais solta do que de costume, mais relaxada. Ela me pega olhando e levanta seus óculos de sol de plástico, piscando para mim.

Na hora, eu me sinto culpada. Ela é uma amiga tão boa. E como eu retribuo? Flertando com o marido dela, desejando que ele fosse meu, que me beijasse. Eu me forço a sorrir para ela. Eu nunca *faria* nada, digo para mim mesma. É uma paixonite boba, como a minha obsessão no Ensino Médio com o Robert Pattinson: luxuriosa, febril e para sempre confinada aos recantos escuros do meu quarto, onde eu passava as noites fantasiando sobre ele fincando seus dentes de vampiro na minha pele adolescente sensível.

Jay se junta a nós minutos depois, carregando o *cooler* e uma sacola marrom. Ele deposita ambos diante de nós e se senta ao meu lado, de frente para Harper e Violet. Sua coxa encosta na minha. Nossos olhares se encontram. Só uma *paixonite*. Mas eu sei que não é.

— Quem quer mais bebida? — Violet pergunta, abrindo o *cooler*. Jay e eu concordamos com a cabeça, passando nossos copos para ela. Mesmo sendo só sidra, sinto como se estivesse bêbada, tonta e eufórica, chapada com aquele dia, o ar salgado. Jay. A perna dele.

— Para você — diz, me entregando meu copo —, e você. — Ela entrega o outro copo a Jay. Então, pega o próprio copo e o levanta em direção ao meu. — À minha gêmea geminiana.

Abro um sorriso radiante e brindamos.

— Saúde.

Jay abre a sacola de papel.

— Quem está com fome? — pergunta.

— Eu! — Harper exclama, levantando a mão acima da cabeça e balançando rápido. — Estou com tanta fome que poderia comer dez sanduíches!

— Que tal começar com um? — Jay diz bem-humorado, enquanto retira os sanduíches embrulhados, alguns sacos de batata *chips*, e uma caixa com uvas, distribuindo-os. Comemos tranquilamente, o veleiro balançando sob nós, a vela ondulando ao vento.

— Acontece alguma coisa quando estou no veleiro que me deixa faminta — Violet diz, abrindo um segundo pacote de batata *chips*. — Jay, você vai comer o resto do seu? — Ela olha para o sanduíche dele esperançosa.

— Aqui, pode ficar com o meu — digo rapidamente. Só comi metade. Deslizo o sanduíche na direção dela, feliz por fazê-la feliz.

— É melhor agradecer a Caitlin, Jay — Violet diz, piscando para mim. — Do contrário, você iria passar fome.

— Muito obrigado, Santa Cait. Minha heroína, novamente.

Ele abre um sorriso lento para mim que me causa formigamento, faz meu estômago revirar. Fico corada e retribuo o sorriso.

Quando terminamos de comer e retiramos tudo do caminho. Violet bate palmas.

— Está na hora dos presentes? — pergunta.

— Sim! — Harper, grita, se balançando para cima e para baixo em seu assento. — Primeiro, o meu! Primeiro, o meu, o meu!

Violet ri e coloca as mãos nas bochechas de Harper com carinho, beijando-a.

— Está bem, está bem, minha querida, vou abrir o seu.

Jay abre uma bolsa grande e entrega à Harper dois presentes embrulhados em papel prata.

— Entregue esse para a mamãe — instrui.

Harper lhe obedece feliz, toda orgulhosa ao dar o presente para Violet.

— Este aqui é meu! — exclama, entregando o maior dos dois presentes.

Violet puxa o laço e rasga a embalagem. Dentro há uma caixa branca. Violet abre a tampa e retira o conteúdo. É um roupão rosa-claro, macio, daqueles nos quais dá vontade de afundar o rosto.

— Eu amei! — ela exclama. Passa a mão não tecido macio. — Muito obrigada, Harpie, é lindo!

— Eu escolhi sozinha!

— Foi mesmo — Jay confirma. — Passamos a tarde inteira procurando pelo presente perfeito e ela decidiu que era este.

Violet pega Harper no colo e a enche de beijos estalados. Harper grita e se solta.

— Agora abre o do papai!

Violet olha para Jay e pega o segundo presente. Com cuidado, ela abre o embrulho, com mais cuidado do que abriu o de Harper. Ela o vira nas mãos, analisando. É um livro, um exemplar de capa dura do autor Bill Bryson.

Ela abre a capa, passa a guarda, depois a folha do título. Ambas estão brancas. Rapidamente, ela fecha o livro e olha para cima, sorrindo para Jay.

— Obrigada, Jay. Bryson é o escritor favorito dele — ela diz se virando para mim. — Você já leu algum livro dele?

Digo que não com a cabeça. Já ouvi falar dele — escreve sobre viagens, eu acho —, mas nunca li nada do que ele escreveu.

— Ele é o melhor — Jay diz. — *In a Sunburned Country* é o meu preferido.

— Foi por causa desse livro que fomos para a Austrália na nossa lua de mel — Violet complementa.

Jay se mexe, limpa a garganta.

— Bom, será que... — ele começa a perguntar, mas eu o interrompo.

— Espera, eu tenho um presente para Violet também — digo, pegando a minha bolsa.

— Aqui está.

Pego a pequena caixa embrulhada com o laço em cima e entrego a ela. Meu coração começa a acelerar, sinto um frio na barriga como se estivesse em uma montanha-russa muito rápida. E se ela não gostar? E se achar que é idiota? Ou feio? Talvez tenha elogiado o meu para ser educada. Sorrio para ela. Meus lábios estão tensos.

Violet pega o presente e retribui o sorriso. Desfaz o laço e abre o embrulho, depois, abre a caixinha e revela o colar. A pequena pérola brilha na luz do sol.

— É parecido com o meu — digo hesitante. — Parecido com o da minha avó.

— Muito obrigada, Caitlin — ela agradece baixinho, olhando para mim. O vento bagunçou seu cabelo. Está rebelde e solto, emoldurando seu rosto. — Eu amei.

Abro um sorriso grande, aliviada; mas percebo que ela não o coloca. Sinto uma pontada de decepção, e então vejo que ela se virou, e está procurando algo dentro da bolsa grande de lona. Quando se vira de novo para mim, está segurando uma pequena sacola de presente recheada de papel de seda dourado.

— Transmissão de pensamento — diz, piscando, enquanto entrega a sacola para mim.

— Para mim? — pergunto, mesmo sabendo que é. Estou muito feliz. Violet confirma.

Encantada, coloco a mão dentro da sacolinha, meus dedos encontrando um pequeno pacote; um embrulho quadrado em papel de seda. Retiro o pacotinho da sacola e desembrulho. É um pingente dourado pendurado em uma corrente de ouro. O pingente é quadrado do tamanho de uma moeda, raios solares gravados no metal. Parece algo antigo; uma relíquia vintage do passado, mas eu já vi um parecido antes. No pescoço de Violet.

— Eu tenho um também. — Ela sorri e coloca a mão dentro do suéter, retirando a corrente para que eu veja. — Gêmeas geminianas. — Meu coração transborda.

— Quer que eu coloque em você? — ela pergunta e eu assinto, incapaz de dizer alguma coisa. Ela pega o colar da minha mão e se aproxima. Posso sentir sua respiração na minha nuca enquanto prende o fecho, leve e ligeira.

— Vamos ver como ficou — ela diz e se inclina para trás.

Com orgulho, levanto o queixo e jogo os ombros para trás.

— Lindo — Violet anuncia, e tanto Harper quanto Jay concordam com a cabeça.

— Agora está na hora do bolo! — Violet anuncia. Ela abre outra sacola e pega um bolo em miniatura em uma embalagem com tampa de plástico. Remove a tampa e, gentilmente, coloca duas velas sobre a cobertura. Ela acende os pavios e Jay e Harper começam a cantar para nós, alto e desafinados.

Olhando ao redor para Violet, Jay e Harper, com cabelos bagunçados pelo vento e as bochechas rosadas, acho que nunca estive tão feliz. Fecho os olhos e sopro minha vela.

16

Algumas semanas depois do nosso dia no veleiro, estou esparramada no sofá da casa de Violet. Lá fora, a umidade do início de julho é como um lençol pesado e opressivo. O ar-condicionado está no máximo, mas o calor ainda permanece em nossos membros.

Sou oficialmente babá em tempo integral da Harper, ficando na casa deles os cinco dias da semana e sábado ou domingo de vez em quando; às vezes, ambos. No entanto, parece que sou mais que uma babá. Parece que sou parte da família, parte dos seus dias, das suas vidas; como se pertencesse a este lugar, esta casa, deitada no lado oposto de Violet, minha cabeça em um dos braços do sofá, a dela no outro, nos abanando com revistas. À medida que as páginas balançam, as letras de Taylor Swift brotam na minha cabeça. Parece exatamente como o título de sua música, como karma, doce igual mel.

Harper está dormindo no andar de cima. Em vez de irmos ao parque, fizemos uma cama de travesseiros no chão do quarto dela, nos revezamos lendo em voz alta, o corpinho dela encaixado entre nós duas. Quando meu livro acabou, Harper me implorou para ler outro, então eu li. A hora da leitura era a minha preferida na pré-escola, com todas as crianças formando um círculo, os queixinhos apoiados nas mãos enquanto se sentavam de pernas cruzadas sobre o tapete. Eu fazia uma voz para cada personagem, virando o livro na direção deles para que pudessem ver as ilustrações. Enquanto lia, Harper se deitou debaixo do meu braço, se aconchegando. Quando o livro acabou, ela tinha fechado os olhos.

Saímos do quarto na ponta dos pés e Violet fechou a porta com cuidado atrás de nós. Não conversamos enquanto descíamos as escadas em silêncio. Na sala de estar, Violet se deitou em um lado do sofá e eu no outro.

Agora, ela inclina a cabeça para trás, os olhos se fechando.

— Não sei o que fiz para merecer uma filha que ainda dorme à tarde na idade dela, mas deve ter sido algo sagrado, ela diz.

— Digno da Madre Teresa, com certeza — concordo.

— Ou Joana d'Arc? — ela arqueia uma sobrancelha e abre os olhos.

— Talvez Eleanor Roosevelt. Ela foi fundamental para o movimento dos direitos das mulheres, entre outras coisas. Não era bonita, coitada, mas isso não a impediu. Deixou um grande legado pelo caminho.

Violet ri.

— Bom, talvez alguém menos honrada, como...

Ela é interrompida pelo celular, que vibra alto na mesinha de centro. Nós duas viramos na direção dele.

— Desculpe — ela diz, pegando-o e franzindo a testa para a tela. Quando levanta os olhos, ela suspira.

— Jay esqueceu um *pen drive* que vai precisar na apresentação para um cliente. Ele quer que eu o leve para ele no escritório.

Ela olha de novo para o celular, depois de volta para mim.

— Você se importa se eu for lá rapidinho? Não vou demorar. Trinta minutos, no máximo quarenta e cinco. A menos que eu morra de insolação na volta.

— Claro — respondo, dando de ombros —, é para isso que estou aqui!

Violet abre um sorriso radiante para mim.

— Você é o máximo! Estarei de volta em um piscar de olhos.

Ela rapidamente sobe correndo as escadas. Alguns minutos depois, volta, segurando um pequeno bastão. O *pen drive*.

— Volto logo — diz. — Me liga se precisar de alguma coisa!

Então, fecha a porta ao sair. Ouço um clique, o barulho da chave girando na fechadura. A casa está silenciosa, a geladeira fazendo barulho na cozinha. Olho ao redor da sala de estar, registrando tudo. Então, me levanto.

É raro que eu fique aqui sozinha, sem a Harper colorindo no canto com um lanchinho. É uma sensação diferente, estar aqui assim, como se tivesse a casa só para mim.

Ando sem rumo pela sala de estar, passando primeiro pela mesinha de canto ao lado da janela, pegando as revistas uma a uma de uma pilha; depois, vou até a estante, passando os dedos pelas lombadas dos livros. Suspenses populares e mistérios de banca. Alguns clássicos: *Orgulho e Preconceito*, *O Sol Também se Levanta*, *A Leste do Éden* e *O Grande Gatsby*. Sorrio e o retiro da estante. A lombada está rígida quando o abro, como se não fosse aberto há muito tempo. Tem aquele cheiro de livro velho, misto de poeira e naftalina, aproximo o rosto e inspiro profundamente. Então, abro na página de título.

Em tinta preta, há uma mensagem em letra arredondada grande: *Para o meu Gatsby. Você faz meu coração cantar. Que venham muitos, muitos outros. Um beijo.*

Foi um presente de Violet para Jay.

Eu a imagino entregando o livro para Jay — embrulhado e amarrado com um barbante — no aniversário dele, ou um presente de aniversário de casamento, talvez na cama uma manhã, tirando-o de baixo do travesseiro. Visualizo os dois de pijama: ela vestindo uma das camisetas dele, sendo engolida por ela; ele só de cueca *boxer*. Ele sorrindo enquanto abre o presente, olhando para ela ao mesmo tempo que ela o observa com um olhar ávido, as mãos juntas como em uma prece.

Depois, ficariam deitados na cama, lendo passagens em voz alta; a cabeça dele deitada no estômago dela, enquanto ela passa os dedos pelo seu cabelo. Talvez não tenham saído da cama naquele dia; exceto para tomar café, abrir a porta para o entregador, comendo pizza na cama, e sorvete direto do pote.

Com cuidado, fecho o livro. O espaço vago onde ele estava parece uma boca faltando um dente. Faz com que me sinta agitada; pouco à vontade. Mas não é o buraco na estante que está me incomodando, não de verdade.

É a pergunta que Jay me fez na cozinha algumas semanas atrás. *Ela comentou alguma coisa sobre nós?* Será que o casamento deles está em crise? Parece tão improvável, mas o que mais seria? Será que eles têm brigado? Odeio pensar que existe um segredo entre nós; que possa haver algo que Violet não está me dizendo. Fico querendo perguntar para ela, mas parece algo privado, algo entre mim e Jay; como se estivesse quebrando a confiança dele se dissesse algo. Faz com que me sinta presa entre ela e ele, ambos puxando um dos meus braços. Gostaria de me dividir em duas, dar metade do meu corpo para cada um deles.

Coloco o livro de volta na estante e vou para a cozinha. Pego uma latinha de água com gás na geladeira e a abro, o barulho agudo em meio ao silêncio. Tomo um gole e olho ao meu redor. O relógio do micro-ondas mostra que são 14h15. Só tem cinco minutos que Violet saiu. Volto para a sala de estar. Deveria me sentar de novo, sei que deveria, mas não faço isso.

Resisto à tentação o máximo que consigo. Então, coloco a latinha na mesa de centro e ando devagar na direção da escada. Em frente a ela, tiro os tênis, e os ajeito lado a lado no primeiro degrau. Coloco uma mão no corrimão, gentilmente, como se fosse feito de vidro.

Solto a respiração e subo os degraus acarpetados, meus passos silenciosos. No topo da escada, paro. À minha esquerda há uma porta fechada. O quarto de Harper. Caminho em direção a ele. Ouço um som sibilante que fica mais alto à medida que me aproximo. É a máquina de som para dormir no volume máximo. Violet a ligou antes de sairmos do quarto.

Barulho de ondas, eu acho, ou o som das batidas do coração: calmante e constante. No meio do corredor há outra porta fechada e, no final dele, uma terceira porta, que está entreaberta. Caminho em direção a ela. À medida que me aproximo, vejo o pé de uma cama: é o quarto de Violet e Jay. Com cuidado, abro a porta.

O piso range quando entro no quarto, o assoalho de madeira cor caramelo se ajustando sob meu peso. O quarto é claro e ventilado com duas janelas grandes que dão para a rua. Há uma bicicleta Peloton no canto, *shorts* pendurados sobre a tela. A cama estilo *mid-century* é de madeira, mas todo o resto é branco. As cortinas esvoaçantes, os lençóis de linho, a colcha, as almofadas. Passo a mão sobre a colcha macia e respiro fundo. O quarto tem o cheiro de Violet, como um buquê de gardênias, lilases na primavera.

A cama é ladeada por duas mesas de cabeceira, um abajur dourado em cada uma. Sobre uma delas, alguns livros de capa dura, e uma caixa de lenços. Sobre a outra, uma pequena bandeja de joias, um creme de mão. Vou para o lado de Violet da cama, mais próximo à janela e me sento, o colchão cedendo sob meu peso. Com cuidado, me deito de costas, a cabeça afundando no travesseiro enquanto coloco as pernas sobre a cama. Os lençóis têm cheiro de limpeza, como se tivessem sido lavados recentemente; cheiro de sabão em pó e amaciante. Fecho os olhos por um momento, absorvendo tudo.

Abro os olhos e viro de lado, para o lado de Jay da cama. Olho fixamente para o seu travesseiro, tentando imaginá-lo ao meu lado; tão perto que posso tocá-lo. Eu me lembro da sensação do seu peito contra as minhas costas no veleiro. Largos, firmes. Só o vi de passagem algumas vezes desde então, mas não me esqueci do jeito que ele brincou comigo, de suas mãos nas minhas, de nossas pernas se encostando.

Volto a me sentar e levanto da cama, vou em direção à janela. Puxo a cortina para o lado e olho para fora. Algumas crianças estão brincando na calçada do outro lado da rua: duas delas jogando a bola uma para outra, enquanto a terceira está sentada em um banquinho assistindo. Pelo vidro posso ouvir seus gritos abafados, de comemoração.

Poderia olhar por essa janela durante horas, observando o movimento do bairro acontecer sob o meu olhar; uma pequena e bela vinheta da vizinhança. Parece um pouco com um palco, a forma como o sol brilha por entre os galhos, iluminando a calçada como um holofote.

Provavelmente é a primeira coisa que Violet faz quando sai da cama. Ela se alonga, os braços sobre a cabeça; então, caminha até a janela, abre as cortinas para deixar a luz da manhã entrar. Talvez Jay reclame, puxando a coberta para cobrir a cabeça.

O que será que ela faz em seguida? Veste-se? Estudo o quarto. Há duas portas na parede em frente à cama. Ambas fechadas. Atravesso o quarto e abro a porta mais próxima a mim, aquela à direita.

É um pequeno closet. À esquerda, estão as roupas de Jay; à direita, as de Violet. O lado dele está organizado por tipo de roupa: primeiro as calças sociais, depois as *jeans* e os moletons, depois as camisas, jaquetas e paletós; as delas estão organizadas por cor. Há gaveteiros pequenos debaixo dos cabideiros. Abro a gaveta de cima e descubro as roupas íntimas de Violet. Dezenas de calcinhas fio dental de renda, sutiãs e *bralettes* combinando. Passo o dedo nas costuras. É disso que Jay gosta? Visualizo Violet vestindo um conjunto preto. É claro que é disso que ele gosta. Sinto uma pontada de ciúme, seguida de uma onda imediata de culpa. Fecho a gaveta.

Atrás da porta do *closet*, há um gancho onde dois roupões estão pendurados: um dela, de seda lilás com flores bordadas na barra; um dele, branco de algodão canelado. Tiro o dela do gancho e o visto por cima da camiseta, amarro a faixa ao redor da cintura. O tecido é fresco sobre minha pele.

No lado de Violet do *closet*, há uma prateleira sobre o cabideiro, repleta de caixas de sapato. Estico o braço pegando uma das caixas que estão por cima, e espio dentro. É um par de sandálias nude de tiras e salto agulha, com TOM FORD escrito em letras garrafais no solado. Provavelmente custam o equivalente a um mês de aluguel. Fecho a tampa e coloco a caixa de volta na prateleira, depois pego a próxima caixa. Escuto um barulho enquanto a viro na minha direção, algo deslizando do fundo da caixa para a frente. Franzindo a testa, levanto a tampa. Dentro da caixa, próximo a um par de sandálias Manolo Blahnik, está um telefone.

É um pequeno celular *flip* cinza, daqueles que abrem e fecham. Olho fixamente para ele, perplexa. Então, como um *flash*, uma imagem vem à minha cabeça. Violet na sala de estar falando ao telefone, no dia que esperei do outro lado da rua, em pé atrás de um dos olmos altos, observando pela janela. Violet encerrando a ligação. Violet fechando o telefone depois. *Fechando o telefone*. Não era seu iPhone.

Com cuidado, pego o telefone e o abro. A tela está escura. Está desligado. Hesito, mas só por um segundo. Pressiono o botão de ligar, a tela acende, o telefone começa a ligar. Então, uma tela de bloqueio aparece. Protegido por senha. Será o aniversário da Harper? O dela? Começo a digitar os números, depois balanço a cabeça. Não, não posso. Não deveria. Então volto a digitar.

Digito a data do aniversário de Harper, prendo a respiração. Mas não é a senha. Tento o de Violet. Também errada. Será o do Jay? Quatro de janeiro, logo depois das festas de fim de ano. Violet uma vez mencionou quão difícil era pensar em um presente para dar a ele tão próximo do Natal. Quando ela disse isso, passei o resto do dia imaginando o que compraria para ele se fosse ela: um relógio, com as nossas iniciais gravadas no verso, um suéter de lã irlandesa, da cor dos olhos dele; depois o imaginei abrindo o presente, me envolvendo em seus braços enquanto me dizia quanto tinha amado o presente. Zero-um-zero-quatro, digito. Meu estômago está tenso.

Não é o aniversário dele também. Solto a respiração. Vou guardar o telefone, decido. Vou colocar de volta na caixa, de volta na prateleira.

Mas quando levo o dedo para o botão de desligar ao lado do telefone, ele vibra. Meu corpo inteiro fica tenso. É um novo alerta de mensagem. Abro o telefone.

Só consigo ver o início da mensagem, apenas a primeira linha. É de um contato salvo. Não um nome, mas as iniciais: DS. A mensagem diz:

Preciso saber que dia você...

Franzo a testa para o telefone, o olhar fixo até que as letras ficam embaçadas. Quem é DS? Que dia Violet vai fazer *o quê*? Tento clicar na mensagem, mas o telefone volta para a tela da senha. *Merda.*

Será que o texto é da mesma pessoa com quem ela conversou aquele dia. *DS. DS.* Repito as letras só com os lábios, sussurro-as dentro do *closet*. *DS. D* de... Danny? Não era esse o nome da paixonite de infância da Violet? O garoto por quem ela foi apaixonada a vida inteira? Ela disse que perdeu o contato com ele, mas talvez recentemente eles tenham se reencontrado e estejam planejando se encontrar. Será que estavam tendo um caso?

Sloane, chega!, digo para mim mesma. Balanço a cabeça. *Isso é o que você faz: você inventa histórias e deixa a sua imaginação correr solta.* Provavelmente existe uma explicação completamente razoável para tudo isso; mesmo que, agora, eu não consiga pensar em uma. Existem várias pessoas com nomes que começam com a letra *D*, milhões de motivos para alguém estar enviando mensagens para ela que não tem nada a ver com um amante secreto. Não é?

Espero, torcendo para receber outra mensagem. Um minuto se passa, então outro. O telefone continua mudo. Por fim, eu o desligo e o coloco de volta onde o encontrei.

Não faz sentido. Se ela não está tendo um caso, por que Violet tem um celular pré-pago escondido em uma caixa de sapato? Não posso simplesmente perguntar para ela. *Escuta, Vi, qual é a do telefone que encontrei enquanto estava mexendo nas suas coisas?* Sei que guardo segredos dela, mas odeio que ela guarde segredo de mim. Saio do *closet* me sentindo inquieta.

De volta ao quarto, paro para ouvir se Harper acordou. A casa continua em silêncio. Vou voltar lá para baixo em um minuto, digo para mim mesma. Em um minuto. Fecho a porta do *closet* e abro a outra, pensando que talvez, só talvez, encontrarei as respostas que estou buscando. A porta leva para um grande banheiro que parece ter sido reformado recentemente, com pisos de azulejos geométricos preto e branco, e bancadas em mármore branco.

Há uma pia para ele e outra para ela, ambas com o próprio espelho, uma única lâmpada redonda acima de cada espelho. À esquerda das pias, fica o vaso sanitário e ao lado dele um box com o chuveiro, sem banheira.

A bancada é mais desorganizada do que eu esperava, mais entulhada. A primeira coisa que chama minha atenção é uma caixa de tintura para cabelo, um marrom-escuro, o mesmo tom do cabelo de Violet. Pego a caixa. Está fechada, não foi usada. Fico surpresa ao descobrir que ela tinge o próprio cabelo. A mulher na caixa sorri alegre, seu cabelo lustroso, brilhando. Coloco a caixa na altura da cabeça, me olho no espelho. Perto do cabelo da modelo, o meu parece especialmente sem graça e com aspecto de palha — não exatamente loiro, nem castanho. Nem sempre foi dessa cor, mas faz muito tempo desde a última vez que o pintei.

Antes de depositar a caixa no lugar, gravo o nome da cor — Castanho-avermelhado escuro — e a marca — um nome genérico de farmácia —, então continuo a minha busca.

Sei que não deveria estar aqui, sei no fundo da minha alma, mas é como se eu tivesse 5 anos de idade e um *marshmallow* diante de mim na mesa, e alguém antes de sair do recinto dissesse: "Não coma". Como não comer? Eu sei quão doce será o *marshmallow* se eu o comer.

Examino a bancada e vejo um tubo de pomada para acne perto da pia, vários frascos de loção. Não consigo imaginar Violet com espinhas. Sua pele é macia e sem marcas, como uma pedra polida. Talvez seja porque ela cuida melhor da pele do que eu. Estudo meu reflexo, o brilho suave da iluminação faz mais por mim do que o meu o próprio banheiro com suas luzes florescentes de tom amarelado. Ainda assim, minha pele é desigual: seca em algumas partes, oleosa em outras. Chego mais perto do espelho, vejo um caminho de espinhas vermelhas lado a lado no meu queixo, pequenas mas visíveis. Abro a pomada para acne e aperto, depositando um pouco no dedo. Passo creme na minha pele, tampo novamente o tubo, e o devolvo para a bancada.

Próximo à loção, no lado esquerdo da pia, está uma bolsa de maquiagem aberta. Mexo nela tirando um rímel, um pincel para *blush* e um pó compacto. Penso em usá-los, mas decido que é melhor não; rapidamente, recoloco-os na bolsa antes que mude de ideia.

O piso estala de novo quando volto para o quarto. Há um pequeno raio de sol iluminando um espaço perto da janela. Caminho na direção dele, para o feixe de luz quente. Eu me encosto no batente da janela, procurando as crianças que tinha visto, as que estavam jogando a bola.

Então inspiro com força. Em vez das crianças, vejo Violet subindo a rua, em direção à casa. *Merda*. Olho ao redor do quarto para ver se alguma coisa está fora do lugar. Há uma marca no travesseiro dela de quando deitei minha cabeça, vincos na colcha da cama. Afofo o travesseiro e passo a mão sobre a colcha.

Quando tenho certeza de que tudo está no lugar, saio do quarto deles, e corro pelo corredor até as escadas, tentando manter minha pisada leve. Quando coloco a mão no corrimão, percebo que ainda estou vestindo o roupão da Violet. Minha garganta se contrai. Eu me viro e corro pelo corredor de volta ao quarto deles enquanto tiro o roupão. Abro a porta do *closet* e tento pendurar o roupão de volta no lugar onde o encontrei, mas ele não quer ficar pendurado.

Não tenho tempo a perder, então o deixo no chão e saio correndo pelo corredor, descendo as escadas dois degraus de cada vez.

Estou no último degrau quando a porta da frente se abre e Violet aparece. Respiro fundo, tentando controlar minha respiração.

— Oi — digo, forçando um sorriso no rosto.

— Oh, oi — ela responde olhando para mim. — Está tudo bem?

Desço o último degrau, confirmando com a cabeça, depois me abaixo para calçar os tênis novamente.

— Achei que tinha ouvido a Harper e resolvi subir para checar. Mas ela está quietinha. Deve ter sido um barulho da rua.

— Obrigada por checar — Violet diz, sorrindo. — E por ficar aqui. Ajudou demais.

— Sem problemas — dou de ombros, tentando parecer despreocupada.

— Vou pegar uma água com gás. Estou morrendo de sede. Quer uma? — ela pergunta.

— Poderíamos assistir a um filme. Harper deve dormir até as 15h, no mínimo.

Nego com a cabeça.

— Na verdade, esqueci que minha mãe tem uma consulta hoje à tarde. Você se importaria se eu saísse mais cedo? — Meu coração ainda está acelerado.

— Claro que não — ela responde.

Violet me acompanha até a porta e acena da entrada. Eu me forço a acenar e a sorrir de volta, lutando contra a vontade de sair correndo pela calçada.

Mantenho minha passada neutra, para o caso de Violet ainda estar olhando; e, quando chego no final do quarteirão, minha respiração já voltou ao normal. *Não é nada de mais*, digo para mim mesma. *E daí que dei uma espiada no andar de cima e no* closet *dela. Qual é o problema? Somos amigas.* Libero um pouco da tensão que estava carregando quando solto o ar e permito que meus ombros relaxem. *Não é nada de mais*, repito.

Mas não consigo parar de pensar sobre o telefone no *closet* dela, no que ela pode estar escondendo. *Quem* ela pode estar escondendo.

E sobre a caixa de tintura para cabelo em cima da bancada.

No caminho para casa, faço uma pequena parada na Duane Reade, aquela na esquina com o sinal de aberta 24 horas na fachada.

No caixa, o adolescente entediado de olhar vidrado mal olha para cima quando deposito a caixa de tintura — castanho-avermelhado escuro — na frente dele, junto com um tubo de pomada para espinha, um corretivo e uma paleta de *blush*. Minhas compras não significam nada para ele e tudo para mim. É um risco, mas é diferente desta vez, sei que é.

No caminho para casa, me pergunto como ficarei morena. Digo para mim mesma que ainda não decidi se vou pintar o cabelo ou não, mas não é verdade. Sei que vou.

A forma mais sincera de elogio é a imitação, certo?

17

Naquela noite, depois do jantar, minha mãe adormece com o prato no colo, roncando baixo. Seu peito sobe e desce em exalações lentas e constantes. Com cuidado para não acordá-la, pego o prato e o deposito dentro da pia sem fazer barulho.

Não quero que ela saiba o que vou fazer. Ela me lançaria um olhar de decepção e balançaria a cabeça. Não acreditaria em mim quando lhe dissesse que dessa vez é diferente. Não parece diferente, mas é. Não é como da última vez, com a caixa de tintura vermelha; uma tintura tão vermelha que manchou nossas toalhas. Meu relacionamento com Violet é diferente. Diferente, diferente, diferente. Mesmo depois de descobrir o celular pré-pago, sinto que a conheço melhor do que já conheci alguém em muito tempo. Ela me diria para fazer; sei que diria.

No banheiro, levanto a caixa na altura da minha cabeça, como fiz na casa de Violet. Parece melhor agora do que nesta tarde, pelo menos três ou quatro tons mais escuros do que a minha cor atual. Hesito, mas só por um momento. Então abro a caixa.

Trinta minutos depois, entro debaixo do chuveiro para tirar a tintura do cabelo. Escorre pelo meu rosto, pelo ralo, preto como tinta de caneta. Meu coração bate empolgado. Consegui. Vapor sobe ao meu redor enquanto imagino qual será minha aparência quando sair do banho. Quando a água ao meu pé clareia, desligo a torneira e coloco uma toalha na cabeça igual a um turbante.

Rapidamente, visto o pijama e volto ao banheiro para descobrir como ficou a cor. A descoberta é consideravelmente desanimadora. Meu cabelo cai em tufos molhados fibrosos. Ficou tão escuro que está quase preto, especialmente escuro em contraste com a minha pele pálida, nada parecido com o tom castanho quente, suave e rico de Violet. Está mais para Vandinha Addams, o que claramente não é o que eu queria.

Meu cabelo está longo demais, decido. Ficaria melhor se estivesse mais curto, como o de Violet. E preciso de uma franja.

Animada, abro a gaveta e pego uma tesoura; então, penteio o cabelo até que a parte da frete cubra meus olhos. Minha mão está firme enquanto corto. A tesoura desliza com facilidade, cortando silenciosamente. O cabelo cai na pia.

Em seguida, divido o cabelo em duas tranças laterais. Prendendo a respiração, corto três dedos da primeira. Depois da segunda. Meu cabelo cai em duas grandes pilhas na pia. Tiro o elástico e faço uma careta. O lado direito está quase um dedo mais curto que o esquerdo. Corto um pouco, depois um pouco mais.

Enfim, abaixo a tesoura. Eu me encaro no espelho. Quero chorar. O comprimento, como você pode imaginar, *não* era o problema. A franja está irregular, longa demais, mas estou com medo de cortar mais e piorar tudo.

Deveria secar o cabelo com o secador, mas não seco. Pintar demorou mais tempo do que imaginei, então, em vez disso, penteio o cabelo com uma escova e o amarro em um rabo de cavalo baixo. De repente, estou exausta. Talvez fique melhor de manhã, depois de secar. Ou não.

Derrotada, deito na cama e apago a luz.

Assim que acordo, vou até o espelho. Faço uma careta quando me vejo.

Meu cabelo está arrepiado e emaranhado de dormir. Agora que secou, ficou ainda mais óbvio que fiz um péssimo trabalho aplicando a tinta; minha raiz está muito mais clara do que as pontas, algumas partes mais escuras do que as outras. Ficou um tom ou dois mais escuro do que o ideal para o meu tom de pele. Pareço pálida igual a um fantasma; meus olhos com círculos roxos ao redor por ter dormido tarde, igual a um guaxinim cansado. Como a garota de *O Chamado*.

Suspirando, penteio e prendo o cabelo em um rabo de cavalo alto. A franja cai sem movimento nos meus olhos. Realmente atraente. Encontro uma faixa de cabelo larga no fundo de uma gaveta e a coloco, tirando os fios do rosto. Com a franja fora do caminho, coloco um pouco de maquiagem, uso o pincel para sobrancelha que Violet me deu, o corretivo e o *blush* que comprei na Duane Reade. Quando termino, pareço um pouco melhor, mas não *bonita*. *Afe*.

Entro na sala de estar e me detenho. Minha mãe está na cozinha, colocando café no filtro para coar. Meu estômago revira. Não estou pronta para que ela veja meu cabelo, veja o que fiz. Considero voltar correndo para meu quarto e esperar até que minha mãe retorne para o dela, mas, antes que possa fazer qualquer coisa, ela olha para cima.

Seu olhar vai direto para o meu cabelo e depois encontra o meu. Ela sai da cozinha e atravessa a sala de estar até onde estou em pé. Suspira, sua boca cerrada em uma linha fina.

— Sloanie — ela diz, balançando a cabeça. Ela já viu fotos de Violet; sabe o que é isso.

Mordo o lábio, pressionando o tecido sensível entre os dentes. O cômodo de repente parece abafado, o ar pesado.

— É diferente — digo olhando para o chão.

E era mesmo. A última vez que pintei o cabelo arruinou tudo.

Eu não cometeria o mesmo erro de novo. Não suportaria se Violet olhasse para mim do jeito que Allison olhou, com a boca aberta, os olhos arregalados, horrorizada com o que via diante dela. Horrorizada comigo.

Nunca esquecerei a expressão no rosto de Allison. Posso vê-la tão claramente, mesmo agora, como se tivesse acontecido ontem. Eu estava em seu apartamento, sentada com as pernas cruzadas no chão do *closet* da suíte, as costas apoiadas na porta. O lugar cheirava a amaciante; um cheiro de frescor e conforto que fazia com que você se sentisse em casa. Na verdade, tinha me sentido tão em casa, tão levada pelo momento, que não ouvi Allison chegar. Mas, quando me virei, ela estava na porta, as mãos no batente como se precisasse de apoio.

— O que diabos você está fazendo? — ela perguntou quase com espanto. Sua voz estranha, distorcida pela confusão.

Eu não tinha uma boa resposta. Continuei sentada ali usando seu vestido, seus sapatos, seus brincos, meu cabelo recém-pintado reluzindo.

— Seu cabelo... — Por um momento, ela não disse mais nada. Em seguida: — Estas roupas são minhas.

— Eu só... — comecei, mas o que poderia dizer? Eu só *o quê*? — Você voltou cedo — disse enfim. Minha voz estava fraca, suplicante. Podia ver que ela estava brava, mesmo que eu não tivesse feito por mal.

Eu a adorava. Eu a admirava. E queria ser igual a ela. Por que ela não conseguia entender que era um elogio e nada mais?

Seus olhos me deixaram e foram para o restante do *closet*. Todas as gavetas estavam abertas. Eu estava procurando um lenço, algo para completar o modelito; mas, quando comecei a procurar, não consegui parar, ficando de joelhos enquanto revirava os conteúdos das gavetas, procurando sei lá o quê. Uma das gavetas, descobri, tinha um fundo falso com fotografias antigas. Cobriam vários anos, algumas eram da faculdade, o rosto de Allison jovem e alegre, seus braços ao redor de amigos, rindo; algumas eram dela e do marido logo que começaram a namorar; fotos da lua de mel; dele e dela ambos nus; fotos dela de *lingerie*. Agora, essas fotos me rodeiam, espalhadas como confete. Seus olhos pairam sobre uma foto dela na cama, vestindo apenas uma calcinha preta. Sinto meu estômago revirar.

Ela só deveria voltar para casa na segunda-feira. Todos eles deveriam. Estavam passando o fim de semana prolongado com os pais dela em Boston. A família inteira iria para o jogo do Red Sox naquela noite. Eu estava lá quando ela comprou os ingressos. *Será que deveríamos nos sentar aqui ou ali?*, ela tinha perguntado, apontando para os lugares na tela do computador.

Seu olhar retorna para mim. As bochechas sem cor.

Achei que desmaiaria. Estava tão envolvida que não tinha nem ouvido a porta da frente se abrir. Já contei essa parte?

Tinha vindo checar o gato da família, Nibbles. Só estava lá para colocar comida para ele e garantir que a vasilha de água estivesse cheia. Allison me ofereceu 100 dólares extras, além do pagamento da semana seguinte, se eu fizesse isso; mas eu disse que não precisava. Eu não tinha planos e ficaria feliz de ajudar uma amiga. Não se esqueça disto: eu achava que éramos *amigas*.

Meu plano era sair assim que alimentasse Nibbles. Só precisava usar o banheiro primeiro. Normalmente, eu usava o que ficava no corredor, mas naquele dia me vi entrando no quarto da Allison.

Fiquei em pé em frente à pia dela quando terminei, lavando as mãos, me encarando no grande espelho oval. Parecia quase outra pessoa, meu cabelo vermelho intenso reluzindo sob as luzes do banheiro.

Tinha pintado no dia anterior. Não foi algo planejado. Nada tinha sido planejado. Sei que parece que estou tentando fugir da responsabilidade, mas é a verdade. Tínhamos sido dispensadas mais cedo da escola; era sexta-feira antes do feriado — Dia do Trabalho, eu acho, por isso

Allison e a família estavam viajando — então, decidi parar em uma farmácia para comprar algumas coisas: xampu, cotonetes, uma pinça nova para substituir a que eu tinha perdido.

No caminho para o caixa, uma caixa de tintura para cabelo chamou minha atenção: uma mulher de cabelos vermelhos na parte da frente da embalagem. Não era a primeira vez que eu considerava como ficaria ruiva; olhando para Allison, era difícil não imaginar como seria se tivesse o cabelo como o dela, se me parecesse com ela.

Casualmente, quase sem pensar, coloquei a caixa na minha cesta de compras. Não era exatamente o mesmo tom da Allison, mas era próximo. Uma hora depois, estava envolvendo o meu cabelo recém-tingido e úmido em uma toalha.

Quando me vi, fiquei satisfeita. É claro que a cor não ficava tão bem em mim quanto nela, mas ficou bom. E olha como eu fui idiota: imaginei que Allison acharia graça. *As pessoas vão pensar que somos irmãs!*, eu a imaginei dizendo, sorrindo para mim. Vou repetir: como fui idiota.

Então, em pé no banheiro de Allison, vi um rímel sobre a pia e pensei, *como será que eu ficaria com um pouco de maquiagem?* E abri o rímel. Uma coisa levou a outra. Passei o perfume dela nos pulsos, penteei meu cabelo com a escova dela, coloquei um par de argolas nas orelhas. Antes que me desse conta, estava tirando meus *jeans* e colocando um dos vestidos dela.

Foi divertido, fingir por um momento que era ela; sentir como era usar as roupas dela, seus sapatos, suas joias. Não fiz por mal, de verdade.

Queria dizer isso a ela, que estava ali em pé no batente me encarando, mas não consegui abrir a boca. Não com o modo que ela estava me olhando. E então ela disse:

— Saia. Saia daqui agora — sua voz estava engasgada.

Eu me levantei sem jeito do chão, tremendo, meus movimentos desajeitados. Quando me encaminhei em direção à porta, ainda com o vestido dela, seus sapatos de salto alto, pisei em um pedaço de tecido que prendeu o meu pé. Fui para a frente. Meus braços se abriram, quando perdi o equilíbrio, tentando alcançar alguma coisa, qualquer coisa, para me estabilizar. Foi por acaso que peguei o suporte de joias de mármore em cima da penteadeira. Dei outro passo, antes de recuperar meu equilíbrio, cambaleando sobre o salto agulha, os braços estendidos na direção dela.

Tanto ela quanto eu olhamos para o objeto pesado em minhas mãos. Quando ela olhou de volta para mim, havia medo em seus olhos. Minha boca se abriu. Balancei a cabeça. Não, eu não seria capaz. Mas, então, por um breve milissegundo: se eu fizesse isso, ela não seria capaz de contar para ninguém sobre o que aconteceu, sobre o que ela achava que eu estava fazendo em seu *closet*.

Não, eu não seria capaz. Abri a mão e o objeto caiu no chão, um baque surdo contra o tapete macio. Então, saí correndo, nossos ombros se encostando na hora que saí do *closet*. Pensei se ela teria sentido o cheiro de seu perfume em mim e achei que vomitaria.

Fui direto para o meu quarto quando cheguei em casa. Tranquei a porta — algo que quase nunca fazia — e não respondi quando minha mãe bateu na porta. Quando finalmente a abri, mais tarde naquela noite, minha mãe colocou os braços ao meu redor e me abraçou apertado. Contei tudo a ela.

Na manhã seguinte as coisas pareciam melhores, mais promissoras. Foi um mal-entendido, minha mãe e eu repetimos uma para a outra durante o café da manhã. Ela esticou o braço sobre a pequena mesa da cozinha e deu um tapinha na minha mão. Apenas um mal-entendido. Só que não foi, não exatamente.

Quando voltei ao trabalho, depois do fim de semana prolongado, a diretora da escola estava esperando por mim do lado de fora da minha sala de aula. Seu rosto geralmente alegre estava sombrio. Ela olhou para meu cabelo tingido e depois desviou o olhar como se tivesse visto algo que não gostaria de ter visto. Nervosa, fiz uma piada sem graça, algo idiota sobre qual era a chance de nos encontrarmos daquela forma, mas ela não sorriu. Tinha encontrado alguém para me substituir, disse, e perguntou se eu poderia acompanhá-la. Caminhamos pelo corredor, lado a lado. Nenhuma de nós disse uma palavra.

Quando nos sentamos, tentei explicar, mas ela levantou a mão, balançando a cabeça. Ela falou, mas eu praticamente não ouvi. Ela ficou falando sem parar e eu prestava atenção de vez em quando. Ela não tinha outra escolha, disse, em um determinado momento; depois, algo sobre comportamento inaceitável. Em seguida, *em vigor a partir de agora.* Levantei o olhar do lugar que estava encarando em sua mesa. Seus olhos não encontraram os meus. Eu teria a oportunidade de me despedir da minha turma e então seria escoltada até a saída.

Dessa vez, quando caminhamos pelo corredor, andei atrás dela, em vez de lado a lado, envergonhada, tentando não chorar. Tinha trabalhado ali por seis anos. Seis anos e um mal-entendido acabou com tudo.

Quando deixei a escola, empurrando aquelas portas duplas pesadas, pensei que tinha acabado, que aquela tinha sido a pior parte. Eu conseguiria outro emprego, disse a mim mesma. Em uma escola diferente, em outro bairro. Estava errada, é claro. No dia seguinte, dois policiais bateram na porta do nosso apartamento e me acusaram de perseguição e ameaça em terceiro grau.

Na delegacia, eles me disseram que eu poderia ligar para o advogado de minha escolha ou a corte me designaria um. Acabei escolhendo a última opção, uma vez que não conseguiria pagar outra pessoa, principalmente não agora que não tinha mais um emprego. A primeira vez que encontrei com meu advogado, foi em um prédio de escritórios decadente no centro. Ele era jovem e seu terno não estava ajustado — grande demais nos ombros, a barra da calça arrastando no chão —, uma bolsa carteiro explodindo papel, pendurada em um dos ombros. Achei que ele poderia me ajudar. Achei que ele quisesse me ajudar.

— Eu não invadi — insisti, antes que ele tivesse a chance de abrir a boca —, ela me deu a chave. Fui lá para colocar comida para o gato dela. Éramos amigas. Eu nunca a machucaria.

E eu não estava mentindo para ele. Nós éramos amigas. Às vezes, se as crianças estivessem dormindo quando ela chegava em casa, abria uma garrafa de vinho e servia uma taça para ela na bancada da cozinha e chá para mim, então conversávamos sobre o dia dela, sobre o meu, nossas famílias, histórias da nossa infância, algumas verdadeiras, outras não. Então, quando ficava tarde, ela me acompanhava até a porta me dava um breve abraço e dizia que me veria no dia seguinte. Éramos *amigas*.

Meu advogado me ouviu demonstrando cansaço, concordando com a cabeça enquanto eu explicava, mas não acho que ele estava me ouvindo mesmo. Seus olhos estavam vazios, um letreiro em neon aceso pela metade, piscando de vez em quando. Ele tinha trabalho demais, tenho certeza, estava mergulhado em casos como o meu, exausto e mal pago. Quando acabei de falar, ele respirou fundo e me disse que tinha negociado um acordo com o advogado de Allison, e que eu deveria aceitar. Eles concordavam em retirar a queixa de ameaça se eu me declarasse culpada de perseguição em quarto grau, uma contravenção. Sem tempo de prisão, mas seria imposta uma medida protetiva, é claro, disse ele. É claro. "É claro" acrescentado à sentença como se fosse a única coisa que fazia sentido.

— Uma medida protetiva? — repeti, a voz rouca, chorosa.

Ele confirmou com a cabeça.

— A medida proibiria todo tipo de contato entre você e a sra. McIntyre.

Pedi para usar o banheiro e andei até o final do corredor de linóleo cheio de manchas, meus sapatos rangendo, então vomitei no vaso sanitário. O barulho ecoando pelas paredes.

Assim que me sentei novamente, ele repetiu que eu deveria aceitar o acordo. Empregadores não podem fazer perguntas sobre ficha criminal durante o processo de contratação, ele disse. Era o melhor cenário possível. Se isso fosse a julgamento, eu poderia ser acusada criminalmente.

— Aceite o acordo — ele disse pela terceira vez.

Eu olhei para ele, a boca aberta igual a um maldito peixe idiota. Será que ele já tinha esquecido qual era a minha profissão? Eu era professora.

Qualquer escola respeitável checaria os meus antecedentes. Uma contravenção apareceria. Tudo aparece. E ninguém contrataria uma professora com uma acusação de perseguição, contra uma mãe ainda por cima. Se eu aceitasse o acordo, seria como amarrar uma corda no meu próprio pescoço; ou, no mínimo, permitir que ele a amarrasse por mim.

Mas, no fim, foi o que acabei fazendo. O que mais poderia ter feito? E foi por isso que fiquei tanto tempo sem trabalhar; que acabei me tornando manicure em vez de estar comandando uma sala de aula. Por causa de uma caixa de tintura para cabelo. Mais ou menos.

Por isso, sei por que minha mãe está olhando para mim do jeito que está. Também estaria me olhando desse jeito se não tivesse aprendido a lição. Mas minha amizade com Violet é diferente.

— É diferente — repito. Há um tom de súplica em minha voz.

Minha mãe não diz mais nada. Gentilmente, coloca a mão na minha bochecha; então, concorda e volta para a cozinha.

Meus ombros se encurvam. Queria poder fazê-la entender. Queria poder colocar em palavras quanto me sentia sozinha antes de conhecer Violet. Allison e seus filhos eram como se fossem minha família. Mockingbird era a minha casa. Sem eles, parecia que eu estava me afogando.

Estava enfim retornando à superfície quando conheci Violet. Ali estava ela, como uma boia salva-vidas flutuando na superfície. Eu a agarrei e respirei fundo, meus pulmões cheios pela primeira vez em meses.

Mas a melhor parte com relação a Violet é que ela precisa de mim tanto quanto eu preciso dela. Ela mesma me disse isso. Várias vezes. Talvez eu tenha interpretado errado as coisas com a Allison, talvez tenha confundido gentileza com amizade, mas não estou errada desta vez. Sei que não estou.

Eu me endireito e sorrio para mim mesma. Desta vez é diferente.

18

Às 12h45, estou em pé diante da porta dos Lockhart. A certeza que sentia esta manhã de que Violet ficaria lisonjeada pela nova cor do meu cabelo está se esvaindo rapidamente. E se ela odiar? Coloco a mão na fechadura — Violet me disse que parasse de bater semanas atrás —, depois as removo rapidamente.

Balanço nervosa, transferindo o peso de um pé para o outro. O tecido debaixo das minhas axilas está encharcado. Minha lombar está escorregadia. O calor do verão dificultando minha respiração.

Mesmo que Violet não seja a Allison — fiquei me relembrando disso de novo e de novo enquanto vinha para cá —, agora que estou aqui, em frente à porta dela, quando penso nela me vendo assim, meu estômago revira. Mas o que posso fazer? Ir embora? Ligar para ela e dizer que estou doente? Mesmo que fizesse isso, é impossível voltar para minha cor original sem descolorir o cabelo primeiro e isso parece uma decisão ainda mais idiota do que a que tomei ontem à noite. Acredito que isso se chame fazer a cama e deitar nela. Só gostaria que tivessem me avisado de que o colchão seria tão desconfortável.

Dane-se, penso. *Tenho que acabar logo com essa tortura.* Abro a porta e entro, o ar deliciosamente fresco.

Violet está descendo as escadas quando entro.

— Oh! — ela exclama quando me vê. Ela para no primeiro degrau, me encarando. Um lampejo de — algo — passa pelo rosto dela, e eu não consigo interpretar. Não é bem de surpresa, mas suas sobrancelhas se arqueiam, a boca levemente aberta. Então, ela sorri, um sorriso largo.

— Precisava de uma mudança — digo, retribuindo o sorriso, hesitante; repetindo o que disse para mim mesma ontem à noite enquanto colocava as luvas, misturando a tinta com a emulsão reveladora.

— Ficou bom! — Ela termina de descer as escadas e me leva até a sala de estar. — Quem diria que você ficaria tão bem morena!

Uma enorme onda de alívio me invade. Ela não está brava. Quase choro.

Sento no sofá e cruzo as pernas embaixo de mim.

— Algumas partes ficaram mais escuras do que outras. Sou péssima pintando meu cabelo — admito. — Nunca fica bom. Mas a cor do seu cabelo é tão bonita, e eu pensei... — paro de falar, sem jeito. — Não ficou tão bem em mim como fica em você — digo afinal.

— Não, acho que ficou legal — Violet diz. — Combina com você, de verdade. Solte o cabelo, deixe eu ver.

Hesito. Pintar meu cabelo da mesma cor do dela é uma coisa; cortar igual é outra.

— Vamos — ela insiste.

Seja o que Deus quiser. Solto o cabelo, desfazendo o rabo de cavalo, depois tiro a faixa, a franja caindo nos meus olhos.

Violet me estuda com atenção, a mão na boca, as sobrancelhas franzidas. Ela estende a mão, e seus dedos tocam minha testa enquanto ela tenta ajeitar a franja.

— Está um pouco desigual — digo, segurando uma das mechas cortadas.

— Ficou... bom — ela diz, pouco convincente. Ela pressiona um lábio no outro. Eu levanto uma sobrancelha, cética.

Então, Violet começa a rir. Não de um jeito maldoso, e sim bem-humorado. Começo a rir também. Em seguida, estamos as duas sem ar de tanto rir, lágrimas escorrendo pelos nossos rostos.

— Ai, meu Deus, eu não consigo respirar — ela diz, segurando a barriga.

— Ficou um desastre — digo, quando, enfim, paramos de rir, enxugando minhas bochechas com a blusa. — Tipo, código vermelho. Ou código preto. Qualquer que seja o que significa bomba.

— Ficou mesmo — Violet concorda, ainda rindo.

— Deixa eu ligar para o meu cabelereiro — diz. — Ele é o melhor. Vou ver se ele consegue um encaixe para consertar para você.

— Agora? Cadê a Harper? — Olho ao meu redor, acabando de me dar conta de que ela não está aqui.

Violet confirma com a cabeça.

— Eu ia enviar uma mensagem para você; ela foi brincar na casa de uma amiguinha hoje à tarde. Só voltará daqui a algumas horas. Vai ser divertido! Preciso de uma pausa. — Ela aponta para a cozinha. Livros e anotações estão espalhados pela bancada, o computador aberto. — O que acha? Devo ligar para ele?

Sorrio, concordando feliz. Eu estava certa. Ela não ficou zangada.

Uma hora depois, estou sentada em uma cadeira de salão, com uma capa de corte de *nylon* nos ombros, enquanto Nolan, o cabeleireiro de Violet, passa os dedos pelos meus cabelos.

— Então — ele diz, falando comigo pelo espelho. Ele é alto, esguio, com um belo rosto; a pele morena iluminada e reluzente, as maçãs do rosto esculpidas. Seus dedos ficam presos em um nó. — O que vamos fazer hoje?

— Corte igual ao meu — Violet sugere. — Na altura dos ombros, franja. Acho que vai ficar bom nela. Temos o formato do rosto parecido, não acha? E corrija um pouco a cor. Assim. — Ela coloca a cabeça perto do meu rosto e segura uma das mechas de seu cabelo perto do meu.

— Você se lembra o tom que misturou para mim semana passada?

Nolan confirma com a cabeça.

— Com os subtons quentes. Vai ficar ótimo nela.

Violet abre um sorriso radiante, aplaudindo em silêncio. Gosto de como estão falando sobre mim como que se eu não estivesse aqui, como as mãos de Nolan estão distraídas mexendo no meu cabelo enquanto escuta Violet.

Sigo Nolan até um dos lavatórios, onde ele inclina minha cadeira para trás e me instrui a fechar os olhos. Uma leve névoa de água faz cócegas em meu rosto enquanto ele molha meu cabelo com o chuveirinho. Seus dedos massageiam meu couro cabeludo ao mesmo tempo que ele faz uma espuma com o xampu, enxágua e depois passa o condicionador. Quando termina, ele enrola meu cabelo em uma toalha e aponta para sua estação de trabalho.

Violet traz algumas revistas e conversamos enquanto ele trabalha, usando um pincel para passar a tinta no meu cabelo, seção por seção. Espero o produto agir, depois o sigo de volta para o lavatório, onde ele enxágua meu cabelo para retirar o produto. Quando voltamos para sua estação de trabalho, ele me vira de costas para o espelho.

— Sem espiar — ele me diz —, até eu terminar. — Ele fica sério trabalhando, as sobrancelhas franzidas enquanto a tesoura abre e fecha, as mechas de cabelo caindo no chão.

Ao meu lado, Violet sorri.

— Já está muito bom — ela cantarola e eu retribuo o sorriso.

Quando Nolan finalmente vira a cadeira e eu me vejo no espelho, coloco a mão na boca e me inclino na direção do meu reflexo. Eu sumi. Pelo menos a minha versão que entrou aqui duas horas atrás. Adeus, Sloanie, Sloanie, a grande falsiane. Ele corrigiu a cor para um marrom-escuro rico, quase dourado sob a luz do salão. Está tão brilhoso quanto o cabelo sedoso e macio de Violet. Viro a cabeça para a esquerda, depois para a direita. Está mais curto, um dedo, bem na altura dos ombros, com uma franja igual a dela emoldurando meu rosto.

— Você gostou? — Nolan pergunta. Ele passa os dedos de uma das mãos pelos meus cabelos, sacudindo as ondas. — Você está maravilhosa.

Concordo, sem palavras. Com cuidado, levanto a mão para tocar meu cabelo. Os fios estão macios ao toque, igual seda.

Violet se abaixa perto de mim, para que seu rosto fique ao lado do meu.

— Parecemos gêmeas! — ela diz empolgada.

Ela está certa, estamos parecidas de verdade, agora que nosso cabelo tem a mesma cor, o mesmo comprimento, com a mesma franja caindo em nossos olhos. Prazer borbulha em meu estômago. Eu não fazia ideia de que poderia ficar assim. Igual a ela.

Com o cabelo mais curto, meus olhos parecem maiores, as maçãs do rosto mais levantadas. De alguma maneira, minha pele parece melhor também. Usei a pomada para acne ontem à noite, espalhando uma fina camada sobre o rosto antes de dormir; a linha de espinhas no meu queixo já diminuiu. Não consigo parar de me olhar. Ou de sorrir. Penso no que Jay vai pensar quando me vir.

Nolan nos acompanha até a entrada do salão. Ele se despede de nós duas com um abraço.

— Muito obrigada — fico repetindo para ele, que aperta minha mão antes de partir, sorrindo.

A recepcionista, jovem e de rosto inocente, sorri e pergunta como foi a experiência.

— Ótima — respondo. — Ótima de verdade. — Abro a bolsa procurando por minha carteira e me preparo para ouvir o valor.

— Não, não — Violet diz, empurrando a minha mão. — É por minha conta.

Olho para ela, surpresa.

— O quê? Não, você não precisa fazer isso.

— Eu sei. Eu quero fazer. Fui eu que sugeri, então vou pagar.

Enquanto ela tira o cartão de crédito da carteira e o entrega para a recepcionista, algo sai junto com ele e cai no chão. É um cartão de visita. Violet parece não notar; então, eu me abaixo para pegar. Quando vejo do que se trata, perco o fôlego. De repente, fico com dificuldade para engolir.

É um...? Sim, é sim. Perco a sensibilidade nos dedos. É um cartão do Rose & Honey. Por que ele estava na carteira de Violet? Será que ela já foi lá? Só de pensar nisso sinto palpitações e fico com vontade de vomitar. Ela não me viu lá — *ou será que viu?*

Quando levanto o olhar, ainda agachada, tanto Violet quanto a recepcionista estão olhando para mim.

— Você está bem? — Violet pergunta, sua testa está franzida de preocupação.

Minha cabeça balança para cima e para baixo devagar.

— Sim, desculpe. Aqui. — Fico em pé e entrego o cartão para ela. — Isso caiu da sua carteira. As palavras ficam presas na minha garganta igual moscas em uma armadilha: as patas presas na cola do papel. Minha voz soa igual à de um sapo, grossa.

— Oh, obrigada — Violet diz, pegando o cartão. Ela olha para ele e depois o guarda de novo na carteira.

— Já foi lá? — Eu me ouço perguntar naquela mesma voz coagulada.

— Aonde? — Suas sobrancelhas franzem.

— Naquele *spa*. Do cartão... — Não consigo dizer o nome.

— Ah, não — ela responde, negando com a cabeça. — Ainda não. Você já foi? Uma das mães da escola da Harper me recomendou. — Sua feição está aberta, inocente.

Ela não foi lá. Solto o ar. Ela não foi lá. Mas alguém da Mockingbird já foi. Talvez a mesma pessoa que recomendou para Allison. Talvez tenha sido por isso que ela marcou um atendimento. Mas quem seria? Eu teria reconhecido qualquer uma das mães se elas tivessem ido lá, principalmente se tivessem ido vezes o suficiente para recomendá-lo.

— Tem certeza de que está bem? — Violet pergunta. — Você parece um pouco verde.

— Sim, estou bem. — Balanço a cabeça. — Talvez tenha sido o vapor da tintura para cabelo. Sinto como se estivesse um pouco chapada — digo tentando não soar como se estivesse à beira de um ataque de nervos. — Faz muito tempo desde a última vez que fiquei chapada às três da tarde. Desde a faculdade. — Forço uma risadinha.

Violet ri também, depois enlaça o braço no meu.

— Então vamos sair daqui. Talvez devêssemos fazer compras! Que tal uma roupa nova para combinar com seu novo cabelo? — Ela começa a me puxar para a porta.

Retribuo o sorriso. Eu quero ir, de verdade, mas ver aquele cartão me deixou preocupada, o chão tremendo sob meus pés. Quero me apoiar em algum lugar, para me recompor. É idiota isso que estou fazendo. Esqueci quanto essa vizinhança é pequena, quanto é comum cruzar com as pessoas que você conhece. Eu costumava encontrar com os pais dos meus alunos nos finais de semana, no supermercado, nos restaurantes, nas calçadas. Alguém poderia nos ver juntas, alguém da Mockingbird. Eu não tinha pensado sobre essa possibilidade até agora. Se isso acontecesse, meu disfarce iria por água abaixo. Esta vida que construí desmoronaria. Preciso ser mais cuidadosa. Deveria ir para casa.

— Violet, eu... — começo a dizer, mas paro ao ver o nosso reflexo em um espelho na parede do salão.

A semelhança é impressionante. Estamos muito parecidas. Como se fôssemos gêmeas, igual Violet disse. Nossos colares de raios solares refletem a luz, brilhando. Talvez, penso, a ideia de sermos irmãs não seja tão absurda assim. Coisas mais estranhas já aconteceram. Na semana passada, li um artigo sobre trigêmeos, separados no nascimento, que foram parar na mesma faculdade.

— Quer saber? — Violet diz. — Tive uma ideia ainda melhor. Em vez disso, vamos voltar para minha casa. Tenho algumas coisas que acho que vão ficar ótimas em você. Não vou aceitar um "não" como resposta.

Olho do espelho para Violet, seu rosto aberto e ávido, tão familiar quanto o meu próprio. Retribuo o sorriso. Se alguém da Mockingbird me vir, não saberá quem sou.

— OK — respondo. — Vamos.

Sloanie, Sloanie, a grande falsiane não existe mais.

VIOLET

19

A expressão no rosto de Sloane quando vê o cartão de visita do Rose & Honey é impagável. Achei que ela desmaiaria. Mordo a parte interna do lábio para conter um sorriso malicioso. Imaginei que seria a cereja do bolo: fingir deixar o cartão cair daquele jeito, flutuando até o chão, como se tivesse passado despercebido. Eu ignorei de propósito e esperei que ela se abaixasse para pegá-lo.

Ela está pálida, parece enjoada, quando me devolve o cartão. Seu rosto está da cor do licor Chartreuse, um verde doentio.

— Você está bem? — pergunto, na esperança de soar preocupada. E estou, de verdade; parece que ela vai vomitar no chão.

Sloane confirma de um jeito pouco convincente, a cabeça balançando. Não é difícil ler sua expressão. Ela está se perguntando se eu já estive no local onde ela costumava trabalhar — e a resposta é sim, estive.

— Estou bem — ela diz. — Talvez tenha sido o vapor da tintura para cabelo. Sinto como se estivesse um pouco chapada — ela solta uma risadinha, mais alta do que o normal. — Faz muito tempo desde a última vez que fiquei chapada às três da tarde. Desde a faculdade.

Dou risada como se ela tivesse feito uma piada bastante perspicaz.

— Então vamos sair daqui — digo animada. — Talvez devêssemos fazer compras! Que tal uma roupa nova para combinar com o seu novo cabelo? — Enlaço meu braço no dela e começo a puxá-la em direção à entrada.

Ela me dá um sorriso discreto. Está desconcertada. Bom. Mas não posso deixá-la ir embora. Ainda não. Sua transformação ainda não acabou. Quando eu terminar, ela ficará mais parecida comigo do que eu mesma.

— Violet, eu... — ela começa a recusar, mas para de falar ao ver nosso reflexo lado a lado no espelho da parede. Gêmeas geminianas, nossos rostos quase intercambiáveis. Nós duas sorrimos, satisfeitas. Por motivos diferentes, é óbvio.

— Quer saber — digo. — Tive uma ideia ainda melhor. Em vez disso, vamos voltar para a minha casa. Tenho algumas coisas que acho que vão ficar ótimas em você. Não vou aceitar um "não" como resposta.

E não aceito. Trinta minutos depois, estamos no meu quarto. Sloane está vestindo um *top* de crochê Carolina Herrera, se admirando no espelho de corpo inteiro, enquanto estou encostada no batente da porta. Com seu novo corte de cabelo é quase como se estivesse olhando para mim mesma. Fico com vontade de dançar, pular e bater os calcanhares um no outro. Olha só o que eu fiz, mãe!

— Não posso aceitar isso — Sloane diz, seus olhos não deixam o espelho.

— Bom, e se trocássemos? — ofereço. — O *top* pela sua camisa de flanela. — Aponto para a camisa amarrada na sua cintura, mesmo que esteja mais de 32ºC hoje. Deveria ter sido jogada no lixo anos atrás, está surrada e desbotada, puída nos punhos, mas ela a usa em todos os lugares; e eu a quero.

Sloane arqueia as sobrancelhas.

— Você quer *isso*? — pergunta incrédula, levantando uma das mangas da camisa. — Em troca de um *top* Carolina Herrera?

Dou risada. É uma troca absurda, se você não souber por que eu a quero.

— Tenho outras duas iguais a essa. Mas nenhuma de flanela. O que posso dizer? Gosto do seu estilo. Então, é um "sim"?

— Lógico. — Ela desamarra a camisa e me entrega.

Pego a camisa, surpresa com a facilidade de consegui-la, e aponto para meu *closet.*

— Você gostou de mais alguma coisa? Tenho muitas roupas. Demais mesmo. Estava planejando fazer uma limpeza, na verdade. — Sloane olha para mim, cética. — Vamos lá, que tal uma calça *jeans* nova? — digo brincando, apontando para os buracos nos joelhos da calça *jeans* dela.

— O que tem de errado com esta aqui? — Sloane brinca. — Um *jeans* de 2005 pode ser considerado vintage, não é? Achei que buracos estavam na moda.

— É... — respondo. — Buracos estão na moda, cavernas não. Além disso, a calça está um pouco grande em você. — Inclino a cabeça. — Você emagreceu? Está ótima. Apesar da calça.

Sloane fica vermelha, alheia ao fato de que deveria me agradecer por isso. Quando nos conhecemos, ela era mais pesada do que eu; não muito, cinco ou seis quilos, talvez. Para diminuir a diferença, passei a aumentar minhas porções, mas também a convidei para o máximo de caminhadas que pude, definindo o ritmo rapidamente, também pedi a ela que carregasse Harper nas costas pelo parque, e a apresentei ao yoga. Funcionou. Notei que a maioria de suas roupas estão mais largas, folgadas na cintura, nas pernas. Suas camisetas que já eram largas ficaram ainda mais largas; por isso, ainda não consegui saber ao certo quanto peso ela perdeu — até agora.

— Aqui. — Entro no *closet* e entrego uma calça *jeans* escura para ela. — Experimente esta. E esta... Eu me viro, pego uma blusa de gola alta Trina Turk do cabide, e enfio na mão dela.

Sloane passa a próxima hora entrando e saindo das minhas roupas. Bato palmas empolgada quando algo serve enquanto ela posa para mim em frente ao espelho. Há uma pilha crescente de camisas, vestidos e calças que insisti que agora são dela. Fico feliz em vê-las indo embora; são bonitas e caras, o que eu deveria querer vestir, e que me vestem bem, mas nada disso sou eu. Odeio tudo isso. Queria colocar fogo no *closet* inteiro, mas se não posso fazer isso, dar para Sloane é a segunda melhor opção.

Quando ela finalmente vai embora, está vestindo um modelito completamente novo: uma calça *jeans* de cintura alta ajustada e o *top* Carolina Herrera que experimentou primeiro. Também está carregando uma sacola de compras com roupas até a borda. Por insistência minha, as roupas que ela usava estão dobradas em uma pilha sobre a minha cômoda. Eu me ofereci para doá-las com uma sacola de coisas que não servem mais na Harper no fim da semana. Não era nada de mais, só uma camisa desbotada e uma calça *jeans* velha, surrada, mas ela hesitou quando as entregou. Depois soltou. Ambas sorrimos diante da relutância dela, depois da aceitação. O que ela não sabe é que, em vez de doá-las, colocarei as roupas em minha cômoda.

Observo enquanto ela desce pela calçada, sumindo de vista. De costas, você não diria que não sou eu. Quando ela está fora de vista. Fecho a porta e verifico a hora. Quatro e meia da tarde. Harper só chega às 18 horas. E Jay está viajando a trabalho e só volta amanhã. Melhor seria se ele nunca mais voltasse.

Atravesso a sala de estar, entro na cozinha e pego um banquinho para alcançar o armário sobre a geladeira, retirando com cuidado uma garrafa de Grey Goose de trás de alguns rolos de papel-toalha. Despejo o líquido sobre o gelo, os cubos se quebram à medida que o copo se enche; em seguida, acrescento o suco de um limão.

Levo o drinque para a sala de estar e me acomodo no sofá. A vodca está fria e suave. Sorrio. A coisa toda chega a ser quase engraçada, Sloane e eu mentindo uma para a outra. Ela não bebe? Ai, meu Deus, eu também não! O pai dela é da Filadélfia? Que coincidência, o meu também! É uma grande fã da Taylor Swift? Ah, fala sério, quem não é?

Esse tempo todo ela achou que tinha mentido para entrar nas nossas vidas, mas a verdade é que fui eu que menti para entrar na dela.

Eis o que aconteceu. Há um ano, quando estava levando a Harper para a Mockingbird uma manhã, ouvi um grupo de mães fofocando no pátio da escola. Ainda éramos novas na pré-escola, Harper e eu, ambas hesitantes na entrada: eu sorrindo sem graça para os outros pais, ela segurando a minha mão apertado quando nos aproximávamos do parquinho. A julgar pela nossa aparência nós pertencíamos àquele lugar: eu trajando um vestido midi Marni, e Harper, uma salopete Pepa London, ambos presentes de Jay — mas não pertencíamos, ainda não.

— Continuo sem conseguir acreditar — uma das mães dizia com veemência e bem alto. — Ela estava no meu apartamento. Vestindo as minhas roupas. — Uma mulher ruiva estava em pé em um pequeno círculo de mães com olhos arregalados, sua voz ecoando pelo local. Ela tinha feições delicadas e bem marcadas, pele de porcelana. Seus braços estavam ao seu redor, abraçando-a apertado.

Ela olhou para cima quando disse essa última parte, sobre ter visto alguém vestindo suas roupas e nossos olhares se encontraram. As outras mulheres se viraram também me olhando.

— Uma ex-professora — disse, falando mais alto, como que me convidando para participar da conversa.

Eu me aproximei do círculo. Depois falei para Harper, "vai brincar, querida". O círculo de mulheres se abriu.

— Eu me chamo Allison — a ruiva disse, levando a mão ao peito levemente. Uma por uma, as outras mães se apresentaram também, oferecendo apertos de mão delicados.

— Violet — disse, de novo e de novo, sorrindo educadamente para cada uma delas.

Elas estavam loucas para compartilhar a história com uma pessoa nova, todas elas, sobre como, alguns meses antes, uma das professoras da pré-escola tinha ficado obcecada por Allison; que, por sua vez, a encontrou uma noite dentro de seu *closet*, vestindo um de seus vestidos formais — um Jason Wu, dá para acreditar? — seu cabelo tingido no mesmo tom de vermelho que Allison. A mulher estremeceu recontando a história.

— Eu permiti que ela fosse babá dos meus *filhos* — disse balançando a cabeça.

Todas as mães estalaram a língua, murmurando sons ininteligíveis de consternação.

— Foi tão perturbador. Acho que ela queria *ser* eu — Alisson disse em voz baixa, quase sussurrando.

Eu me segurei para não rir do tom melodramático. Parecia um exagero. Isso me fez lembrar da época que fui babá dos meus vizinhos quando estava no Ensino Médio. Quando as crianças estavam dormindo, eu entrava no quarto dos pais e experimentava as maquiagens da mãe, suas joias caras, os brincos de diamante, os de esmeralda. Eu achava que era algo que todo mundo fazia quando estava sozinho na casa de alguém. Mas eu era uma adolescente de 14 anos, não uma professora de pré-escola. Por isso adotei uma expressão de repugnância e imitei os sons de preocupação das outras mães.

Não pensei na professora de novo até alguns meses depois; após meu mundo explodir, estilhaços voando, me deixando pulverizada e desesperada; quando estava deitada na cama às três horas da manhã, a luz da lua entrando pela janela do nosso quarto. Jay estava em seu escritório no fim do corredor. Pelas paredes, eu podia ouvi-lo roncar. Eu não conseguia dormir. Como poderia, com a fúria correndo em meu coração e ossos?

As palavras de Allison me vieram à mente. *Acho que ela queria ser eu*. Imaginei a professora como uma versão mais nova de Allison: pele branca, clara, perdida, o cabelo comprido tingido de um vermelho vibrante. Talvez tenha ficado entediada uma noite, decidido brincar de se fantasiar; o cabelo pode ter sido uma coincidência. Ou talvez a Allison estivesse certa. Talvez ela tivesse passado dos limites; a admiração se tornando algo mais. Algo sombrio. Isso me deu uma ideia; uma ideia obscura.

Peguei meu telefone e comecei a procurar por notícias arquivadas no *site* da Mockingbird. Encontrei rapidamente o que procurava: um artigo anunciando a nova professora de pré-escola que começaria no meio do ano. Na última linha: a professora Sloane Caraway não retornará. Procurei no Google por Sloane Caraway e encontrei a foto dela com facilidade. Ela não se parecia em nada com Allison: o cabelo castanho-claro, o rosto em formato de coração, um nariz grande, não muito diferente do meu. Ela não era exatamente bonita, mas também não era feia.

Fiquei encarando o rosto dela no telefone, o brilho da tela clareando o quarto. Ela parecia tão *comum*. Eu queria saber mais. Não demorou muito para que eu descobrisse que ela estava trabalhando em um *spa* em outro bairro, sua foto na seção *Sobre Nós* do *site* do *spa*. Em seguida, encontrei o Instagram e o TikTok dela. Quando finalmente adormeci, ainda estava rolando seu *feed* de fotos, o celular sobre meu peito quando acordei na manhã seguinte.

Depois que deixei Harper na escola, me vi indo na direção do *spa*. Diminui o passo quando me aproximei. Em vez de passar por ele, parei, olhando pela enorme janela da fachada. Depois da mesa da recepção, dava para ver uma fileira de cadeiras de manicure contra a parede do lado esquerdo. E lá estava ela, em carne osso, curvada sobre o pé de alguém, cuidadosamente aplicando esmalte em cada unha.

Em um determinado momento, ela olhou para cima, para a manicure ao lado dela, seu rosto completamente visível. Quase ri lembrando da alegação de Allison. Elas não eram nada parecidas. Mas — percebi com satisfação — mesmo que ela não se parecesse com a Allison, ela *era* um pouco parecida comigo. Um perfil semelhante, o mesmo tom de pele, embora a dela estivesse estrelada de espinhas. Meu cabelo era mais escuro que o dela. E ela era um pouco mais encorpada que eu, usava óculos; mas a semelhança existia. Minha ideia movida a fúria poderia funcionar.

Então balancei a cabeça, me virei, e comecei a voltar para casa. *Não, é loucura*, pensei indo embora, *nunca funcionaria*; mas, então, no momento seguinte: *talvez funcionasse*.

Voltei ao *spa* no dia seguinte, e no seguinte. Depois, a segui até sua casa. Eu a segui para todos os lugares, até conhecer todos os seus horários: quando ela fazia intervalos; o pequeno parque da esquina que frequentava durante esses intervalos; o pedaço de grama onde se deitava e abria seus livros.

E, então, em um impulso, enviei Jay para o mesmo parque com a Harper, dizendo a ele que era o novo parque favorito dela, na esperança de que Sloane estivesse lá; de que ela o notasse. Não seria muito difícil; todo mundo nota o Jay. Se eu tivesse sorte, ela encontraria uma maneira de falar com ele. As mulheres geralmente encontram, sobretudo agora que ele não usa mais aliança. E Jay sempre gostou de receber atenção; ele não é particularmente exigente. Se Sloane se aproximasse dele, ele iria interagir, seu ego pulsando, pronto para ser afagado.

Se o encontro ao acaso com Jay não acontecesse, meu plano era levar Harper ao parque na semana seguinte e encontrar um motivo para me apresentar: acidentalmente esbarrando nela enquanto brincava de pega-pega com a Harper, ou tropeçando em um de seus sapatos, que ela sempre tirava e deixava de lado na grama. Mas eu achava que Jay era uma isca melhor; pelo menos, ele chamaria a atenção dela. Então, eu poderia dizer: "Talvez você tenha visto meu marido aqui? Ele é alto, cabelo escuro?". Seus olhos se acenderiam e, de repente, eu me tornaria interessante para ela. E era só isso que eu precisava.

Segui Jay e Harper até o parque, me sentei em um banco no canto; meu cabelo coberto por um lenço, usando óculos grandes estilo *Bonequinha de Luxo*, para o caso de alguém olhar na minha direção. Sloane estava lá como sempre: na grama, lendo um livro. Quando a vi olhando ao redor, seus olhos parando em Jay, sorri para mim mesma. Quando ela não falou com ele, dei a Harper uma mão cheia de M&Ms para que ela pedisse a Jay que a levasse de volta ao parque no dia seguinte e no próximo. Em vez de ler seu livro, Sloane os observava, enquanto eu a observava.

Eu estava lá também quando Harper pisou na abelha. Não sabia exatamente o que tinha acontecido, só vi que ela começou a gritar. Precisei de todo o meu autocontrole para não correr e pegá-la no colo. Teria feito isso se Sloane não tivesse chegado até ela primeiro. Assim que Harper parou de chorar, voltei para casa. Queria estar lá quando eles voltassem, ansiosa para ouvir sobre a interação.

— Eu fui picada! — Harper anunciou assim que entrou pela porta da frente. Ela levantou o pé no ar para me mostrar. Eu a coloquei no colo e examinei com cuidado o inchaço, depois o beijei até que Harper começou a rir.

— Quer colocar um band-aid, meu bem? — perguntei. — Comprei aqueles da Minnie de novo.

— Uma enfermeira nos ajudou — Jay me disse quando fiquei em pé, com Harper ainda no colo.

— Uma enfermeira? — olhei para ele confusa. Será que Sloane disse a ele que era enfermeira? Devo ter soado esquisita porque Jay me lançou um olhar estranho. — Quer dizer, como você encontrou uma enfermeira? — perguntei rápido. — Que sorte.

Ele deu de ombros.

— Ela disse que se chamava Caitlin. Ela foi legal.

Que mentirosa, pensei. E foi nesse momento que decidi que meu plano poderia realmente funcionar.

— Vou procurar por ela na próxima vez que formos ao parque — disse. — Para agradecer a ela por ter ajudado. — E o resto é história, como dizem.

Bebo de uma vez o conteúdo do copo, sentindo o álcool se espalhar por mim. Sorrio. Esperei muito tempo por esse dia: Sloane vestindo minhas roupas, usando minha maquiagem, com o meu corte de cabelo, a mesma cor. Sloane como eu. Cogito preparar mais um drinque para celebrar, mas decido que é melhor não. Não vale o risco. Em vez disso, levo o copo até a cozinha, lavo, seco e o coloco de volta no armário onde o encontrei. Eu, eu bebendo? Nunca!

20

Na tarde seguinte, quando abro a porta e vejo Sloane na entrada, abro um sorriso largo. É como se estivesse me olhando no espelho. A aparência dela muito diferente de poucos dias atrás.

Ela está vestindo algumas das roupas novas que lhe dei ontem: uma calça *jeans* escura, uma blusa na cor creme e maquiagem também. Mas não é só o corte de cabelo novo, as roupas, o rímel e o *blush*; ela está ereta, os ombros para trás. Os seios empinados, exibindo uma confiança recém-descoberta.

Sloane pausa antes de entrar, a cabeça levemente inclinada, me estudando. Estou vestindo roupas mais casuais do que ela está acostumada a me ver usando: uma calça de corrida e um *top* de ginástica, o cabelo sem lavar, preso em um rabo de cavalo alto, a franja presa. Não é uma transformação completa — ainda estou usando maquiagem, minhas roupas ainda são de marca, ajustadas —, mas é um começo.

Porque esta é a outra peça deste quebra-cabeça: eu não só quero que Sloane fique parecida comigo. Quero ficar parecida com ela também.

— Olha só você! — digo. — Quase não a reconheci! Você ficou linda nesta blusa. Jay vai ficar bravo: é a favorita dele! — É uma blusa estilo camisola de seda, um presente que ele me deu logo depois que a Harper nasceu. A favorita dele, mas não a minha; acho desconfortável e pouco prática. Fiquei mais do que feliz em me desfazer dela.

Sloane fica vermelha.

— Graças a você. Cheguei muito perto de raspar a cabeça quando me olhei no espelho ontem de manhã. E tenho certeza de que teria sido um erro ainda maior. Gigante.

Faço um gesto com as mãos indicando que não foi nada de mais. A verdade é que prometi a Nolan 500 dólares acima do preço do corte e da coloração se ele conseguisse uma vaga assim que eu ligasse. Deixei uma caixa de tintura para cabelos comprada na farmácia sobre a bancada do banheiro, na esperança de que isso a impulsionaria, o que, para minha surpresa, aconteceu.

— Entre, entre. — Conduzo Sloane para dentro, indicando para que ela me siga até a cozinha. — Acabei de fazer um café fresquinho. Quer uma xícara? Para dar uma animada? Sei que quintas-feiras são longas.

Nas quintas-feiras, Sloane busca Harper na aula de ginástica, leva para a natação e depois para o parque, para que eu tenha algumas horas a mais para "estudar". Geralmente, volto para casa, espalho os livros de direito que comprei e ouço um *podcast* sobre *crimes que aconteceram de verdade*, você sabe, para me inspirar. Hoje, pedi a ela que viesse até aqui sob o pretexto de ter esquecido de separar o maiô da Harper. Na verdade, preciso pedir uma coisa para ela. Algo importante.

Sloane aceita e se senta na bancada, colocando a bolsa na banqueta ao seu lado.

— Ei — ela diz —, a Harper já foi a Coney Island? Eu adorava ir lá quando era mais nova. Adoraria levá-la! — Em seguida, franze as sobrancelhas. — Ela pode andar de montanha-russa, por causa do problema no coração?

Assinto.

— Nós a levamos lá no ano passado e ela se divertiu muito. Não teve nenhum problema com as montanhas-russas!

Isso foi porque o coração dela, na verdade, está muito melhor. Sempre esteve. Tivemos um susto quando ela era bebê: um médico achou que tinha ouvido um batimento irregular, mas o ecocardiograma não mostrou nada. Mas, quando Sloane disse a Jay que era enfermeira, bem, eu não poderia perder a oportunidade. Era a desculpa perfeita para oferecer a ela o cargo de babá.

— Que ótimo! — Sloane comenta. — Talvez pudéssemos repetir o passeio? Harper vai ficar de férias durante todo o mês de agosto, certo? Sexta-feira é o último dia de aula, não é? Podemos ir no próximo fim de semana!

Sinto meu coração acelerar. Chegou a hora. A deixa que eu estava esperando.

— Seria muito divertido! — digo, colocando a xícara de café na bancada em frente a ela. — Mas... — *Calma, Violet, sem pressa. Aproveite a oportunidade, vá com calma.* — Não vamos estar aqui no próximo fim de semana. Nem no seguinte, na verdade.

— Sério? — A expressão no rosto de Sloane murcha, os cantos da boca caindo. Parece que ela levou um soco no estômago. Exatamente a reação que eu estava esperando.

— Para onde vocês vão? — ela pergunta desolada.

— Para o norte, perto da costa de Rhode Island. Uma cidadezinha chamada Block Island; bem pequena, com cerca de mil habitantes apenas, mas linda. Passamos um fim de semana lá no verão passado, quando tínhamos acabado de nos mudar para cá e eu estava doida para poder voltar lá. Serão nossas últimas férias antes de Harper ir para a pré-escola — suspiro de um jeito dramático. — Nem acredito que vou ter uma filha de *5 anos.*

Sloane força um sorriso.

— Parece divertido — consegue dizer. — Talvez possamos ir para Coney Island quando vocês voltarem.

— Bom, fico feliz que você tenha achado divertido — digo, sorrindo —, porque estava querendo perguntar... — faço uma pausa para criar um efeito dramático. *Prepare-se.* — Se você gostaria de ir conosco.

— Ir com vocês? — Sloane pergunta. Seus olhos estão arregalados, redondos como dois pires.

Confirmo com entusiasmo.

— É uma casa grande, três quartos, então você não precisaria dormir com a Harper. — Quando ela não responde, complemento: — Com vista para o oceano! E só uns dois minutos de caminhada até a praia. O que acha? Estamos todos precisando de umas férias.

Prendo a respiração, esperando, torcendo para não parecer ávida demais.

Sloane engole com dificuldade.

— Eu adoraria ir, mas... — Ela se mexe desconfortável na banqueta. Fico sem ar. Será que ela vai recusar? — Não sei se posso arcar com as despesas.

Ah, é esse o problema? Relaxo. Aumentei as horas de trabalho dela quando descobri que tinha sido demitida, querendo incorporá-la à nossa família da melhor maneira possível. Essa tinha sido a minha intenção quando dei o cartão do Rose & Honey para Allison, dizendo que tinha encontrado a *melhor* manicure. "O lugar é uma gracinha também, você *precisa* conhecer", disse. "Ela está lá às segundas-feiras." Esperava que houvesse uma grande confusão, com gritaria, talvez. Allison parecia ser do tipo que gritava. Quando liguei para o *spa* no fim daquela semana, fingindo querer marcar um horário com Sloane, fiquei feliz em ouvir: "Sinto muito, mas ela não trabalha mais aqui". Desliguei o telefone empolgada; isso a deixava livre para se tornar nossa babá em tempo integral, disponível para nos acompanhar na viagem para Block Island.

Deixei o cartão cair no salão ontem mais como uma provocação. *Olha só como você pode ser desmascarada facilmente*, queria lembrá-la. *Aqui, as pessoas a conhecem. Sabem que você é a Sloane, não a Caitlin. Enquanto você estiver no Brooklyn, existe a possibilidade de que eu descubra isso também.* Mas não achei que precisaria de muito para convencê-la. Só o calor do verão era suficiente para espantar qualquer um, o vapor praticamente subindo das calçadas, a cidade e todos nela assando.

Balanço a cabeça.

— Ah, e eu pagaria você! — digo com um sorriso de desculpas. — Desculpe não ter deixado isso claro. Quer dizer, você seria nossa convidada, é claro, mas eu ainda precisaria da sua ajuda com a Harper. O mesmo valor! O Jay vai precisar trabalhar enquanto estivermos lá, então seria ótimo ter uma ajuda extra. E...

Sloane se anima.

— Então sim! — diz, não me deixando terminar de falar. — Eu adoraria ir! — Ela abre um sorriso largo.

— Sério? Nossa, fico muito feliz! — Ela não faz ideia do quanto fico feliz. Meu corpo está vibrando com uma energia eletrizante. Está acontecendo.

— Jay ficará feliz também — digo, sabendo quanto ela ficará contente em ouvir. — Foi ele que sugeriu na verdade. Ele sabe quanto você tem ajudado ultimamente, e quando comentei que iria sentir muito a sua falta durante a viagem, ele disse que eu deveria convidá-la; que seria bobagem não convidar.

As bochechas de Sloane coram quando menciono o nome dele. Ela está apaixonada. Tenho certeza de que acha que está sendo discreta, mas está escrito em seu rosto. Não é algo que me incomoda, no entanto. Até facilita. Eu quero que ela o queira. Na verdade, preciso que ela o queira. Também é por isso que contei a ela sobre o Danny; para aplacar sua culpa, revelando os sinais de deterioração do nosso casamento. Se é que ainda dá para chamar de casamento. Dizer essa palavra me faz querer vomitar.

É claro que Jay *não* sugeriu convidar Sloane. Ele ficou apreensivo com tudo relacionado à viagem. Na verdade, convencê-lo a ir foi uma das partes mais difíceis do meu plano.

Levantei a possibilidade semana passada enquanto ele tomava café da manhã com a Harper, ambos distraídos comendo cereal: Jay no celular, Harper olhando uma tirinha na parte de trás da caixa de cereal.

— Vamos fazer uma viagem — disse casualmente. Ele me olhou confuso. — Voltar para Block Island. — Sorri para ele.

Ele inclinou a cabeça com um olhar desconfiado.

— Juntos? — perguntou. Alguns meses atrás, um pouco antes de Sloane entrar em nossas vidas, disse a ele que queria tentar resolver as coisas entre nós. Ele concordou, mas estava apreensivo. E com razão. Na verdade, se ele soubesse quão difícil era para mim apenas olhar para ele; como só de pensar nele me deixava furiosa, ele ficaria aterrorizado.

Assenti. Em seguida, mordi os lábios, suavizei minha expressão e sorri, na expectativa de parecer um pouco nostálgica.

— Acho que Harper iria adorar — disse. — Nós nos divertimos tanto da última vez. — *Bom,* você *se divertiu, cretino.* Jay sempre se diverte. Parece que não consegue evitar. Pelo menos, é a desculpa que sempre dá.

Então, perguntei mais alto:

— Harpie, você gostaria de ir para a praia comigo e com o papai?

Era um truque barato e eu sabia. Jay também, os lábios cerrados formando uma linha fina enquanto Harper se virava para olhar para mim, a colher suspensa no ar e uma expressão de empolgação genuína no rosto.

— Vamos, Jay, o que me diz? Você adorou Block Island.

Passamos um fim de semana prolongado lá, logo depois de nos mudarmos para Nova York. Harper tinha quase 4 anos na época, Jay e eu estávamos otimistas com relação ao nosso futuro, na esperança de termos deixado os dias mais difíceis, as brigas, as discussões para trás, em São Francisco. Passamos todos os dias sobre uma toalha de praia, Harper cavando buracos na areia próxima aos nossos pés, passeando pela cidadezinha quando ficávamos com fome, em busca de sanduíches de lagosta e sorvetes artesanais, bronzeados e felizes.

Foi a primeira vez de Jay na ilha, mas não a minha. Longe disso. Passei todos os verões da minha infância e adolescência ali, assim que entrava de férias em junho até o último fim de semana de agosto, na casa de veraneio de minha avó. Ela tinha passado seus verões ali também quando criança, e se mudou para lá em definitivo depois que se aposentou e meu avô morreu.

No início, íamos em família, mas, à medida que fui crescendo, meus pais me levavam de avião, ficavam mais ou menos uma semana e depois voavam de volta para São Francisco, o que não me incomodava. *Já vão tarde*, queria gritar para eles enquanto puxavam suas malas de rodinha no caminho até o carro. Eu ficava feliz ao vê-los ir, feliz de ficar. Eu amava aquele lugar. Amava tanto que, no meu último ano do Ensino Médio, me mudei para lá, guardando minhas coisas na cômoda do quarto de hóspedes de minha avô. Eu me sentia mais em casa lá do que em qualquer outro lugar.

Eu adorava minha avó. Ela não era daquelas mulheres mais velhas com uma permanente rígida e um lábio superior mais rígido ainda. Ao contrário dos meus pais, ela não se importava se minhas camisetas estavam sujas de picolé, se eu nunca penteasse o cabelo ou se minha pele estivesse melada de protetor solar. As camisetas dela ficavam manchadas, o cabelo despenteado. Ela usava *shorts* feitos de calças *jeans* cortadas e andava descalça. Erámos iguais desde o início, parceiras em nossas aventuras pela ilha. Com ela, eu podia ser eu mesma, e ela me amava por isso.

Começávamos nossas manhãs na varanda tomando café, o meu era composto principalmente de leite e açúcar, folheando o jornal e depois íamos de bicicleta até a cidade a fim de comprar os ingredientes para o jantar daquela noite. Durante o dia, nadávamos no mar, procurávamos conchas na areia e líamos deitadas sobre toalhas de praia. Eu contava tudo para ela, sobre minha vida em São Francisco, sobre o que queria fazer quando crescesse, como realmente me senti quando Caroline, que eu acreditava ser minha melhor amiga, não me convidou para sua festa de aniversário, apesar de eu ter fingido não me importar.

Ela foi a primeira pessoa para quem contei que Danny tinha me beijado. Eu tinha uma queda por ele desde a primeira vez que pisei em Block Island. Nós nos conhecemos quando tínhamos 6 anos, na praia em frente à casa da minha avó.

— Quer me ajudar a construir um castelo? — ele perguntou.

Danny tinha olhos em tom âmbar, cabelos cacheados da mesma cor, sardas no nariz e, mesmo na infância, uma voz grave, melódica, que fazia tudo o que ele dizia soar como uma serenata. Esperei longos dez anos para que ele me beijasse. Dez anos correndo um atrás do outro pela ilha, pescando no barco dele, saindo escondidos para nadar à noite, pulando em cima da minha cama, cantando as músicas do Prince a plenos pulmões: *I would die for you, yeah / Darlin' if you want me to!* Ele me conhecia melhor do que ninguém. Quem eu era de verdade e não quem eu precisava fingir ser para os meus pais, sempre bem-educada e sorrindo, sem nenhum fio de cabelo fora do lugar.

Danny era um dos poucos habitantes de verdade da região, cuja família morava na ilha o ano todo. O pai dele era médico, a mãe era garçonete no restaurante da tia dele. Eles não eram ricos e, embora vivessem bem, não era o suficiente para evitar que meus pais torcessem o nariz para Danny, me dizendo que eu poderia — e deveria — encontrar alguém melhor. Mas ninguém era melhor que o Danny, ninguém tinha um coração como o dele.

Então, algumas semanas após o nosso primeiro beijo, logo depois do meu aniversário de 16 anos, ele me disse que não podíamos mais ficar juntos. Ele tinha conhecido outra pessoa. Minha avó secou minhas lágrimas. "Um dia tudo vai fazer sentido", ela sussurrou no meu ouvido, e ela estava certa. Ela tinha enxergado além, como sempre fazia. Ela era uma boia salva-vidas para todo mundo, os braços sempre abertos para nos levantar e nos tirar das profundezas de qualquer água escura na qual estivéssemos nos afogando.

Eu estava no primeiro ano da faculdade quando ela morreu, de repente, de infarto, apenas algumas semanas antes de eu voar para a ilha para passar o Natal. Minha mãe me ligou às seis da manhã de um domingo para dar a notícia. Era a primeira vez em meses que eu falava com minha mãe. Eu estava com os olhos embaçados, confusa, o rímel que usei na noite anterior ainda grudado nos meus cílios e, depois, quando a ficha caiu, fiquei arrasada. Escrevi um discurso para o funeral, mas nunca o li; chorava demais para conseguir falar. Jay e eu tínhamos acabado de começar a namorar, e ele se sentou ao meu lado em um dos bancos da igreja, o braço ao redor dos meus ombros.

Quando Jay e eu levamos Harper para Block Island em maio do ano passado, foi a primeira vez que voltei à ilha desde os 18 anos. Meu coração ficou apertado quando descemos da balsa. Senti como se estivesse voltando para casa. A ilha estava mais movimentada do que da última vez que estive lá — mais turistas, novos hotéis e casas preenchendo o litoral —, mas o cheiro era o mesmo, como uma bala de caramelo feita à mão com água salgada, tinha o mesmo aspecto de sonho que sempre teve, suas bordas suaves e nebulosas.

Quando estávamos a caminho de nossa casa alugada, pedi a Jay para passar no local em que o bangalô da minha avó ficava. Franzi a testa, confusa, quando não o vi, e em seguida percebi que tinha sido demolido para dar lugar a uma monstruosidade moderna de três andares. Fiquei surpresa, mas mais do que surpresa, fiquei com raiva. Que tipo de pessoa demoliria uma construção histórica? Eu queria pegar um taco de beisebol e quebrar os vidros das janelas que iam do chão até o teto, arrastar os ocupantes da casa para fora pelos cabelos. *Este lugar não pertence a vocês*, gritaria. Mas continuei sentada no banco do passageiro em silêncio, as unhas afundando nas palmas das minhas mãos. Jay não notou nada.

Achei que reconheceria todo mundo, que todos me reconheceriam, mas, no geral, continuei anônima, apenas mais uma turista, outra nova-iorquina de passagem. Cabeças se viravam quando eu passava vestindo minha saída de praia Missoni e biquíni asa-delta, mas não era porque sabiam quem eu era. Muitos anos tinham se passado, os laços desfeitos havia muito tempo.

Na nossa última tarde na ilha, saí para passear pelas pequenas boutiques enquanto Harper dormia, parando para tomar uma taça de vinho na calçada de um café antes de voltar para casa. A garçonete devia ter 50 ou 60 anos, cabelos grisalhos e a feição aberta e simpática.

— Violet? — ela perguntou, me estudando. — Neta da Rebecca?

Confirmei com a cabeça e então percebi que era a tia do Danny, a irmã mais nova da mãe dele. Nós nos abraçamos e ela disse quanto lamentou a morte da minha avó.

— Espera só até eu contar para o Danny que vi você — ela disse. — Ele sempre gostou muito de você.

Eu não falava com ele desde o funeral da minha avó, havia mais de dez anos; eu tinha colocado um ponto-final naquela parte da minha vida, naquela parte de mim. Eu a guardei, escondi debaixo das roupas que não faziam o meu estilo, de uma vida que mal reconhecia. Achava que precisava fazer isso. Acreditava que assim faria com que as pessoas me amassem. Na verdade, Harper era o único lampejo de quem eu tinha sido naquela ilha: sua empolgação, as risadas e os cachos rebeldes eram vestígios da minha antiga versão.

Mas agora eu precisava voltar para lá de novo. Era o único lugar que fazia sentido. Por isso, adotei uma expressão amável e sorri para Jay:

— Vamos — disse —, lembra dos sanduíches de lagosta?

— Vou pensar — Jay respondeu. Mas acabou concordando depois que pedi de novo, desta vez no escuro, debaixo das cobertas, a mão dele entre as minhas pernas. Mordi a lateral da bochecha com tanta força que sangrou, mas eu precisava que ele se lembrasse de como as coisas costumavam ser, como poderiam voltar a ser, talvez, se ele dissesse "sim". Fechei os olhos com força enquanto ele me tocava, fingindo estar em — qualquer — outro lugar.

Agora, para Sloane, eu digo:

— Harper vai ficar tão animada quando eu contar para ela. Ela adora você, sabia?

Sloane abre um enorme sorriso, lisonjeada.

— Eu também a adoro.

Eu acredito nela. No início, fiquei relutante em deixar Harper sozinha com Sloane, deixando para colocar a roupa para lavar enquanto elas brincavam na sala de estar, inventando desculpas para acompanhá-las até o parque, mas quanto mais eu as observava juntas, mais óbvio ficava quanto Sloane gostava de ficar com a Harper, quanto era boa com ela. Coisas pequenas como se abaixar para ficar na altura de Harper quando conversavam, inventar musiquinhas bobas quando Harper estava prestes a fazer birra, criando lanches com formato de animais: borboletas de pretzel e torradas de pasta de amendoim em formato de gato, com morangos cortados no lugar das orelhas. É uma das coisas que me faz gostar dela. O engraçado é que não a odeio. Pode parecer que sim, considerando o que estou planejando fazer, mas não a odeio. De certa maneira, sinto gratidão. Ela é um meio para um fim. A resposta para um problema. E ela me faz rir.

— Então, está resolvido — digo. — Você vai conosco. A única coisa que preciso é da sua carteira de motorista. Para comprar a passagem.

A expressão no rosto de Sloane muda, ela fica pálida.

— Minha carteira de motorista? — Ela pergunta com a voz aguda. Por um momento, fico confusa, então me lembro. Sua carteira de motorista tem seu nome verdadeiro. Ela não quer que eu veja.

Confirmo com a cabeça.

— Sim, é uma nova exigência de segurança para a balsa. E vou acrescentá-la na reserva do carro, para o caso de você querer levar a Harper para algum lugar.

A garganta de Sloane se move enquanto ela engole com dificuldade.

— Claro — diz. — Sem problemas. — Ela abre a bolsa e começa a procurar dentro dela. Olha para cima, franzindo a sobrancelha, fingindo surpresa. — Não está aqui. Devo ter deixado em casa. Posso trazê-la amanhã?

— É claro — respondo. Mal posso esperar para ouvir a mentira que ela vai inventar quando me entregar a carteira.

Depois que Sloane sai para buscar Harper, levo meu computador até a bancada da cozinha e sirvo uma taça de vinho. Assim que me sento na banqueta, recebo uma notificação da minha caixa de entrada. É a agente de viagem com quem estive trabalhando. Abro o e-mail empolgada.

Boas notícias, está escrito. *Me liga.*

Sorrio, pegando o telefone.

Passei horas nas semanas anteriores no telefone com vários agentes de viagem me assegurando de alugar uma casa próxima à de outra família jovem com filhos. Muitas das imobiliárias não me forneciam nenhuma informação sobre os outros ocupantes; mas, por fim, encontrei Gina, que ficou mais do que disposta a ajudar, assim que soube da comissão que ganharia quando eu fizesse a reserva; uma vez que eu ficaria feliz em pagar pelo pacote *premium* de qualquer casa que ela encontrasse para mim. O dinheiro, como aprendi desde cedo, motiva as pessoas a fazerem quase tudo.

— Encontrei a casa perfeita — Gina diz quando atende o telefone. — Haverá uma família na casa ao lado o tempo todo que vocês estiverem lá, duas crianças, uma de 4 e outra de 6 anos. Três quartos, como você pediu. Em frente à praia. Acabou de ficar disponível, graças a um cancelamento de última hora. É um pouco mais cara que...

— Pode reservá-la — respondo. Não ligo para o preço.

Ouço o barulho dela digitando no teclado do outro lado da linha.

— Reservado! — Gina anuncia.

Desligo o telefone e bebo um longo gole de vinho para comemorar. Está acontecendo.

21

Na manhã seguinte, quando volto para casa depois de deixar Harper na escola, recebo uma mensagem de texto de Sloane:

Que horas devo passar aí para deixar a carteira de motorista?

Agora?, respondo. *Se você puder.*

Quanto antes eu estiver com a carteira, melhor.

Trinta minutos depois, abro a porta para ela, que não parece bem. O cabelo ainda está sedoso, a pele sem espinhas; mas seus olhos estão vermelhos, com círculos roxos ao redor e bolsas na parte inferior, como se ela não tivesse dormido. Provavelmente não dormiu mesmo, pensando em como explicaria que o nome na carteira de motorista não é o mesmo que ela me deu; preocupada com a possibilidade de eu reconhecê-lo.

— Entre — digo. — Quer um café? — Está claro que ela precisa de um.

Mas ela recusa com a cabeça. Coloca a mão no bolso de trás da calça e me entrega a carteira de motorista.

— Aqui — diz, quase enfiando a carteira na minha mão.

— Obrigada. — Olho para o documento. Quando vejo a foto, esqueço sobre a discrepância do nome. A foto dela é ruim de um jeito hilário. Sua boca semiaberta como se estivesse prestes a falar algo, os lábios meio franzidos, os dentes aparecendo. Ela prendeu o cabelo em um coque no alto da cabeça, mas que caiu para um dos lados e ela esqueceu de prender uma mecha na parte da frente. Está pálida, muito pálida, provavelmente um efeito da péssima iluminação do departamento de trânsito, mas impressionante de qualquer jeito, e um olho parece muito menor do que o outro. No geral, é uma das piores fotos de carteira de motorista que já vi.

Engulo a risada.

— Uau — digo. — Uau mesmo!

— O quê? — Sloane pergunta. Ela parece estar à beira de um ataque de pânico.

Mostro a carteira de motorista para ela, colocando o dedo sobre a foto. Ela se encolhe constrangida.

— Ai, meu Deus. Tinha me esquecido do quanto essa foto era ruim. Eu me treinei para nunca olhar para ela a menos que quisesse morrer de vergonha. Pareço uma figurante da série *The Walking Dead.* Mais cérebros, por favor. — Ela revira os olhos e coloca a língua para fora.

Solto uma gargalhada. Como disse, ela me faz rir. E, então, olho novamente para a carteira.

— Oh — digo, fingindo que acabei de notar algo —, o seu nome, aqui diz... — olho para ela confusa.

— Ah, sim. — Sloane faz um barulho que imagino que deveria ser uma risadinha. — Eu era uma criança estranha.

Inclino a cabeça, sem saber ao certo aonde ela quer chegar com isso.

Ela revira os olhos.

— Por algum motivo, eu dizia para todo mundo me chamar de Caitlin quando era pequena. Imagino que seja porque achava o nome bonito. E pegou. É claro. — Ela solta uma risadinha histérica, passa a mão na nuca. — Como disse, eu era estranha.

O canto de sua boca se contrai enquanto ela mordisca a parte interna do lábio. Esses são os sinais de que ela está mentindo: a mão na nuca, a mordida nos lábios. Às vezes, ela se mexe na cadeira também, cruzando e descruzando os tornozelos.

Ela me observa, ansiosa pela minha reação; se vou me importar, se o seu nome verdadeiro me soa familiar.

Espero um momento antes de responder, com medo de começar a rir quando abrir a boca. Isso foi o melhor que ela conseguiu inventar? Que coisa mais ridícula. Francamente, estou decepcionada; esperava mais dela. Enfim, consigo dizer:

— Bom, eu fingi ser um gato durante a maior parte do primeiro ano, o que não contribuiu em nada para a minha popularidade como você pode imaginar; então, você não foi a única criança estranha. — Eu não fiz isso. Minha mãe teria me internado.

Vejo os ombros de Sloane relaxarem de alívio. Ela sorri para mim.

Então, abaixo os olhos para a bancada. Começo a mover as mãos para a frente e para trás sobre o mármore liso, na esperança de parecer desconfortável.

— Posso conversar com você sobre uma coisa? — pergunto.

Tem mais uma coisa que eu preciso que ela faça. Algo grande.

— Claro — Sloane responde devagar, tentando ler minha expressão; confusa, sem saber o que virá.

Sorrio para ela.

— Por que não se senta? — Aponto para o sofá.

Vamos para a sala de estar e sentamos, uma de frente para a outra. Ao nosso redor, a casa está silenciosa. Espero um pouco antes de falar, deixando a tensão crescer entre nós.

— O que está acontecendo? — Sloane pergunta, depois de um tempo, sua voz mais aguda do que o normal. Ela enxuga as palmas das mãos, nervosa, na calça.

— Bom — limpo a garganta e respiro fundo —, queria perguntar algo a você. Se acontecer alguma coisa comigo, *conosco*, quero dizer, com Jay e eu, estávamos pensando se você aceitaria ficar com a guarda da Harper. — Mantenho meus olhos nos dela, sem piscar.

Por um minuto, ela me encara sem reação.

— Com a guarda? — Sloane balança a cabeça. — Você quer que eu fique com a guarda da Harper?

— Eu sei — digo, rindo baixo como que me desculpando. — É uma grande responsabilidade. Monumental. Mas os pais de Jay já têm mais de 70 anos. Daqui a alguns anos, não terão capacidade de cuidar dela. — Sem contar que mal foram capazes de cuidar dos próprios filhos. Veja o que Jay se tornou.

— Mas... — Sloane ainda me olha boquiaberta — e a sua família?

— Não somos muito próximos — digo com leveza, dando de ombros. É um grande eufemismo; não nos falamos desde que saí de São Francisco. Planejo nunca mais falar com eles de novo.

Meu relacionamento com meus pais sempre foi difícil. Quando pequena, eu era entregue a babás e tutores, levada para aulas de piano e balé, e de montaria aos fins de semana. Eu jantava com a empregada da casa, desejando ter um irmão com quem pudesse fazer as refeições, enquanto meus pais trabalhavam até tarde; meu pai era sócio em sua firma de advocacia e minha mãe, uma negociadora de arte respeitada. Eles nunca se deram ao trabalho de me dar um beijo de boa-noite quando chegavam em casa, nunca me colocaram para dormir. Quando me abraçavam, era com os braços rígidos, sem nenhum calor. Eu era um mero acessório em suas vidas ocupadas, um item de colecionador da Christie's, uma cadeira Porta Volta, admirada mas nunca usada. Éramos cordiais em público porque eu era obrigada a ser — qualquer coisa que fosse percebida como desrespeito era recebida com um tapa —, mas distantes na vida privada. A expectativa era clara: eu desempenhava o papel da filha perfeita, meus uniformes da escola particular passados à mão e sem amassados, meu cabelo perfeitamente penteado; enquanto eles desempenhavam seus papéis: bem-vestidos, penteados, com sorrisos alegres. Meu pai era bonito, minha mãe também, ambos gregários.

Tudo girava em torno da aparência, nossas vidas o mais puro fingimento. Era sufocante, na melhor das hipóteses. Eu me sentia como uma boneca de plástico que eles de vez em quando tiravam da caixa e depois guardavam de volta na prateleira, fechando bem a porta do armário em seguida. Eles nunca me conheceram, nunca quiseram.

Eu aguentei o máximo que pude, o ressentimento me devorando de dentro para fora, até que precisei subir à superfície para respirar, os pulmões ardendo. Tinha acabado de completar 17 anos, estava no fim do meu segundo ano do Ensino Médio, quando tudo se tornou difícil demais para suportar.

Tinha chegado mais cedo da escola — estava com dor de cabeça, eu acho —, parei na entrada, estava sentada no meu carro, lendo uma mensagem de texto que tinha acabado de receber. Quando olhei para cima, prestes a descer do carro, vi nossa porta da frente aberta. Uma mulher saiu, cabelo loiro preso em um coque torcido. Eu nunca a tinha visto antes.

Meu pai apareceu atrás dela. Ele a pegou pela cintura e ela se virou, dando um sorriso sedutor para ele. Então, ele a beijou, com vontade, a mão descendo pela curva do quadril dela. Meu coração foi parar na garganta, igual a um tijolo. Senti como se fosse passar mal.

Naquela noite, parei na porta do quarto dos meus pais, mexendo nas unhas. Minha mãe estava retirando a maquiagem; meu pai tinha saído para jantar com clientes.

— Pare de fazer isso — ela disse sem se virar. Ela odiava quando eu mexia nas unhas. Coloquei as mãos na lateral do corpo e limpei a garganta.

— Eu vi o papai — comecei a falar hesitante —, hoje à tarde. Com...

— Eu sei — ela disse, sem me deixar terminar.

Não olhou para mim. Em vez disso, continuou olhando para o espelho, enquanto aplicava creme nos olhos, espalhando com cuidado. Então, seu olhar encontrou o meu.

— Eu sei — ela repetiu, com mais firmeza desta vez, e eu entendi.

Isso era algo que ela tolerava. Mas, então, sua boca tremeu, de leve. Ela voltou a se olhar no espelho. Ela tolerava, mas desejava não precisar tolerar. A conversa tinha acabado.

Eu a odiava tanto quanto o odiava. Eu o odiava por sua infidelidade e a odiava por aceitar. Eu odiava os dois pelas mentiras. O casamento deles, como todo o resto, era uma farsa. Eu não conseguia suportar por mais um segundo. Não queria fazer mais parte das malditas vidas deles. Quando pedi para me mudar, para ficar com minha avó no fim do verão em vez de voltar para casa, eles deram de ombros, *claro*. Foi como jogar sal em uma ferida aberta. Ainda que eu quisesse ir, doía saber que se incomodavam tão pouco com isso; que concordaram sem nem pensar duas vezes. Eles me ligaram raras vezes naquele ano. Ligaram no Dia de Ação de Graças, no Natal e no meu aniversário, mas, no restante do tempo, silêncio.

Depois que me deixaram na faculdade, não ouvi falar deles até receber a ligação da minha mãe para avisar que minha avó tinha morrido. Acho que isso pode ter sido um dos motivos pelo quais me apaixonei por Jay. Estava vivendo em um deserto sem amor; o desejo dele parecia real depois de uma vida inteira de insinceridade. Que tola eu fui. É claro, o desejo dele tinha sido verdadeiro, mas quase nada mais era.

Então, quatro meses depois do funeral, quando voltei para casa no recesso de primavera, eles me pediram para que os acompanhasse até o escritório do meu pai. Estavam com um advogado ao telefone. Pelo viva-voz, ele me informou que a minha avó tinha deixado um fundo de oito dígitos em meu nome; eu o receberia quando fizesse 25 anos. A raiva nos rostos dos meus pais era visível, o ressentimento marcado na forma que suas mandíbulas se contraíam. A única coisa com a qual eu me importava, no entanto — a casa de Block Island —, estava no nome da minha mãe.

Quando descobri isso, eles já a tinham vendido e usado o dinheiro para melhorar sua cota no clube. Fiquei possessa. Eles sabiam quanto aquela casa significava para mim. Foi a forma que encontraram de me punir pelo amor que minha avó nutria por mim. Isso foi a gota d'água, o último limite que ultrapassaram. Disse a eles que os odiava, gritei de novo e de novo até ficar rouca, batendo a porta com tanta força quando eu saí, que achei que se partiria em duas.

Mas eles eram a única família que eu tinha. Por isso, quando meu pai me ligou depois de três anos sem nenhum contato, minha raiva titubeou. Ele tinha descoberto que eu estava me candidatando a uma vaga na faculdade de direito e se ofereceu para escrever uma carta de recomendação em nome de sua firma, onde eu tinha feito estágio durante todo o Ensino Médio. Eu aceitei.

Conversamos algumas vezes depois disso, em telefonemas ou por mensagens de texto breves; posteriormente, passamos a conversar com mais frequência, retomando as comemorações em família. Concordei em assumir uma vaga na firma dele para estudantes no terceiro ano do curso de direito, e depois um cargo em tempo integral quando me formei. Seus esforços aumentaram nos meses que antecederam o meu aniversário de 25 anos: meu pai me incluindo em casos importantes, minha mãe me convidando para jantar. Ele fez uma oferta para eu me tornar sócia da firma; ela me convidou para integrar o comitê de uma fundação da qual ela fazia parte.

Não era difícil perceber o que eles estavam fazendo. Eu me tornei interessante para eles, agora que o dinheiro estava à vista. Mas eu aceitei tudo porque finalmente estavam me oferecendo o que eu sempre quis: sua atenção, seu amor. Podia vir com segundas intenções, mas já era alguma coisa.

Eu achava — por tolice mesmo — que talvez o tempo que passávamos juntos era uma oportunidade para construir um relacionamento de verdade. Então, permiti que se aproximassem e me deleitei com sua proximidade. Depois que Harper nasceu, quando mencionei a mudança para Nova York por causa da oportunidade de trabalho de Jay, a ilusão se rompeu; partiu-se em milhares de pequenos pedaços. Jay e eu estávamos casados havia cinco anos na época, namorados desde a faculdade, como contei para Sloane, mas os dois nunca gostaram dele. Eles me imploraram para não vir, tentaram de tudo para me fazer mudar de ideia, primeiro com bajulação sentimental, depois com ameaças vazias e amargas.

Enxerguei o desespero deles pelo que era: estavam preocupados que seu poço secasse; que Jay ficasse com o que acreditavam ser deles. Não *eu*, mas meu dinheiro. Fiquei arrasada.

Quando nos mudamos, troquei meu número de telefone, deletei minhas redes sociais. Não dei a eles nosso novo endereço. Não houve nenhuma comunicação desde então.

Mas isso é mais do que Sloane precisa saber, é claro.

Sorrio sem graça para ela.

— A verdade é que nos últimos meses você se tornou parte da família — desvio o olhar para depois voltar a olhar para ela e complemento: — Parece que você é da família. — É uma frase que eu estava guardando há semanas para usar, esperando o momento certo.

Sloane me encara com os olhos arregalados.

— Também sinto o mesmo — diz com a voz rouca.

Achei que ela poderia se sentir assim. Por isso, coloco mais uma carta na mesa.

— Pode parecer loucura — digo me inclinando para a frente —, mas você já parou para pensar que talvez possamos ser?

— Parentes? — Sloane se inclina também. Parece quase sem ar.

Assinto.

— Irmãs, quero dizer. Eu não sei, é só que a única coisa que você sabe sobre o seu pai é que ele é da Filadélfia. E o meu pai é da Filadélfia. E nós nos parecemos tanto, principalmente agora que seu cabelo está igual ao meu. — Então, solto uma risadinha e balanço a cabeça. — Quer dizer, provavelmente é uma chance em um milhão, mas acho que é por isso que você ficar com a guarda da Harper faz tanto sentido para mim. — Umedeço os lábios. — Mas se você achar que é responsabilidade demais, eu entendo completamente.

Sloane me olha, com os olhos brilhando. Sei que disse a coisa certa, sobre sermos irmãs. Outro tijolo na casa de mentiras que estou construindo.

Acho que meu pai nunca pisou na Filadélfia e muito menos em Daytona Beach, onde ela foi concebida. Em seguida, Sloane assente:

— É claro que fico com a guarda da Harper.

— Tem certeza?

— Absoluta — ela responde.

Estendo o braço e coloco a mão sobre a dela.

— Muito obrigada — digo. — De verdade, muito obrigada.

Então, me levanto e pego um maço de papéis e uma caneta da bolsa. Coloco os papéis sobre a mesinha de centro e destampo a caneta.

— Aqui. — Coloco o dedo sobre uma linha em branco. — Aqui é onde você assina.

Prendo a respiração quando Sloane pega a caneta. Ela a pressiona contra a página. A tinta azul colore a página, molhando o papel. Fico satisfeita ao perceber que instintivamente ela assinou seu nome verdadeiro. O nome verdadeiro dela também é mencionado em todo o documento, mas eu acertei ao presumir que ela não pediria para vê-lo, envolvida pela fantasia que acabei de lhe contar.

Baixei um formulário — um adendo ao nosso testamento — de um *site* oficial ontem à noite e falsifiquei a assinatura de Jay hoje de manhã cedo, colocando o papel sobre um cheque antigo assinado por ele e seguindo o contorno de seu nome. Isso é essencial para o meu plano, considerando o outro documento legal que estou levando comigo para a ilha. O outro, no entanto, não precisei baixar — ou forjar a assinatura de Jay. Meu advogado o preparou e me enviou ontem. Já o escondi na mala, colocando o envelope entre as páginas de uma revista dentro de um compartimento com zíper.

Mais tarde, quando Sloane for embora, vou entrar no *e-mail* de Jay e enviar os documentos recém-assinados para o nosso advogado direto da conta dele, com cópia para mim. Em seguida, vou bloquear o endereço de *e-mail* do nosso advogado, para que quando ele responder confirmando o recebimento, Jay não receba nenhuma notificação, e não fique sabendo de nada. Quem é o grande idiota agora, Jay?

Sloane termina de assinar os documentos e tampa a caneta novamente.

— Sério, muito obrigada — repito com o máximo de fervor que consigo. Junto os papéis em uma pilha e complemento: — Ah, antes que eu esqueça! — Eu me levanto e vou até o armário do corredor. Volto com uma grande sacola de presente da Bloomingdale's, com papel de seda saindo pelas laterais. — Aqui. — Entrego a sacola para Sloane, sorrindo.

— O que é isso? — ela pergunta.

Dou de ombros fingindo timidez.

— Abra.

Com cuidado, Sloane coloca a mão dentro da sacola e retira um embrulho macio e o abre devagar. É uma camisa estilo robe branca transparente, macia e com aparência de cara, com uma costura delicada na lateral e um laço trançado na cintura. Ela olha para mim maravilhada.

— É uma saída de praia — digo. — Continue abrindo.

Ela coloca a mão na sacola de novo e retira um novo item embalado, desta vez é um elegante traje de banho preto. É um maiô, mas do tipo *sexy*, com um decote profundo.

— Tem mais! — pisco para ela.

Quando ela termina de abrir, são três maiôs no total, outra saída de praia, uma calça de linho com a boca larga e uma estampa viva, *shorts* e uma camisa de botões de algodão, além de dois pares de óculos de sol. Passei a tarde na Bloomingdale's com a Harper domingo passado, escolhendo um novo guarda-roupa de verão para Sloane. Queria ter certeza de que ela estaria vestida para o papel de sra. Lockhart. Eu tenho uma certa aparência, lembra? Cultivada com cuidado, visando agradar — agradar o meu marido, para ser mais específica. Por falar em Jay, ele vai adorar ver Sloane nessas roupas.

Assim como meus pais, Jay sempre deixou claro o que acha que uma mulher deve usar, quanto ela deve pesar e as roupas que ele prefere. É claro que suas preferências eram diferentes das deles, embora, de novo, como meus pais, quanto mais zeros na etiqueta, melhor. Eu amava, no início, quando ele ia fazer compras comigo, sorrindo de um jeito malicioso enquanto eu dava uma voltinha vestindo a roupa que ele tinha escolhido.

— Agora experimenta aquela ali — ele dizia, e eu experimentava com prazer. Uma vez, ele me chupou dentro de um provador, entrando atrás de mim e trancando a porta. Gozei intensamente e rápido, a mão esquerda segurando o cabelo dele, a direita cobrindo a boca enquanto gemia. Ele sempre soube como me tocar, do que eu gostava. E eu ficava feliz em encher o guarda-roupa com coisas que o faziam feliz; em manter minha barriga chapada, o corpo durinho; satisfeita de saber que ele mal podia esperar para tirar o que eu estivesse vestindo. Isso foi antes de eu descobrir que ele ficava feliz em tirar qualquer roupa de qualquer uma.

— Violet, isso é... — Sloane começa a dizer.

— É para a viagem! — digo dando de ombros. — Como agradecimento por você vir conosco.

— Sou eu que deveria estar agradecendo você! — ela exclama.

Não, não deveria. Mesmo.

Digo a ela para tirar o resto do dia de folga para fazer as malas, em seguida a acompanho até a porta, dando-lhe um breve abraço antes que saia pela porta.

— Esteja aqui às 9 horas no domingo — digo. — Nosso carro sai às 9h30!

Quando Sloane vai embora, verifico as horas no relógio. Ainda são 10 horas, o que significa que tenho quase três horas até precisar ir buscar Harper na escola. Tempo suficiente para levar a carteira de motorista de Sloane até o departamento de trânsito.

Antes de sair, troco de roupa, vestindo as que Sloane deixou aqui para serem doadas; depois, tiro a maquiagem do rosto, prendo o cabelo em um coque bagunçado e tiro um par de óculos com armação de plástico de dentro de uma sacola de compras que escondi no fundo do *closet* e o coloco no rosto.

Na sala de espera escura e mal iluminada do departamento de trânsito, fico sentada esperando por quase uma hora e meia antes de chamarem meu número.

— Gostaria de tirar uma foto nova — digo, deslizando a carteira de Sloane no balcão, por baixo da abertura de plástico. A mulher do outro lado da mesa mal olha para mim ou para a habilitação antes de me encaminhar para uma nova fila, onde outra funcionária de voz monótona me instrui a olhar direto para a câmera. Somos parecidas sim, mas quero que a foto na carteira de motorista dela seja uma foto minha. Isso tornará tudo mais fácil, mais crível.

Atualizo o endereço de correspondência de Sloane para a caixa postal que abri em Block Island, para que, quando ela for enviada, seja para mim, e pago mais 35 dólares para acelerar o processo. Vou embora sorrindo, com tempo apenas para vestir de novo minhas roupas e refazer a maquiagem que removi, antes de sair para buscar a Harper.

Agora, a única coisa que preciso fazer são as malas.

22

Normalmente, acordo antes da Harper, mas nesta manhã, no dia da nossa viagem, não liguei o despertador de propósito. Hoje é o meu primeiro dia oficialmente como Sloane e não Violet. Estou entregando Violet para Sloane, abandonando minha vida e deixando-a entrar. Se eu bem a conheço, e acredito que conheça, ela ficará feliz e assumirá o papel — o meu papel — com prazer. Ambas desceremos da balsa como pessoas diferentes, uma como a outra. Sloane só não sabe disso ainda.

Acordo com o som dos passos de Harper ecoando no final do corredor, vindo de seu quarto até o nosso. Eu me sento quando ela pula na cama, o colchão balançando embaixo dela. Só peguei no sono no início da manhã, repassando o plano de novo e de novo até adormecer enquanto o sol nascia. Agora estou caindo de sono, os olhos ardendo.

— Papai disse que está na hora de levantar! — Harper diz, puxando as cobertas de cima de mim. — Nós vamos para a praia, lembra?

— Eu me lembro, meu bem. — Sorrio para ela, os olhos ainda fechados, esticando a mão para bagunçar seu cabelo. Eu sentia a mesma empolgação quando era criança, as malas prontas, indo para o aeroporto. Era a melhor sensação do mundo.

— Você já separou tudo o que quer levar? Os livros? Você quer levar o seu tocador de CD?

— Sim! — Harper exclama. Meus pais compraram para ela um Discman antigo antes de nos mudarmos, junto com uma dezena de CDs de músicas da Disney e audiolivros infantis. Harper o adora, fica deitada no chão por horas ouvindo os CDs, trocando os discos e guardando-os de volta nas caixas com cuidado. Foi uma das coisas mais atenciosas que fizeram enquanto avós. Ela desce da cama e corre de volta pelo corredor até seu quarto. — Vou colocá-lo na minha mochila! — grita.

Eu me levanto da cama e vou em direção ao banheiro. Pulo o banho que costumo tomar pela manhã e, em vez disso, prendo o cabelo em um coque bagunçado. Escovo os dentes, mas não me maquio; depois, visto rapidamente uma *legging*, uma camiseta larga e calço um par de tênis Converse surrados que encontrei em um brechó semana passada. Por fim, amarro a camisa de flanela da Sloane na cintura, aquela que troquei pelo meu *top* Carolina Herrera.

Quando termino, fico em pé diante do espelho de corpo inteiro encostado na parede. Sorrio. Pareço mais nova do que antes, mais com uma babá do que com uma mãe; como Sloane quando nos conhecemos naquele primeiro dia no parque. Não é uma mudança drástica — ainda sou eu —, mas é o começo.

— Mamãe! — Harper grita do seu quarto. — Mamãe, não consigo achar meus sapatos!

Olho de novo para o meu *closet*. Terminei de fazer as malas ontem à noite — quase. Tenho algumas coisas para colocar na mala, mas quero deixar para fazer isso quando estivermos prestes a sair.

— Estou indo! — grito.

Ainda estou no quarto de Harper, ajudando-a a vasculhar o guarda-roupa, quando a campainha toca. Sloane chegou. Checo o relógio. *Bem na hora.*

— Você pode atender? — grito para Jay que está no andar de baixo. Um momento depois, escuto a porta abrir, fechar e a voz de Sloane no *hall* de entrada.

— Vou lá falar "oi" para a Caitlin — digo para Harper. — Continue procurando seus sapatos, está bem, querida?

Desço as escadas pisando forte, mas Sloane quase não me nota. Está encostada na porta da frente, olhando para Jay, as bochechas coradas enquanto ele faz uma piada, algo sobre quantas malas estão empilhadas ao pé da escada. Ela está vestindo uma de minhas calças *jeans*, uma clara de cintura alta que faz seus quadris parecerem menores, e a blusa cor marfim que lhe disse ser a preferida de Jay, o cabelo sedoso, os olhos brilhando.

Esta é a primeira vez que Jay a vê desde o corte de cabelo e as roupas novas. Mas do jeito que ele está olhando para ela, os olhos se detendo, está claro que ele apreciou a transformação. Ele provavelmente está imaginando a bunda dela virada para cima, inclinada na beirada da cama — a posição favorita dele.

— Bom dia, Caitlin! — digo alto, parando alguns degraus acima do primeiro degrau da escada. Jay e Sloane se viram abruptamente para mim.

Sloane pisca para mim durante um minuto, como se não me reconhecesse. Então, sorri:

— Bom dia — diz, animada. — Posso ajudar com alguma coisa?

Gesticulo ao redor agitada.

— Com tudo! — exclamo, soltando uma risadinha. — Mas, principalmente, será que você pode me ajudar a encontrar o sapato da Harper? Já procurei *por toda parte.*

— Acabei de vê-los... — Jay olha ao redor, depois aponta para um par de sapatos perto do sofá. — Estão ali.

Olho por cima do corrimão e balanço a cabeça quando vejo os tênis brancos de cadarço dela.

— Não aqueles, os *vermelhos*. Os de plástico. Ela se recusa a sair do quarto sem eles.

— Deixa comigo — Sloane diz, colocando suas bolsas perto do restante das malas.

Junto as mãos em agradecimento.

— Muito obrigada. Tenho só mais algumas coisas para colocar na mala. E você poderia se assegurar de que a Harper faça xixi antes de sairmos?

Ela assente e eu subo correndo as escadas.

— Quinze minutos! — Jay grita para mim. — O carro vai chegar em quinze minutos. Vamos perder a balsa se não sairmos até 9h30.

— Uhum — faço um barulho para sinalizar que o ouvi. Como se existisse alguma coisa que pudesse me impedir de subir naquela balsa.

Volto para o meu quarto e tranco a porta. Preciso pegar algumas coisas no *closet*. Primeiro, o celular pré-pago que escondi em uma caixa de sapatos, um modelo Nokia barato que comprei há alguns meses em uma loja de eletrônicos empoeirada no centro, pago em dinheiro, habilitado para fazer chamadas. E, segundo, a arma. Minha mãe, antes de pararmos de nos falar, insistiu em me dar uma enquanto eu empacotava as coisas da mudança para Nova York. Apesar da *persona* de amante das artes liberal, os valores conservadores que escondia apareciam pelas rachaduras em sua fachada, como raios de sol brilhando intensamente. Ela recitou as estatísticas sobre a criminalidade, mencionando o aumento nas invasões e nos roubos residenciais pela cidade. Eu revirei os olhos — São Francisco tinha uma das taxas mais altas de aumento de criminalidade do país —, mas concordei em ficar com a arma. Nós a guardamos no cofre em uma prateleira no alto do *closet*, a chave escondida em outro lugar; em outra prateleira, fora do alcance da Harper. A arma está registrada no nome de Jay e no meu.

Depois de guardar a arma na mala, levo o celular até o banheiro e tranco a porta. Abro as torneiras e me sento sobre a tampa fechada do vaso sanitário; em seguida, clico no único número que tenho salvo.

Ele atende após o primeiro toque. A voz grave, refrescante como um bálsamo. Como sempre.

— Oi — falo baixinho. Digo a ele que estamos com as malas feitas, quase prontos para sair, que mal posso esperar para vê-lo novamente. — Logo — digo, depois pergunto se ele está pronto. Ele responde que sim e eu sorrio, ainda que ele não possa me ver.

Dez minutos depois, abro a porta do quarto na mesma hora que Sloane e Harper estão saindo do banheiro, Harper com os sapatos de plástico vermelhos que escondi embaixo de uma pilha de bichos de pelúcia para que Sloane tivesse algo para fazer enquanto eu terminava de fazer as malas.

— Estão prontas? — pergunto.

Ambas assentem.

— E você? — Sloane pergunta, a voz mais aguda do que o normal. Ela não quer me perguntar diretamente, mas não consegue acreditar que estou planejando sair de casa assim, como se tivesse acabado de sair da cama. Tão diferente da Violet que ela julga conhecer.

Eu não estava mentindo quando, em uma de nossas primeiras caminhadas juntas, falei sobre o tempo que gasto na minha aparência. É um hábito que tenho desde sempre. Eu fui uma criança desengonçada: orelhas grandes, dentes grandes, nariz grande. Com o tempo, essas características se tornaram proporcionais, mas durante aqueles dolorosos anos de esquisitice, minha mãe costumava ficar atrás de mim no espelho, com um modelador de cachos em uma mão e uma escova na outra.

— É importante — ela dizia enquanto domava e penteava meus cabelos, puxando até meus olhos se encherem de lágrimas — o esforço que você faz. — A mensagem por trás (se você não se importa com a sua aparência, ninguém se importará com você) sendo reforçada milhares de vezes ao longo da minha vida. Agora, espero que seja verdade. Já me sinto mais leve.

— Sim, estou pronta! — respondo. — Vamos!

Sloane faz um bom trabalho em esconder sua surpresa, sorrindo amigavelmente. Nós três descemos as escadas uma atrás da outra: primeiro Sloane, depois Harper, depois eu. A porta da frente está aberta, as malas de todo mundo na calçada, menos a minha. Mantenho a mão grudada na alça da minha mala.

Jay está em pé ao lado de um carro preto, encarando o celular.

— Vamos lá — diz, abrindo a porta de trás —, todo mundo para dentro! — Harper e Sloane começam a andar em direção ao carro.

— Esperem! — grito e todos olham para mim. — Vamos tirar uma foto! O senhor poderia tirar? — pergunto ao motorista.

— Agora? — pergunta Jay. Ele olha para o relógio e depois para mim. — Nós realmente precisamos ir.

Assinto.

— Vai ser rapidinho. Aqui na frente da escada está bom. Vamos, todo mundo junto. — Sinalizo para que eles se posicionem ao meu lado.

Jay suspira, mas pega Harper no colo e a carrega de volta para as escadas. Sloane não se mexe, esperando perto do carro.

— O que está fazendo? — pergunto. — Você também, sua boba! Vem para cá! Podemos usar o seu celular?

Sloane entrega o telefone para o motorista e corre de volta para a escada para ficar ao meu lado.

— Digam "x" — peço, enquanto o motorista levanta o telefone.

Depois que a foto é tirada, todos entramos no carro, apertados igual sardinha. Harper se senta entre Sloane e eu, os fones de ouvido plugados em um iPad. O pescoço dela está inclinado, os olhos fixos no desenho na tela. Sloane e eu sorrimos uma para a outra por cima da cabeça dela. Nós duas estamos empolgadas, embora apenas uma de nós devesse estar.

Quatro horas depois, o carro nos deixa em uma doca ensolarada, lotada de outros viajantes. Tiramos as malas do bagageiro do carro e começamos a empurrá-las em direção à balsa.

— Sorriam, vocês duas! — digo para Sloane e Harper.

Levanto meu telefone. Sloane se abaixa para ficar na altura de Harper e coloca o braço ao redor dos pequenos ombros dela. Quero que existam muitas fotos de Harper com Sloane, Harper com Jay e Sloane. Quero que existam evidências deles como família.

A viagem de balsa dura pouco menos de uma hora. Enquanto Jay está dentro da cabine, fingindo trabalhar, Sloane, Harper e eu passamos a viagem no convés superior, contando gaivotas e procurando por baleias. Está quente e fresco ao mesmo tempo, o sol brilhando acima de nós, o vento soprando, deslizando pela superfície fria e salgada do oceano. Quando as nuvens cobrem nossas cabeças, todas estremecemos e nos aproximamos para esquentar.

Continuo tirando fotos, principalmente de Harper e Sloane, algumas *selfies* de nós três; recusando quando Sloane se oferece para tirar fotos apenas de Harper e eu.

— Estou um caos — digo. — Dormi demais. — Cubro o rosto com as mãos. — É sério, não aponte essa câmera para mim!

Pouco tempo depois, a balsa atraca e todo mundo desce do barco pela rampa. Eu paro ao final dela e inspiro o ar adocicado da maresia. Minha avó costumava esperar aqui por nós, de braços abertos. Fecho os olhos me lembrando do seu sorriso amplo, a mão sobre o chapéu de abas largas para que ele não voasse com o vento. Está quente aqui, tão quente quanto na cidade, mas parece diferente. Lá, o calor faz com que você queira retirar a sua pele, mas, na ilha, faz com que você queira tirar as roupas, desabotoando a blusa devagar, descendo os *shorts* pelo quadril, calcinhas no chão. É um calor sedutor, descontraindo todo mundo, liberando tudo.

Esperamos ao lado das malas enquanto Jay busca o carro alugado. Quando ele chega, insisto para que Sloane vá na frente com ele.

— Para você ter a melhor vista da ilha! — digo para ela, entrando no banco de trás do carro. Harper parece exausta, os olhos vidrados, caídos no canto. Eu a puxo para perto de mim, deixando sua cabeça encostar no meu corpo.

O carro se move devagar pela entrada de cascalho até a rodovia pavimentada, nossas janelas estão abertas, o ar salgado, quente e pungente. Estou em casa.

Logo chegamos à principal rua da cidade, um quarteirão repleto de sorveterias, lojas de lembrancinhas, restaurantes com placas oferecendo sanduíches de lagosta e mariscos fritos. Pessoas estão caminhando nas calçadas de óculos escuros e vestidos, chapéus de abas largas, lambendo sorvetes que se derretem nas casquinhas, bebendo copos de limonada e gelo triturado. Uma parte parece ser de verdade e a outra, como se tivéssemos acabado de entrar em um cenário de filme. Ao final do quarteirão, instruo Jay a virar em uma rua de mão única que vai até perto do oceano. À nossa esquerda, temos o mar, à direita, casas de praia, lado a lado, varandas de madeira, roupas de banho e toalhas molhadas penduradas nos corrimões para secar.

Enquanto passamos, as casas se tornam mais espaçadas, separadas por trechos de grama marinha espessa, folhas longas de capim dos pampas balançando ao vento. Olho para baixo e vejo que Harper dormiu, a cabeça caindo para a frente, a boca levemente aberta, o corpo pesado. Sloane me olha pelo retrovisor e sorrimos uma para a outra.

Alguns minutos depois, o carro diminui a velocidade quando chegamos ao fim de um longo quarteirão. Olho para o mapa em meu telefone.

— É a próxima casa — digo para Jay. — Aquela com as venezianas.

Jay dirige devagar pela entrada de cascalho e desliga o carro. Com cuidado, tiro o cinto de Harper e a coloco no colo, sua cabeça em meu ombro. Ela se mexe e então aconchega o rosto em meu pescoço.

Jay, Sloane e eu paramos na entrada, olhando para a casa. É uma residência de dois andares com revestimento de palha azul, um telhado descolorido e venezianas brancas nas janelas, não muito diferente da casa de minha avó. Há uma varanda coberta com duas cadeiras Adirondack uma de frente para a outra. Do outro lado, um caminho que leva até um pedaço de areia branca da praia, até o oceano.

Subimos pelo caminho até a varanda em uma única linha reta silenciosa. Há uma fechadura eletrônica na porta da frente, do jeito que Gina me disse que haveria. Dito o código para Jay e ele abre a porta para que possamos entrar.

Gina não me decepcionou. O interior da casa é tão pitoresco quanto o exterior. É espaçoso e ventilado com piso de madeira pintado de branco e paredes revestidas por ripas, móveis de vime, almofadas estofadas na cor azul pastel e listras náuticas. A decoração é de uma clássica casa de praia: quadros de torres salva-vidas de madeira e Kombis Volkswagen antigas estacionadas próximo à areia da praia; uma âncora enferrujada pendurada na parede perto da porta de entrada; conchas e estrelas-do-mar em uma tigela de vidro sobre a mesa de centro. Nas estantes, livros clássicos de férias: romances de verão e histórias de detetive, suas capas desbotadas pelo sol e desgastadas. A cozinha nos fundos da casa tem um charme vintage: piso preto e branco estilo retrô, um fogão antigo e geladeira combinando, armários azul-petróleo. Há uma mesa redonda com quatro cadeiras e uma porta dos fundos que parece levar ao deque. Tenho a sensação de que minha avó está prestes a entrar, com uma jarra de chá gelado na mão.

Inclino a cabeça em direção às escadas para informar a Jay e Sloane que vou subir para colocar Harper na cama. Subo os degraus com cuidado. No andar de cima, à minha esquerda, há uma suíte de frente para a praia, um pequeno quarto em frente a ela e, à minha direita, no final do corredor, outra suíte. Levo Harper para o quarto menor com uma cama de solteiro e a coloco gentilmente sobre as cobertas. Ela vira de barriga para baixo, suspira e volta a dormir.

Fecho a porta ao sair e volto para o andar de baixo. Entro na sala de estar na mesma hora que Jay e Sloane entram pela porta da frente, as mãos cheias de malas.

— Lá para cima? — Jay pergunta.

— Aqui está bom — aponto para um dos cantos da sala de estar. — Podemos subir com elas depois que a Harper acordar. A pobrezinha está *exausta*. — Desabo no sofá da sala de estar. — Eu também, na verdade. Estava pensando em ir ao mercado comprar algumas coisas, mas... — olho para Jay — você poderia ir no meu lugar? — lanço um sorriso esperançoso para ele.

— Claro. — Jay dá de ombros.

— Obrigada. — Sorrio para ele. — Talvez comprar salsichas para fazer cachorro-quente no jantar? Leite, ovos. Pão para fazer torrada amanhã.

— Mais alguma coisa?

Balanço a cabeça.

— Não. Mas tive uma ideia! Por que você não leva a Caitlin com você? — sugiro. — Pode levá-la para fazer um *tour* completo pela ilha! Deve ter uma lancha na garagem. Leve-a naquela pequena sorveteria! Ou naquele café perto da loja que aluga caiaques!

— Não, não precisa... — Sloane começa a protestar. Ela olha nervosa de mim para Jay. — Ele não precisa...

— O Jay não se importa, não é, Jay? — interrompo. E antes que ele tenha chance de responder, continuo: — Dá para conhecer a ilha inteira em menos de duas horas de bicicleta. Vocês podem passar no mercado na volta. Você sabe andar de bicicleta, não sabe, Cait?

Sloane assente.

— Então está decidido! — anuncio. — Vou levar Harper até a praia quando ela acordar, e podemos fazer o jantar quando vocês voltarem.

— Tem certeza? — Sloane pergunta. — Posso ficar com a Harper, se quiser.

— Absoluta — respondo. — É sério, estou exausta. Isso me dará tempo para colocar as coisas no lugar. Divirtam-se, aproveitem a ilha!

Finjo não notar o olhar que Jay lança para mim. Ele está confuso com meu entusiasmo, não sabe como interpretá-lo. Mas mantenho o rosto neutro e depois de um momento ele se vira e sorri para Sloane.

— Muito bem, vamos lá — diz segurando a porta da frente aberta para ela, que retribui o sorriso, levemente corada. Ela está caidinha, coitada.

Quando a porta se fecha depois que eles saem, sorrio. É importante que eles sejam vistos juntos desde o primeiro dia. O sr. e a sra. Jay Lockhart.

23

Quando estou sozinha, pego minha mala e a carrego pela escada, pelo corredor até a suíte master. O quarto é lindo, praiano e iluminado, com duas janelas que dão para o oceano, a areia se estendendo até encontrar a espuma das ondas. Na parede à minha direita, há uma cama tamanho *king* ladeada por duas portas: a de um *closet* grande e a do banheiro. Na parede à esquerda, há uma cômoda moderna com poltronas em cada um dos lados.

Jogo a mala sobre a cama. Vamos começar com as prioridades. Gina, a agente de viagem, me garantiu que haveria um cofre disponível em algum lugar da casa. Eu o encontro no armário de roupas de cama no banheiro; uso a data de aniversário da minha avó como senha, a mesma do meu celular pré-pago. Dentro dele, coloco três coisas: a arma, o celular e o envelope que meu advogado me enviou semana passada, com os papéis do divórcio dentro.

Depois que tranco o cofre, tiro da mala uma única coisa, um vestido vermelho Hervé Léger que comprei semana passada e o penduro dentro do *closet*. O resto: dois maiôs modestos, *shorts* e algumas camisetas, deixo dentro da mala. Quero poder levar tudo com facilidade para o quarto de Sloane, no fim desta semana.

Volto para o andar de baixo e subo com o restante das malas: as de Jay vão para o nosso quarto, as de Sloane para o dela e deixo a da Harper na porta do quarto dela. Assim que a coloco no chão, ouço um barulho dentro do quarto.

— Mamãe? — Harper me chama, com a voz baixa e rouca de sono.

Abro a porta com cuidado.

— Dormiu bem, amorzinho? — pergunto. — Você adormeceu no caminho para cá.

Harper se senta no meio da cama, os olhos embaçados e com tufos de cabelo soltos e arrepiados.

— Chegamos na praia? — ela pergunta.

Confirmo.

— Quer ir brincar na areia?

Trinta minutos depois estamos sobre uma toalha de praia, a pele brilhando de protetor solar. Harper está usando uma pazinha de plástico para cavar um buraco ao lado da toalha, procurando por caranguejos escondidos na areia. Eu me deito de costas e coloco os braços atrás da cabeça. *Talvez*, penso esperançosa, *Jay seja atropelado por um carro na volta para a casa.*

Estamos na praia há cerca de uma hora quando vejo Jay e Sloane se aproximando de bicicleta.

— Olha! — digo para Harper. — O papai e a Caitlin! — levanto a mão acima da cabeça e aceno. Harper acena também.

Tanto Jay quanto Sloane acenam de volta. Ele diz algo para Sloane, e então os dois descem das bicicletas. Jay pega um saco de papel do cesto da bicicleta e segue em direção à casa, enquanto Sloane começa a descer a trilha que leva à praia.

Sloane se aproxima com um sorriso largo. Ela parece animada, os olhos brilhando, as bochechas rosadas. Eles se divertiram, dá para perceber. Sabia que se divertiriam. Jay com seu sorriso fácil, o jeito como olha para você, faz com que se sinta no topo de uma montanha-russa prestes a despencar. Euforia e antecipação, o estômago revirando, o coração acelerado. É igual a uma droga. Se você não tomar cuidado, se torna uma viciada, com marcas de agulha no braço, as veias saltadas.

Foi assim que me senti quando nos conhecemos. Ele se sentou na cadeira ao lado da minha no meu primeiro ano de faculdade, sorrindo para mim enquanto se sentava. Era apenas minha segunda semana no *campus*.

— Este lugar está livre? — ele perguntou.

— Não está mais — respondi.

Ele me acompanhou de volta ao dormitório, mas não foi embora. Ficamos sentados na minha cama, conversando, nossas coxas se encostando. Eu mal conseguia respirar ao lado dele. Jay era aquele tipo de homem bonito de doer. E era engraçado, me fazia rir até ficar com a barriga doendo. Mas o principal era o modo como seus olhos nunca deixavam os meus, como tudo desaparecia ao nosso redor. Ele me pediu para ser sua namorada duas semanas depois, e, então, quando nos formamos, para ser sua esposa. Nas duas vezes disse "sim" antes de ele terminar a pergunta. Sabia que nunca me cansaria da maneira como ele me olhava; nunca passou pela minha cabeça que ele se cansaria de olhar. Eu me esforcei tanto para garantir que ele não se cansaria, o corpo suado e dolorido de esforço.

— Jay vai ligar a churrasqueira — Sloane diz ao se aproximar. — Disse para subirmos daqui a uma hora.

— Vocês se divertiram? — pergunto sinalizando para que Sloane se sente ao meu lado na toalha de praia.

Ela confirma enquanto se senta, esticando as pernas na areia.

— É tudo tão lindo aqui — ela inclina a cabeça para trás e respira fundo. — Dá a sensação de que nada de ruim acontece, não dá? — ela pergunta olhando para mim, sorrindo.

Concordo com a cabeça. Sei o que ela quer dizer. Mas coisas ruins acontecem aqui. Afogamentos, overdoses, mortes provocadas por dirigir embriagado. Mais coisas ruins do que você imagina, dezenas a cada verão, turistas descuidados, com muito dinheiro e sem muita consideração por si mesmos nem por ninguém.

Coisas ruins acontecem, mas são resolvidas rapidamente, apagadas, desfeitas com a ajuda de dinheiro e poder. Nada é examinado muito de perto. Mortes acidentais ou por causas naturais, sempre com a assinatura solta e descuidada do legista, igual ao próprio. Dizem que ele fica feliz em fazer vista grossa, assinar a papelada sem fazer perguntas, contanto que valha a pena para ele.

Como da vez que uma estagiária desapareceu na casa de férias de um senador, *puf*, em um piscar de olhos. Todos tinham visto os dois juntos naquele verão, reparado no quanto ela era bonita, no quanto parecia ser jovem, principalmente comparada à esposa dele. A ausência repentina dela foi explicada, ignorando os gritos que todos ouvimos na noite que antecedeu o seu desaparecimento, a presença de uma equipe de limpeza em sua casa na manhã seguinte. Era algo que só os locais sabiam, os segredos que guardamos, um dos nossos muitos acidentes de Chappaquiddick. Ninguém mais do que nós desejava que a beleza da ilha permanecesse intacta, nem mesmo aqueles que faziam os cheques.

Nada — ninguém — é perfeito, nem mesmo as coisas que você ama mais do que tudo. Enquanto crescia, eu não conseguia entender muito bem como um lugar tão alegre também poderia ser tão sombrio, mas agora combina comigo. Na verdade, é um dos motivos de estarmos aqui.

Estico a mão e aperto a de Sloane.

— Obrigada por ter vindo, Cait.

Ela aperta a minha mão também.

— Obrigada por me convidar.

Quando voltamos para casa, vermelhas de sol e cobertas de sal, Jay está na parte dos fundos, que fica próxima à cozinha, em pé diante de uma churrasqueira.

— Quem quer um cachorro-quente? — ele grita quando nos vê. — Harper?

— Sim! — Harper grita. — Mas só com *ketchup*. Eu não gosto dele com mostarda — ela diz para Sloane, que assente atenciosa, como se tivesse acabado de receber uma informação incrivelmente importante. Sinto uma onda de carinho tanto por Harper quanto por Sloane. Seguida de uma onda de raiva por Jay. Ele nunca se recorda de que Harper odeia mostarda, sempre oferece para ela não importa quantas vezes ela o lembre disso.

Comemos na mesinha no canto da cozinha, ainda com os nossos maiôs, as toalhas ao redor da cintura. Jay bebe uma cerveja enquanto o resto de nós bebe limonada gelada em taças de plástico.

Sloane mal consegue tirar os olhos de Jay. Ela ri alto sempre que ele fala, atenta a cada palavra dele, que parece gostar da atenção — é claro que gosta, sempre gostou —, olhando de vez em quando para mim para ver minha reação. Finjo não notar, rindo junto e mantendo um sorriso alegre no rosto.

Às 19 horas, depois de comer nossos cachorros-quentes — eu comi três — e esvaziar nossos copos, olho para Harper:

— OK — digo. — Hora do banho, fofinha. Jay, você está pronto?

Harper faz bico.

— Quero que você me dê banho, não o papai! — *Boa menina, Harp.* Disse a ela mais cedo que tinha um plano para fazer o banho ser ainda mais divertido hoje à noite.

Lanço um olhar impotente para Jay como quem diz *Bem, o que você quer fazer nesse caso?* Ele levanta as mãos se rendendo.

— Fico com a louça. Por mim, tudo bem.

— Eu ajudo — Sloane se oferece rapidamente. Ela olha na direção de Jay e depois desvia o olhar. Em silêncio, me parabenizo. Mordeu a isca. Na mosca.

— Ótimo — digo. — Obrigada. — Quanto mais tempo passarem juntos sozinhos melhor.

— Vamos lá então — digo para Harper. Depois me viro para Jay e Sloane: — Provavelmente vou direto para a cama depois de colocar a Harper para dormir, ainda estou exausta da viagem. Até amanhã?

Ambos assentem.

Enquanto estou no banheiro de cima com a Harper, ela se esbaldando na banheira, escuto o barulho de louças sendo lavadas, a geladeira abrindo e fechando. Se tivesse que adivinhar, Jay está lavando os pratos enquanto Sloane os seca e arruma a cozinha. Ouço seus tons de voz aumentarem e diminuírem, risadas e um grito alegre de vez em quando. Ele provavelmente está jogando bolhas de sabão nela, enquanto ela tenta se desviar batendo nele com uma toalha e rindo. Ambos estão felizes depois da tarde que passaram juntos, leves. Imagino a eletricidade quando ele passa algo para ela, suas mãos se tocando. Com Jay sempre tem eletricidade, o estalo e a crepitação do calor, a promessa de algo mais.

Estou lendo para Harper na cama quando a porta se abre devagar, a cabeça de Jay aparecendo.

— Boa noite, Harp — ele diz baixinho quando vê que ela ainda está acordada.

Jay atravessa o quarto e dá um beijo na testa dela. Harper estende os braços e os coloca em volta do pescoço dele.

— Boa noite, papai — ela diz. — Eu te amo. — Sinto uma fisgada. Ela vai sentir falta dele quando ele se for. Mas vou recompensá-la. Vou amá-la por nós dois.

Quando ele sai do quarto, escuto seus passos descendo a escada. Não ouvi Sloane subir ainda. Talvez terminem juntos no sofá, assistindo a um filme, dividindo um cobertor; imagino qual zíper vai ser aberto primeiro. Mas quando piso no corredor, fechando a porta do quarto de Harper, Sloane está subindo as escadas.

Ela sorri para mim.

— Ela dormiu? — sussurra apontando para o quarto de Harper.

— Apagou rapidinho — confirmo. — Não precisa fazer silêncio. Depois que ela dorme, apaga. Não acorda por nada.

Por nada. Nem mesmo com gritos, o barulho de vidros quebrando, sirenes. Como ela continuou dormindo aquela noite, há cerca de um ano, eu não sei. Mas sou tão grata que poderia me ajoelhar e beijar o chão.

— Bom, vejo vocês de manhã — Sloane diz. — Estou exausta. Ela acena brevemente quando entra no quarto, depois fecha a porta.

Trinta minutos depois, Jay entra em nosso quarto. Faço minha respiração ficar mais lenta, fingindo que estou dormindo. Ele tira a roupa e se deita na cama ao meu lado, o colchão cedendo com o peso dele.

— Violet — ele sussurra na escuridão. — Violet? — Ele se aproxima de mim, sinto seu corpo pressionando minhas costas, quente, desejoso. Permaneço imóvel. Ele se aproxima ainda mais, a respiração no meu ouvido, no meu cabelo, então, quando eu não respondo, ele desiste e rola para o outro lado.

Mesmo que eu quisesse, o que eu não quero — preferiria transar com um cacto —, teria recusado. A dor da rejeição sempre foi demais para Jay suportar; ele precisará de algo para aliviá-la. De alguém, na verdade.

Para sua sorte, não precisará procurar muito longe.

24

Na manhã seguinte, acordo com os raios de sol entrando pela janela, o quarto inteiro iluminado por eles, tão claro que preciso cobrir os olhos, piscando para me acostumar. Jay ainda está dormindo, com a boca levemente aberta.

Devagar, para não acordá-lo, pego meu telefone na mesinha de cabeceira e aperto os olhos para enxergar as horas. É um pouco depois das 7 horas. Saio com cuidado da cama, pego algumas coisas da mala — um maiô listrado de alças largas, uma regata desbotada, um *shorts* feito a partir de uma calça *jeans* cortada e um boné de beisebol — e me visto em silêncio no banheiro. Não lavo o rosto, nem aplico a maquiagem.

Quando estou saindo do banheiro, vejo meu reflexo no espelho. Fico surpresa com a maneira como eu me sinto ao me ver assim, desmontada e sem maquiagem. É como uma respiração profunda de alívio; como se finalmente tivesse soltado o ar depois de prendê-lo por muito tempo, meu corpo inteiro relaxando. Agora, me sinto — de novo — como a garota que costumava ser nesta ilha. Não é só por causa do que estou vestindo, a regata larga e o maiô confortável, mas porque, pela primeira vez em muito tempo, não estou me vestindo para outra pessoa. Eu não me importo com o que vão pensar quando olharem para mim. Saí da caixa em que Jay me colocou. Estou livre.

É como pensei que me sentiria na faculdade: finalmente por minha conta, as expectativas dos meus pais e os uniformes da escola particular deixados amarrotados dentro do *closet*. Mas antes de me encontrar, eu encontrei o Jay. Achei que ele era o antídoto para a filha certinha que esperavam que eu fosse em casa; a liberdade que eu perseguia; um tipo de amor "me ame como sou" autêntico. Eu estava errada. Em vez de me tornar a pessoa que queria ser, eu me tornei quem *ele* queria que eu fosse. A garota da ilha foi enterrada de novo, da mesma maneira que tinha sido na casa dos meus pais. Mas agora ela ressurgiu, ela está aqui. Sorrio para mim mesma. *Bem-vinda de volta, Violet. É bom ver você.*

No andar de baixo, arrumo a bolsa de praia: algumas toalhas e um cobertor, garrafas de água e algumas latas de refrigerante, lanchinhos, protetor solar. Encontro duas cadeiras de praia e um guarda-sol na garagem e os levo para a varanda.

Um pouco antes das 8 horas, ouço a porta do quarto de Harper se abrir. Coloco dois pedaços de pão na torradeira e a encontro descendo as escadas. Ela ainda está acordando, bocejando.

— Oi, amorzinho — digo baixo. — Todo mundo ainda está dormindo. Vamos vestir o seu maiô e depois vamos para a praia!

Ela concorda enquanto eu aponto para que suba de novo as escadas. Consigo vesti-la sem muita resistência, seus membros ainda pesados de sono.

Quando voltamos para o andar de baixo, a torrada está pronta, quase queimada. Passo manteiga rápido, na esperança de que Harper não note. Mas ela nota.

— Está muito preta — diz, franzindo o nariz.

Reviro os olhos.

— Está bem, eu como esta. Que tal esta aqui? — seguro a outra torrada, um pouco menos queimada.

— Não! Ela está queimada também! — ela me lança um olhar fulminante, o cabelo amassado de quem acabou de acordar apontando para todas as direções. Ela não é uma pessoa matutina.

Normalmente, eu insistiria com ela, falaria sobre a importância de não desperdiçar comida, mas quero chegar cedo à praia e, a menos que ceda, enfrentarei uma discussão ruidosa. Coloco duas novas fatias de pão na torradeira.

Enquanto Harper come seu pão perfeitamente dourado, reviro as gavetas da cozinha até encontrar um pedaço de papel e uma caneta. Escrevo rapidamente um bilhete para Sloane e o prendo na geladeira: *Estamos na praia, junte-se a nós quando puder!*

— Venha, vamos lá — digo para Harper. É importante que cheguemos à praia antes que Sloane acorde.

Estamos na praia há mais ou menos uma hora quando vejo uma mulher e duas crianças vindo da casa ao lado da nossa pelo caminho de grama. Eu já sei o nome dela e o nome dos seus dois filhos, cortesia de uma gorjeta generosa para Gina, a maravilhosa agente de viagem. Eles chegaram há dois dias e são o motivo pelo qual gastei uma fortuna na casa em que estamos.

Observo enquanto a mulher coloca um grande cobertor de piquenique sobre a areia, abre uma cadeira de praia e despeja uma sacola de brinquedos na areia.

— Vamos — digo para Harper. — Vamos fazer amigos.

Pego na mão dela e atravessamos a praia até o local onde estão.

— Oi! — digo quando nos aproximamos.

A mulher levanta os olhos de um livro desbotado, seu rosto protegido embaixo de um chapéu de palha trançada.

— Somos suas vizinhas — digo, apontando para a nossa casa. — Chegamos ontem. Vi seus filhos e pensei que seria legal se Harper tivesse alguns amiguinhos. Harper, que tal dizer "oi"?

— Oi — Harper diz, tímida.

A mulher sorri e fica em pé. Ela parece ser uma mãe jovem, o cabelo loiro-claro, pele clara e com sardas, alta e magra, traços levemente masculinos, feições semelhantes às de uma ave, mas bonita. Está vestindo uma camisa *jeans* bem larga, azul desbotada, aberta sobre um biquíni de cordinha, as mangas enroladas até a altura dos cotovelos. Os ossos do quadril angulares e salientes debaixo das tiras do biquíni.

— Oi — ela diz. — Sou a Anne-Marie. E aqueles são Rooney e Claire. — Ela aponta para as duas crianças perto do mar, primeiro para o menino depois para a menina.

Eu me ajoelho ao lado de Harper.

— Harper, quer ir lá brincar com eles?

Ela acena com a cabeça e então sai saltitando alegre. Eu a observo, sorrindo, meu coração se expandindo no peito. Essa é a minha menina, minha borboleta extrovertida, minha criança labradora.

— Quantos anos ela tem? — Anne-Marie pergunta.

— Vai fazer 5 no fim do mês — respondo. — Eu sou Caitlin, a propósito. A babá da Harper — ofereço minha mão e ela aceita, a palma da mão fria, os dedos magros.

— Muito prazer — ela diz. — Você disse que chegaram ontem? De onde vocês são?

— Nova York. E vocês?

— Carolina do Norte. Charlotte. Estamos aqui desde sexta-feira. Vocês estão com sorte, escaparam da tempestade. Foi torrencial, choveu os dois primeiros dias inteiros depois que chegamos. As crianças quase enlouqueceram. Mas, então, como em um passe de mágica — ela estala os dedos —, o céu se abriu. Fiquei preocupada que ficaríamos presos dentro de casa a viagem inteira, achei que teríamos que voltar para

Charlotte! E só de pensar em entrar de novo em um avião com aqueles dois... — Ela balança a cabeça para enfatizar. — Bom, vamos apenas dizer que preciso de uma bebida forte só de pensar nessa possibilidade.

Anne-Marie é, descubro, alguém que fala pelos cotovelos, e logo começa a contar outra história sobre a viagem até aqui, sobre como Rooney ficou enjoado durante o voo, o que fez com que Claire ficasse enjoada também, e seu marido não ajudou em nada, porque, antes de o avião decolar, tomou dois calmantes e uma taça de vinho, para combater sua ansiedade de voar, e estava desmaiado no assento da janela.

— Quase não consegui retirá-lo do avião — ela diz. — Enquanto isso, as duas crianças e eu estávamos cobertos de vômito. — Anne-Marie revira os olhos quando diz isso, como se tivesse acrescentado: *Você sabe como os maridos são.* Eu sei, é claro. O meu consegue ser ainda pior que o dela; embora, Fitz, fico sabendo rapidamente seu nome, parece ser bem difícil também.

Depois de finalmente parar para respirar, Anne-Marie aponta atrás de mim.

— Oh — diz, protegendo os olhos do sol —, aquela é a mãe da Harper? Eu me viro e vejo Sloane descendo em direção à nossa barraca. Fico feliz de ver que ela está vestindo a saída de praia que comprei para ela, e os grandes óculos de sol Dior, aparentando ser chique e elegante. Uma mãe nova-iorquina de férias.

Confirmo com a cabeça.

— Violet Lockhart. Você vai gostar dela. Acho melhor voltar com a Harper, mas leve seus filhos lá em casa hoje à tarde, e eu apresento vocês duas!

— Seria ótimo! — Anne-Marie diz entusiasmada.

— Vamos, Harp! — chamo. — Vamos pegar um lanche! — Depois me viro para Anne-Marie: — Foi um prazer conhecê-la.

Harper vem correndo, provavelmente pela promessa de algo para comer, e nós duas acenamos quando vamos embora, de volta para nossa barraca.

— Bom dia! — digo para Sloane quando nos aproximamos. Ela se sentou debaixo do guarda-sol, sobre a toalha, as pernas esticadas para a frente.

— Bom dia! — Sloane responde, sorrindo animada para nós.

Eu me sento ao lado dela e começo a procurar na bolsa por uma barrinha de granola para Harper.

— Desculpe — digo —, estávamos conhecendo os vizinhos. Eles estão hospedados na casa ao lado da nossa. — Aponto para uma casa rosa-claro com o mesmo telhado de palha cinza que o nosso. — Eles têm dois filhos com idade próxima à da Harper.

— Um se chama Rooney e a outra se chama Claire! — Harper entra na conversa. Claire é mais velha do que eu. E Rooney é um menino. Mas na minha turma tem uma menina que se chama Rooney.

Sloane paralisa ao ouvir a menção à Mockingbird, apertando levemente o maxilar. Ela provavelmente conhece a menina; a mãe de Rooney me disse que a filha frequenta a escola desde que tinha 18 meses. Sloane, então, relaxa a expressão e abre um grande sorriso para Harper.

— Que sortuda!

— Não é? — respondo. — Eu os convidei para ir lá em casa mais tarde para que as crianças possam brincar mais um pouco. E você pode conhecer a mãe. Ela é uma figura. Bem faladeira. Eu mal consegui dizer uma palavra.

Sloane ri.

— Bom, fico feliz que Harper tenha com quem brincar.

Assinto.

— Mas, olha só que engraçado — digo —, ela achou que *eu* era a babá.

Sloane inclina a cabeça e solta uma risadinha.

— Isso *é* engraçado — diz. — Por que será que ela achou *isso*?

— Acho que ela viu você e o Jay no mercado ontem e presumiu que vocês estavam juntos.

O rosto de Sloane fica vermelho imediatamente.

— O que ela disse quando você contou que ele é o *seu* marido? — pergunta.

— Eu não a corrigi! Não disse que mal consegui falar uma palavra? — escondo o rosto nas mãos fingindo estar envergonhada. — Também não queria que ela se sentisse mal, por isso deixei passar. Disse a ela que meu nome era Caitlin quando ela perguntou!

— *O quê?* — Sloane ri. — Então, ela acha que você é a babá e eu sou a mãe da Harper?

Dou risada também, como se fosse uma confusão divertidíssima. Ha, ha, ha, *hilário*, não é mesmo?

— Sim! Eu pensei que provavelmente não vamos vê-los com frequência, que mal poderia ter?

— Você acabou de dizer que eles podem passar lá em casa mais tarde! — Sloane argumenta.

— Eu sei, eu sei! Eu errei! Mas deixe ela continuar achando isso, OK? Promete? Eu pareceria doida se contasse a verdade agora.

Sloane dá de ombros.

— Está bem, mas *é* loucura, você sabe disso, não sabe? — ela pergunta diretamente, levantando uma sobrancelha.

Dou risada de novo.

— Eu sei! Podemos falar sobre outra coisa, por favor? Dormiu bem ontem à noite? — pergunto.

Ela assente.

— Igual a uma pedra. Você deveria ter me acordado hoje de manhã!

Faço um gesto indicando para deixar para lá.

— Estamos de férias — digo. — E se você conseguiu dormir durante a birra que a Harper fez hoje de manhã por causa das torradas, então, eu provavelmente, não teria conseguido acordá-la.

— Estavam queimadas! — Harper diz indignada. — Iam arranhar o céu da minha boca!

Sloane sorri bem-humorada.

— Bom, não costumo dormir tão pesado. Foi maravilhoso. Embora tenha acordado com uma queimadura de sol feia hoje de manhã. — Ela puxa a saída de praia para o lado a fim de expor os ombros vermelhos.

— Ai! — exclamo. — Vamos comprar *aloe vera* na farmácia mais tarde. — Aqui, não vamos cometer o mesmo erro hoje. — Entrego a ela o protetor solar em *spray*. — Passe nas minhas costas e eu passo nas suas. Harper, deixe eu passar protetor solar em você de novo também.

Quando estamos todas suficientemente lambuzadas, deitamos as cabeças nas cadeiras, os queixos na direção do sol, os chapéus protegendo nossos rostos.

Depois de alguns minutos, Sloane pergunta — casualmente, é claro:

— E o Jay?

— Trabalhando — termino a frase dela sem abrir os olhos. — Disse que tentaria se juntar a nós mais tarde.

É claro que eu não falei com Jay antes de sair, mas presumo que ele virá em algum momento, feliz por ter uma desculpa para tirar a camisa. Isso dará a Sloane algo por que ansiar. É impossível não notar a esperança em sua voz.

E um pouco antes do meio-dia, ele aparece. Estou na água com Harper, correndo para a frente e para trás enquanto as ondas vêm e vão. Ela grita quando a água chega nela, batendo em seus tornozelos. Eu o vejo vindo pelas dunas e descendo o monte de areia em direção à nossa barraca. Está carregando uma grande sacola marrom em uma das mãos, e acena com a outra.

Harper começa a gritar quando o vê. Corre até ele e pula em seus braços. Ele gira com ela no colo, Harper ri feliz. Forço um sorriso largo no rosto.

— Trouxe sanduíches — Jay diz, levantando a sacola. — Espero que todo mundo esteja com fome. — Ele ama esse tipo de coisa: parecer o cara legal, o bom pai. Jay salva o dia! Que grande hipócrita. Abro um sorriso para ele enquanto escolho o maior sanduíche.

Quando acabamos de comer, Harper pula animada.

— Você pode nadar comigo, papai?

Ele dá um sorriso sentido para ela.

— Preciso voltar ao trabalho, Harp — diz —, desculpa, amor.

Harper faz um biquinho com o lábio inferior que começa a tremer.

— Mas você acabou de chegar!

Meu estômago enrijece. *É, Jay, você acabou de chegar. E nós dois sabemos o que você fica fazendo lá naquele escritório, não há motivo para não passar dez minutos com a sua filha.* Isso me mata. A forma como ele a dispensa, a mágoa no doce rosto dela. Ele merece ser esquartejado, os quatro membros amarrados, esticados, arrancados, *pop, pop, pop, pop.*

Jay suspira.

— Vou tentar terminar mais cedo hoje, OK?

Ela lança um olhar furioso para ele.

— Eu quero entrar na água *agora*!

— Eu entro com você, Harper — Sloane oferece.

— Eu quero entrar com o papai!

— Tem certeza de que não quer que eu entre com você? Posso ensinar como se captura uma sereia. — Sloane dá de ombros, indiferente. — Quer dizer, se você quiser.

Escondo um sorriso. Preciso reconhecer: ela é ótima com crianças.

Harper não olha para Sloane, em vez disso, chuta a areia à sua frente.

— Sereias não existem — diz, mas não parece completamente convencida.

— Como você sabe? — Sloane pergunta.

Os cantos da boca de Harper se contraem. Sloane se levanta e estende a mão para ela, que aceita.

— Você já viu mesmo uma? — Harper pergunta.

Sloane olha para mim e depois para Jay. Ele diz um *obrigado* silencioso, só mexendo a boca, para ela, e é evidente quanto isso a deixa satisfeita.

— Só uma vez — ela diz a Harper. — Vem, vamos lá! — Elas correm de mãos dadas até a água. Harper grita enquanto pula as ondas.

— Obrigada pelos sanduíches — agradeço a Jay. — Onde você os comprou?

— No restaurante que tem um mercado ao lado, logo antes da rua principal. Comprei algumas coisas também. Mantimentos para os próximos dois dias. Hambúrgueres para o jantar de hoje. E picolés.

— Ótimo — digo.

Pedi sorvete, mas é a cara de Jay achar que sabe o que é melhor. Voltarei ao mercado mais tarde. Eu conheço bem o lugar, ia lá todos os dias durante os meus verões aqui com um grupo de amigas, descalça e suja de areia. Ficávamos em pé com a geladeira aberta até o sr. Menna gritar conosco para escolher logo. Pegávamos garrafas de suco gelado e sacos de doces azedinhos, levávamos para a praia e comíamos sentadas em nossas toalhas. Não havia nenhuma troca de dinheiro, nenhuma nota de dólar molhada enfiada em nossos maiôs. Se você fosse local, tinha uma conta aberta em todos os estabelecimentos da ilha, que era paga de alguma forma, de algum jeito. O sr. Menna devia estar com uns 70 anos quando eu era adolescente; eu me pergunto se ainda está lá, de cabelos brancos, cheio de rugas.

— Havia um senhor mais velho trabalhando lá? — pergunto a Jay.

Ele dá de ombros.

— Não sei.

Assinto de um jeito brusco. É claro que ele não sabe. É preciso ter um perfil específico para chamar a atenção de Jay. E um dono de mercado idoso não se encaixa nele.

— Bom, obrigada de novo pelo almoço — digo, me forçando a sorrir. — Voltaremos para casa em algumas horas.

Jay vai embora e me recosto na cadeira, observando Sloane e Harper se jogando nas ondas.

A tarde se estende, brilhante e quente. A música tocando em uma caixa de som *bluetooth*, a *playlist* da Taylor Swift de Sloane que todas nós cantamos junto. A música favorita de Harper, "Bad Blood", toca de novo e de novo e, toda vez que começa, sorrio para mim mesma. Como se encaixa. Tiro um milhão de fotos da Harper, de biquíni, sua barriguinha ainda rechonchuda igual à de um bebê, o cabelo ficando cacheado pela umidade, como uma auréola selvagem, areia grudando em sua pele melada de protetor. Ela se abaixa próximo ao mar, procurando conchas, correndo de volta até o nosso guarda-sol, quando encontra uma boa. Ela posa para mim quando me vê segurando o telefone, sorrindo, as mãos nos quadris como se tivesse 15 anos em vez de quase 5. Nem tudo sobre ser mãe é fácil, mas isto, este momento aqui, agora, é mágico.

Por volta das 17 horas, quando o calor do sol começa a diminuir, chamo Harper.

— Pronta para voltar para casa?

— Não, ainda não! — Harper responde de dentro do buraco que está cavando.

— Papai comprou picolé — digo cantarolando. — Você pode tomar um enquanto eu começo a fazer o jantar.

Harper fica em pé.

— Amo picolé!

Dou risada.

— Sei que você ama. E você, Cait, quer um picolé? — Eu me viro para Sloane. — E Jay disse que comprou hambúrgueres para o jantar.

— Parece ótimo — diz ela, ficando em pé e esticando os braços acima da cabeça. A queimadura de sol em seus ombros está começando a mudar de cor, de rosa para marrom, sua pele melada de tanto protetor solar.

Dobramos as cadeiras, fechamos o guarda-sol e começamos a subida de volta para casa, pela areia e pela grama e capim altos.

Quando estamos as três nos acomodando na cozinha, Harper sentada na mesinha esperando por seu picolé, as pernas balançando na cadeira, escuto uma batida na porta de tela da frente.

— Olá? — a voz de uma mulher reverbera pela casa.

Dou um passo na direção da sala de estar e vejo Anne-Marie e seus dois filhos na varanda.

— São nossos vizinhos! — digo, voltando para a cozinha. — Vamos, vou apresentar você — sinalizo para que Sloane e Harper me sigam.

— Lembre-se — digo a caminho da porta, piscando. — Você sou eu.

Sloane revira os olhos bem-humorada.

— Certo — diz. — Eu me lembro.

Abro a porta.

— Oi! Entrem, entrem!

— É uma boa hora? — Anne-Marie pergunta.

— Sim, claro — respondo. — Estávamos torcendo para que vocês viessem. Violet — eu me viro para Sloane —, esta é a Anne-Marie. Anne--Marie, Violet. Eles estão hospedados na casa ao lado.

— Oi — Anne-Marie diz, estendendo a mão para Sloane. — Muito prazer!

— Você gostaria de mostrar seu quarto para Rooney e Claire? — pergunto à Harper.

— Mas e o picolé? — Harper diz, franzindo a testa.

Sorrio me desculpando com Anne-Marie.

— Íamos tomar picolés. Tem o suficiente para todo mundo se estiver tudo bem para você.

Ela faz um gesto indicando não se importar.

— É claro. Eles vão adorar, não vão, crianças?

Rooney e Claire concordam, tímidos.

Levo todo mundo para a cozinha e pego a caixa de picolés, distribuindo-os um por um.

— Podem ir comer lá na varanda — digo, abrindo a porta. As três crianças saem felizes.

— Você aceita alguma coisa? Chá gelado, água, cerveja? Um picolé? — pergunto para Anne-Marie.

— Um picolé seria ótimo — ela diz. Entrego um para ela, outro para Sloane e pego um para mim.

— Onde você a encontrou? — ela pergunta para Sloane, inclinando a cabeça na minha direção enquanto abre o picolé. — Tenho sorte quando consigo fazer minha babá largar o telefone por tempo suficiente para buscar as crianças na escola! Não estou brincando, ela esquece de buscar um deles pelo menos duas vezes por mês.

Sloane me lança um sorriso irônico. Respondo com um belo sorriso.

— Acho que foi sorte — Sloane diz. — De onde vocês são? — *Inteligente, Sloane, mudando de assunto.*

— Charlotte — Anne-Marie responde. — Conhece? — Ela não dá tempo para nenhuma de nós responder. — Eu nasci em Vermont, mas meu marido nasceu e cresceu lá. Nós nos conhecemos em uma conferência sobre vendas e uma coisa levou a outra! Ele ficou irredutível sobre criar as crianças perto dos pais dele, e já que os meus estão aproveitando a aposentadoria em Boca, pensei, *que seja*, e moramos lá há quase dez anos já! É uma cidade fofa, que está crescendo demais.

Olho para Sloane como quem diz, "*viu o que eu quis dizer?*", e ela esconde um sorriso.

Anne-Marie continua:

— Não é tão grande quanto Nova York, é claro. Caitlin disse que vocês são de lá? — ela diz para Sloane.

Antes que Sloane tenha a chance de responder, ouvimos passos nas escadas. Nós três nos viramos e vemos Jay entrando na sala de estar.

O sorriso congela em meu rosto. Presumi que ele não desceria. Foi burrice minha. Deveria ter sugerido que fôssemos tomar nossos picolés na varanda com as crianças. *Merda.*

— Anne-Marie — digo rápido —, este é o Jay. Pai da Harper. Jay, esta é a Anne-Marie e aqueles são Claire e Rooney no deque com a Harper. Eles estão hospedados na casa ao lado.

— Olá — diz Jay, atravessando a sala de estar e entrando na cozinha para apertar a mão de Anne-Marie. — Desci só para pegar algo para beber. — Ele dá a ela seu sorriso largo de estrela de cinema. — Prazer em conhecê-la.

Anne-Marie passa a mão pelo cabelo para ajeitá-lo e coloca uma mecha atrás da orelha.

— O prazer é meu — ela responde, sorrindo também.

Jay, então, inclina a cabeça.

— Acho que vi você hoje de manhã. Correndo na praia?

— É provável — Anne-Marie responde. — Tento correr uns dez quilômetros antes do café da manhã.

— Todos os dias? — Jay pergunta, parecendo impressionado.

Anne-Marie confirma, corando um pouco.

— Eu tento. Alguns dias corro menos. Algumas manhãs consigo correr quinze quilômetros, se começar cedo o suficiente. Corri a Maratona de Boston alguns anos atrás. Fiz faculdade lá. Na Universidade de Boston. Estou treinando para correr outra maratona na próxima primavera.

— Uau! — Sloane diz enquanto Jay concorda admirado.

— É uma boa desculpa para sair de casa — ela diz. — Fitz, meu marido — ela esclarece a todos —, deixa as crianças assistirem a desenhos animados quando acordam. "Nas *férias* pode", ele diz, e eles viram uns capetinhas quando chega a hora de desligar. Então, eu o deixo lidar com as consequências, que, aliás, foram criadas por ele. Vocês correm?

Tanto Sloane quanto eu negamos com a cabeça, mas Jay faz um barulho afirmativo.

— Quando tenho tempo — ele diz. — Adoro correr. Na verdade, gostaria de encaixar algumas corridas enquanto estamos aqui. — Tento não revirar os olhos. Não o vejo calçar tênis de corrida desde que nos mudamos para Nova York. Mas Jay, previsível que é, não perderia a oportunidade de fazer alguém se sentir visto. E Anne-Marie ofereceu a oportunidade perfeita.

— Você deveria vir correr comigo! — sugere.

Jay concorda pensativo.

— Quem sabe? Que horas você sai?

— Por volta das 7 horas — ela responde. — Antes que fique muito quente. E antes que aqueles monstrinhos fiquem com fome e queiram tomar café da manhã. Fitz não saberia fritar um ovo para salvar a própria vida. — Ela revira os olhos. — Mas, falando em fome, e em Fitz, está na hora de voltarmos para casa. Ele deve chegar do golfe logo e vai querer saber em que pé está o jantar.

— E eu preciso voltar lá para cima — Jay diz, sorrindo. — Ainda tenho um pouco de trabalho para fazer. — Ele pega uma água com gás na geladeira. — Foi um prazer conhecê-la, Anne-Marie. Talvez nos vejamos amanhã de manhã.

Ele sorri, acena, e nós três observamos enquanto ele sobe as escadas. Solto um suspiro de alívio, feliz por Jay não ter dito nada que me desmascarasse.

— Meu marido *nunca* me acompanhou em uma corrida — Anne-Marie solta uma risadinha. — Você poderia pedir para ele conversar com o Fitz? — ela direciona a pergunta para Sloane. Então, abre a porta de tela que dá para o quintal. — Crianças! Vamos embora!

Nós os acompanhamos até a porta da frente. Harper e Claire estão rindo entre si, já amigas.

— Obrigada pelos picolés! Crianças, digam "obrigado" — Anne-Marie pede aos filhos quando estão saindo pela porta. Depois se vira para nós: — Nos vemos na praia de novo amanhã?

— Até amanhã! — respondo.

— Foi um prazer conhecê-los — Sloane grita quando chegam ao final do caminho para nossa casa.

Fecho a porta devagar.

— O tal do Fitz parece ser um partidão. — Sloane comenta quando a porta está fechada.

Solto uma risadinha.

— Marido do ano. — Depois do Jay, é claro.

Quando me deito na cama naquela noite, estou com um sorriso no rosto. O encontro com Anne-Marie não poderia ter sido melhor. Ela servirá de testemunha para mim, mesmo que ainda não saiba. É outro item riscado da lista, mais um passo adiante.

Logo, tudo isso chegará ao fim.

25

Os próximos dias se misturam uns nos outros, o céu azul virando vermelho à tarde e assim por diante. Passamos a maioria dos dias na praia de areia branca, armando o guarda-sol para fazer sombra, abrindo as cadeiras de praia, estendendo uma toalha grande na areia e entregando pás e baldes para Harper brincar.

Aplicamos e reaplicamos protetor solar em nós mesmas e em Harper, oferecendo as costas uma para a outra, espalhando camada após camada até nossas peles ficarem brilhando. Nós nos revezamos para entrar na água com Harper, pulando as ondas. Taylor Swift toca sem parar enquanto trocamos revistas, lendo artigos em voz alta uma para a outra, conversando sobre nada e sobre tudo. Quando o Harper grita "Mamãe!", nós duas levantamos a cabeça e acenamos.

Anne-Marie e os filhos se juntam a nós de vez quando para fazer buracos na areia e dividir caixinhas de suco e lanches. Ela conta as fofocas das famílias da ilha, reclama do marido e, assim como Sloane, fica de olho em Jay quando ele vem nadar com a Harper.

Jay passa grande parte do tempo em seu escritório improvisado no andar de cima, dentro da enorme lavanderia, mas se junta a nós para os almoços e jantares e aparece de vez em quando na praia com a desculpa de dizer "oi" para Harper, quando na verdade fica flertando com Sloane, previsível como sempre. Ele aceitou o convite de Anne-Marie para correrem juntos; todas as manhãs, ele desaparece por uma hora e, quando volta, está com a testa suada e a camiseta encharcada, grudada em seu peito e nas costas. Sua pele já está bronzeada, escurecendo para um tom dourado. Se é que é possível, está ficando ainda mais bonito, amadurecendo ao sol. Logo, estará pronto para ser colhido. Então, eu o espremerei, deixando o suco escorrer pelos meus braços e manchar minhas roupas.

À noite, ele coloca Harper para dormir, enquanto Sloane e eu lavamos a louça. Quando a cozinha está limpa, vestimos nossos pijamas e maratonamos a série *Bridgerton*. Jay geralmente aparece para pegar uma cerveja e depois desaparece de novo, de volta ao escritório.

Abasteço o *freezer* com sorvete e picolés, e sirvo a mim mesmo bolas extras e porções generosas no jantar. Não demora muito para que eu comece a ganhar peso, minhas bochechas ficando mais redondas, a barriga um pouco mais macia. Não lavo o rosto à noite também, ficando satisfeita quando amanheço com uma nova leva de espinhas em meu queixo e ao longo do maxilar. Não faço as sobrancelhas e nunca seco o cabelo. A cada dia me pareço menos com a minha versão antiga. Pego Jay me encarando uma manhã enquanto estou vestindo um maiô, mas ele não diz nada. Não precisa dizer.

As coisas mudaram entre Sloane e eu aqui também. Uma mudança sutil quase imperceptível. Em Nova York, éramos próximas; não era real, não tudo, mas eu tinha começado a gostar da companhia dela. Ela é engraçada, autodepreciativa, atenciosa. Uma mentirosa, é verdade, mas no geral desesperada para que as pessoas gostem dela. E Sloane queria que eu gostasse dela, achava que eu era especial. Isso fez com que me sentisse especial, algo que não sentia havia bastante tempo. Estava solitária em Nova York. Eu lhe disse a verdade naquela primeira noite: não tinha feito muitas amizades desde a mudança, passando grande parte do tempo com

Harper ou sozinha. Quando fomos para Block Island estava ansiosa para vê-la todos os dias, ficava feliz quando ela entrava pela porta.

Mas, agora, ela olha para Jay como costumava me olhar. Ela se ilumina quando ele entra nos lugares, seus olhos acesos e brilhando. Agora, o que quer é ser desejada por ele, não a minha amizade. Não a culpo, principalmente porque estive empurrando-a para ele esse tempo todo. Embora seja necessário, isso deixa um gosto amargo no fundo da minha garganta, um poço endurecido na base do meu estômago.

É quinta-feira à noite, nossa sexta noite aqui. Sloane e eu acabamos de limpar a cozinha, quando Jay desce depois de colocar Harper para dormir. Normalmente, ele fica lá em cima, alegando que precisa trabalhar por mais uma hora ou duas. Mas hoje à noite, ele bebeu três cervejas no jantar. Percebo que está inquieto, provavelmente abrirá uma quarta cerveja, talvez uma quinta, cansado de ficar sozinho. Quero estar dormindo quando ele for se deitar ou pelo menos fingindo estar.

Solto um bocejo alto, esticando os braços acima da cabeça.

— Vou subir. Podemos deixar a maratona de *Bridgerton* para amanhã? — pergunto a Sloane, fingindo conter um segundo bocejo. — Estou exausta. Acho que vou tomar banho e ir para a cama.

— Claro — responde. Ela desvia o olhar para Jay. É visível que está empolgada com a presença dele, com as possibilidades.

— OK, boa noite! — dou um aceno geral e subo a escada.

Um momento depois, eles começam a brincar um com o outro, Sloane soltando algumas risadinhas.

Estou terminando de trocar de roupa e vestir um moletom quando escuto o barulho da porta da frente abrindo e fechando. Coloco a cabeça no corredor para ver se consigo ouvir algo no andar de baixo, mas a casa está silenciosa. Será que saíram juntos?

Atravesso o quarto e abro a janela devagar. O oceano faz um barulho alto, as ondas quebrando na praia, mas suas vozes viajam. Estão na varanda. Eu me esforço para ouvir, mas só consigo pescar uma palavra aqui e ali. Preciso me aproximar.

Em silêncio, abro com cuidado a porta do quarto e caminho na ponta dos pés pelo corredor. O andar de baixo está escuro, as luzes apagadas. Prendendo a respiração, desço as escadas. Do último degrau, tenho uma visão clara da janela que dá para a varanda. Caminho em direção a ela. Está aberta, posso ouvi-los perfeitamente. Estou escondida nas sombras do cômodo escuro, mas mesmo que não estivesse, eles estão distraídos, de costas para mim, cada um em uma cadeira Adirondack.

— Logo ali — Jay está dizendo. — Viu, ali embaixo, na grama? — Ele se inclina na direção de Sloane, o braço esticado para que ela possa enxergar o que ele está vendo.

Então, depois de um momento:

— Oh! — Sloane grita — Acho que vi um! E... outro! São muitos!

Mesmo que não consiga ver, sei que estão falando dos vagalumes que iluminam a costa escura, piscando como pontos de neon, como confetes que brilham no escuro. Ele está mostrando para ela como eu mostrei a ele na primeira vez que estivemos aqui. Quando eu era pequena, minha avó e eu descíamos até a praia depois do jantar, correndo pela areia atrás deles, gritando quando pegávamos um, suas asas finas fazendo cosquinha nas palmas de nossas mãos.

Jay ri.

— É a primeira vez que você vê vagalumes?

— Não — Sloane responde —, mas faz muito tempo desde a última vez. Não os vejo desde que era criança. Minha mãe e eu morávamos na Flórida, existem milhões deles lá.

Eles ficam em silêncio por um momento, mas consigo sentir a tensão daqui. Eu me lembro dessa sensação, de estar sozinha com alguém, o ar pesado, carregado de antecipação. O coração dela está acelerado, tenho certeza.

— Fico feliz que tenha vindo na viagem — Jay diz. Ele abaixou o tom de voz e Sloane se vira para olhar para ele.

— Eu também — diz.

Então, devagar, bem devagar, a cabeça dele começa a se virar em direção à dela. Como se atraída por uma força magnética, ela se inclina também, milímetro por milímetro. Prendo a respiração.

Então, quando seus lábios estão prestes a se tocar, Sloane se afasta, balançando a cabeça.

— Não posso... — ela diz, mas consigo ouvir em sua voz quanto ela quer. — Não posso fazer isso com a Violet. — Mordo a parte interna da bochecha, gritando internamente, *Faça!*, a voz em meu cérebro aguda e estridente.

Jay se afasta. Ele a estuda e então balança a cabeça.

— Você não está sabendo — diz —, não é?

— Sabendo do quê? — Sloane pergunta.

— Estamos nos separando. Violet e eu. Vou me mudar quando voltarmos para Nova York.

Respiro fundo com força. Conversamos sobre divórcio, é claro, mas ele concordou em tentar resolver as coisas. É por isso que acredita que é bem-vindo na minha cama nesta viagem. Mas não deveria estar surpresa por ele ter escolhido deixar essa parte de fora.

Sloane fica em silêncio por um tempo. Por fim, pergunta:

— Por quê?

Essa é uma ótima pergunta, Sloane. Por quê, Jay? Você vai contar para ela por que nós conversamos — ou melhor, gritamos, berramos — sobre divórcio? Conte para ela, eu desafio você, quero sussurrar pela janela aberta, a respiração quente em seu ouvido.

Jay suspira. Ele se recosta na cadeira.

— Por um milhão de motivos. Mas principalmente porque ela mudou. Nós dois mudamos. Estamos brigando muito. A sensação é de que não queremos mais as mesmas coisas. Ela não é feliz aqui. Em Nova York, quero dizer. Acho que se arrepende de ter deixado São Francisco por mim.

Pressiono minhas unhas nas palmas das mãos para não gritar. Não é que ele esteja errado, mas também não está certo. Está muito longe de estar certo. É verdade que estamos brigando, como brigamos há anos, mas naquela noite — na noite que colocamos tudo para fora, quando a palavra divórcio foi dita em voz alta, um limite foi ultrapassado.

— Você não é mais a mulher com quem me casei — ele disse, dando de ombros, como se explicasse tudo. Como se eu fosse um pano velho, antes novo e branquinho e agora estivesse desbotado, manchado e largado em um balde de água suja para ser usado para limpar o chão uma última vez antes de ser jogado no lixo.

Ao ouvir isso, atirei a taça de vinho nele, tomada pela fúria, incendiada por sua indiferença, por sua postura *blasé* em relação a tudo. *Cabernet* e cacos de vidro explodiram na parede à direita da cabeça dele.

Não, eu não era mais a mulher que com quem ele tinha se casado. A mulher com quem ele se casou era uma versão cuidadosamente planejada de mim mesma, uma versão de 24 anos com a bunda redonda e um vestido apertado, de sutiã e calcinha fio dental de renda, que fazia boquete nele nos banheiros de bar, bêbada e desinibida. Agora, eu era a mãe da filha dele. Mas isso não deveria ser algo negativo, deveria?

Eu não era ingênua; sabia que as coisas seriam diferentes depois que tivesse Harper. Sabia que *eu* seria diferente. Achava que Jay sabia disso também. Achava que ele entenderia que nossas vidas mudariam, que o nosso relacionamento mudaria. Pensei que ele quisesse que mudasse. Eu queria.

Mas ele não estava feliz.

— Você nunca quer fazer nada — dizia. — Você não *me* quer mais. Está sempre cansada.

É claro que eu estava cansada. Tinha uma bebê que acordava três vezes durante a noite e todas as manhãs às 5h30, às vezes antes. Alguém que eu carregava para todos os lugares, que queria algo de mim a cada segundo de cada dia. Fiquei inchada, retendo líquido, tanto antes quanto depois de dar à luz, meu rosto pálido pela falta de sono, os nervos à flor da pele por causa do choro — dela e meu. Não era uma questão de não querer sair, de não querê-lo, era porque eu não conseguia. Eu estava sendo consumida pela Harper, pelo seu cheirinho de leite, sua pele macia como veludo, pelo calor e peso dela, pelo quanto ela precisava de mim.

E, eu gostaria de saber, se nós saíssemos, quem se levantaria para ficar com ela no meio da noite? Quem faria a mamadeira dela de manhã se bebêssemos demais, estivéssemos de ressaca, passando mal demais para sair da cama? Não seria ele. Jamais ele. Onde estava o sacrifício dele? Eu fui a pessoa que renunciou ao próprio corpo, sim, porque eu quis, é claro, porque eu quis; mas a que ele havia renunciado? A nada. Nada mesmo.

Mas eu tentei. Quando Harper começou a dormir durante intervalos de quatro horas em vez de três, quando parei de amamentá-la, eu me coloquei de volta na caixa. Na caixa dele. Eu me arrumava e sorria. Voltei a chupar o pau dele. E concordei em me mudar, em mudar nossas vidas. Deixei meu emprego, minhas amizades e minha rede de apoio. Por ele. Por nós. Porque ele prometeu que as coisas seriam diferentes; que elas melhorariam. Mas, em vez disso, ele arrancou meu coração do peito e o esmagou com uma marreta.

Então, quando ele me disse que eu não era mais a mulher com quem ele se casou, como se fosse algo que ele não podia mais aceitar, eu atirei a taça e comecei a gritar. A noite se arrastou por horas a fio, gritos e berros, e depois um borrão vermelho e azul. Quando acabou, o sol estava nascendo. E eu sabia que nada seria como antes. Como poderia ser?

— Eu não fazia ideia — Sloane diz a Jay. Sua voz baixa.

Jay complementa:

— Concordamos em continuar morando juntos durante o processo de divórcio, mas estamos dormindo em quartos separados, vivendo duas vidas separadas. Só conversamos quando Harper está por perto, ou quando o assunto é ela. Até há bem pouco tempo, mais ou menos na mesma época em que ela conheceu você, agora que parei para pensar, ela nem me olhava nos olhos. Ultimamente tem sido melhor, é verdade; ela tem sido mais agradável e amigável, como não era havia muito tempo.

Isso é o que ele acha que Sloane quer ouvir, o que será suficiente para convencê-la a dormir com ele. Se Jay pudesse ouvir como isso soa, se fosse um pouco mais esperto, somaria dois mais dois. Mas não seria justo ele ser bonito *e* inteligente, não é mesmo?

— Você acha que ela quer se reconciliar? — Sloane pergunta. Quase solto uma gargalhada. Mesmo que seja o que estou fingindo querer, eu preferiria engasgar com a minha língua.

Jay confirma com a cabeça devagar.

— Talvez? Mas acabou. Para mim, pelo menos. Acho que ela sabe disso. Já deixei claro. — *Viu?* Ele está tentando dizer. *Sou um cara correto. Um cara bom. Você já está molhadinha?*

Sloane não diz nada por alguns minutos, então finalmente pergunta:

— Por que você veio nesta viagem?

Jay suspira.

— Pela Harper. Violet disse que queria manter a normalidade o máximo possível. Eu disse não, mas ela me implorou. Queria que a Harper tivesse uma última lembrança feliz da família unida.

— Não acredito que ela não me contou — Sloane diz baixinho. Preciso me aproximar da janela para ouvir. — Gostaria de ter sabido.

Será que ela ficou chateada porque não contei a ela a verdade sobre mim e Jay? Por que menti? Suprimo uma risada irônica. Vamos, Sloane, fala sério!

— Você é uma boa amiga — Jay diz. Ele estende a mão e coloca uma mecha de cabelo de Sloane atrás da orelha dela. Meu estômago revira. Não acredito que essa merda costumava funcionar comigo.

Ambos ficam em silêncio. Um minuto se passa, depois dois.

Por fim, Sloane se mexe.

— É melhor eu ir para a cama — diz.

Posso ver a cabeça de Jay se movendo em concordância.

— Eu também.

Com cuidado, subo as escadas. Meu sangue corre quente em minhas veias, a raiva borbulhando, fervendo. As mentiras de Jay se fixam em minha pele como um carrapato, grudando e se alimentando, me deixando doente. Ele contou a Sloane uma fração da verdade, um pedaço minúsculo, microscópio; o resto era tudo mentira.

Pouco depois de fechar a porta do meu quarto, escuto a porta do quarto de Sloane se fechar também. Por um momento, penso se Jay a seguiu pela escada até o quarto dela; mas, um minuto depois, a maçaneta do nosso quarto gira. Fecho meus olhos com força. Sinto o colchão afundar quando ele se deita na cama ao meu lado.

Está na hora. Eu ia esperar mais alguns dias, mas não posso esperar mais. Ataque quando eles menos esperam, não é isso que dizem?

26

Na manhã seguinte, estamos todos na cozinha ocupados. Sloane desceu pouco depois de mim, com um sorriso tímido e hesitante. Fiquei esperando que me perguntasse sobre o divórcio, sobre o que Jay lhe disse ontem à noite na varanda, mas ela não perguntou.

Se tivesse perguntado, meu plano era confirmar o que ele disse — que estávamos brigando muito e tínhamos decidido nos separar — e contar a ela que estava muito envergonhada para falar qualquer coisa a respeito, que eu mesma ainda estava tentando entender toda a situação. No momento, não importa se ela souber ou não; na verdade, pode ser o que ela precisa ouvir, a permissão que nunca pediria.

Jay acabou de voltar de sua corrida matinal com Anne-Marie, suado, vestindo *shorts* de ginástica e uma camiseta velha e desbotada da nossa faculdade, o cabelo molhado. O cheiro de seu suor é salgado e intenso. Estou no fogão, fazendo ovos mexidos; Sloane está perto da torradeira. Harper já está sentada à mesa, fingindo alimentar duas de suas bonecas Barbie. Ela levanta um garfo vazio para a boca de uma e depois para a da outra.

Sloane e Jay estão evitando fazer contato visual, mas noto quando acidentalmente se encostam, Sloane fica vermelha. Ela se vira, tentando se ocupar passando manteiga na torrada, fingindo estar completamente concentrada na tarefa. Está claro que a conversa da noite passada mudou as coisas entre eles.

Quando os ovos ficam prontos, eu me sento à mesa ao lado de Harper, servindo um pouco no prato dela e, em seguida, deixo a tigela no meio da mesa.

— Aceita um pouco? — pergunto à Sloane.

— Oi? — ela diz depois de um tempo, olhando para mim surpresa.

— Perguntei se você aceita um pouco de ovos mexidos.

— Ah, claro — ela responde. Puxa uma cadeira e se senta de frente para mim. — Obrigada.

Jay termina de fazer seu café, pega um pãozinho dentro de um saco marrom e caminha em direção às escadas. Ele ajeita a franja de Harper quando passa por ela.

— Tenha um bom dia, amor — diz.

— Ah, antes que você suba... — digo. Jay para e se vira. — Fiz reservas para o jantar hoje às 17h30. Para nós quatro. — Olho para Harper e Sloane. — No restaurante de lagosta. Murph's. E... — me viro novamente para Jay — não diga que precisa trabalhar até tarde. Você pode terminar de trabalhar mais cedo um dia.

Jay levanta as mãos se rendendo, um cavalheiro sempre galanteador.

— OK — responde. — Jantar às 17h30.

Quero que as pessoas os vejam juntos. Com Harper, como uma família. Não é totalmente necessário, mas tornará as coisas mais críveis, dará credibilidade à minha história. Murph's é o lugar perfeito para isso.

Quando Jay sai da cozinha, eu me viro para Sloane e Harper com um enorme sorriso no rosto.

— Que tal se fôssemos fazer compras? Será que compramos um vestido novo para hoje à noite, Harp?

Harper se anima.

— Pode ser verde? O vestido da Tiana é verde. De *A Princesa e o Sapo* — ela diz séria, como se fosse algo que todos nós devêssemos saber; o que, é claro, eu sei, considerando a frequência com a qual ela assiste ao filme, que acabou de substituir *Moana* como o seu favorito.

— Podemos procurar por um verde — respondo e ela bate palmas feliz.

— E eu tenho um vestido para você, Cait — digo olhando para Sloane. — Está um pouco curto demais para mim, mas acho que vai servir em você perfeitamente.

É o vestido vermelho Hervé Léger. Eu o comprei antes de viajarmos, no mesmo dia em que comprei todas as demais roupas para ela. "Preciso de um vestido", pedi à vendedora, "algo de parar o trânsito." Ela assentiu e voltou logo depois, tendo entendido perfeitamente o que eu estava procurando. Em casa, tirei a etiqueta e o vesti por algumas horas para não parecer que nunca tinha sido usado.

— Obrigada — Sloane diz. Ela não me olha nos olhos. Será que se sente culpada sobre o quase beijo de ontem? Não deveria. Eu praticamente a empurrei para o colo de Jay. Eu a transformei em alguém em quem eu sabia que ele iria querer colocar as mãos.

— Ótimo — digo. — Vou só me vestir, encontro vocês aqui embaixo em dez minutos? Você poderia arrumar a Harper?

Ela concorda. Eu me inclino para beijar Harper.

— Não se esqueça de escovar os dentes, amorzinho, OK?

No andar de cima, visto uma camiseta da faculdade, o *shorts* cortado à mão e os tênis Converse. Será a primeira vez que nós três iremos até a cidade juntas e quero que estejamos vestidas de acordo. Eu, a babá jovem; Sloane, a mãe nova-iorquina, arrumada e bem-vestida. Depois de prender o cabelo em um rabo de cavalo, tiro de dentro da minha bolsa de maquiagem o par de óculos com armação de plástico, que comprei para a foto da carteira de motorista, e os coloco no rosto. É mais uma coisa que separa a Violet que eu era antes daquela que sou agora.

Quando estamos descendo o caminho até o carro, jogo as chaves para Sloane.

— Você pode dirigir? — peço. — Minhas lentes de contato estão me incomodando, e esses óculos não estão com o grau atualizado.

— Claro — ela concorda, pegando as chaves e se virando para me olhar. — Não sabia que você usava óculos.

Confirmo com a cabeça.

— Normalmente uso lentes de contato, mas elas têm me incomodado. Achei melhor dar uma folga para meus olhos.

— Ah — Sloane diz, inclinando a cabeça. Fica evidente que ela não tem certeza se acredita em mim. Está desconfiando de mim agora que acha que menti para ela sobre Jay. *Histérica.*

Do banco do passageiro, direciono Sloane para a pequena rua principal da ilha. É um dia sem nuvens e sem vento, o céu está de um azul impossível, o ar pesado e quente. Está mais movimentado do que quando chegamos, o que é bom. Mais pessoas para nos ver juntas, Sloane como eu, eu como Sloane.

A rua tem inúmeras butiques de luxo, as vitrines de vidro repletas de manequins bem-vestidas e adornadas com bolsas grandes de couro, colares longos, pulseiras; algumas lojas de móveis com decoração praiana; cafés na calçada e sorveterias artesanais. Subimos a rua, Harper segurando nossas mãos, entrando e saindo de lojas sem comprar nada até que chegamos a uma loja infantil, os manequins pequenos no lugar dos de tamanho adulto.

— Vamos olhar aqui! — sugiro, abrindo a porta para Harper e Sloane entrarem.

Os olhos de Harper começam a brilhar quando ela vê as araras com roupas bem coloridas. Ela corre para uma arara de blusas com brilhos.

— Olha esta aqui! E esta. Ah, e esta! — ela diz, passando os cabides.

No fim, Harper escolhe um vestido verde com uma saia de tule da cor do arco-íris que flutua quando ela gira. Ela implora para sair da loja trajando o vestido, mas a convenço a voltar a vestir o *shorts* e a camiseta que estava usando, prometendo lhe dar sorvete mais tarde.

Quando vamos em direção ao caixa com o vestido na mão, Harper vê um *display* de tiaras e corre na direção dele; depois, se vira para nós, o rosto aceso de alegria.

— Posso levar uma destas também? — pergunta, olhando de mim para Sloane. — Por favor, por favor, por favor?

É uma das minhas maiores fraquezas como mãe: dizer sim, nunca não. Amo a maneira como Harper exclama quando está feliz, como suas bochechas se levantam, o espacinho entre os seus dois dentes da frente aparecendo quando sorri. Amo deixá-la feliz assim. Jay acha que eu deveria ser mais rígida, mas não consigo; não quando ela coloca as mãozinhas juntas assim, os olhinhos brilhando.

— Claro, amor — respondo. Então me viro para Sloane: — Talvez ela demore para escolher uma. Acho melhor eu ir garantir uma mesa para nós do outro lado da rua enquanto você ajuda a Harper, pode ser? — Coloco a mão na bolsa e retiro um cartão de crédito da carteira e entrego para Sloane. — Você se importa de me encontrar lá quando vocês terminarem?

— Não — Sloane balança a cabeça —, por mim, tudo bem. — Gosto da ideia de Sloane e Harper sendo vistas juntas sozinhas; mãe e filha fazendo compras.

Atravesso a rua até um pequeno café com mesas na calçada. A garçonete me leva até uma mesa de canto nos fundos, longe da calçada, mas com uma visão clara da loja do outro lado da rua.

Dez minutos depois, Sloane e Harper saem da loja e eu levanto a mão acima da cabeça e aceno para elas, que atravessam a rua de mãos dadas, a sacola de compras pendurada na curva do cotovelo de Sloane. Elas realmente poderiam se passar por mãe e filha, se você não soubesse a verdade, com seus cabelos escuros e rostos em formato de coração.

— Como foi? — pergunto quando elas se sentam, tanto Harper como Sloane de frente para mim, lado a lado. — Você escolheu uma tiara?

Harper assente.

— Para combinar com meu vestido — diz. — A moça embrulhou para mim como se fosse um presente.

— Mal posso esperar para vê-la — sorrio para ela. — Vamos fazer o pedido. Estou morrendo de fome!

Conto para Sloane sobre Murph's, o restaurante de lagosta no qual fiz reservas para esta noite; sobre como ele tem as melhores avaliações de todos os restaurantes na ilha. É um lugar a que as pessoas vão para serem vistas, o favorito tanto dos locais quanto dos turistas, onde eu ia com minha avó sempre que havia uma ocasião especial. Com o vestido vermelho que comprei para ela, Sloane com certeza parará o trânsito, ela e Jay serão notados por todos. No fim do almoço, quando o garçom coloca a conta na mesa, sorrio para Sloane:

— Acho que você está com meu cartão.

— Ah, é mesmo, aqui. — Ela diz, procurando na bolsa e estendendo o braço sobre a mesa para me entregá-lo.

Eu não o pego da mão dela.

— Na verdade, por que você não fica com ele? — sugiro. — Para o caso de precisar comprar alguma coisa para Harper enquanto estivermos aqui.

— Tem certeza? — ela pergunta.

Confirmo com a cabeça.

— É mais fácil assim. Nunca se sabe quando será necessário comprar um sorvete para essa macaquinha. — Estico a mão e aperto as bochechas de Harper, que afasta minha mão.

Sloane sorri e dá de ombros.

— Está bem.

— O almoço é por sua conta então, eu acho — pisco para ela.

— Bom, será um prazer. — Ela coloca o cartão dentro da pasta de couro e a levanta fazendo sinal para o garçom. Ela lhe entrega a pasta e, quando se vira para nós, congela, o olhar fixo em algo do outro lado da rua. Seus olhos se arregalam, a respiração suspensa.

Sigo o olhar dela. Sloane está observando uma mulher do outro lado da calçada que está saindo da loja infantil em que estávamos, os braços cheios de sacolas de compras. Ela está usando um vestido caro que deixa à mostra seus seios fartos e sandálias de tiras douradas, com um cabelo loiro grande e armado. Parece ter entre cinquenta e sessenta e poucos anos, coberta de joias. Ela não parece deslocada — a ilha está cheia de mulheres ricas fazendo compras de fim de semana —, mas Sloane não tira os olhos dela.

Ela fica visivelmente tensa quando a mulher desce da calçada e começa a atravessar a rua em nossa direção. Quando chega do nosso lado da rua, procura dentro do restaurante e então abre um grande sorriso quando vê Sloane. Por um momento, acho que ela virá até nossa mesa, mas se limita a levantar a mão e acenar, depois continua a descer a rua.

— Quem era aquela? — pergunto, olhando para Sloane. Qual a chance de Sloane conhecer alguém que passa as férias aqui? Não é exatamente o círculo social que ela frequenta. Mas seria um problema se ela conhecesse. Todo o plano depende da anonimidade dela, e da minha.

— Ninguém — Sloane responde rápido. — Só uma mulher com quem conversamos enquanto comprávamos a tiara. Ela estava procurando um presente para a neta e pediu a opinião da Harper.

Eu a estudo. Parece ser outra mentira. Procuro pelos sinais; pela contração da boca, se ela está tocando o pescoço, mas suas mãos estão sobre as pernas, um sorriso forçado no rosto. Será que está dizendo a verdade? Se ela não conhece aquela mulher, por que parece tão alarmada?

Decido deixar para lá. Ela provavelmente mentiu para a mulher na loja sobre alguma coisa e estava preocupada que eu descobrisse. Sorrio de volta para ela e olho para Harper.

— Vamos lá comprar aquele sorvete que prometi para você? — pergunto.

Enquanto andamos pelo centro da cidade com nossas casquinhas, procuro pela mulher, mas não a vejo. Sloane parece ter se esquecido dela, está feliz trocando lambidas de sorvete com Harper, com uma expressão relaxada no rosto. Sinto uma pontada de pena; pena de que, para Sloane, estas férias estão quase acabando.

27

Quando voltamos para casa, peço a Sloane que leve Harper ao andar de cima a fim de tirar uma soneca e depois a arrume para o jantar.

— Estou exausta — digo, me jogando no sofá. — Vou me deitar um pouco, se estiver tudo bem para você. — Fecho os olhos, na esperança de parecer exausta. — Seu vestido está no meu *closet*, Cait. Os sapatos também, se você precisar.

— Claro — Sloane responde, pegando Harper pela mão. — Vamos lá, Harp.

Escuto os passos delas na escada, depois lá em cima do corredor, a porta do quarto de Harper se fechando. Uma hora depois, a porta se abre novamente. Elas circulam pelo andar de cima, entrando e saindo do banheiro, no meu quarto, no quarto de Sloane. Ouço o som do chuveiro ligado, de um secador de cabelo.

Enfim, escuto risadas no alto da escada.

— Estamos prontas! — Sloane anuncia.

Elas descem de mãos dadas, Harper trajando seu novo vestido com saia de tule, uma trança embutida perfeita descendo por suas costas;

Sloane com o vestido que comprei semana passada, vermelho, marcando o quadril, um decote profundo. O cabelo dela está escovado e brilhando, a pele dourada pelo sol, as bochechas coradas. Ambas estão lindas.

Harper solta a mão de Sloane e pula no sofá, envolvendo os braços ao redor do meu pescoço. Eu a abraço e depois me afasto para passar a mão em sua trança, seu cabelo sedoso.

— Adorei seu cabelo, amorzinho. E o seu vestido!

Então olho para Sloane.

— Esse vestido ficou incrível em você! — E o mais importante é que Jay achará isso também. É bem capaz de aquele cachorro tentar colocar os dedos entre as pernas dela sob a mesa do restaurante.

Sloane sorri, mas depois franze a testa ao ver que não estou vestida.

— Oh, você não está...?

— Na verdade, não estou me sentindo bem — digo, puxando os joelhos em direção ao peito, o braço envolvendo a barriga.

— O que foi? — Sloane parece preocupada. — Você precisa de um médico?

— Não, não — reviro os olhos e forço um sorriso. — Estou bem. É aquela época do mês — digo. — Tenho cólicas terríveis que começam do nada. Só preciso de um remédio para dor e uma bolsa de água quente. Sem lagosta para mim hoje. — Adoto uma expressão de decepção.

Sloane também parece decepcionada.

— Bom, sairemos para jantar quando você estiver se sentindo melhor.

— Não, não. Vocês podem ir — digo me sentando no sofá. — É uma reserva difícil de conseguir, vocês deveriam ir.

— Não tem problema, nós podemos... — Sloane começa a falar, mas eu a interrompo.

— Não, é sério. — Sorrio. — Harper ficaria muito decepcionada se cancelássemos. Tudo bem se só a Caitlin e o papai levassem você para jantar, Harpie?

Harper assente.

Volto a olhar para Sloane. Ela está com uma expressão estranha no rosto, parece um meio-sorriso, e eu percebo que ela está feliz por eu não ir. Está empolgada para ter Jay só para ela, principalmente agora que sabe que não estamos mais juntos. *Que bom para você, Sloane. Aproveite.*

Neste momento, Jay desce as escadas, vestindo uma calça e uma camisa social dobrada até o cotovelo, carregando uma cerveja. Ele acabou de tomar banho, o cabelo está molhado, a barba feita. Sloane fica vermelha só de vê-lo. Eu me lembro de olhar para ele assim antes. Agora, quero cortar a garganta dele com uma faca de açougueiro.

Harper pula do sofá.

— Olha o meu vestido novo, papai! — Ela gira para que a saia levante no ar.

— Uau! — ele responde. — Você está maravilhosa. — Em seguida, ele a pega no colo e a apoia na lateral do quadril. — Pronta? — Harper assente. Ele olha para mim, depois para Sloane, se demorando um pouco mais em Sloane, no seu vestido colado no corpo, e depois de volta para mim.

— Vamos?

Ele nem nota que não estou vestida para sair.

— Podem ir vocês — digo. — Não estou me sentindo bem. Vou ficar aqui e descansar.

Jay se vira para olhar para mim e depois assente com a cabeça devagar.

— Podemos trazer alguma coisa para você — Sloane oferece —, uma sobremesa ou outra coisa?

Balanço a cabeça.

— Vou me deitar cedo, então, com sorte, estarei dormindo quando vocês voltarem. Estarei bem amanhã, prometo. Dê um beijo de despedida na mamãe, amorzinho.

Harper vem me beijar, depois volta correndo para Jay e os três saem juntos, descendo o caminho até a entrada da casa. Eu me levanto, observo-os da porta. Parecem uma família perfeita. Antes de entrar no carro, Sloane para e se vira para olhar de volta para a casa. Eu levanto a mão e aceno.

— Divirtam-se — grito. — Ela acena de volta, um sorriso tímido e hesitante no rosto.

Volto para dentro de casa e fecho a porta devagar. A casa está estranhamente silenciosa. Posso ouvir o barulho do oceano, e um relógio contando os segundos na cozinha.

Pela janela da frente, observo o carro manobrar na entrada da casa e descer a rua em direção à cidade. Quando não consigo mais ver o carro, subo as escadas, entro na suíte principal, depois no banheiro, onde digito a senha de quatro números do cofre. Ele apita duas vezes. A fechadura se abrindo.

Coloco a mão dentro dele e pego o celular pré-pago. Aperto o botão de ligar, a pequena tela se acendendo. Em seguida, ligo para ele.

Ele atende no segundo toque.

— Oi, Danny — digo.

Danny Shepherd, minha primeira paixão, meu primeiro beijo, meu primeiro namorado. O garoto que partiu meu coração quando me disse que não sentia o mesmo que eu; que não se sentia assim por nenhuma garota. Minha avó não ficou surpresa. Em retrospecto, talvez eu não devesse ter ficado também; afinal, ele amava o Prince mais do que eu. Quando ele saiu do armário para os pais, logo depois que terminamos, eles o expulsaram de casa. Sem saber para onde ir, ele apareceu na porta da casa da minha avó, e ela o recebeu.

— Ele precisa de nós — ela me disse; e, assim que o vi, soube que ela estava certa. Fiquei sentada ao seu lado no sofá enquanto nos contava como o pai o assistiu fazendo as malas, os braços cruzados, sem lhe dizer uma palavra quando ele foi embora.

Ele dormiu na minha cama naquela primeira noite. Acordei com o som de seu choro às duas da manhã, seu lado da cama vazio, e o encontrei no chão do banheiro com uma lâmina de barbear barata na mão e o punho virado para cima. Tirei a lâmina da mão dele gentilmente e o levei de volta para o quarto, segurei sua mão até que pegou no sono. Minha avô disse que ele podia ficar o tempo que quisesse, o tempo que precisasse.

Quando ele foi embora um mês depois para morar com um primo, tinha se tornado família, como um irmão. Sussurramos um para o outro quando nos despedimos: "*I would die for you*", a música que cantávamos na infância, com nossos microfones imaginários.

Depois que Jay e eu visitamos a ilha, quando percebi que nosso casamento tinha acabado, liguei para ele. Sua tia tinha me dado seu telefone, mas o número não havia mudado. Eu queria ouvir uma voz familiar, alguém que não diria "Eu avisei". Alguém que me conheceu antes que eu me tornasse a esposa de Jay. Quando ele atendeu, eu quase chorei.

Conversamos por mais de duas horas. Contei a ele sobre Jay e a mudança de São Francisco. Ele me contou que continuou na ilha, que se reconciliou com os pais, decidiu seguir a profissão do pai na medicina, começou a trabalhar como paramédico depois que fui para a faculdade. Ele gostou tanto que nunca olhou para trás; agora, comanda o departamento, virou chefe há alguns anos. Ele pensou em sair da ilha, mas na época seus pais estavam mais velhos, a saúde da mãe declinando, não parecia ser a hora certa. Ele nunca se casou, tinha acabado de terminar com o parceiro de longa data.

Eu não sabia, mas ele tinha nos visto em maio do ano passado, quando voltei com Jay e Harper, jantando uma noite, nós três dividindo uma pizza em uma mesa de canto de um restaurante popular. Ele quase disse "oi", mas parecíamos tão absortos, com a comida, um com o outro, que ele não quis interromper. Eu estava mais magra do que ele se lembrava, as maçãs do rosto e a clavícula acentuadas e angulares, vestindo roupas caras e com uma pulseira no pulso que custava o mesmo valor do seu carro. Uma visão distorcida da garota que ele conheceu na infância e na adolescência.

Então, ele se sentou no bar, de costas para nós, um copo de cerveja na mão. Foi, de onde ele estava, que nem trinta minutos depois viu Jay e a garçonete. Eles estavam em um corredor pouco iluminado que levava aos banheiros. Jay estava com a cabeça baixa, a boca no ouvido dela, seus corpos próximos. Ela estava rindo, uma menina nova, esbelta e vestindo uma saia curta; e Danny entendeu o que estava vendo, o tipo de homem com quem eu estava casada, o motivo de eu ter perdido tanto peso. Isso partiu seu coração. Ele colocou o copo de cerveja pela metade sobre o balcão do bar e saiu.

Ficou esperando a minha ligação desde então, esperando que eu acordasse para a verdade. Quando eu liguei, na manhã seguinte àquela noite, aquela noite com os policiais e o sangue, aquela maldita noite, ele disse que sabia que eu ligaria.

Conversamos quase todos os dias desde então. Ele é o único que sabe de tudo. Quando vi Sloane pela primeira vez, foi para ele que liguei, para quem contei sobre a minha ideia.

No início, ele me permitiu fantasiar, mas quando percebeu que eu estava falando sério, tentou me convencer a desistir. Alguns dias depois de eu ter convidado Sloane para as nossas vidas, ele me ligou no celular pré-pago, disse que não poderia fazer isso. Que não poderia me ajudar, não poderia fazer parte disso.

— Por favor — eu implorei, a voz falhando. — Não posso viver assim. Preciso de você. — Mas ele desligou.

Com raiva, eu joguei o telefone do outro lado do cômodo. Estava sozinha de novo. Estava me afogando. Então, ele me ligou de novo, algumas horas depois, a voz calma.

— OK — sussurrou. — Vou ajudar. Você e sua avó me salvaram naquele verão. Agora vou salvar você. — *"Darlin', if you want me to."*

Sorri em meio às lágrimas.

— Muito obrigada — sussurrei. — Muito obrigada.

Agora, no telefone, digo a ele.

— Amanhã. Vai ser amanhã à tarde. Você está pronto?

Quando ele diz que está, digo que o amo e desligo. Coloco o telefone de volta no cofre e volto a trancar.

Por volta das 20 horas, apago todas as luzes, fecho a porta do meu quarto. Quero que a casa esteja escura quando eles voltarem, para que pensem que estou na cama, dormindo.

Às 20h50, vejo as luzes dos faróis do carro, escuto o barulho das rodas passando sobre os cascalhos da entrada. Eu me aproximo com cuidado da janela, me abaixando, e levantando devagar a ponta da cortina. O farol desliga, mas ninguém sai do carro.

Espero, mas não há nenhum movimento. Está escuro no carro e não consigo ver dentro dele. Um minuto se passa, então dois, depois cinco. O que eles estão fazendo ali dentro?

Por fim, tanto a porta do motorista quanto a do passageiro se abrem; Jay sai de trás do volante, Sloane pelo outro lado. Jay abre a porta do banco de trás e se abaixa. Quando se levanta de novo, Harper está em seus braços, ele a segura como fazia quando ela ainda era um bebê. Minha garganta fica apertada. Eu me lembro daqueles primeiros dias com tanta clareza: Harper pequenininha, toda enrolada em musselina, aconchegada contra o peito de Jay enquanto ele olhava para ela, seus olhos suaves, os dedos gentilmente fazendo carinho nas bochechas macias dela. Eu me sentia tão sortuda. Achava que tinha tudo.

Sloane segue Jay pelo caminho até a casa. De longe, escuto a porta da frente se abrir, depois, passos na escada. Escuto para ver se a porta do quarto de Sloane vai se abrir e fechar, mas isso não acontece.

Saio da cama, atravessando o quarto em silêncio, nas pontas dos pés, e abro a porta, só uma fresta. A porta se abre sem fazer barulho. Prendo a respiração e olho pela fresta.

O luar amarelo-pálido invade o corredor por uma pequena janela. Sloane está do lado de fora do quarto de Harper, de costas para mim, esperando por Jay. Prendo a respiração enquanto assisto.

Um momento depois, Jay sai do quarto de Harper, fechando a porta com cuidado. Ele se vira para Sloane, dá um passo na direção dela. No início, ficam em pé, sem se mover. Então, ela levanta o rosto. Jay abaixa a cabeça colocando os lábios sobre os dela, sua mão deslizando em volta do seu pescoço, puxando-a para si. O beijo é hesitante no início, mas depois se intensifica, se torna urgente, eles se aproximam ainda mais, Jay a pressiona contra a parede. Ele beija bem, é bom com a língua, bom com as mãos.

"Você acha que ela quer se reconciliar?", Sloane perguntou para Jay ontem. *Nunca*, eu quis gritar. Ele me enoja. E mesmo assim. Mesmo assim, vê-lo com ela faz o ácido em meu estômago subir pela garganta, deixando minha boca azeda, meus intestinos se contraindo.

Eu me afasto da porta. Já vi o suficiente. Estava começando a me sentir mal pelo que estou planejando fazer, pela arma no cofre, mas não mais.

De volta na cama, eu me deito de lado, encarando a parede, de costas para a porta. Alguns minutos depois, a porta do quarto se abre, as dobradiças rangendo ao girarem por completo. Então, escuto o barulho do cinto de Jay sendo aberto, suas calças caindo no chão.

Ele me quer; está pressionando seu corpo contra as minhas costas, o quadril se esfregando ritmicamente. Ele já está duro das preliminares com Sloane no corredor. Seu corpo contra o meu me causa náusea. Eu me afasto dele. Quando ele se aproxima de mim de novo, tiro a coberta e pego meu travesseiro, vou para o banheiro e tranco a porta.

Ele merece tudo o que está guardado para ele. E Sloane, bom, ela não é tão inocente agora também, não é mesmo?

28

Eu me levanto cedo na manhã seguinte. Mal dormi. Jay ainda está roncando quando saio do quarto. Preciso me conter para não pressionar o travesseiro sobre o rosto dele.

No andar de baixo, faço uma xícara de café, espero Harper acordar. Nossas coisas de praia já estão arrumadas, prontas. Temos um grande dia pela frente.

Levo minha xícara para a varanda, caminho até a entrada da casa em direção ao mar. É uma manhã quente, mais quente do que nos últimos dias, o ar pesado pela umidade. Há apenas uma ligeira brisa, a grama alta balançando gentilmente. Aperto os olhos para enxergar a praia. Anne-Marie e os filhos já montaram a barraca próximo da água.

Às 8h30, subo as escadas e acordo Harper. A porta do quarto de Sloane ainda está fechada. A coitadinha deve estar cansada de sua grande noite na cidade, dos amassos no corredor. É exaustivo ficar se escondendo.

Mas está tudo bem. Preciso conversar com Anne-Marie. E gostaria de fazer isso sozinha.

Quando Harper está vestida e alimentada, nós duas descemos para a praia. Abro nosso guarda-sol e as cadeiras, depois faço sinal para Harper me seguir.

— Quer ir brincar com Rooney e Claire?

Caminhamos pela praia até chegarmos às cadeiras deles, as toalhas abertas sobre a areia, cobertas de brinquedos de praia. Anne-Marie acena de seu lugar debaixo do guarda-sol.

— Bom dia! — digo alto. — Onde está Fitz hoje? — pergunto, me sentando na cadeira de praia ao lado dela.

Fitz é ao mesmo tempo o assunto favorito e o menos preferido de Anne-Marie. Está claro que ela acha que ele é um babuíno semifuncional, que não sabe diferenciar o traseiro do cotovelo. Ela gosta do salário dele, mas de pouca coisa além disso. Ela é igual a uma boneca de corda sobre esse assunto. Se você der corda, ela falará por horas, parando apenas de vez em quando para respirar.

Anne-Marie solta um lamento:

— Jogando golfe. De novo. Estamos aqui há quase dez dias e acho que ele deve ter passado nove deles com um taco de golfe na mão. Eu não entendo — diz —, de verdade. Golfe? É tão *chato*. Sei que ele está de férias também, mas francamente. Ano passado, fomos para Barbados e... — ela desanda a falar.

Escuto sem prestar muita atenção, meus olhos em Harper se ajoelhando na areia molhada com Rooney e Claire. Poderia assisti-la por horas. Estudar as sardas em seu nariz, beijar suas pálpebras, ouvir suas longas histórias, as pausas sem ar, suas risadas. Ela é a melhor coisa que já me aconteceu. O sentido da minha vida, cada parte boa de mim destilada em seu corpinho perfeito.

Quando volto a prestar atenção em Anne-Marie, ela está me encarando e esperando uma resposta.

— Desculpe, o quê? — pergunto.

— Eu disse que Jay não parece ser esse tipo de cara — diz, olhando para nossa casa. — O tipo que joga golfe o dia inteiro. Ele parece ser ótimo. Um pai bastante participativo.

— Ah — respondo com um sorriso educado —, sim, ele é ótimo. Amigável também. Bem amigável. — Solto uma risadinha de nervoso. — Às vezes, amigável até demais, sabe?

Dou risada novamente, desconfortável, como se não quisesse fazer tempestade em copo d'água, embora esteja claro o que estou insinuando.

Os olhos de Anne-Marie ficam arregalados.

— O Jay? Você quer dizer que...?

— Ah, eu não sei — me apresso a dizer. — É bem possível que eu tenha interpretado errado. Provavelmente não era a intenção dele colocar a mão... — Balanço a cabeça, descartando a situação inteira. — Não foi nada de mais, é sério. Eu não deveria ter dito nada. Não conte para ninguém, OK?

Ela concorda, é claro que não vai comentar com ninguém — como se Anne-Marie guardasse algum segredo —, mas posso ouvir as engrenagens girando dentro da cabeça dela. Quando ela ficar sabendo do assassinato, seu sangue gelará ao se lembrar da nossa conversa. Ela não ficará surpresa. Homens capazes de trair são capazes de tudo.

— Ah! — exclamo. — Quase esqueci. Violet me pediu para perguntar a você se Harper pode passar a noite na sua casa hoje? Ela tem implorado por uma festa do pijama. Depois podemos devolver o favor e receber seus filhos para uma festa do pijama em nossa casa.

— É claro — Anne-Marie responde. — Quanto mais, melhor! Claire e Rooney ficam dez vezes mais obedientes quando Harper está por perto.

— Ótimo — digo. — Vou dar o almoço dela em casa e depois, talvez, Violet possa levá-la até a sua casa?

— Ela pode almoçar conosco. Parece que vai fazer mais de 32°C hoje; por isso, estava planejando voltar mais cedo para casa e escapar do calor. Posso fazer um queijo quente extra para ela.

— Perfeito — sorrio.

Quando Harper e eu voltamos para o nosso guarda-sol, vejo Sloane já sentada em uma cadeira de praia. Ela levanta uma mão e acena hesitante quando nos aproximamos.

— Oi — diz, o olhar fixo em mim até chegarmos na beirada da grande toalha, lendo a minha expressão. Será que eu sei?

Retribuo o olhar por um momento, gostando de vê-la suar; depois, relaxo minha expressão facial. *Sei o quê, Sloane?* Abro um sorriso largo.

— Oi! Como foi o jantar ontem à noite?

Desconfortável, Sloane retribui o sorriso.

— Muito agradável — responde com cautela. — Acho que a Harper se divertiu, não foi, Harp? — Ela olha para Harper, que concorda com a cabeça. — E a lagosta estava deliciosa. Eu nunca tinha comido antes.

— Sério? — pergunto, surpresa. — É muito gostosa, não é? Aquele restaurante é o meu favorito para comer lagosta. E vocês pediram *petit gâteau* de chocolate? — Suspiro desejosa. — É o melhor que eu já comi.

Sloane assente.

— Dividimos um. Jay ficou preocupado de Harper ficar acordada a noite toda se ela comesse um sozinha.

Nossa, uau, que pai maravilhoso! Será que eu deveria aplaudi-lo de pé? A expectativa em relação aos homens é incrivelmente baixa. Abro um sorriso forçado. A questão é que esse não foi o motivo pelo qual eles dividiram o doce. Chega a ser engraçado quanto Sloane acha que conhece Jay, quando na verdade ela não sabe nada sobre ele, exceto as mentiras que nós dois contamos para ela.

— Você está se sentindo melhor? — Sloane pergunta, mudando rapidamente de assunto. Ela provavelmente acha desconfortável falar sobre o encontro que teve com meu marido. O encontro que terminou em beijo. Bom, mais de um beijo.

— Muito melhor — respondo. — Obrigada por perguntar. Tomei um remédio forte para dor e apaguei. Dormi pesado. Nem ouvi vocês voltando.

O alívio no rosto de Sloane é claro como o dia. Eu me pergunto se isso a manteve acordada, preocupada com a possibilidade de eu tê-los ouvido juntos no corredor, se fiquei deitada em minha cama, tentando escutar. Então, seu rosto se fecha de novo. Ela mordisca o lábio inferior, as sobrancelhas levemente franzidas.

Chegou o momento. Chegou o momento em que ela me confronta sobre Jay, sobre o nosso divórcio. Olho para Harper, cavando um buraco na areia a alguns metros de distância.

Sloane limpa a garganta.

— Você me disse que não bebe — ela diz com leveza, com cuidado, como se estivesse nas pontas dos pés, pisando suavemente sobre um piso que costuma ranger, tentando não fazer barulho.

Olho para ela, surpresa. O que será que Jay contou a ela? Será que ele contou sobre a noite em que tudo acabou? Sobre a taça de vinho quebrada? Os policiais na porta da nossa casa?

Forço minha boca a adotar um sorriso plácido. *Acalme-se.*

— Eu não bebo.

Sloane faz uma pausa e depois continua hesitante:

— Mas o Jay disse... — ela começa a falar, sem saber como terminar a frase sem soar como uma acusação.

— Ele disse o que exatamente? — Levanto uma sobrancelha de um jeito irônico. *Não fique na defensiva, Violet.*

Sloane dá de ombros.

— Só que você bebe às vezes. E eu fiquei confusa porque você me disse que não bebe.

Umedeço os lábios, solto o ar pelo nariz. Pisco algumas vezes, enrolando, pensando.

— Bom — digo —, eu costumava beber. É por isso que não bebo mais. Assim que nos mudamos, fiquei muito sozinha, os dias eram longos. Eu começava a beber às 17 horas, tomando uma taça de vinho antes do jantar em vez de durante o jantar. Então 17 horas se tornou 16 horas. Depois 15h30. E antes que eu me desse conta estava me servindo uma bebida ao meio-dia, bebendo sem parar até colocar Harper para dormir.

Essa parte não é totalmente mentira. É verdade que eu estava bebendo mais do que deveria. Qualquer pessoa beberia se o marido tivesse feito o que o meu fez. Suspiro.

— Enfim, depois de um tempo, percebi que algo precisava mudar. — Não conto a ela por que diminuí a quantidade que bebo, por que escondo uma garrafa de vodca, porque só me permito beber um copo ou dois de vez em quando. Não é da conta dela o que aconteceu naquela noite.

— Por isso, parei — digo, dando de ombros. — Uma noite, esvaziei todas as garrafas no ralo da pia, como as pessoas fazem nos filmes. — Sorrio para Sloane. — Não disse nada a Jay porque, se dissesse, teria que admitir que tinha um problema. E quem quer fazer isso? Mas — encolho os ombros — não me surpreende ele não ter percebido. Ele anda um pouco... ocupado.

Não desvio o olhar enquanto digo isso, sustentando o olhar de Sloane. Você *está me chamando de mentirosa, Sloane? Isso é engraçado pra caralho.*

Sloane pisca, fica vermelha e desvia o olhar para a areia aos seus pés.

Então, diz abruptamente:

— Sabe, estou com um pouco de fome. Não comi nada antes de descer. Vou voltar para casa e pegar algo. Você quer alguma coisa?

Sorrio e nego com a cabeça.

— Não, obrigada.

Observo Sloane indo embora. Ela está andando um pouco mais rígida do que de costume, os ombros levantados, as costas mais eretas.

Tenho certeza agora. A nossa amizade, ou melhor, o que quer que fosse que Sloane e eu tínhamos, acabou, desaparecendo como o rastro de fumaça de uma vela apagada, um rastro fino e cinza no ar, e depois nada. Sloane escolheu Jay. Que bom. É um alívio. Facilitará o que eu preciso fazer.

Trinta minutos depois, quando vejo Anne-Marie e seus filhos voltando para casa, guardo as coisas de Harper e digo a ela que vamos entrar. Estou vibrando com a adrenalina, meu corpo inteiro pulsando. O dia parece mais quente, mais nítido, mais claro do que de costume, as pontas do capim alto mais afiadas, pálidas em contraste com o céu azul brilhante. Parece que estamos em um forno, a temperatura aumentando a cada minuto que passa.

Quando chegamos em casa, abro a porta da frente e paro. Coloco a mão para trás a fim de impedir Harper de entrar.

Da porta, tenho uma visão clara da cozinha. Sloane e Jay estão em pé, juntos, perto da pia. Ela está de costas para mim e de frente para Jay, seu rosto na direção do dele. Não consigo ver se estão se beijando, mas estão próximos o bastante para sugerir isso. Eles não nos ouviram, estão bastante envolvidos no que quer que estejam fazendo ou dizendo.

Deixo a porta bater. Sloane e Jay se afastam com um sobressalto. Sloane olha em nossa direção com cara de culpa, como se tivesse sido pega em flagrante, com o braço inteiro dentro do pote de biscoito.

— Oi! — Sloane exclama, um pouco alto demais. — Não achei que vocês voltariam tão cedo! — Suas bochechas estão pegando fogo. Jay, como sempre, não diz nada.

Espero um momento antes de abrir um sorriso forçado. Então, pego a mão de Harper.

— Vamos subir para tomar banho — digo. — Vamos, Harp.

No andar de cima, Harper e eu arrumamos uma mochila. Mesmo que em tese seja só por uma noite, provavelmente serão muitas, muitas mais; por isso, coloco algumas blusas extras, calcinhas e *shorts* na mochila dela.

— Para o caso de você querer ter opções — digo a ela bagunçando seu cabelo.

Harper está saltitando pelo quarto, empolgada com a possibilidade de ter sua primeira festa do pijama com amigos.

— Que tipo de pijama você acha que Claire tem? — pergunto enquanto coloco seu pijama de *Frozen* no topo da mochila.

— Talvez um da Elsa, como eu — responde. — Talvez a gente fique combinando. Ou talvez ela tenha um da Ana. Ou talvez ela não tenha um pijama de *Frozen*. Talvez ela tenha um de *Encanto*. Você acha que ela já viu *Encanto*?

Concordo, rindo. Eu apostaria minha vida que toda criança viva no planeta já viu *Encanto*.

Então, antes de abrir a porta do quarto dela, eu me abaixo, coloco os braços ao redor da cinturinha dela:

— Quando eu for buscá-la amanhã na casa da Claire, vamos jogar um jogo, OK?

Harper concorda.

— OK. Qual o jogo?

— Vamos fingir que eu sou a Caitlin. E toda vez que você me chamar de Caitlin, você ganhará um M&M. Combinado?

Ela concorda de novo. Trago-a para perto, abraçando-a apertado.

— Essa é a minha menininha. Aposto que você vai se sair tão bem que ganhará um pacote inteiro!

Depois, juntas, descemos as escadas, de volta para a sala de estar. Sloane ainda está na cozinha, sentada à mesa. Ela está roendo uma unha, as sobrancelhas franzidas. Ela levanta a cabeça rápido quando nos ouve, então fica de pé, quase deixando a cadeira cair atrás dela.

— Oi — diz. Ela está nervosa. Acha que vi ela e Jay se beijando, ou pelo menos está preocupada com a possibilidade de eu ter visto. Há culpa em sua expressão também, espalhada pelo rosto inteiro.

— Você pode levar a Harper na casa ao lado? — pergunto. — Ela vai passar a noite na casa de Anne-Marie, com os filhos dela.

— Vou ter uma festa do pijama! — Harper anuncia. Ela está com a mochila nas costas. É quase tão grande quanto ela, totalmente cheia.

Sloane parece surpresa.

— Claro. Está tudo bem? — pergunta com cautela.

Comigo está. Com você, Sloane, nem tanto.

— Sim — respondo. Tento manter a voz neutra. Meu coração começa a bater acelerado. *Chegou a hora.* — Então, você pode levá-la?

Ela concorda.

— Agora?

— Sim, você já está pronta não é, Harp?

Harper concorda, alegre. Eu me abaixo para beijá-la, mas ela já está na porta, começando a descer o caminho de cascalho. Meu coração salta. Quero correr até ela, pegá-la no colo e abraçá-la uma última vez, apertá-la até ela se contorcer para sair dos meus braços, rindo. "Para, manhêee!" Mas não faço isso. Logo, seremos só ela e eu, juntas.

— Até daqui a pouco — grito. Levanto a mão e aceno.

Sloane se vira.

— Até daqui a pouco — repete.

29

Fecho a porta e subo a escada, dois degraus por vez. Da janela do nosso quarto, observo Sloane e Harper começarem sua caminhada da nossa casa para a de Anne-Marie. É uma caminhada de cinco minutos até lá, dez ao todo, ida e volta, mais até, é claro, se ela entrar para conversar.

De qualquer maneira, não tenho muito tempo.

Levo minha mala pelo corredor até o quarto de Sloane. Ela quase não desfez a mala também, as roupas saindo de sua mala grande no canto. Guardo tudo dentro dela e a puxo até o quarto principal.

Depois, vou até o *closet* e encontro a mala de mão vazia de Jay, começo a pegar suas coisas das gavetas da cômoda, jogando dentro da mala, tentando colocar o máximo de coisas possível no curto espaço de tempo que tenho. Mantenho os olhos na janela, de olho em Sloane.

No banheiro, pego a escova de dentes dele, o barbeador elétrico. Quando saio, olho de novo pela janela. Meu coração palpita. Sloane está voltando da casa de Anne-Marie, pelo caminho que leva até a nossa casa.

É agora.

— Jay! — grito. — Jay! — Quando não escuto movimentação dele, grito uma terceira vez: — Jay!

Finalmente.

— O que foi? — ele responde, a voz longe, vinda da lavanderia escritório. Eu não respondo.

Em seguida, ouço a porta do final do corredor se abrindo e um momento depois ele aparece na porta do quarto.

— O quê...? — ele começa a perguntar, mas se detém. Ele olha ao redor do quarto, vê sua mala quase feita, as gavetas abertas, as pilhas de roupa. — O que você está fazendo? — pergunta, olhando para mim confuso.

— Mudei de ideia — digo. Enfio sua sunga na mala, sem me importar de mantê-la dobrada, depois uma pilha de camisetas. — Quero que você vá embora.

— Você está brincando? — pergunta. Sua expressão se fecha. — Você me implorou para vir.

— Bom, eu não quero você aqui mais. — Paro por um momento, cruzando os braços.

— Pegue suas coisas e vá embora.

— Por quê? O que foi que eu fiz?

— Eu vi você com a Caitlin — respondo.

Jay balança a cabeça e levanta as mãos em um gesto de defesa.

— Violet — diz, falando baixo —, ela estava dando em cima de mim, e eu...

Quase solto uma gargalhada. Ele já usou essa desculpa antes.

A primeira vez que a ouvi foi depois da festa de Natal de sua empresa, quando ainda morávamos em São Francisco. Estava com um ou dois meses de gravidez, não aparecia, mas eu ficava enjoada o tempo todo, vomitando quase todas as manhãs. Mas Jay tinha acabado de conseguir o emprego e eu queria apoiá-lo; então, coloquei um vestido, sorri e o acompanhei até o restaurante.

Lá pelo meio da noite, percebi que uma mulher o estava encarando, uma assistente de vendas jovem com quem ele trabalhava, cabelo cacheado cor de mel, bonita. Jay fingiu não notar, mas percebi que seus olhos ficavam indo na direção dela, enquanto mordia os lábios para não sorrir para ela.

Quando ele pediu licença, meus olhos o seguiram em direção ao bar, onde ela estava com uma taça de vinho. Em seguida os dois desapareceram. Não por muito tempo, cinco minutos no máximo, mas era alguma coisa. Talvez um boquete, talvez uma de suas mãos por debaixo da saia dela, a outra no seio. Algo rápido. Eu tinha certeza. Ele ficou inquieto quando voltou, o braço passando em volta da minha cintura, se remexendo ao meu lado.

Quando o confrontei em casa, ele me disse que eu estava sendo paranoica; que eram os hormônios da gravidez.

— Eu vi como ela olhava para você — insisti.

— Olha — ele disse, levantando as mãos —, você está certa, ela estava flertando comigo, mas eu...

Mas eu — sempre tinha um *mas eu* —, ele nunca estava errado, nunca era o culpado. Eu acreditei nele na época. Porque eu o amava, porque queria que fosse verdade. Porque estava sob efeito dos hormônios de gravidez. Porque era idiota. Não sou mais.

Agora, levanto a mão para silenciá-lo.

— Não estou nem aí. Na verdade, fico feliz por vocês dois. É exatamente o que eu esperava que acontecesse.

Jay me lança um olhar fulminante, os olhos brilhando.

— Você é maluca — diz. — Sabia disso?

Olho para ele. É tão bonito. Eu amei aquele rosto um dia. Agora o odeio.

— Talvez eu seja — respondo. Ele provavelmente está certo. Mas todas as mães são quando se trata de seus filhos, não é? Não há nada que não faríamos.

— Agora saia daqui — fecho sua mala e a empurro para ele.

Por um minuto, ele não se move; em seguida, pega a mala da minha mão com força.

— Você é uma vadia. — Ele me olha de cima a baixo, os lábios contraídos em desdém. — Quem poderia me culpar? — pergunta.

Aí está: sua outra desculpa favorita. Se a minha aparência fosse diferente, *melhor*, se eu desse mais, ele não teria feito o que fez. É patético.

— Vá *embora*.

O maxilar dele se contrai.

— Cadê a Harper?

— Em uma festa do pijama na casa dos vizinhos. Ela não vai perdoá-lo se você a fizer ir embora mais cedo. Só volte para Nova York. Vou levá-la para casa no domingo.

— Nos vemos no tribunal — ele diz, batendo a porta ao sair. Ela chacoalha no batente.

Não, você não verá, penso.

Seus passos são pesados na escada. Ouço a porta da frente se abrir e o estrondo da tela batendo; em seguida, o carro dando partida, os pneus cantando quando ele arranca para ir embora.

Depois, tudo fica em silêncio novamente. Ele se foi. Ouço apenas o som da minha respiração e o barulho do relógio na parede, o ritmo constante como um metrônomo. Volto para o banheiro, digito o código do cofre pela última vez.

Tiro duas coisas: a arma e os papéis do divórcio; aqueles que o meu advogado preparou antes da viagem.

O meu fundo, por ter sido criado antes de estarmos casados, não é considerado propriedade do casal; se nos divorciarmos, Jay não tem direito a ele. É provável que eu devesse pagar uma pensão para ele pelo valor que recebo do fundo, mas o fundo em si continuaria em meu nome. A única forma que o dinheiro iria para ele é se algo acontecesse comigo; ele é o principal beneficiário em nossa apólice de seguro de vida — contanto que estejamos casados no momento de minha morte. Se nos divorciarmos, no entanto, vai tudo para Harper. O melhor para Jay é que continuemos casados. Ficará claro para todo mundo: estes papéis de divórcio o deixariam muito, muito bravo.

Imagino a surpresa que terá quando souber deles; talvez seja parecida com a minha quando descobri que o nosso casamento, como o da minha mãe e do meu pai, tinha sido uma farsa desde o início.

Eu estava desiludida quando nos mudamos para Nova York, de luto pela perda dos meus pais. Fui eu quem cortou a relação, é verdade, mas doeu, uma dor profunda e lancinante em meus ossos. Eu me senti órfã.

Disse a mim mesma que não importava porque eu tinha Jay. Ele se apaixonou por mim antes de saber do dinheiro. Gostava de mim por quem eu era. E quando eu finalmente contei a ele o valor, depois que ele me pediu em casamento, depois de três anos de namoro, ele me beijou e disse que não mudava nada. Disse que queria fazer a própria fortuna, trabalhar para conquistar o próprio dinheiro. Talvez precisasse de um investimento inicial, mas depois disso estaria por conta própria.

Ele soou tão sincero. Eu acreditei nele. Mesmo quando ele nunca parava em um emprego, sempre pedindo demissão depois de alguns meses, pulando de um projeto para outro. Eu ficava feliz em apoiá-lo; feliz em investir em suas *startups*, em preencher cheques com vários zeros; eu achava que ele era brilhante.

Foi então que descobri que ele sabia do dinheiro desde o início. Ele estava ao telefone com a irmã uma noite, logo após nos mudarmos para Nova York, depois de ter tomado alguns copos de uísque. O pai deles tinha tido um problema de saúde; eles não sabiam se ele sobreviveria àquela noite. Eu estava no andar de cima com Harper, ele na sala de estar, mas sua voz viajou e eu escutei o seu lado da conversa com clareza. A irmã deve ter dito alguma coisa sobre o testamento do pai porque Jay soltou uma risada irônica.

— Não tenha tanta certeza — disse. — A mãe da Violet ganhou uma cabana de férias quando a avó dela morreu. E isso foi depois de terem entrado na justiça.

Eu congelei. *O quê?* Como ele sabia que meus pais tinham entrado na justiça? Eu não sabia daquilo, então, como ele sabia?

Sem graça, mais tarde, ele admitiu que escutou meus pais conversando sobre a divisão dos bens da minha avó durante o funeral, em um tom baixo e irritado.

— Tudo? — meu pai perguntou. — Para Violet? — E depois: — A casa não vale um décimo disso. — E, por fim: — Sim, vamos contestar, ver se é possível reverter na justiça. — Não foi possível, é claro.

Eu me sentei na cama, minhas pernas cedendo. Jay sabia do dinheiro desde o início. Ele jurou que isso não importava, se ajoelhou e me olhou nos olhos. Mas importava para mim. Como poderia não importar? Como não questionar tudo?

Nova York deveria ser o nosso recomeço. A grande oportunidade de Jay. Eu desejava com todas as forças que fosse. Por nós, por ele. E nós já tínhamos nos mudado, minha família já perdida. Por isso, decidi dar a ele o benefício da dúvida. Uma chance para se provar, finalmente.

— Esta é minha chance — ele disse. — Você vai ver. — Com ele ainda ajoelhado diante de mim, eu cedi.

— OK, acredito em você — disse pela centésima vez, sobre a centésima situação.

Isso não vai ser uma surpresa para ninguém: não era a oportunidade de trabalho que ele prometeu que seria. Logo, ficou claro que aquela "*startup* de apostas *on-line*" era um eufemismo para um *site* de apostas fajuto; ele se juntou a um grupo de investidores moderados que pensou que lucraria com o recente frenesi das apostas *on-line*, embora nenhum deles tivesse qualquer experiência na área. Nas horas que Jay passava enfurnado em seu escritório, ele estava em salas de jogos de pôquer virtual — fazendo pesquisa de mercado, segundo ele. A verdade: como sempre, ele estava cedendo a qualquer impulso que o atraísse. Hoje, apostas; ontem, cheirar uma linha de cocaína no banheiro, sexo com uma estranha em uma festa. Jay só pensava em si mesmo, fazia o que lhe dava prazer, o que pegava bem. Depois de três meses em Nova York, ele veio me pedir outro cheque; nada tinha mudado.

Ele, como meus pais, nunca seria capaz de separar seu amor por mim do amor por meu dinheiro. Foi uma descoberta arrasadora, para dizer o mínimo. Espero, quando isso tudo acabar, que ele fique igualmente arrasado, seu coração esmagado sob o peso de tudo.

Coloco os papéis do divórcio sobre a cômoda e levo a arma de volta para o banheiro. E espero.

Um minuto ou dois se passam; em seguida, a porta da frente se abre e fecha de novo. Prendo a respiração.

— Violet? — escuto Sloane me chamar.

Engatilho a arma, solto o ar dos pulmões.

Escuto os passos de Sloane na escada, depois no corredor. Limpo a garganta.

— No banheiro — grito. Minha voz ecoa pelos azulejos da parede do banheiro. Esganiçada, fina. A veia jugular em meu pescoço pulsa.

Eu a ouço abrir a porta do quarto, em seguida a maçaneta do banheiro gira. Estou de costas para ela, encarando a bancada da penteadeira, de cabeça baixa.

— Violet? — Sloane repete, quase um sussurro desta vez. — Você está bem?

Abro os olhos e olho para cima. Vejo o rosto de Sloane no espelho atrás de mim. O rosto que agora se parece tanto com o meu. Nossos olhares se encontram. Por um momento, nenhuma de nós se move, uma encarando o reflexo da outra. Solto o ar devagar. Depois me viro para encará-la.

— Não, não estou — respondo — bem, quero dizer. — Meu coração está batendo como uma britadeira no meu peito. — Não estou bem há muito tempo.

As sobrancelhas de Sloane franzem de preocupação, suas feições se suavizando.

— Sinto muito — ela diz com carinho. — Tem alguma coisa que eu possa...

Então, ela para de falar, os olhos pousando na minha mão direita, pendurada na lateral do meu corpo. Ela vê a arma. Sua boca se abre, a cor sumindo de seu rosto.

Quando ela olha da arma para mim, seus olhos estão arregalados, as pupilas tão grandes e pretas que parecem tinteiros. Eu sustento seu olhar. É como se estivesse olhando para um daqueles espelhos em uma casa de diversão de parque. Uma versão distorcida, quase verdadeira, de mim mesma.

Vejo-a engolir em seco.

— Isso é sobre Jay? — pergunta com a voz falhando, fraca.

Confirmo com a cabeça.

Os olhos de Sloane se fecham.

— Eu sinto muito — diz. — Aconteceu. Nunca quis machucar você!

Não consigo segurar o riso, uma gargalhada breve.

— Você acha que isso é porque estou com ciúmes? — Balanço a cabeça. — Não, eu não estou com ciúmes. Não é por isso.

Ela suspira; em seguida, diz gentilmente:

— Ele me contou tudo, Violet. Ele me contou que está deixando você e que você não está aceitando bem.

— Ele está mentindo — interrompo-a de um jeito brusco. — Você acha que o conhece, mas não conhece. Ele é um mentiroso. Igual a você, *Sloane*.

Quando eu digo seu nome — seu nome verdadeiro —, o rosto dela muda. Ela engole com dificuldade, abre a boca para falar, mas não sai nenhum som.

Abro um sorriso pequeno, triste.

— Estávamos mentindo uma para outra, não é mesmo?

Enfim, com a voz tensa, ela pergunta:

— Desde quando você sabe?

— Desde o início.

Ela pressiona os lábios juntos com força. Seus olhos se enchem de lágrimas. Ela parece um filhotinho ferido. Eu me sinto enjoada. Engulo a saliva azeda no fundo da garganta. *Pensa na Harper*, digo para mim mesma. *Isso é por ela.*

— Mas — a voz dela falha —, por que você vai me matar, se não está com ciúmes?

— Eu não vou matar você — respondo. — Olhe no espelho, *Violet*. Eu vou *me* matar.

Sloane me encara, sem entender, o rosto contorcido de confusão. Então seus olhos se arregalam, quando ela finalmente entende. Devagar, ela leva a mão à boca, cobrindo-a aterrorizada.

— Bom, tecnicamente, é o Jay quem vai matar você — continuo. — Pelo menos é o que direi para a polícia.

Sinto uma dor aguda na barriga. A verdade é que gostaria de não precisar matá-la. Gostaria de ter podido apontar a pistola para o peito de Jay, abrindo um buraco exatamente onde seu coração deveria estar. Eu pensei a respeito. Pensei e pensei. Eu queria matá-lo, queria fazer isso com todas as minhas forças, mas seria muito arriscado. Se eu fosse pega — seria a principal suspeita, provavelmente a única suspeita —, perderia tudo. Tudo o que Jay já estava ameaçando me tirar.

Foi quando conheci a Allison. E ela me contou sobre Sloane. Isso me deu uma ideia. E se, em vez de matar Jay, ele me matasse? E se as pessoas achassem que eu morri e ele era o culpado? Então, quando eu levasse a Harper, ninguém questionaria; ela estaria sob os cuidados legais e amorosos da babá em quem confiávamos. E Jay estaria na cadeia, onde merecia estar.

Mas, para isso funcionar, eu precisava de um corpo. Eu precisava de Sloane. Se eu conseguisse fazê-la se vestir como eu, ficar parecida comigo, agir como eu, então, bom, quando a polícia chegasse à cena do crime e eu dissesse que ela era eu, eles não teriam motivo para acreditar que não era.

Violet Lockhart estaria morta, e Jay Lockhart seria o culpado pela morte. Pelo menos, seria para quem eu apontaria o dedo.

Seria a minha foto na carteira de motorista de Sloane. E havia todas aquelas fotos que tirei de Harper e Sloane juntas, fotos que mostraria para a polícia. Se eles mostrassem as fotos para Anne-Maire, ela apontaria para Sloane e diria: "Sim, esta é a Violet Lockhart". Parece simples e é mesmo. Porque o marido é sempre o culpado, mesmo quando não é. O que haveria para ser refutado? Haveria um corpo e um motivo. Eles descobririam sobre a apólice do seguro de vida e como ela deixaria de ter valor em caso de divórcio; então, encontrariam os papéis do divórcio que coloquei sobre a cômoda. Caso aberto e encerrado.

Jay iria para a cadeia e eu partiria com Harper. Graças ao testamento atualizado, Sloane Caraway seria nomeada guardiã dela. Do telefone de Sloane, eu enviaria uma mensagem de texto para a mãe dela, para contar o que aconteceu com Violet Lockhart e que Sloane levaria Harper de volta para a Costa Oeste. Talvez conversasse com ela por Face Time algumas vezes — a visão e audição da mãe dela estão declinando —, o suficiente para que ela pensasse que Sloane estava bem. Não era provável que ela oferecesse nenhuma ameaça de verdade, mesmo que suspeitasse de alguma coisa. Sloane disse que ela só fica em casa; então, não há muito que possa fazer de uma poltrona. Em seguida, iríamos embora, talvez de volta para a Califórnia, ou talvez para a região do Noroeste do Pacífico, para alguma cidadezinha em Oregon.

— Por favor — Sloane choraminga, a voz abafada por trás da mão trêmula. Ela está assustada, muito assustada. — Por favor, não faça isso.

— Sinto muito — digo. E eu sinto mesmo. Eu não quero fazer isso, mas preciso fazer. A dor em meu estômago é forte. — Não há outro jeito.

Meu dedo envolve o gatilho. Eu levanto a arma.

Sloane começa a andar para trás, as pernas tremendo, os braços esticados como que para se proteger. Vejo terror em seus olhos.

Sinto como se estivesse flutuando acima de mim mesma. O sangue pulsando em meus ouvidos. Vejo a boca dela se mexer, mas não ouço nada a não ser estática.

Ela se vira para correr. *Agora. Agora, Violet, agora. Pela Harper.*

Fecho os olhos e aperto o gatilho. O barulho do tiro é ensurdecedor, agudo, como o estalar de um chicote, mas mais alto, meus ouvidos zunem, doendo.

Quando abro os olhos, o corpo de Sloane está no chão.

A arma cai no chão e eu desabo de joelhos.

JAY

30

— Ela disse o quê? — pergunto. Levanto uma sobrancelha em sinal de surpresa. De longe, escuto um ruído de sirenes.

Anne-Marie abre um sorriso atrevido, depois dá de ombros, tirando uma mecha de cabelo loiro dos olhos.

— Ela disse que você estava dando em cima dela.

— Eu dei em cima *dela*? Caitlin disse isso? Quando? — Tento não soar tão irritado quanto me sinto. Por que Caitlin estava falando com Anne-Marie sobre nós?

— Olhe, não mate o mensageiro — Anne-Marie diz, atravessando a cozinha e pegando outra cerveja da geladeira. — Mas não se preocupe, eu não coloquei muita fé no que ela disse. Todas as babás acham que os pais estão interessados nelas, desde que Ben Affleck fugiu com a dele. Faz parte.

Ela pisca, pega a garrafa vazia em minha mão e me entrega outra garrafa cheia e gelada. Bebo um longo gole, depois outro. A cerveja me relaxou; quando cheguei aqui, quarenta e cinco minutos atrás, logo depois da minha briga com Violet, seria capaz de socar a parede. Graças a Deus por Anne-Marie. Ela estava na varanda quando passei de carro e sinalizou para que eu parasse.

— As crianças estão lá em cima — disse, sinalizando para que eu a seguisse para dentro da casa — Acabadas em frente à TV. — Dava para ouvir o barulho, o volume no máximo.

Agora, mesmo com o barulho da TV, as sirenes soam mais alto, se aproximando. Percebo que é a primeira vez que as ouço desde que saímos da cidade. Em Nova York, são parte constante do som ambiente, um ruído sempre presente, crescendo e diminuindo ao longo do dia, às vezes menos frequentes do que outras, mas sempre presentes. Aqui, onde os únicos barulhos são os das ondas, o som destoa, parece fora de lugar.

Aponto a cabeça em direção à rua.

— Acha que a Caitlin chamou a polícia? — brinco.

Anne-Marie olha para mim achando graça. Ela abre a boca, mas não tem a oportunidade de falar porque, de repente, as sirenes soam bem em frente à casa. Nós nos viramos e vemos dois carros de polícia, suas luzes piscando, parados do lado de fora da casa. As portas de ambas as viaturas são abertas, as sirenes ainda ligadas.

— Vou dar uma olhada nas crianças — digo a ela. Coloco a cerveja na bancada. — Talvez algum deles tenha conseguido um telefone?

Mas, antes que eu possa me mover, há uma batida na porta. Pesada, um punho fechado batendo contra a porta. Olhamos um para o outro, franzindo a testa.

Então, a porta se abre. Ambos nos encolhemos, nos afastando da porta até que estamos pressionados contra a parede da sala de estar. Três policiais estão em pé na porta. Armas em punho.

— Jay Lockhart? — um deles pergunta.

Por instinto, coloco as mãos sobre a cabeça.

— Sim, sou eu. Eu.

— Senhor, você está preso pela tentativa de assassinato de Violet Lockhart — ele se aproxima de mim com algemas, me vira de costas de um jeito brusco. Sinto o metal contra os meus pulsos, frio, duro.

Tentativa de assassinato? Mas que diabos? Minha cabeça está girando, meu corpo travado. Olho para o policial, em estado de choque.

O policial continua:

— Você tem o direito de permanecer em silêncio. Tudo o que disser poderá ser usado contra você no tribunal.

— Houve um engano — finalmente consigo dizer, tentando me virar para olhar para ele, mas sou puxado de volta, o corpo arrastado em direção à porta. — Por favor! — estou gritando agora, o pânico aumentando.

Olho para Anne-Marie. Ela está pálida, olhando para mim boquiaberta, os braços apertados em volta do corpo.

— Isso é um engano — grito de novo. — Anne-Marie, chame um advogado. Você precisa me ajudar! — Mas ela não se move, os olhos arregalados, redondos e sem piscar.

Do lado de fora, sou jogado no banco de trás de uma viatura de polícia, suas luzes piscando. Minha cabeça bate na lateral do carro durante minha entrada.

Ninguém fala comigo no caminho para a delegacia. Fico sentado, balançando, uma sensação pesada de dormência dificultando minha respiração, dificultando meu raciocínio. Tentativa de assassinato? De Violet? Não, houve um engano.

Na delegacia, sou deixado em uma cela insípida, cinza e úmida. Não há janelas, nem ar-condicionado. Minha camisa gruda em minhas costas, suada e suja. Eu me sento no banco duro, depois me levanto, depois me sento novamente. Eu não deveria estar aqui. Não sei que merda está acontecendo, mas sei que não deveria estar aqui.

Por duas vezes, eu me levanto e grito pedindo água, desesperado para que alguém fale comigo, olhe para mim, mas ninguém aparece. Finalmente, depois do que parecem ser horas, um guarda abre a porta e chama meu nome.

Ele me leva por um corredor de cimento até uma sala de interrogatório. Assim como a cela, é quente e degradada. No meio, há uma mesa de metal e duas cadeiras, uma de frente para a outra. A cadeira é desconfortável, pequena demais.

O guarda sai da sala, estou sozinho novamente, mas desta vez não por muito tempo. Ouço um zumbido alto e o clique de uma porta se abrindo.

Um homem entra. Está usando calça e camisa social, as mangas da camisa estão dobradas e o colarinho está desabotoado, revelando uma camiseta branca desbotada por baixo. Ele puxa a cadeira em frente à minha e se senta. É um homem magro, de rosto angular, na casa dos quarenta, talvez cinquenta e poucos anos.

— Sou o detetive Edgerton — diz. Ele tem um jeito brusco, mas não rude. — Você está sendo filmado, OK? — Ele se vira para apontar para uma pequena câmera atrás dele, no canto superior direito da sala. Em seguida, se vira de novo para mim. — Quer me contar o que aconteceu?

Balanço a cabeça.

— *Nada* aconteceu! Isso é um mal-entendido! — Estou beirando à histeria. — Vocês prenderam a pessoa errada! Eu nunca machucaria a Violet. Nunca. Eu...

— Jay. — Ele levanta uma das mãos. — Vamos recapitular. Quando foi a última vez que você falou com sua esposa?

Solto o ar com dificuldade.

— No início desta tarde.

— E o que aconteceu durante essa conversa?

— Nós... — engulo em seco. Sei o que vai aparecer. — Nós brigamos.

— Sobre o que vocês brigaram? — ele pergunta.

— Ela achou... — paro de falar de novo. Esfrego as têmporas. Minhas sobrancelhas estão molhadas de suor. *Merda.* — Ela achou ter me visto com a babá. — Minha cabeça está pulsando, a dor vindo da parte inferior do crânio até a testa. — Posso tomar um pouco de água ou outra coisa?

O detetive me ignora.

— E ela viu? — Ele está com a expressão séria, sem piscar.

Eu me ajeito na cadeira.

— Olha, minha esposa e eu, estamos passando por alguns problemas. Já conversamos sobre nos separar. — Sei que isso não responde à pergunta dele, mas quero que ele saiba que isso não é o que parece.

— Quem sugeriu a separação?

Dou de ombros.

— Eu não sei, ambos concordamos que as coisas não estavam mais funcionando. — Isso também não é exatamente verdade. Mas a verdade não vai me ajudar.

— Mas, no início, foi a sra. Lockhart quem disse que queria colocar um ponto-final em tudo?

Não tenho certeza de aonde ele quer chegar. Ou quem disse isso a ele.

— Ela estava com raiva, e sim, ela pode ter sido a primeira a tocar no assunto, mas nós estávamos tentando resolver as coisas.

Ele me interrompe.

— Então ela queria a separação e você não. Foi por isso que você atirou nela?

Eu o encaro incrédulo.

— O quê? Atirei nela? Não! Eu não atirei nela. Ela disse que eu atirei? Ela está mentindo. *Meu Deus.*

Apoio a cabeça em minhas mãos. Sei que Violet estava chateada comigo; óbvio que sei. As coisas não andavam bem entre nós havia muito tempo. É verdade que nem sempre fui o melhor marido, mas não tem sido fácil ser quem ela quer que eu seja. Tem sido solitário, e eu admito, fui fraco. O último ano em Nova York tem sido especialmente difícil. Ambos fizemos coisas, dissemos coisas, para magoar um ao outro, mas *isso*? Dizer que eu atirei nela? *Mas que diabos, Violet?*

— Veja bem. — Levanto a cabeça. Estou exausto, todas as partes do meu corpo parecem um peso morto. — Posso falar com ela? Se eu puder ter apenas cinco minutos, tenho certeza de que posso esclarecer tudo. *Por favor*. Só uma ligação rápida. — Estou implorando agora. — Ela vai dizer para você que isso é um engano!

O detetive Edgerton suspira. Então se recosta na cadeira. Ele parece cansado também.

— Receio que não vai ser possível.

— Eu não usei a minha ligação ainda! — digo, me dando conta disso. — Eu tenho direito a uma ligação, não tenho? Por favor. Deixe-me falar com ela!

O detetive limpa a garganta. Faz uma longa pausa, antes de dizer:

— Infelizmente, a sra. Lockhart morreu duas horas atrás, a caminho do hospital.

Olho para ele incrédulo. *O quê? Não. Não.* Ela não pode estar...

— O que — ele limpa a garganta de novo — significa que você está diante de uma acusação de assassinato em primeiro grau. Está pronto para me dizer o que realmente aconteceu na última vez que viu a sra. Lockhart? Se eu souber a verdade, posso ajudá-lo.

A sala parece se expandir e então se encolher, minha visão escurece. De repente, parece que estou debaixo d'água e tudo está distorcido. Estou encharcado, os sons abafados, minha visão turva.

— Sr. Lockhart? — A voz do detetive Edgerton ecoa alto. — Alguém me traz uma água! — ele grita. — Sr. Lockhart, você está bem?

— Preciso de um advogado — eu me ouço dizer.

Ninguém me visita até a tarde seguinte. Meu corpo está duro e dolorido, a cabeça ainda martelando. Meus olhos ardem pela falta de sono. Depois da minha entrevista com o detetive, fui fichado — colheram minhas digitais, tiraram minha foto, trocaram minhas roupas por um moletom largo e uma camiseta manchada — e me levaram para uma cela com um colchão fino no canto e um vaso sanitário de metal do outro lado. O espaço é pequeno, quente, e fede a urina.

Exausto, me deitei no colchão. Cochilando e acordando, despertando todas as vezes que começava a dormir mais pesado, o peito apertado, sempre que me lembrava. *Violet está morta. Morta. Morta. Morta.*

Um guarda bateu na minha cela hoje cedo, sinalizando o café da manhã. Quatro horas depois, o almoço. Ambos servidos em bandejas de plástico. Ambos intragáveis.

Por fim, o guarda destranca minha cela, abrindo-a completamente.

— Seu advogado está aqui — diz, com a voz apática. — Levante-se.

Antes de deixar a sala de interrogatório ontem, depois que voltei a mim, levantando a cabeça que estava entre os joelhos, o detetive Edgerton me passou uma lista de nomes sobre a mesa de metal.

— Advogados que trabalham na ilha — disse. — Se você não tiver um.

Eu apontei para o primeiro nome que vi. Javier Delgado. Eu poderia ter ligado para Kathleen, a advogada de divórcio com quem me reuni algumas vezes, mas como uma advogada de divórcio me ajudaria agora? E eu queria algum local. Alguém que pudesse me tirar daqui quanto antes.

O guarda me leva até a mesma sala de interrogatório de ontem. Javier está sentado na mesma cadeira que o detetive ocupou, um arquivo aberto diante dele sobre a mesa. Ele fica em pé quando entramos, sorrindo educadamente para mim enquanto estica a mão para me cumprimentar.

Javier está bem-vestido, em um belo terno de alfaiataria, uma gravata cara e sapatos de couro. Deve estar na reta final dos trinta, talvez quarenta e poucos anos, cabelo grisalho, um par de óculos com a armação de metal e a barba feita.

Eu sei como pareço em comparação, impregnado de sujeira e suor, os olhos vermelhos, com olheiras profundas. Estou fedendo também, um fedor forte e ácido, um misto de suor e urina, o fedor da cela impregnando meus poros. Preciso de um banho. Preciso ir para casa, dar o fora desta maldita ilha.

— Sr. Lockhart — Javier começa a dizer, com uma expressão agradável, embora quase distante, em seu rosto.

— Não fui eu — interrompo. Ele precisa saber disso. É a única coisa que ele precisa saber. — Nós brigamos, mas, quando saí, Violet estava bem! Eu juro, não tive nada a ver com isso!

Ele sorri gentilmente para mim, concordando com a cabeça. Ele acredita em mim. Eu me recosto na cadeira. Pela primeira vez, desde que cheguei aqui, eu me sinto aliviado. Ele vai me ajudar.

— Conversei com a promotora hoje de manhã, antes de vir para cá — Javier diz. — Eles nos ofereceram um acordo. — Ele olha para mim como se isso fosse uma boa notícia. Quando eu não esboço uma reação, continua: — Se você se declarar culpado, vão reduzir sua sentença para homicídio culposo em primeiro grau. Quinze anos de prisão.

Eu o encaro sem entender. *O quê?*

— Mas eu lhe disse que não fui eu — digo, balançando a cabeça. — Por que me declararia culpado?

Javier suspira. Tira os óculos de armação de metal e passa a mão pelo rosto, da testa até o queixo, como se já estivesse exausto deste caso.

— Sr. Lockhart, vou ser sincero com você. As suas chances não são boas. Se formos a julgamento, existe uma grande chance de você passar o resto da vida na prisão.

— Mas não fui eu — repito em choque.

— Pode ser, mas seria difícil de provar.

Esmurro a mesa.

— Mas não é este o seu maldito trabalho?

A expressão plácida em seu rosto não muda. Ele olha para baixo, para o arquivo diante dele.

— A sua esposa disse à polícia antes de morrer que o senhor atirou nela. A srta. Caraway corroborou esta versão. São duas testemunhas. Além disso, há a questão da apólice de seguro.

Eu não sei quem diabos é a srta. Caraway, mas fico muito confuso com a menção à nossa apólice de seguro de vida para me importar agora.

— Sobre o que você está falando — pergunto, me inclinado para a frente, as mãos sobre a mesa.

— Aquela que o torna o único beneficiário do fundo dela. A menos, é claro, que vocês se divorciem.

Javier empurra uma pilha de papéis na minha direção.

— O que é isso? — Folheio os papéis.

— São os papéis de divórcio. Eles invalidam a apólice de seguro. A sra. Lockhart solicitou que fossem redigidos antes que vocês deixassem Nova York. A procuradoria argumentará que você ficou bravo quando ela lhe entregou os papéis. Você tentou convencê-la a voltar atrás, mas, quando não conseguiu, a situação saiu do controle.

Balanço a cabeça.

— Não, não foi isso que aconteceu! Esta essa é a primeira vez que estou vendo estes documentos! Mas — olho para as páginas, tentando entender — mesmo que isso fosse verdade, eu nunca teria atirado em Violet. Eu nunca a machucaria!

— Há um histórico de agressões físicas, correto? A polícia foi até a sua casa para verificar uma denúncia de violência doméstica ano passado?

— Porque ela atirou uma taça em mim! — Passo as mãos pelos cabelos, puxando-os. Sinto como se estivesse enlouquecendo — Nossos vizinhos nos ouviram discutir e chamaram a polícia. Eu nunca encostei nela!

— Escute, não estou dizendo que você fez isso. Mas pode ser considerado um padrão de comportamento. Pelo menos, é assim que a promotoria vai apresentar o caso. E o fato de você ter sido encontrado na casa ao lado, de estar planejando levar sua filha sem o consentimento da mãe dela...

Minha boca se abre.

— Levá-la? Eu não estava lá para pegar a Harper. Eu... — Paro de falar abruptamente. O verdadeiro motivo de eu estar lá não me ajudará em nada.

Javier dá de ombros.

— A promotoria tem um caso convincente contra você, sr. Lockhart.

Eu o encaro incrédulo. Ele não se importa se fui eu ou não. Nem um pouco.

— Pense a respeito — Javier diz. — Quinze anos se você se declarar culpado. Você provavelmente cumprirá apenas doze e sairá por bom comportamento. Poderá ver sua filha se formar no Ensino Médio. Se isso for a julgamento, pode não ter a chance de levá-la até o altar. — Ele junta os papéis espalhados sobre a mesa em uma pilha e os guarda de novo em uma pasta. — Pense a respeito. Voltarei em alguns dias.

Javier se levanta e caminha em direção à porta.

— Espere! — só de pensar nele indo embora, em ficar sozinho naquela cela de novo, me faz entrar em pânico. — Não vá embora!

Ele para, arqueia a sobrancelha. *Sim?*

— Quando vou poder sair daqui? — pergunto. Quero correr até ele, agarrar seu paletó e implorar: “Me leve com você”.

Ele me encara por um momento antes de responder.

— Sinto muito, sr. Lockhart — responde, balançando a cabeça. — Não existe a possibilidade de fiança. Não para crimes de homicídio.

31

Dois dias se passam até Javier voltar. Mais duas noites sem dormir nesta cela úmida. Parece que a minha mente está se desfazendo. Não consigo entender como ou por que estou aqui.

As horas voam. Para passar o tempo, revivo minha briga com Violet de novo e de novo, enquanto o suor se acumula sobre minhas sobrancelhas, debaixo dos meus braços, a cela úmida e quente.

Quando entrei no quarto, ela estava fazendo as malas. Apressada, pelo jeito — as roupas espalhadas, as gavetas da cômoda abertas. Ela não parecia brava, pelo menos não no início. Ela andava de um lado para o outro enfiando as coisas em uma mala. Levei um minuto para perceber que eram as minhas coisas, a minha mala.

Então ela me viu na porta. Os cantos de seus lábios se contraíram.

— Quero que você vá embora — ela disse. — Eu vi você com a Caitlin. Sua voz sem nenhuma emoção, como se estivesse me dizendo que o leite tinha acabado.

Foi tão diferente da última vez, daquela noite em que ela jogou a taça de vinho em mim, seu olhar selvagem, o rosto contorcido em uma expressão furiosa. Não, desta vez, foi quase como se ela estivesse se divertindo.

O que mais ela disse? Certo. *É exatamente o que eu esperava que acontecesse*. E a contração nos cantos de sua boca se transformou em um breve sorriso que, quando desapareceu, cogitei ter imaginado.

É exatamente o que eu esperava que acontecesse.

Por quê? Por quê?

Eu não sei. A única coisa que sei é que, quando eu saí de casa, Violet estava viva. O que tinha acontecido depois que saí? Como ela terminou morta? A pergunta pulsa dentro do meu crânio como uma britadeira.

Por fim, quando estou prestes a enlouquecer por completo, um guarda abre a minha cela e me leva de volta para a sala de interrogatório. Javier está esperando lá dentro, as mãos sobre a mesa.

Eu me sento na cadeira de frente para ele. Ele sorri para mim em expectativa.

— Você chegou a... — começa a falar.

— Preciso que você me conte o que aconteceu — interrompo-o. — Depois que eu saí. Eu juro que quando eu saí a Violet estava viva! Alguém entrou dentro da casa? Foi lá que ela levou um tiro?

Javier me encara como se estivesse tentando decidir se deveria me responder, como se achasse que estou brincando com ele. Então diz:

— A sua babá disse que ouviu você e a sra. Lockhart discutindo. Depois de alguns minutos, um barulho de tiro. Quando ela se sentiu segura para sair de seu quarto, encontrou a sra. Lockhart sangrando no quarto principal. Quando a polícia chegou, a sra. Lockhart confirmou que você atirou nela.

Balanço a cabeça.

— Houve um tiro depois que discutimos?

Javier olha para seus papéis.

— De acordo com a srta. Caraway, sim. Aqui diz que ela contou para a polícia que...

— Espere. — Levanto a mão. É a segunda vez que ele diz esse nome. — Quem é a srta. Caraway?

— Sloane Caraway. A sua babá.

Mas que diabos?

— Não — digo. — O nome da nossa babá é Caitlin. Não conheço ninguém chamada Sloane.

Javier retira uma foto de seu arquivo e a desliza em minha direção. É uma foto de Violet e Harper na praia com Caitlin.

— Sim, esta é a Caitlin — digo, olhando de volta para ele.

— Ela disse à polícia que se chama Sloane Caraway — Javier diz, dando de ombros. — Tenho certeza de que pediram para ver a identidade dela.

Volto a olhar para a foto. Sloane Caraway? Por que ela nos disse que seu nome era Caitlin?

— Olhe — Javier diz —, a promotoria tem um caso sólido contra você. A promotora me enviou um *e-mail* hoje de manhã. Eles acharam a arma que foi usada para atirar na sra. Lockhart. Não havia impressões digitais, mas eles checaram o número de série. Ela estava registrada em seu nome. Entendo que não quer se declarar culpado, mas isto, combinado com o testemunho da srta. Caraway...

— Foi a mãe da Violet que deu aquela arma para ela! Eu nunca encostei nela! — digo com a voz tensa. — Não vou me declarar culpado. Não posso. Não fui eu.

O rosto de Javier se fecha, os lábios se contraem. Ele suspira.

— Acho que está cometendo um erro. Como disse na nossa última conversa, essa é a sua melhor chance de receber uma sentença reduzida. Sei que não é o ideal, mas você precisa considerar a alternativa. Se isso for a julgamento e você for condenado, serão décadas até ser libertado. E o que será da sua filha, Jay?

Meus ombros caem. Harper. Minha menininha linda de olhos castanhos.

— Onde ela está? — pergunto. Coloco a cabeça entre as mãos. — Ela está bem? Preciso ligar para minha irmã. Ela virá até aqui. Ela pode ficar com a Harper.

Não falo com Denise há meses, apesar de ela me ligar a cada duas semanas. Eu ignoro suas ligações, não retorno. Planejo retornar, mas acabo nunca conseguindo, nunca tendo ânimo para negar seus pedidos de dinheiro. Ela mora em Ohio com seus três filhos, dois enteados e o segundo marido e está sempre sem dinheiro: para o aluguel, para a comida, para as roupas das crianças. "Queria poder matricular a Penny no balé", ela disse irritada na última vez que nos falamos, como se de alguma maneira a culpa fosse minha por ela não poder pagar pelas aulas.

Javier abre o envelope, folheia, um papel digitado.

— Ela está sob a custódia da srta. Caraway.

Eu levanto rápido a cabeça e olho para ele, franzindo a testa em sinal de confusão.

— Caitlin? Por que a Harper está com ela? Ela deveria estar com alguém da família.

— Bem, parece que a srta. Caraway — Javier diz o nome dela devagar, enfatizando, para me corrigir — está listada como guardiã da Harper. No testamento de vocês. No caso de você e a sra. Lockhart estarem incapacitados.

— O quê? — Isso não faz sentido. — Não, não, houve um engano. A minha irmã é quem foi designada como guardiã.

Isso foi motivo de discussão quando Harper nasceu. Foi difícil convencer tanto Denise quanto Violet. Não era surpresa para ninguém que uma não gostava da outra. Denise achava que Violet era esnobe; Violet achava que Denise era aproveitadora. Nenhuma das duas estava errada, exatamente. Mas eu não conseguia aceitar a ideia de Harper ir morar com os pais de Violet, ou com os meus, por assim dizer. "Ela deveria ficar com os primos", argumentei com Violet, "de outras crianças da família e, de qualquer forma, qual é a chance de algo acontecer com nós dois?" Violet cedeu no fim, assim como Denise, quando percebeu que a guarda viria acompanhada de um cheque. Será que Violet alterou o testamento sem me dizer? Por quê?

— A sua assinatura consta nos papéis. Ao lado da assinatura da sra. Lockhart. — Ele pega outro papel da pasta e me entrega, apontando o dedo para o final da página. — Foi encaminhado para nós pelo seu advogado em Nova York. Ele disse que você enviou para ele.

Eu encaro o papel, sem palavras, meu nome — ao lado do de Violet — em tinta azul.

Por fim, olho para ele, balançando a cabeça.

— Eu não assinei isto. E eu definitivamente não enviei para ele. Não quero que ela fique com Caitlin, ou Sloane, qualquer que seja o nome dela! Por favor, me deixe ligar para a Denise.

— Olhe — Javier suspira —, aparentemente a srta. Caraway tem um advogado. Um bom advogado. Se você quiser contestar o testamento, teremos que fazer isso pelos canais apropriados. Pode levar meses. — Ele fecha a pasta. — Ficarei feliz em dar início à papelada se você quiser.

Minha cabeça está girando. *O que está acontecendo?*

— Sim! O lugar da Harper não é com ela!

Javier assente.

— OK, vou trabalhar nisso. Mas sobre o acordo, você tem certeza?

— Quantas vezes preciso dizer? Não vou passar quinze anos na prisão por um crime que não cometi. — Cuspe sai voando da minha boca e cai na mesa.

Javier assente.

— Eu entendo. Deixe-me falar com a promotora de novo. Verei se existe a possibilidade de negociação. — Em seguida, ele fica em pé. Os pés da cadeira rangendo contra o chão de concreto. — Enquanto isso, tente descansar um pouco, OK? — sua voz é gentil agora.

Concordo atônito, ainda respirando pesado. Descansar, claro. Eu me pergunto se me sentirei descansado novamente.

— E Jay? — Javier coloca a mão no meu ombro. Quando olho para ele, vejo pena em seus olhos. Ele acha que eu sou um saco de merda triste. — Eu vi a Harper com a srta. Caraway deixando a delegacia.

Ela parecia estar em boas mãos. Estava sorrindo, mandando ver um saco grande de M&Ms.

Em minha cela, eu me sento encostado na parede. Parece que estou à beira de um poço escuro, prestes a ser completamente engolido.

Passo os dedos pelo meu cabelo, esticando-o, puxando-o. Por que Violet transferiria a guarda para Caitlin? Por que Caitlin mentiu sobre o seu verdadeiro nome?

Pela centésima vez, minha última briga com Violet se desenrola em minha cabeça, como um disco arranhado. A voz dela ecoando alto, reverberando pela cela, em suas paredes de concreto.

É exatamente o que eu esperava que acontecesse.

O que quis dizer com isso? Que ela *queria* que eu tivesse um caso com Caitlin? Por que ela passaria a guarda para a mulher com quem queria que eu tivesse um caso?

O que aconteceu entre mim e Caitlin — *Sloane?* — mal configurava um caso. Foi inocente, em grande parte — meia dúzia de flertes, alguns beijos. Foi uma distração e nada mais. Nós dois sabíamos disso. Foi só porque Violet estava com uma postura tão morde e assopra nos últimos meses, depois frígida desde que chegamos à ilha, com seus sorrisos fechados, fingindo estar dormindo toda noite quando eu ia para a cama, que fiquei inquieto, tenso. E Caitlin estava lá, me esperando.

Quem poderia me culpar? Eu mal reconhecia Violet ultimamente. E não porque ela estava diferente, embora estivesse. Penso na foto que Javier me mostrou dela e de Caitlin na praia, Harper entre elas. Ela ganhou peso nas últimas semanas — mais do que a vi ganhar, sem contar a gravidez — e sua pele piorou — espinhas ao redor do queixo, na testa. A Violet que eu conhecia, com quem fui para a cama, ao lado de quem escovei os dentes por mais de dez anos, era disciplinada com relação ao seu peso, estava disposta a tudo para manter a pele lisa — séruns noturnos e cremes, esfoliações e limpezas de pele. Mas outras coisas estavam diferentes também: a forma como ela se vestia, para começar; em roupas que não serviam, que eram feias e surradas. E, talvez, a principal mudança de todas: o modo como ela se portava, como se fosse intocável, como se você esticasse o braço, seus dedos a atravessariam.

Na ilha, Violet deu um passo atrás e, quando isso aconteceu, Caitlin deu um passo à frente. Caitlin com seus olhos sedutores e risada rouca. Ela me olhava da mesma maneira que Violet costumava me olhar.

Em alguns aspectos, sinceramente, Caitlin me lembrava Violet. A antiga Violet, pelo menos. É engraçado, agora que penso a respeito: na manhã que viemos para a ilha, quando Caitlin apareceu em nossa porta, por um breve momento, pensei que era Violet. O cabelo de Caitlin mais escuro do que estava na última vez que a vi e mais curto, o mesmo corte e cor de Violet, vestindo roupas que eram muito parecidas com as que Violet usava. Ela corou quando a elogiei, disse que Violet havia lhe dado o *top* — o modelito todo na verdade. Não pensei muito a respeito na hora; não é o que as mulheres fazem, compartilham roupas, trocam dicas de estilo?

Mas agora isso fica martelando em minha cabeça. Será que Caitlin tinha inveja de Violet? Será que estava vestindo as roupas de Violet, agindo como ela, porque queria *ser* ela? Sinto uma onda forte de náusea me invadir. Será que ela estaria com inveja o suficiente para assassiná-la?

Esfrego minhas têmporas. *Não*. Se foi Caitlin quem atirou em Violet, por que Violet diria à polícia que fui eu? Não faz sentido. Estou deixando algo passar. Mas o quê? Deito de costas, meus ossos encostando no chão de cimento sob mim, encarando as rachaduras no teto. Sinto como se a resposta estivesse quase ao meu alcance.

Depois de um tempo, adormeço, meus olhos ardendo, a cabeça pulsando. Eu me mexo, me viro, o corpo doendo. Durmo sem sonhar.

Então, no meio da noite, eu me sento. Meus olhos se abrem, um suor frio encharcando minha camiseta.

Javier disse que Caitlin nos ouviu discutindo. Mas ela não estava em casa. Eu passei por ela; quando saí, ela estava entrando.

Como Caitlin poderia saber que estávamos discutindo? A não ser que a pessoa que contou aos policiais sobre a discussão não fosse Caitlin. A verdade me atinge como um trem desgovernado.

Caitlin não atirou em Violet. Violet atirou em Caitlin. Ela atirou em Caitlin e disse para todo mundo que ela era Caitlin, que era Violet Lockhart no chão. E que fui eu quem a matou.

Caitlin não estava querendo ficar parecida com Violet; Violet estava tentando ficar parecida com Caitlin. Ela queria que Caitlin se parecesse com ela. E queria que Caitlin e eu ficássemos juntos para que as pessoas pensassem que Caitlin era Violet Lockhart, minha esposa. *É exatamente o que eu esperava que acontecesse.*

Fico em pé rapidamente e começo a bater na porta da cela.

— Alguém me ajude! Preciso de ajuda!

Eu bato e bato até que finalmente ouço um zunido alto e a minha cela se abre. Um guarde me olha irritado.

— Preciso que você ligue para o meu advogado! — digo.

— São quatro horas da manhã — o guarda diz. — Você pode ligar para ele amanhã. A porta da cela bate se fechando novamente.

— Não! — grito. — Não, espere!

Mas ninguém volta. Escorrego até o chão. Depois de um tempo, eu me deito no colchão, mas não durmo, estou "aceso". Violet não está morta. Não está morta. Não está morta. Não está morta.

Estou andando de um lado para outro, traçando o número oito naquele lugar apertado, quando um guarda finalmente vem me tirar da cela. Meu corpo inteiro está pulsando, como me sinto depois de cheirar uma linha de cocaína, a cabeça leve, tudo muito claro.

Assim que entro na sala de interrogatório, sem algemas, corro até Javier e o seguro pelos ombros.

— Violet não está morta! — exclamo. — Caitlin está! Quero dizer, Sloane. Violet a matou!

Javier se afasta de mim, ajeita o paletó, então aponta para a cadeira.

— Por que não se senta? — ele diz, calmo. — Você dormiu? — Ele toca no meu cotovelo, em uma tentativa de me levar em direção à mesa.

— Não! — eu me afasto. Sei que ele acha que sou maluco, eu também acharia. Sei o que parece. Sei como tudo isso soa. Mas tenho certeza de que estou certo. Apostaria a minha vida.

— Escute — digo, abaixando a voz —, Violet armou para mim. Ela atirou em Caitlin e disse que fui eu. Agora ela está fingindo ser Caitlin. Era por isso que ela estava se vestindo daquela forma. Eu achei que talvez Caitlin estivesse tentando ser Violet, mas era o oposto! Você pode trazê-la aqui?

Estou respirando com dificuldade agora, quase sem ar, encarando Javier. Ele não precisa acreditar em mim, só precisa me ouvir, me dar a chance de provar.

Devagar, Javier balança a cabeça.

— Não posso trazer uma testemunha para vê-lo. Mesmo que ela concordasse, o que...

Então me lembro de outra coisa. Outra coisa que estava martelando na minha cabeça.

— Os M&Ms! Você disse que viu Caitlin dando M&Ms para Harper. A Violet dá M&Ms para a Harper! Como recompensa! Era ela; você provavelmente não a reconheceu porque ela estava vestida de um jeito diferente, mas precisa acreditar em mim.

— Jay, eu não vou acusar a srta. Caraway de roubar a identidade da sua esposa porque ela deu M&Ms para sua filha. É...

— Ela não é a srta. Caraway! — digo praticamente gritando. — Você não me ouviu? É a Violet! Por favor, você precisa achar um jeito de se encontrar com ela! Ou então... tenho uma ideia melhor! O corpo! Você pode solicitar um exame de DNA do corpo? Será o corpo de Caitlin, ou Sloane, qualquer que seja o nome dela!

— Jay, por favor, sente-se — Javier pede.

Eu me sento, mesmo não querendo. Debaixo da mesa, meus joelhos balançam descontrolados. Javier se senta de frente para mim. Por um momento, ele não diz nada. Então:

— O corpo foi cremado ontem.

Eu o encaro.

— *O quê?*

— Sinto muito.

Parece que levei um soco no estômago. Como Violet orquestrou tudo isso? Começo a rir descrente, tomado por uma risada histérica. Aquela *vaca*. Ela se acha mais esperta do que eu; sempre se achou. Esta era sua oportunidade de provar. Mas não permitirei. Eu me recomponho, paro de rir tão rápido quanto comecei.

Firmo o maxilar.

— Quero ir a julgamento — digo.

— Jay — Javier começa a dizer, reticente.

— Não — interrompo-o. — Se Caitlin é a única testemunha, então isso significa que terão que chamá-la para depor. Violet terá que aparecer.

Javier se senta na lateral da mesa. Ele suspira.

— A promotora disse que poderia oferecer doze anos se você se declarar culpado — diz. Ele não acredita em mim. Nem mesmo um pouco.

Balanço a cabeça.

— Não. Será que preciso contratar outro advogado? Quero ir a julgamento. Com ou sem você.

Há um longo silêncio.

— Se você quer ir a julgamento, iremos a julgamento — Javier diz, afinal. — Mas pode levar meses, até mesmo um ano, se não mais.

— Eu não me importo. — Não me importo com quanto pode demorar. Não deixarei Violet se safar. Não deixarei que ela tire tudo de mim.

— OK — Javier diz, concordando com a cabeça devagar. — Vou informar à promotora. Se você mudar de ideia...

— Não vou — digo.

Três meses se passaram. A pedido meu, Javier solicitou com sucesso que o caso fosse julgado no Brooklin; então, fui transferido para uma prisão provisória no Queens. Significa que estou mais perto de Harper, mas ninguém a traz para me ver. Significa que estou mais perto de Violet, também. Sei que ela está por aí, posso senti-la, ouvi-la rindo de mim.

Então, uma tarde, recebo a notícia. Em outra sala de concreto, tão sombria quanto as demais, Javier me diz que Sloane Caraway concordou em se encontrar comigo. Ela estará acompanhada da promotora. Javier estará lá, também.

— Você aceitará o acordo? — Javier quer saber. — Se for, de fato, Sloane Caraway e não a sua esposa?

Confirmo com a cabeça. Será a Violet. Sei que será. Ela não conseguirá se segurar; ela quer esfregar na minha cara, quer que eu saiba que está me punindo pelo que fiz.

— Que bom — Javier assente.

E eu sei que ele e a promotora se uniram, ambos com o mesmo objetivo: evitar um julgamento, ficar livre deste caso, de mim.

Eu não ligo para a motivação deles. A única coisa que importa para mim é que ela virá. Eu não a matei, mas, quando a vir, pode ser que a mate.

Dois dias depois, Javier e eu estamos sentados lado a lado em uma sala sem janelas no bloco de celas, duas cadeiras vazias diante de nós. Meus calcanhares estão acorrentados um ao outro e às pernas da cadeira. Um guarda está em pé no canto.

O silêncio é sufocante.

Não consigo tirar os olhos da porta. A qualquer minuto, ela entrará.

Meu coração está batendo violentamente contra meu peito. É como se sentar no topo de uma montanha-russa, as pernas balançando, esperando pela decida.

O momento está chegando, você sabe que está, mas não sabe quando vai ser. Agora? Agora? *Agora?*

Finalmente, um zunido alto. Agora. Sinto um frio na barriga.

A porta se abre. Duas mulheres entram: a promotora primeiro, uma mulher alta vestindo um terno quadrado, o cabelo loiro-acinzentado e, atrás dela, Violet, de cabeça baixa, cabelo castanho-escuro sedoso e macio. Fico sem fôlego, o ar preso em minha garganta. É ela. Um sorriso triunfante se espalha pelo meu rosto, adrenalina correndo dentro de mim.

Então ela olha para cima. Seu olhar encontra o meu, e meu sorriso some, escorre da minha boca para o chão, uma poça aos meus pés. Tanto ela quanto a promotora se sentam do outro lado da mesa.

A mulher diante de mim não é a minha esposa. Ela se parece com ela, quase — o mesmo corte de cabelo, a franja, o rosto em formato de coração. Ela está usando as roupas de Violet também, um vestido *chemise* listrado que sempre amei, os dois primeiros botões desabotoados, o colar de raios de sol dourado.

Mas não é Violet.

É Sloane.

Sloane

32

Giro a chave na fechadura, abrindo a porta da casa de tijolos marrons dos Lockhart. O cheiro de peônias recém-colhidas preenche meu nariz quando paro no *hall* de entrada, meu olhar percorrendo a sala de estar, a cozinha.

Uma dezena de caixas de mudanças quase cheias cobrem o chão, a bancada da cozinha, a mesa de jantar. Os livros foram retirados da estante, os quadros removidos das paredes, as louças e os vidros dos armários todos embalados em plástico-bolha e cuidadosamente colocados em caixas. Duas semanas atrás, coloquei a casa à venda; seis ofertas já chegaram, duas oferecendo mais do que o preço pedido. A corretora de imóveis me disse que acredita que poderemos concluir a venda até o fim do mês. Até lá, Jay terá aceitado o acordo, estará atrás das grades em definitivo.

Sorrio e em seguida começo a subir as escadas.

— Cheguei! — anuncio.

Quando alcanço o topo da escada, a porta do quarto no final do corredor se abre. Violet aparece.

— Como foi lá? — pergunta.

— Você precisava ver a cara dele — respondo sorrindo. — Queria ter tirado uma foto.

Ela sorri também, seu rosto espelhando o meu. Violet, minha gêmea geminiana.

Eu quase a perdi, logo depois de tê-la encontrado. Ambas fomos descuidadas, permitindo que Jay ficasse entre nós, que nossos sentimentos por ele — paixão no meu caso, ódio no dela — nos distraísse do que realmente importava. Mas, no final, quando importava, nós escolhemos uma à outra.

Três meses atrás, eu tinha encarado Violet horrorizada enquanto ela apontava uma arma para mim. Quando o dedo dela envolveu o gatilho, eu me virei e me preparei para correr; e, quando a arma disparou — barulho tão alto que parecia que meus tímpanos estavam sangrando —, eu me joguei no chão, as mãos cobrindo a cabeça.

Quando percebi que ela tinha errado, comecei a rastejar, em pânico, e depois me levantei rápido.

Foi algo que aprendi durante o treinamento sobre o que fazer em caso de tiroteio, quando era professora na Mockingbird — a única chance que você tem contra alguém armado é correr; é mais difícil acertar um alvo em movimento do que um parado. Por isso, eu corri. Saí correndo do quarto, pela escada e pela porta da frente. Não olhei para trás.

Quando cheguei à rua, estava ofegante, chorando e gritando por ajuda. Não tinha telefone nem as chaves do carro.

Desesperada, comecei a correr em direção à casa de Anne-Marie, as pernas latejando. Por duas vezes, olhei para trás, mas nas duas vezes não havia ninguém. Mesmo assim, continuei correndo, meu rosto marcado por linhas de suor e lágrimas.

Diminuí a passada quando cheguei à casa de Anne-Marie, arfando, os pulmões queimando.

Quando comecei a caminhar em direção à residência, parei, notando o carro parado logo em frente. Era o nosso carro; o nosso carro alugado. Alívio invadiu o meu corpo. Jay estava aqui. Ele estava aqui para pegar a Harper.

Eu tinha ouvido sua discussão com Violet enquanto subia de volta para a nossa casa depois de deixar Harper na casa de Anne-Marie, os gritos contrariados quando pisei na varanda, as vozes de ambos altas e enfurecidas. Antes que tivesse a chance de entrar na casa, a porta da frente se abriu com um estrondo. Jay estava com sua mala de mão pendurada em um dos ombros, o rosto contorcido em uma expressão de raiva. Ele passou por mim, mal registrando minha presença, murmurando algo sobre voltar para Nova York. Eu fiquei sem reação, levemente magoada, mas em grande parte confusa. Agora tudo fazia sentido. É claro que ele viria até aqui. Ele nunca iria embora sem a Harper.

Soluçando, subi os degraus que levavam à porta da frente de Anne-Marie. Mas, então, quando cheguei ao último degrau, quando a janela da sala de estar ficou visível, parei abruptamente, ficando sem ar, a sensação de que uma mão apertava o meu coração. *Não*. Não poderia ser. Eu queria gritar de dor, mas não gritei.

Pela janela, eu podia ver Jay. E Anne-Marie. Juntos. Os dois se beijando. Estavam encostados em uma parede, o corpo dele pressionando o dela, a mão de Anne-Marie apalpando a parte da frente da calça dele. Fiquei olhando, boquiaberta, meio sem entender direito aquela imagem.

Jay com Anne-Marie. Jay beijando Anne-Marie. Beijando-a como tinha me beijado na noite anterior. Senti como se tivesse levado um chute no estômago, como se alguém tivesse enfiado a mão pela minha garganta e arrancado meus órgãos. Cinco minutos atrás, achei que morreria; ao ver Jay com Anne-Marie, queria ter morrido. Quando começou? Durante suas corridas matinais? Ou em um outro momento, depois que todos tinham ido dormir?

Desde que havíamos chegado a Block Island, meus sentimentos por ele tinham se intensificado a ponto de parecer que eu estava pegando fogo, meu corpo em chamas, quente, queimando. Achei que tinha encontrado minha alma-gêmea.

Naquele primeiro dia, quando ele me levou para conhecer a ilha, sua mão pousou sobre a minha lombar quando entramos em um restaurante e se demorou lá. No banco sob a mesa, nossas coxas se encostaram. Nossa química era palpável. Ele tinha brincado comigo, sorrido para mim, os olhos nos meus. Eu disse a mim mesma que era tudo fruto da minha imaginação, mas passava todas as noites na cama torcendo para que não fosse, um calor entre as minhas pernas. Eu só pensava nele, só queria pensar nele.

Então, na noite que saímos para jantar...

— Eu nunca me senti assim antes — ele sussurrou em meu ouvido, com a Harper dormindo na escuridão do banco de trás do carro.

— Eu também não — respondi sem ar. Neste momento, ele já tinha me contado sobre o divórcio e, embora eu soubesse o que isso faria com minha amizade com Violet, eu estava envolvida demais.

Acreditava que Jay e eu ficaríamos juntos quando voltássemos para Nova York. Ele tinha dado a entender.

— Mal posso esperar para estarmos sozinhos — disse. — Até não precisarmos mais nos esconder.

Mas eu tinha sido uma idiota. Enquanto eu o assistia pela janela, via sua boca se abrir sobre a de Anne-Marie, eu me lembrei das palavras de Violet:

— Você acha que o conhece — ela disse claramente —, mas não conhece. Ele é um mentiroso. Igual a você.

Eu presumi que ela estava com raiva dele por deixá-la. A esposa abandonada e amargurada. Mas, então, quando o vi com Anne-Marie, percebi que ela estava se referindo a outra coisa. Ele só me disse o que eu queria ouvir. Ele dizia para todos o que queriam ouvir. Como pude ser tão cega.

Por isso, voltei. Para Violet. Sem que Jay ou Anne-Marie me vissem, desci os degraus e voltei para a nossa casa.

— Violet? — chamei, abrindo a porta da frente com cuidado. — Você tem razão. Eu sou uma mentirosa. Sou boa nisso. Me deixa ajudar você.

— Eu não estava mais com medo. Ela não queria me machucar; ela queria ferir o Jay. E agora eu também queria.

Ela continuava no banheiro da suíte no andar de cima, de joelhos, a arma deixada de lado. Seu rosto estava pálido, os olhos vermelhos e inchados. Ela parecia tão jovem. Quando olhou para mim, lágrimas corriam pelo seu rosto.

Eu me sentei no chão de frente para ela e contei o que vi. Ela, então, me contou tudo.

Jay começou a traí-la quando ela estava grávida de Harper. Bom, foi quando ela encontrou os primeiros indícios. Quando ela o acusou, ele lhe disse que ela estava com ciúmes e inventando coisas. Ele quase a convenceu disso também, mas, em seguida, ela encontrou as mensagens no celular dele. Fotos em que uma colega de trabalho aparecia nua, planos de se encontrarem em um hotel.

Ele chorou quando foi confrontado. Disse à Violet que se sentiu sozinho, estava com medo de ser pai, que aquilo não aconteceria de novo. Mas aconteceu. Quando Harper tinha só seis meses. E de novo, um ano depois. Aquelas eram as vezes que ela sabia, pelo menos. Todas as vezes, ele jurava que as coisas mudariam. Ela queria acreditar nele. Precisava acreditar.

Por isso, quando ele pediu a ela para que recomeçassem em Nova York, ela concordou. Ele disse que seria sua oportunidade de ser o provedor, de provar para si mesmo que poderia sustentar a família. Eles tinham dependido do dinheiro da herança dela por tanto tempo que ele não sabia mais quem era enquanto homem. Esse era o motivo pelo qual ele procurava por validação em outras mulheres. Em Nova York, ele jurava que as coisas seriam diferentes. Seriam melhores.

E foram, mesmo depois de ela ter descoberto que ele sabia sobre o fundo deixado pela avó. Ele tinha sido um marido devotado, focado em sua *startup*. Isso era o que ela achava. Então, veio o pedido para uma injeção de capital, a confissão de que ele tinha apostado todo o dinheiro da empresa. E apenas algumas semanas depois, o golpe de misericórdia.

Violet chegou em casa mais cedo uma tarde e encontrou a casa aparentemente vazia, um filme da Disney passando na TV da sala de estar. Nina, a babá deles, não tinha falado nada sobre levar Harper a algum lugar. "Olá?", Violet chamou. Em seguida, ouviu um farfalhar. Ela seguiu o barulho até a cozinha e encontrou Harper em pé em cima da bancada que ficava embaixo do armário onde ela guardava os biscoitos. Harper se virou quando ouviu Violet se aproximar, se desequilibrou e quase caiu, estava com um sorriso culpado no rosto. Ela sabia que não deveria ter subido ali.

— Estava com fome — disse. Ela não sabia onde Nina estava.

Violet colocou Harper de volta no sofá, com uma tigela de cereal de amêndoa, e foi procurar por Nina. A porta do escritório de Jay estava fechada. Devagar, mal respirando, ela a abriu. Jay estava na cadeira de escritório, a cabeça inclinada para trás, os olhos fechados, Nina estava de joelhos. Violet fechou a porta e desceu novamente. Em silêncio, ela arrumou Harper e a levou até o parque.

De repente, tudo ficou claro para ela, como um fósforo sendo aceso em um cômodo escuro. Ela estava vivendo a vida dos pais. A vida da qual se esforçara tanto para escapar. Ela tinha se tornado sua mãe, a cabeça enterrada tão fundo na areia que estava se sufocando, casada com o mesmo tipo de homem que seu pai. Às custas de sua filha. Sua querida Harper. Ela ficou furiosa. Consigo mesma, sim, mas com Jay também. Enfim furiosa com Jay.

Ela esperou até que Harper dormisse naquela noite, antes de fechar a porta do quarto deles. Ele já estava na cama, a cabeça inclinada em direção ao telefone. Trocando mensagens com Nina, provavelmente — talvez enviando uma foto de seu pau que tinha tirado mais cedo.

— O que foi? — ele perguntou quando levantou os olhos e viu a expressão no rosto dela.

— Como você pôde? — ela gritou. — Você a deixou sozinha! E por quê? *Por causa de um boquete?* — sua voz estridente, tensa.

No início, ele se mostrou consternado. Harper estava bem; não tinha acontecido nada com ela. E Violet ficou confusa; não foi o que pareceu. Por fim, ele parou de mentir, mas, desta vez, não estava arrependido.

Ele simplesmente olhou para ela com uma expressão que dizia: *O que você esperava?*

— Você não é mais a mulher com quem me casei — disse. Como se Violet fosse culpada por ele não conseguir se controlar, por ele fazer o que queria, sempre que queria. *Não há nada de errado comigo*, é o que ele queria dizer. *Nada de errado com o que fiz. Há algo de errado com você.*

Foi nesse momento que ela ficou possessa. Foi quando ela disse a ele que queria o divórcio. Foi quando a briga escalou, quando ele a seguiu até o andar de baixo, onde ela quebrou todos os porta-retratos com as fotos dos dois juntos, quando ela gritou tão alto que os vizinhos chamaram a polícia. Foi quando ela jogou a taça de vinho nele. Quando a taça se quebrou, um estilhaço cortou a lateral do rosto de Jay. O corte não foi profundo, mas o sangue jorrou do local e escorreu pelo pescoço dele. Jay fez uma cena, cobrindo o corte com a mão, se encolhendo como um filhote machucado. Ninguém foi preso, mas foi feito um registro dos acontecimentos. Violet estava bêbada e mesmo que Jay estivesse também, foi a taça quebrada dela, o sangue dele escorrendo.

Jay poderia ter prestado queixa, mas não o fez. Ele prestaria, no entanto, foi o que lhe disse quando a polícia foi embora, enquanto o sol nascia, se ela tentasse se divorciar dele; o policial presente lhe disse que ele tinha um ano para prestar queixa se mudasse de ideia. Então, ele entraria com o pedido de guarda exclusiva de Harper. Se houvesse uma audiência, que juiz concederia a guarda para uma mãe com um histórico de violência doméstica? Ele levaria Harper e o máximo de dinheiro que conseguisse. Se ela o deixasse, ele ameaçou, iria embora sozinha e falida. Ele a mantinha refém, de mãos atadas, um pano sujo enfiado em sua boca. O casamento dela, assim como sua infância, era uma prisão.

Ela tentou lutar, mas seu advogado disse que havia a possibilidade de Jay estar certo, de que um juiz pudesse considerá-la incapaz, e tirar a guarda dela. E ordená-la a pagar uma pensão para ele e para Harper. Havia o fundo que ela herdara da avó, afinal de contas. Sim, era dela, mas havia formas de acessar a renda que ela recebia. O risco não valia a pena, na opinião dele que custava 600 dólares a hora. Será que ela não poderia tentar resolver os problemas entre eles? Foi o que o advogado perguntou.

Mas ela já não havia tentado? Por anos ela tentou porque o amava, porque acreditava quando ele dizia que mudaria. Porque apesar de tudo — da infidelidade, do dinheiro, das indiretas sobre o que ela deveria usar e sobre a aparência que deveria ter — ela achava que ele era um bom pai.

Pelo menos, ela achava que ele *poderia* ser, se ela lhe mostrasse como era amar incondicionalmente, como era amar sem criar expectativas.

Mas, agora, aqui estava a prova, a prova definitiva, de que ela estava errada. Ele nunca seria um bom pai. Um bom pai nunca se preocuparia mais com a sua ereção do que com a sua filha. E pior, um bom pai nunca arrancaria uma filha de sua mãe. Harper precisava dela. Seria praticamente como se ele estivesse decepando um dos membros da filha deles.

Ela finalmente conseguia enxergar a floresta por entre as árvores: quem Jay era, por que ele nunca mudaria. Em seu âmago, ele só se importava com dinheiro e aparências. *Com ele mesmo.* E Violet, melhor do que ninguém, sabia o que isso poderia fazer — não, o que isso *faria* — com uma criança. Talvez, se ela estivesse junto, poderia amortecer o golpe, mas se ele ficasse sozinho com Harper, quem sabe o dano que causaria.

Havia outra coisa para a qual ela tinha feito vista grossa, ainda sutil, mas até quando? — os comentários sobre quanto Harper estava comendo, os tamanhos das porções. Ele odiava os M&Ms, lançava olhares fulminantes para Violet quando ela oferecia algum doce. A forma como ele se assegurava que o cabelo de Harper estivesse sempre bem trançado, a franja no lugar, que tudo o que ela usasse fosse de marca. Se você não soubesse, poderia confundir esse comportamento com o de um pai zeloso.

Eu confundi. Mas Violet percebeu. Jay estava ensinando para Harper — como tinha ensinado para ela, como seus pais lhe ensinaram — que o valor dela estava intrinsecamente associado à forma como ela se apresentava ao mundo.

Por isso, a resposta era "não", ela não podia tentar resolver os problemas entre eles. Jay havia partido o coração de Violet, de novo e de novo, e um dia, ele partiria o coração de Harper; disso Violet tinha certeza. E essa era a única coisa, a única coisa mesmo, que ela nunca permitiria.

Então, juntas, no banheiro da casa de praia, elas bolaram um plano. Havia uma única regra: sem mais mentiras. Pelo menos não entre elas. Nunca entre elas.

Quando nós duas concordamos, Violet me entregou a arma. Em vez de ela atirar em mim, eu atiraria nela.

Antes que eu fizesse isso, Violet ligou para Danny no telefone pré-pago. Quando ele atendeu, ela começou a chorar de novo.

— Eu não consegui — Violet disse a ele. Seus ombros sacudiam enquanto ela soluçava alto, muco escorrendo pelo seu nariz, a voz falhando.

— Não consegui.

Do outro lado da linha, ouvi a voz dele.

— Eu sei, querida.

Foi por isso que ele concordou em ajudá-la. Ele sabia que, quando ela pegasse a arma, colocasse o dedo no gatilho, ela não seria capaz de atirar em mim. Ela não era esse tipo de pessoa. Ele soube antes dela.

A arma era mais pesada do que imaginei. Podia sentir meu coração batendo na palma da minha mão, pulsando contra ela. Eu soltei o ar trêmula. Violet estava em pé a alguns passos de distância, de costas para mim como se estivesse correndo, como eu corri dela. Eu precisava atirar de perto para não errar. Danny nos disse para mirar na parte inferior da coxa. Haveria muito sangue, mas seria longe o bastante de qualquer órgão, e ele poderia dizer que a artéria femoral dela tinha sido atingida. Ninguém o questionaria; ele era do alto escalão, a sua palavra era incontestável.

Violet gritou quando a arma disparou, um grito baixo, gutural. Eu corri até ela, que acenou para que eu parasse:

— A arma — disse, os dentes cerrados, os olhos fechados com força. — Limpe a arma.

Limpei a arma e a joguei debaixo da cama para que a polícia encontrasse. Em seguida, pressionando uma toalha contra a coxa dela, liguei para a emergência. Fiquei grata pelas minhas mãos grandes demais, minhas *luvas de beisebol*, pela forma como elas cobriram o ferimento, estancaram o sangramento.

— Me ajude — gritei no telefone. — Você precisa nos ajudar. — Minha amiga, ela levou um tiro. O marido dela, ele atirou nela e foi embora!

Enquanto esperávamos pelas sirenes, não consegui deixar de imaginar como seria: a minha mudança para a casa grande deles, Violet e eu fazendo compras para redecorar o escritório de Jay, transformando-o em um quarto para mim. Eu seria como uma tia para Harper, uma irmã para Violet. Eu me vi acordando cedo para fazer o lanche da escola de Harper, trançando seu cabelo, levando-a para o parque depois da escola, ajudando Violet a preparar o jantar, ela no fogão enquanto eu cortava as cebolas na bancada. Nós nos revezaríamos para colocar Harper na cama e lavar a louça. Ao final do dia, desabaríamos no sofá, discutindo afetuosamente sobre o que assistir.

Eu sorri com carinho para ela enquanto apertava sua mão com a minha mão livre. Violet tinha deixado de ser quem os pais queriam que ela fosse, para ser quem Jay queria que ela fosse, sufocando a si mesma até que mal podia respirar. Ela tinha entregado tudo o que tinha. Ainda assim não fora suficiente. Ainda assim *ela* não era suficiente. Mas ela seria suficiente para mim. Seríamos suficientes uma para a outra.

Violet abriu os olhos e esboçou um sorriso fraco.

— Sinto muito por ter tentado matar você.

Soltei um misto de risada e soluço:

— Sinto muito por ter tentado dormir com seu marido.

Violet estava encharcada de suor quando a ajuda chegou na cena do crime. Danny chegou primeiro, como prometido, junto com outro paramédico, um jovem com o rosto cheio de espinhas, que mal parecia ter 18 anos; em seguida, dois policiais, um quase da mesma idade que o paramédico, outro beirando os 60 anos, uma barriga grande sobre o cinto. Durante a comoção, eu o estudei. Violet tinha razão: Danny era bonito. Quando ele foi até ela, seu toque foi carinhoso, os olhos suaves, a voz baixa e calma. Era compreensível que todas as meninas — e meninos — da ilha tivessem se apaixonado por ele.

Enquanto Danny atendia Violet, fazendo um curativo na ferida, colocando uma máscara de oxigênio em seu rosto e a transferindo para uma marca, eu me sentei com os policiais. Contei a eles o que tínhamos ensaiado, que cheguei em casa depois de deixar Harper na residência de Anne-Marie e ouvi Violet e Jay discutindo; ele gritando com ela. Algo sobre papéis de divórcio, sobre como nunca a deixaria ir. Ele parecia tão bravo, disse, com a voz tremendo. Então ouvi o barulho de um tiro. Aterrorizada, eu me escondi em um *closet*. Ouvi quando ele saiu de carro, mas não tinha certeza se ele estava planejando voltar, por isso esperei. Quando sair e subi as escadas, encontrei Violet assim, no chão, sangue por todo lado.

— Acho que ele foi buscar a filha — disse, por fim. — Ela está em uma festa do pijama na casa ao lado.

Ao ouvir isso, o policial mais velho se levantou abruptamente. Ele fez uma chamada pelo rádio, disse a palavra "reforço". Em seguida, os dois saíram, suas botas ecoando pelo corredor, ouvi a porta da frente batendo, o barulho das sirenes da polícia. *Sinto muito, Jay*, pensei, embora não sentisse nada disso.

Danny e o outro paramédico empurraram a maca de Violet para fora do quarto, carregaram-na pela escada e para fora da casa. Eu os acompanhei dentro da ambulância, Violet sentada na maca, o rosto pálido. Assim que a maca foi presa, o segundo paramédico fechou as portas e no momento seguinte apareceu na cabine da ambulância, atrás do volante.

Danny colocou um acesso intravenoso no braço de Violet. Fluidos e remédio para dor, ele me disse. Os olhos de Violet se fecharam. Sua respiração ficou superficial. Eu não sabia se ela estava fingindo ou não.

Cinco minutos depois, Danny olhou para mim.

— Ela perdeu muito sangue — disse, balançando a cabeça.

Seu rosto estava tão sério que, por um momento, quase acreditei nele. Então, ele bateu na divisória de plástico da cabine do motorista.

— Redireciona — disse. Redireciona para o necrotério.

A sirene foi cortada abruptamente, a ambulância diminuiu a velocidade. No caminho, Danny ligou para a polícia. Foi uma conversa breve, mas, quando desligou, ele me disse que eu precisava ir à delegacia prestar o depoimento oficial. Alguém se encontraria conosco no necrotério para me levar.

Quando a ambulância enfim parou. Danny colocou um lençol branco fino sobre o rosto de Violet.

Eu fiquei no estacionamento enquanto Danny a levava, com a sensação de que estava dentro de um sonho.

Alguns minutos depois, ele saiu com uma maca vazia. O legista estava bêbado igual a um gambá, como sempre, a garrafa de gin pela metade sobre a sua mesa, mal registrou a presença de Danny enquanto assinava o formulário de recebimento do corpo, sinalizando para que fosse levado aos fundos, onde Violet desceu da maca e esperou dentro de um armário, até que Danny pudesse buscá-la depois do fim do plantão. A morfina que ele tinha lhe dado na ambulância a ajudaria até lá.

Enquanto o legista bebia outra dose em seu escritório, os olhos vidrados, a cabeça balançando, Danny levou o arquivo de Violet para o local onde os corpos ficavam nos fundos do necrotério. As unidades de refrigeração tinham arquivos similares presos às portas em pastas de plástico. Naquele dia, havia três corpos para serem cremados; sempre havia mais ou menos essa quantidade, principalmente em agosto, no auge do calor, vários turistas exageravam no consumo de álcool, superestimavam suas habilidades de natação, descuidados com seus corpos bronzeados e suas vidas.

Ali, Danny, tirou um dos arquivos e, em seu lugar, colocou o de Violet. Quando o corpo fosse cremado, ninguém saberia que não era Violet. Se os policiais — ou alguém — viesse procurar por ela, solicitando uma autópsia, o legista estaria de mãos vazias. Não seria a primeira vez que acontecia uma confusão, intencional ou não; não seria a primeira vez que alguém queria que algo parecesse ser diferente do que realmente era. Se fosse outro departamento de polícia, outra região, outra cidade, poderia ter havido uma investigação, mas aqui os policiais não insistiriam para que houvesse. O legista era um deles; quanto antes isso fosse enterrado, melhor para todo mundo.

Nada disso teria funcionado em qualquer outro lugar, mas nesta pequena ilha, as coisas eram diferentes. Violet sabia disso quando nos trouxe para cá; foi por isso que ela nos trouxe para cá.

Danny esperou comigo até que o policial chegasse ao estacionamento. Fiquei em silêncio no caminho até a delegacia, onde repeti a mesma história que tinha contado aos policiais na casa. Eles me agradeceram e me levaram até Harper. Ela jogou os braços ao redor do meu pescoço e eu a abracei apertado.

— Cadê a mamãe ? — ela perguntou, se afastando para olhar para mim.

— Vai ser só nós duas por um tempinho — disse a ela. Eu a abracei de novo e depois sussurrei em seu ouvido: — Mas não se preocupe, logo você a verá de novo. — Em seguida, dei a ela um pacote enorme de M&Ms, o doce preferido dela.

Um policial nos deu carona até um hotel ali perto; a casa de praia agora era uma cena de crime. No hotel, quando Harper dormiu na cama ao lado da minha, liguei para Laura. Laura, a cliente do *spa* que eu chamava de Dolly Parton.

Eu tinha cruzado com ela quando estávamos comprando o vestido de Harper no dia anterior. Quando estávamos indo em direção ao caixa, Violet esperando por nós no restaurante, escutei meu nome:

— Sloane? É você? Oi, querida!

Quando me virei, precisei olhar duas vezes. Não esperava ver na ilha ninguém que eu conhecesse, muito menos uma cliente do *spa*.

Disse a ela que estava visitando a ilha com uma amiga e sua família, apresentei Harper para ela. Laura me deu um abraço, seu perfume forte impregnando meu nariz, e o seu telefone.

— Me liga — ela disse, sorrindo. — Se algum dia precisar de alguma coisa.

Quando eu liguei, apenas dois dias depois, ela ficou surpresa quando lhe contei o que tinha acontecido.

— Que *horror* — disse em seu sotaque texano carregado.

Ela me colocou em contato com seu advogado, disse que seu adiantamento mais do que cobriria algumas ligações. Dentro de uma semana, eu consegui a guarda temporária de Harper; recebi a guarda definitiva dois meses depois disso.

Dez dias após o tiroteio, Danny dirigiu seu carro até a balsa, Violet escondida fora de vista no banco de trás, e a trouxe para casa, para Harper e para mim, que a recebemos de braços abertos.

Com a ajuda do advogado de Laura, tudo foi transferido para o meu nome: a casa dos Lockhart, o dinheiro para a criação de Harper.

Violet quase nunca sai de casa. Não queremos arriscar que alguém a reconheça. É por isso que assim que Jay aceitar o acordo, encheremos uma van de mudança e dirigiremos até a Califórnia. Não para São Francisco, mas para um lugar ainda mais ensolarado. Estamos procurando por casas em San Diego, casas de praia com bastante luz natural a poucos metros de distância da praia.

Lá, poderemos ser uma família de verdade, nós três. Graças à avó de Violet, teremos dinheiro mais do que suficiente; nenhuma de nós precisará trabalhar. Legalmente, dividiremos minha identidade, seremos Sloane Caraway, mas diremos a todo mundo que somos irmãs. Eu atendo por Caitlin agora, para facilitar.

Quando estivermos instaladas, planejo convencer minha mãe a se juntar a nós. O clima quente fará bem para suas articulações. Mas não é só por isso. Ela ama Harper tanto quanto eu; até nos acompanha nas idas ao parque às sextas-feiras, empurrando Harper no balanço. Ela a trata como uma avó trataria, apertando suas bochechas e dando a ela bombons Hershey's quando acha que ninguém está olhando.

Minha lista de mentiras é pequena hoje em dia. Um, eu sou a única Sloane Caraway. Dois, Violet Lockhart, a mãe de Harper, está morta. Três, eu não senti nada quando vi Jay hoje de manhã naquela cela.

Esta última mentira, sobre Jay, é a que eu gostaria que fosse verdade. Mas quando os nossos olhares se encontraram, meu coração palpitou, meu estômago contraiu. Essa é a única mentira que Violet não pode nunca descobrir. Uma mentira que enterrarei tão fundo que ela não verá a luz do dia.

Porque eu encontrei o meu final feliz. Não é o final sobre o qual fantasiei quando conheci Jay no parque, não é o final que achava que queria, mas é melhor. Graças a ele, encontrei o que passei a vida inteira procurando. Uma irmã. E não apenas uma irmã: uma gêmea geminiana.

Não de sangue, mas por escolha.

AGRADECIMENTOS

A Elisabeth Weed, por acreditar neste livro — e em mim — desde a primeira página, por pegar os meus sonhos mais loucos e transformá-los em realidade. Sua visão, sua direção e seu apoio são uma bênção que sempre valorizarei. Serei para sempre grata. Obrigada a toda equipe do The Book Group por todo o apoio e a DJ Kim cujo nome na minha caixa de entrada sempre me deixa com um sorriso no rosto.

A James Melia, cuja visão editorial precisa e cujo brilhantismo só são igualados pelo seu entusiasmo e o carinho com o qual se comunica. Foi uma alegria trabalhar com você; você me prometeu que seria muito divertido e cumpriu a promessa em dobro. Sou a mais sortuda de todos. Vroom vroom!

À toda a equipe da S&S, que trabalhou com paixão e incansavelmente para trazer a melhor versão deste livro para os leitores, em especial: Jennifer Bergstrom, Sally Marvin, Jessica Roth, Mackenzie Hickey, Aimee Bell, Wendy Sheanin, Liv Stratman, Caroline Pallotta, Alysha Bullock, Esther Paradelo, John Vairo e Matt Attanasio. Agradeço por cada minuto do tempo de vocês.

A Michelle Weiner, agente extraordinária dos direitos audiovisuais, que divulgou este livro desde o comecinho. Fico muito honrada em tê-la ao meu lado.

A Jenny Meyer e Heidi Gall, obrigada por dividirem este manuscrito com o mundo. Vocês fizeram a mágica acontecer.

A Liz Gazin, pela amizade que inspirou este livro inteiro. Você tem um coração de ouro; basta conhecê-la para amá-la. Você é a melhor líder de torcida que qualquer um poderia desejar.

Às mulheres McGibbon: minha madrinha, Josie; e minhas irmãs de coração, Amalia e Chloe; que partilharam de todo o coração da minha alegria durante esta jornada, em todas as minhas jornadas. Chloe, minha melhor amiga desde o início, sempre e para sempre, obrigada por estar presente em cada etapa do caminho.

A Kelsey Cox e Marcie Haydon, que estavam presentes quando eu recebi o *e-mail* que deu início a esta aventura, que me incentivaram, celebraram comigo e me coroaram. Vocês são as melhores.

A Shannon McClintock, pelas doses sem fim de entusiasmo e encorajamento, me incentivando e nunca deixando de atender quando eu ligava. Não conseguiria sobreviver aos últimos anos sem você.

A Jenna Newburn, que sempre incentivou meus sonhos, que esteve ao meu lado em cada festa à fantasia a que compareci, e que me ensinou, há muito tempo, que se você perdeu algo, deve checar os bolsos. Você é pura luz do sol. *Carpe diem*, amiga maravilhosa.

A Martha Scurr, minha parceira de leitura favorita, que torceu por mim durante cada etapa do caminho, que leu cada documento do Word que enviei para ela. Sou muito grata pela sua amizade. Não se esqueça: se eu posso fazer isso, você também pode!

A Miranda Leggett e Rachel Rose, por serem leitoras beta brilhantes. O selo de aprovação de vocês era o empurrão que eu precisava para enviar este bebê ao mundo. Obrigada pelas sugestões inteligentes, pelo senso de humor sem igual e pela amizade de vocês.

A Emma Pattee, Kate Fagan, Clare Leslie Hall, Christina Li e Sanam Mahloudji, é uma honra lançar este livro junto com as incríveis obras de vocês. A amizade de vocês tem sido um tesouro inesperado.

A Liane Moriarty, Katy Hays, Amy Tintera e Liv Constantine, por terem sido generosas com o tempo de vocês e pelo apoio; agradeço pelo caminho que pavimentaram para aspirantes a escritores e a disponibilidade para promover aqueles que estão seguindo os passos de vocês.

Às minhas tias, aos meus tios e primos de costa a costa. Família é tudo. Vocês são tudo. Tenho muita sorte de fazer parte do mais caloroso, generoso e engraçado grupo de seres humanos. Um agradecimento especial à minha tia Dina, que me levou a sério como escritora desde meu primeiro livro, que me convidou para falar em seu clube do livro muitas luas atrás, cuja generosidade é sem limites, e à tia Lori que solicitou uma cópia de cada manuscrito que escrevi, que tem sido uma fã desde antes de eu merecer.

A Teresa Morrissey, Laura Rubenstein e Alexis Donaire, pelos vinte anos de amizade que me animaram, com seu amor e risadas, e nutriram o meu espírito. Obrigada por me lembrarem que eu sempre fui uma escritora porque eu escrevo; o resto é só a cereja do bolo. Somos muito sortudas por termos umas às outras em todos os momentos — inclusive os que estão por vir!

A Jim e Holly Stava, meus sogros amorosos, que me receberam em sua família de braços abertos desde o dia em que nos conhecemos. Obrigada por sempre acreditarem em mim.

Ao meu irmão. Alguém uma vez me perguntou se eu já desejei ter uma irmã e eu respondi honestamente: não, nenhuma vez, eu tenho o Noah. É claro que se tivessem me perguntado se já desejei ser filha única... Estou brincando, é claro. Eu amo você. Você é uma inspiração e o melhor irmão que alguém poderia ter. Espero que sinta por mim ao menos metade do orgulho que sinto por você.

Aos meus pais, eu ganhei na loteria com vocês. Obrigada pelo amor e pelo apoio incondicionais, por encherem nossa casa de livros, por me fazerem acreditar que o mundo era meu para conquistar. Mãe, você sabia do que se tratava esta história antes de mim — é claro que sabia, você sempre enxergou o todo, sempre foi a luz que me guia. Pai, é uma grande bênção compartilhar o amor pelos livros com você. A sua caneta vermelha — e raciocínio rápido — tem refinado minha escrita, tornando-a melhor, me tornando melhor, desde que me entendo por gente.

A Beckett e Margot, as luzes da minha vida, por abrirem meu coração para um amor que eu nunca imaginei ser possível.

A Jensen, pelo seu apoio e incentivo, por nunca, nunca duvidar que isso aconteceria, mas, principalmente, pela vida linda que construímos. Obrigada por todo o seu amor.